Isabella Archan

STERZ UND DER MISTGABELMORD

Isabella Archan

STERZ UND DER MISTGABELMORD

Ein Steiermark-Krimi

Servus

FSC
www.fsc.org
MIX
Papier | Fördert gute Waldnutzung
FSC® C083411

1. Auflage 2022

Dieses Werk wurde vermittelt durch die literarische Agentur Peter Molden, Köln.

Medieninhaber, Verleger und Herausgeber:
Red Bull Media House GmbH
Oberst-Lepperdinger-Straße 11–15
5071 Wals bei Salzburg, Österreich

Satz: MEDIA DESIGN: RIZNER.AT
Gesetzt aus der Palatino, Courier, Bauer Bodoni
Umschlaggestaltung: b3K design, Andrea Schneider, diceindustries
Umschlagmotive: Hintergrund Hütte: Ernst Weingartner / Weingartner-Foto / picturedesk.com; Mistgabel: Gustafsson / Westend61 / picturedesk.com; Himmel: MOHAMMED ABED / AFP / picturedesk.com
Autorenillustration: Claudia Meitert
Printed by CPI Books, Deutschland
ISBN 978-3-7104-0308-8

Gute Nacht, ihr Freunde,
ach, wie lebt ich gern!
Daß die Welt so schön ist,
dank ich Gott dem Herrn.
Daß die Welt so schön ist,
tut mir bitter weh,
wenn ich schlafen geh.

PETER ROSEGGER

I
AUFPUDLN

(SICH AUFSPIELEN)

1

Der Geruch ist bitter, vergleichbar mit alten Socken oder saurer Milch.

»Warum denn im alten Saustall?«, hat der Stichl sein Gegenüber vorhin beim Hineingehen gefragt und überlegt, wie lang hier drinnen schon keiner mehr war. Auch dass es höchste Zeit wird, den ehemaligen Schweinestall abzureißen. Der Holzbau ist für den Bauernhof ohne Nutzen, Schweine werden seit Ewigkeiten nicht mehr gehalten. Überhaupt sind Haus und Felder inzwischen so gut wie verjubelt, zerstückelt ist das Erbe der Eltern wie ein Häferl, das zu Boden fällt und in Scherben zerbricht.

Wer trägt daran die Schuld? Keiner und alle. Das ist eine schlechte Antwort, aber eine bessere fällt ihm nicht ein.

Durch die Ritzen der Wände fällt Licht und zeichnet Striche auf den erdigen Boden.

Er stutzt. Sein Blick richtet sich auf die Zinken der verrosteten Mistgabel, die sein Gegenüber unvermutet in die Hände genommen hat. Schwarz schauen die Spitzen aus, wie verbrannt.

»Was willst denn damit?«, will der Stichl jetzt wissen.

Nach all der Rederei und den Vorwürfen nun noch diese Drohgebärde.

Sein Gegenüber verweigert eine Antwort, hebt das Werkzeug höher.

Langsam wird's lächerlich, denkt er, doch nach Lachen ist ihm nicht mehr zumute.

Warm ist es hier drinnen. Bacherlworm, wie es auf Steirisch heißt. Die ganze Angelegenheit kann einen wirklich ins Schwitzen bringen. Man kann nix gutreden, und drumherumreden hilft nicht. Der Stichl kann verstehen, warum sein Gegenüber ihn in der Rage sogar aufspießen möchte.

Er hat Mist gebaut, ohne Gabel. Er, der Ludwig Manfred Stichlhofer, wie sein vollständiger Name lautet. Aber ewig ist er schon der Stichl.

Ludwig rufen ihn nur wenige. »Wiggerl« hat ihn erst kürzlich sein Herzensmensch genannt, sonst in letzter Zeit niemand. An den will er in diesem verranzten Saustall jedoch nicht denken. Herr Stichlhofer ist er für die Behörden. Aber Stichl passt in Wahrheit am besten.

Stichl, was machst? Stichl, was red'st? Stichl, was hast denn da wieder für einen Scheiß gebaut?

In seinem Kopf türmen sich diese Fragenzeichen, doch er findet nicht einmal für sich selbst Antworten. Weghören war und ist seine gewählte Strategie, wegsehen auch. Das Hoffen auf ein anderes Leben hat ihn blind gemacht für seinen Abstieg. Mehr geträumt hat er als gehandelt. Und wenn, dann Fehler gemacht. Zu viele Fehler – ja, das stimmt.

Er macht die Augen zu und den Mund wieder auf.

»Geh, komm, lass uns weiterreden. Wir finden eine Lösung.« Seine Stimme klingt gedämpft, als würde der Raum sie schlucken. Er will schnell wieder hinaus ins Helle. »Alles wird gut.«

So ein dummer Spruch, aber irgendetwas muss er ja sagen.

Der Stichl breitet die Arme aus. Lauscht. Wartet auf das Geräusch, das eine Mistgabel macht, wenn man sie auf die Erde fallen lässt. Er wartet auf einen Seufzer, vielleicht sogar ein Aufatmen. Eine Umarmung mit Schulterklopfen wäre das Größte.

Sein Magen knurrt. Er hat Hunger. Lust auf ein Stück Brot hätte er, dunkles Brot, in Kernöl getunkt, wäre genau das Richtige. Erst gestern hat er das schwarze oder grüne Gold, wie das Öl oft betitelt wird, von einem Bekannten geholt. Der Luis, drei Höfe weiter, gehört der Gemeinschaft für steirisches Kürbiskernöl in Leibnitz an, und seines ist eines der besten, wie der Stichl findet. Die abgefüllten Glasflaschen stehen noch ungeöffnet in der Speisekammer. Vielleicht, wenn sein Gegenüber und er endlich den Streit beiseitegelegt haben, wird er sich einen Kaffee kochen. Dann das dunkle, sämige Öl aufs Brot träufeln, daran riechen, es langsam kauen. Die Aussicht auf Speis und Trank treibt ihm ein Lächeln auf die Lippen.

Was sich nun allerdings abspielt, lässt ihn die Augen aufreißen und in der Position der geöffneten Arme erstarren. Zugleich beginnt sein Herz zu rasen. Es pumpert wie wild.

Sein Gegenüber stößt einen Schrei aus. Sehr laut und kräftig. Nicht aus Gram oder Kummer oder Verzweiflung. Nein, es ist ein Wutschrei. Ganz klar hört der Stichl den Zorn heraus, kein Irrtum möglich.

Vor Ewigkeiten haben seine verstorbenen Eltern auf dem Bauernhof einmal einen Hahn gehabt, der nicht ganz richtig im Kopf gewesen ist und jeden angegriffen hat, der sich ihm genähert hat. Mit einem schrillen und schrägen Kikeriki ist der Vogel in die Höhe gesprungen und hat sich auf den vermeintlichen Feind gestürzt. »Höllenhendl« haben sie das aggressive Vieh getauft und sich lustig darüber gemacht, bis es schließlich im Suppentopf gelandet ist.

Suppentopf, denkt der Stichl. Doch im Moment wird es wohl mit einer Jause nichts werden. Gut, das Essen kann warten. Aber wo bitte kommt denn diese gesammelte Aggression hinter dem Schrei her? Doch nicht von heute, von eben, von vorhin. Die Verbitterung muss lange schon da gewesen sein, und er hat sie nicht bemerkt. Oder ignoriert. Ein unrealistischer Träumer ist und war er, wieder ein verschämtes Ja dazu.

»Nein!«, argumentiert er aber gegen den Schrei und hebt den Arm. »Alles lässt sich regeln. Schluss damit.«

Die erhobene Mistgabel zittert, die Zinken bewegen sich vom Stichl weg. Nicht um sich zurückzuziehen, sondern um Anlauf zu nehmen.

Der Stichl macht zwei Schritte nach hinten, bis er die Holzwand in seinem Rücken spürt. Weiter geht es nicht. Endstation.

»Hör auf! Sofort! Bist deppert?!« Jetzt schreit auch er.

Das nachfolgende Geschehen spielt sich ohne weitere Brüllerei ab und wie in Zeitlupe. Die vier Zinken kommen auf ihn zu, werden nach vorne geführt, zielen auf dem Stichl seine Brust. Dorthin oder ein Stück darunter.

Er will ausweichen, leider erreicht der Befehl aus seinem Hirn zu spät seine Füße. Nur den Bauch zieht er automatisch ein, als ob diese Bewegung etwas verhindern könnte.

Sakra, will er rufen, und Hilfe, doch nur ein »Uff« rollt über seine Lippen. Mehr nicht.

Der Stichl legt den Kopf in den Nacken. Es knackt.

Die Mistgabel trifft auf ihr Ziel.

Sie stößt mit voller Wucht gegen ihn, gegen seinen Leib, dort, wo sein Herz inzwischen hämmert wie verrückt, seine Lungen den Atem keuchend ausstoßen, seine Bauchmuskeln sich verkrampfen. Es folgt ein Gefühl des Eindringens, unheimlich und unwirklich. Etwas bahnt sich einen Weg durch sein T-Shirt und seine Hautschichten, durchdringt die Masse der Muskeln, wird durch die Knochen abgelenkt, trifft schließlich auf die inneren Organe.

Ein unfassbarer Wahnsinn läuft hier ab. Aber es tut nicht weh. Keinen Funken Schmerz spürt der Stichl. Seltsam.

Ein schmatzender Laut ist zu hören.

Dem Stichl kommt in den Sinn, wie er einmal mit seinem besten Freund durch den Wald getobt ist. Sie waren zwölf und haben Schwerter aus Baumästen in den Händen gehalten und sich gegenseitig gejagt, einen Film über Ritter nachgespielt. Bis der Stichl gestolpert ist. Am Ende des Sturzes ist er mit seiner Hand in einem weichen Haufen versunken. Beim Herausziehen haben die Finger eklig gestunken, geschmatzt hat es dabei. Der Kadaver eines Fuchses hat dort gelegen, halb verwest.

»Wiggerl, nimm mein Hemd und wisch dich sauber«, hat sein bester Freund gesagt und es über den Kopf gestreift. Tatsächlich auch einer, der ihn zumindest früher manchmal mit diesem zärtlichen Kosenamen gerufen hat.

Wo der grad ist, was der wohl grad macht, der Freund, der Kumpel, der Vertraute aus Kinder -und Teenagertagen?

Der Stichl rutscht an der Wand nach unten. Er zieht sich am Hintern drei Späne ein, was er allerdings nicht bemerkt und was keine Rolle mehr spielt.

Immer noch streckt er das Kinn nach oben, er will nicht wissen, wie tief und wie schwer ihn die Spitzen der Mistgabelzinken getroffen haben. Über ihm bricht Tageslicht durch einen Spalt an der Decke, er meint, Mücken im Hellen tanzen zu sehen.

Das Atmen fällt ihm mit einem Mal viel schwerer.

Dass er verletzt worden ist, ist ihm klar, aber er hofft noch auf Rettung. Und auf Vergebung. Er wird seinem Gegenüber keinen Vorwurf machen, es muss sich ja um eine Tat im Affekt gehandelt haben. Muss. Sofort Hilfe holen und dann wird alles wieder gut.

Schluss mit der Wut, dem Groll. Keine Vorwürfe, bittschön. Keinen solchen Pallawatsch mehr.

Ein Rauschen setzt in seinen Ohren ein. Eine Welle baut sich auf. Ein Berg an Schmerzen, die er bis eben nicht gespürt hat. Der Schmerztsunami wird ihn gleich treffen, mit voller Wucht. Plötzlich kriegt der Stichl Angst. Die ganze Zeit über war dieses Gefühl nicht vorhanden. Nicht während des Streites, nicht, während die Mistgabel auf ihn gerichtet war, nicht einmal, während sein Gegenüber Anlauf zum Aufspießen genommen hat.

Jetzt erst zeigt sie sich, die Angst, nimmt Anlauf. Panik rollt über die Ränder der Furcht. Er will und kann diese Schmerzen nicht aushalten. Ihm wäre es lieber, wenn er fortgehen könnte. Nicht aus dem ehemaligen Schweinestall hinaus, dafür ist es zu spät, aber wenigstens in das Licht mit den tanzenden Mücken hinein.

Toter Fuchs, denkt er. Wiggerl, das war's mit dem verträumten Leben, denkt er weiter. Als letztes Bild aber sieht er den verrückten Hahn vor sich. Kikeriki.

Sein Herz tut ihm den Gefallen und steht still, bevor ihn die Welle trifft.

2

Wann hatte sich die Gefühlslage so verändert?

Wann waren die Gedanken feindselig geworden, die Unzufriedenheit toxisch?

Es gab kein genaues Datum dafür, wobei das Vergehen der Zeit schon länger keine Rolle mehr spielte. An einem bestimmten Punkt hatte sich der Frust zu einem Knäuel aus bösen Wünschen und wachsendem Groll verdichtet. Daraus tropfte die Wut. Mehr und mehr. Ein Rinnsal, ein Bach, ein Strom, der sich zu stauen begann, bevor er überlief. Am Ende war es wie ein Ertrinken unter einer Sturzflut aus blankem Hass.

Durfte man sich noch als Mensch bezeichnen, wenn man von morgens bis abends abscheuliche Gedanken wälzte?

Nein war die Antwort. Man wurde zu einem Etwas, einem Ding, das Gift und Galle spuckte, sich an nichts mehr erfreuen konnte, in andauernder innerer Dunkelheit existierte. Die äußere Hülle war eine Maske für die Welt draußen. Nur nicht auffallen, nicht anecken, funktionieren und immer weiter hassen und verachten.

Bis zu dem Punkt, wo das Etwas wieder Form bekam in einer neuen Gestalt. Dann war man final zu einem Monster geworden, das kein Mitleid, kein Verständnis und keine Gnade kannte. Ein Es, das zu einer Tat fähig geworden war, die eine Todsünde darstellte.

Tod und Sünde.

Keine Reue zu finden, nirgendwo.

Bedauern schon. Bedauern darüber, dass kein Weg daran vorbeigeführt, es keine andere Lösung gegeben hatte. Die Tat war unausweichlich gewesen. Dass es heute geschehen war, eine Verkettung der Umstände. Wäre es nicht zu dieser spontanen ungeplanten Aktion gekommen, hätte das Monster den Stichl anders beseitigen müssen.

Aktion und Beseitigung.

Das Monster starrte auf den leblosen Körper am Boden. Fast friedlich sah der Stichl aus, wäre da nicht sein blutbeflecktes T-Shirt gewesen. Dazu die Mistgabel, die nach dem Zustechen nicht einfach in der Brust des Opfers stecken geblieben war, sondern ein gespenstisches Eigenleben entwickelt hatte. Der Stichl war an der Wand neben der Stalltür zu Boden gesackt. Stiel und Griff hatten sich, von der Schwerkraft angezogen, nach unten zu neigen begonnen, bis sie parallel zum Stallboden stoppten. Danach erst war das Blut aus der Wunde geflossen.

Fluss und Blut.

Noch einen vorsichtigen Schritt kam das Monster näher, ging in die Hocke. Durch einen Riss in der Decke des renovierungsbedürftigen Schweinestalls fiel ein Lichtstrahl über die Stirn und eines der offenen starren Augen des eben Verstorbenen.

»Nun heißt's aufräumen. Nur keinen Fehler machen. Gell! Hilf mir beim Denken, ja?!«

Es redete zum Stichl, als ob der noch leben würde.

Mit Schwung schnellte das Monster wieder in die Höhe und sah sich um.

Der Stiel der Mistgabel musste abgewischt werden. In der rechten Ecke lehnte ein Rechen an der Wand. Damit ließ sich gut die feuchte Erde lockern, um die Fußabtritte unkenntlich zu machen. Am besten, wenn man im Rückwärtsgang den Stall verließ. Am Ende auch den Rechen säubern und beim Wohnhaus abstellen. Als ob dort normalerweise sein Platz wäre, neben der Schaufel und dem Besen.

Worauf war noch zu achten?

Haare oder Hautschuppen am Körper des Opfers würden kein Problem darstellen. Vorhin hatte keine direkte Berührung stattgefunden. Außerdem hatte der Stichl dem Geruch nach sein Hemd nicht gewaschen, und es mochten sich einige andere Kontakte darauf verewigt haben. Wer auch immer, Arschlöcher allesamt. Verlogene Deppen, die genauso den Tod verdient hätten. Das Monster hätte sie zusammentreiben sollen, genau hier einsperren und den Stall anzünden. Es hätte sich an ihren Schreien ergötzt. War man auf den Geschmack gekommen, könnte das Morden weitergehen. Der liebe Gott konnte ein Monster bloß einmal in die Hölle schicken.

Hölle und Hass.

Da war er wieder. Dieser Hass. Er überzog das Denken, das Fühlen und war körperlich spürbar in einer Art Juckreiz, der niemals aufhörte, egal wie lange und wie intensiv man sich kratzte.

»Keiner is schuld und ich schon gar nicht.« Erneut sprach das Monster den toten Stichl an. »Denk daran, ich muss mit deinem Abgang leben. Du hast es hinter dir. Was meinst, is leichter?«

Einem Toten Fragen zu stellen, machte das Monster doch nervös. Höchste Zeit, sich wieder die Maske des Menschlichen überzustülpen.

3

»Ich brauch dich, Ferdinand.«

Ihre Stimme hörte sich nah an, so nah, als würde sie wirklich neben ihm liegen.

Inspektor Ferdinand Sterz war aus dem Schlaf gerissen worden und nach dem vierten Klingeln an sein Handy gegangen, das er stets auf dem Nachttisch deponierte. Kein Bereitschaftsdienst übers Wochenende plus den Feiertag. Es war auch kein Kollegenname auf dem Display erschienen, sondern eine ihm unbekannte Nummer. Mit Vorwahl aus Österreich.

Die Anruferin allerdings war ihm mehr als vertraut.

»Hallo, bist du es, Lena?« Natürlich war sie in der Leitung. Niemals hätte er den Klang dieser Stimme vergessen können.

»Lena?«

Ein leises Schluchzen.

»Lena!«

Ihren Namen dreimal nach der langen Zeit auszusprechen, erschien ihm unwirklich wie ein Traum, und er kniff sich in den Oberarm. Es tat weh. Er war wach. Ferdinand nahm das Smartphone kurz vom Ohr und checkte die Zeit. Weit nach Mitternacht.

»Ferdinand.«

Sie hauchte in den Hörer hinein.

Die vergangenen Jahre verwandelten sich zu Staub und fielen in sich zusammen. Ferdinand war wieder jung und verliebt. So irrsinnig verliebt. In Lena.

»Was ist passiert?«

Er begann nachzurechnen. Lena hatte er das letzte Mal vor elf Jahren gesprochen. Kurz und rasch hatten sie sich unterhalten, beide wollten nichts mehr voneinander wissen, hatten nur ein paar Informationen ausgetauscht.

Nein, zwölf. Ein Dutzend Jahre war es her. Die Zeit war schneller als sein noch nicht ganz waches Denken. Das letzte persönliche Zusammensein in der Zeit davor war kein gutes gewesen. Vorwürfe, Tränen, Herzschmerz, Kummer. Ihr Entschluss war felsenfest geblieben, und seine Koffer hatten darauf gewartet, gepackt zu werden. Irrsinnig verliebt und doch getrennt. Es passte bis heute nicht zusammen. Lena hätte mitkommen sollen. Stattdessen war Ferdinand verlassen worden.

»Lena, bist du noch dran?«

»Ach, Ferdi, lieber Ferdi. Er is tot.«

Sein Vater. Ferdinand war sich sicher, dass den Gemeinderat August Sterz der Schlag getroffen hatte. Oder etwas in der Art. Erstaunlich, dass keiner seinen Sohn bisher informiert hatte. Vielleicht, weil der Papa es so gewollt hatte. Das lange Schweigen zwischen Lena und Ferdinand hatte auch vor Vater und Sohn nicht haltgemacht. Obwohl Ferdinand mit Papa letzte Weihnachten und die Weihnachten davor geskypt hatte. Zehn Minuten Floskeln ausgetauscht. Nicht zu vergessen, dass sie sich über die Jahre Postkarten geschrieben hatten. Eine *old fashioned* Vater-Sohn-Beziehung.

Nun war August tot, höchstwahrscheinlich aber noch nicht begraben. Die Trauer kam und setzte sich an den Bettrand, doch sie erreichte nicht Ferdinands Herz.

»Komisch, dass du mich anrufst, Lena, und es mir erzählst.«

»Du musst kommen.«

»Klar komm ich. Ich muss ja alles organisieren.«

»Was denn organisieren?« Plötzlich klang sie unwirsch. »Den Tod aufklären musst du. Den Mörder finden. Du – du kannst das.«

Ferdinand war irritiert. »Der Papa ist ermordet worden?«

»Aber nein. Deinem Vater geht es gut.« Lena wechselte zurück zum Schluchzen.

Eine winzige Enttäuschung darüber blieb neben der Erleichterung in Ferdinand zurück.

»Wovon redest du dann, Lena?«

»Hast du es nicht schon im Internet gelesen, Ferdinand? Hat dich noch niemand informiert?«

Gegenfragen, die ihn verunsicherten. Er kam sich in seiner Unwissenheit hilflos vor.

»Du weißt, Lena, dass ich immer noch in Köln lebe. Ich guck die Online-Portale von hier. Über die Steiermark stand nichts in den News.«

»Wie du redest, Ferdi.« Sie schluckte. »Gucken und News.«

»Na ja, so redet man eben.« Er hatte das Gefühl, sich rechtfertigen zu müssen. »Jetzt sag halt, was los ist.«

»Der Wiggerl.«

Der Name seines früheren besten Freundes und Bruder seiner Jugendliebe Lena kam wie ein Schwall Eiswasser über Ferdinand.

»Was meinst du mit ›der Wiggerl‹? Ist ihm etwas passiert?«

»Er is tot, Ferdinand. Tot is er, unser Ludwig.«

»Oh mein Gott.«

Sie schnappte hörbar nach Luft. »Umgebracht is er worden, Ferdinand. Erstochen. Aufgespießt wie ein Hendl am Grill. Deshalb musst du kommen. Verstehst mich?«

Er verstand nicht. Noch nicht.

4

Kurz bevor der Zug hielt, schreckte Ferdinand Sterz erneut aus einem tiefen Schlaf hoch. Während der langen Stunden über Nacht hatte er Sorge gehabt, einen der drei Umstiege zu verpassen, und sich mit Essen, Trinken und Lesen wachgehalten. Er hätte fliegen sollen, doch die Idee war ihm als passioniertem Bahnfahrer zu spät gekommen. Erst gegen Ende der Reise war er überhaupt eingenickt. Sogar geträumt hatte er: vom Stichl, vom Ludwig, von ihm auch Wiggerl gerufen. Sein bester Freund. In seiner Jugend zumindest.

In seinem kurzen Traum waren sie gelaufen, immer weiter, ohne anzuhalten. Ohne auch nur Luft zu holen. Nebeneinanderher, auf gleicher Höhe, eine staubige Landstraße entlang. Auf der einen Seite ein sich in die Unendlichkeit erstreckendes Maisfeld. Der Kukuruz war noch nicht reif für die Ernte, doch kurz davor. Zwischen den braun-grünen Blättern blitzten die gelben Maiskolben auf. Linker Hand eine Wiese, die ebenfalls grenzenlos erschien unter einem Himmel, in dem Flugzeuge ihre weißen Spuren hinterlassen hatten. Ein Muster, das wie ein Netz aussah.

Der Stichl und der Sterz. So rief man die beiden. Meist in einem Atemzug. Ludwig Stichlhofer und Ferdinand Sterz.

Eine Freundschaft, die ernster und reifer war, als die Erwachsenen um sie herum es je bemerkt hatten.

In der traumlosen Realität erreichte der Sterz am Montag, den 3. Oktober die Hauptstadt der Steiermark: Graz. Der Stichl war am Samstag, den 1. Oktober gewaltsam mitten aus dem Leben gerissen worden, wie es so schön hieß.

Ferdinand schüttelte sich. Ihm war kalt, und er musste die Traumbilder loswerden. Er war nicht zurückgekommen, um nostalgische Erinnerungen wachzurufen, sondern um einen Mordfall aufzuklären. Das Verbrechen an Ludwig Stichlhofer. Aufgespießt mit einer Mistgabel, gefunden im ehemaligen Schweinestall des Bauernhofs der Familie in Leibnitz, gestorben an der schweren Verletzung. Innerlich verblutet.

Nach Lenas nächtlichem Anruf hatte Ferdinand sofort die aktuellen Beiträge aus Österreich im Internet durchgesehen. Das Verbrechen mit der Mistgabel war tatsächlich in allen Medien. Selbst den deutschen Online-Nachrichtenplattformen war es eine Meldung wert gewesen. Ferdinand erinnerte sich, sogar schon davon gelesen zu haben. Doch dass hinter dem Opfer Ludwig S. (36) aus der Südsteiermark sein Freund stand, war ihm nicht eine Sekunde lang in den Sinn gekommen. Bis Lena anrief und ihn bat zurückzukehren, in seiner Funktion als Ermittler.

Inspektor Sterz arbeitete allerdings schon lange nicht mehr für den Bereich Gewaltdelikte im Landeskriminalamt Steiermark, dem LKA.

In seinem ersten Dienstjahr, als blutjunger Anfänger, war ihm dort ein Ermittlungscoup in einem spektakulären Fall gelungen. Ein Serienmörder, der seit Monaten die Polizei und die Presse auf Trab gehalten hatte, war durch Ferdinand überführt worden.

Der »Eisenbahntunnel-Killer«, wie die Journalisten ihn getauft hatten, weil er die bereits Toten stets am Ende eines

Tunnels deponiert hatte, sodass sie auch noch einmal von einem Zug überfahren wurden.

Die Auswahl der Opfer schien zuerst willkürlich. Von einer älteren Dame über zwei Männer in ihren mittleren Jahren bis zu einem Teenagermädchen. Vier Ermordete, alle schnell durch einen Schuss ins Herz getötet und als Leichen auf die Gleise gebettet. Die erfahrenen Kollegen von der Kripo standen vor einem Rätsel. Als der junge Sterz die Idee hatte, zusätzlich die Krankenakten der Verstorbenen zu durchforsten, war ihm keiner gefolgt. Dort jedoch hatte die Lösung gelegen. Alle vier waren in jungen Jahren an Leukämie erkrankt gewesen und wieder genesen. Die Schwester des Täters allerdings war daran tragischerweise verstorben.

Das Trauma des überlebenden Bruders hatte sich erst Jahrzehnte später in der Mordserie offenbart. Keines der Opfer hatte leiden sollen, aber sie hatten seiner Meinung nach auch kein Recht darauf gehabt, am Leben zu sein. Er selbst hatte bis zu seiner Verhaftung als Lokführer gearbeitet. Manchmal lagen Antworten so nahe, dass man sie kaum glauben mochte.

Inspektor Sterz war danach in aller Munde gewesen. Lob und Neid waren gefolgt. Eine Beförderung hatte gewinkt. Hämische Kommentare waren ebenso nicht ausgeblieben. Dazu eine Anfrage von Europol, nach Deutschland zu kommen, erst nach Frankfurt, im Anschluss daran nach Köln.

Wäre Ferdinand in der Steiermark geblieben, wenn es den Unfalltod seiner Mutter und das Zerwürfnis mit seinem Vater in seiner eigenen Kindheit nicht gegeben hätte? Höchstwahrscheinlich.

Neben seinem Freund Ludwig gab es dort seine Jugendliebe Lena, Stichls Schwester. Wie wunderschön und zerbrechlich sie gewesen war, wie innig ihre Zärtlichkeit, wie intensiv die Beziehung überhaupt. Heirat, Kinder, Häuschen im Grünen standen auf dem Plan. Zumindest auf Lenas Zukunftsentwurf. Denn Ferdinand hatte nicht einmal eine Stunde gebraucht, das Europolangebot anzunehmen.

»Komm mit, Lena«, hatte er gefleht. »Was wir hier haben, gibt es anderswo genauso. Sogar besser. Ich möchte weg – mit dir, verstehst du?«

Sie hatte seinen Entschluss mit verständnisloser Miene kommentiert, hatte überlegt und sich dagegen entschieden. Gegen einen Umzug und damit auch gegen Ferdinand. Das Erste verletzte ihn, das Zweite versetzte ihn in eine Art Schockstarre der Gefühle. Nach einer letzten Aussprache war es vorbei mit der großen Liebe. Er war gegangen, Lena geblieben. Der Kontakt war dürftig gewesen und schließlich abgebrochen.

Mit der Freundschaft zum Stichl hatte es anfangs besser funktioniert. Ludwig hatte sich als Einziger begeistert gezeigt, Ferdinand sogar mehrfach besucht in den ersten zwei Jahren. Aber ihr Alltag war zu unterschiedlich, ihre Sorgen, ihre Freuden, ihre Ziele hatten sie auf getrennten Pfaden weiterwandern lassen. Irgendwann, nach Lenas Hochzeit mit einem anderen, waren aus den Besuchen Telefonate geworden. Die Abstände verlängerten sich, bis ein stummes Aneinanderdenken blieb. Lena und Ludwig waren aus Ferdinands Leben entschwunden.

Blieben ihm noch sein Vater und die Postkartenbeziehung mit ihm. Der Bruch zwischen ihnen beiden hatte mit Alma Sterz' Tod begonnen. Bei einem Autounfall war sie ums Leben gekommen. Ein Zusammenstoß mit einem Geisterfahrer, der Vater und Sohn traumatisiert hatte. Ferdinand elf, August vierunddreißig. Fast auf den Tag genau trennten die beiden dreiundzwanzig Jahre. Nach dem Unglück war jeder von ihnen allein mit seinem Schmerz geblieben. Eine Sprachlosigkeit war entstanden, die der erwachsene Mann nicht verhindern und der Junge nicht hatte auffangen können.

Hätte es damals nicht die Patentante seiner Mutter gegeben, wäre der Bub daran zerbrochen. Hannerl Hawlik, zu der Zeit Ende vierzig und an der Oper als Souffleuse tätig, hatte versucht, ihm ein wenig die Mama zu ersetzen. Inzwischen war sie vierundsiebzig und immer noch teilweise aktiv.

Die große Leere aber hatte der beste aller Schulfreunde ausgefüllt. Unfassbar, dass der Wiggerl jetzt tot sein sollte.

»Graz Hauptbahnhof. Endstation. Wir bitten alle Fahrgäste auszusteigen.« Eine kratzige Lautsprecherstimme holte Ferdinand aus seinen Rückblenden und verabschiedete die Reisenden.

Er verließ den Zug mit Erinnerungen im Gepäck, die schwerer wogen als sein Rollkoffer. Beim Durchqueren der Eingangshalle und draußen am Vorplatz wurde ihm bewusst, dass sich einiges verändert hatte in den Jahren seiner Abwesenheit. Ferdinand schwante, dass er sich erst neu würde zurechtfinden müssen. Er machte kehrt, wandte sich nach rechts und ging in die Bahnhofsbuchhandlung.

»Brauchen S' Hilfe?«

Die blonde Buchhändlerin in einer sonnengelben Bluse strahlte Ferdinand an.

»Eine Karte mit den Straßenbahnen und Bussen für Graz und die Steiermark hätte ich gerne.«

»Wie schön.« Ihr Lächeln wurde breiter. »Endlich wieder ein junger Mann, der sich nicht nur im Internet nach dem Weg umschaut.«

Damit brachte sie auch Ferdinand zum Schmunzeln. Seine nachdenkliche Stimmung löste sich. Jung war relativ. »Ich mag es, Bücher in der Hand zu halten. Bin ein haptischer Mensch.«

»Folgen Sie mir.« Sie huschte an ihm vorbei. Vor einem Regal, das überquoll von Bildbänden und Reiseführern, blieb sie stehen und zog blitzschnell ein Magazin heraus.

»Da sind alle Strecken drin plus die schönsten Ecken. Unsere Öffis bringen Sie sicher an alle Ziele, die Sie besuchen wollen.«

»Danke. Ich nehme es.«

»Kommen S' aus Berlin?«

»Nein. Köln.«

»Ah, geh. Bleiben S' lang? Machen S' Urlaub? Wollen S' einen Kaffee?« Drei Fragen, ohne eine Antwort abzuwarten. »Unser Automat macht eine köstliche Melange. Ich bin übrigens die Romana.«

»Dreimal nein, aber einmal danke für das Angebot, liebe Romana.«

»Das erste Mal in Graz?«

Ferdinand schmunzelte. Hier sah ihn keiner mehr als Einheimischen an. Schon als Kind hatte er gerne hochdeutsch geredet wie seine Mutter. Beim Gedanken an Alma stahl sich die Betrübnis zurück. Er stellte den Kragen seines Mantels auf, als würde ein kalter Wind durch den Laden wehen. Auf einmal kam er sich tatsächlich wie ein Durchreisender vor, smart und geschäftig unterwegs in Sneakers, Rollkragenpullover, grauer Stoffhose und eben dem Herbstmantel.

»Sie haben es erraten«, flunkerte er, nahm der Buchhändlerin in der sonnengelben Bluse das Magazin aus der Hand und ging zur Kasse.

»Schönen Aufenthalt, der Herr«, rief sie ihm hinterher.

Das Wechselbad der Gefühle, das Ferdinand eben erfasst hatte, intensivierte sich bei der Straßenbahnfahrt durch die Annenstraße Richtung Innenstadt. Zwischen freudigem Wiedererkennen, Verwunderung über Neues bis zu Trauer und unverarbeitetem Groll, den er mit seiner Jugend hier verband, reichte die Palette.

Am Südtiroler Platz stieg er aus, um zu Fuß weiterzugehen. Der Koffer, den er hinter sich herzog, machte auf seinen Rollen ein ächzendes Geräusch, als wäre ihm der Marsch zu anstrengend.

Ferdinand bewegte sich am Kunsthaus vorbei. Mit seiner ungewöhnlichen Dachform erinnerte es ihn an einen schwarzen Wal und beeindruckte ihn wie einst, als es noch ganz neu war. Der weitere Weg führte über die Mur, in der Mitte der Brücke hielt er kurz inne. Vor ihm ragte der Schloßberg mit dem Uhrturm auf, das Wahrzeichen von Graz. Dort oben war er früher oft gewesen, hatte im Winter als kleiner Bub Vögel gefüttert, im Sommer eine Aufführung des Räuber Hotzenplotz auf der Freiluftbühne in den Kasematten gesehen. Begleitet von Mama, die damals noch gesund und schön war und für den kleinen Ferdinand ewig leben würde.

Als er schließlich am Hauptplatz ankam, meldete sich sein Magen mit einem Knurren. Vor dem Rathaus waren die Marktstände aufgebaut, umrahmten den Erzherzog-Johann-Brunnen.

Ferdinand wurde von einem der Würstelstände magisch angezogen.

»Bittschön, der Herr.« Ein korpulenter Mann beugte sich über den Standl-Tresen.

»Einmal Frankfurter mit Senf und Kren, bitte.«

»Auch was trinken?«

Ferdinand schüttelte den Kopf. »Nur ein Semmerl dazu.«

»Is eh dabei.«

Er zahlte und setzte sich, den Pappteller balancierend, auf die Stufen des Brunnens. Kaum hatte er zwischen anderen Leuten – Einheimische und Touristen bunt gemischt – Platz genommen, näherten sich ihm Spatzen und eine Taube, die auf Reste hofften.

Ferdinand tunkte die Spitze der ersten Frankfurter in den Senf, dann in den Kren und biss ab. Die Schärfe ließ seine Augen tränen, aber der Geschmack war besser als jede Currywurst, die er sich in den letzten Jahren gegönnt hatte.

Er riss ein Stück von der Semmel ab und begann zu kauen. Die Sonne zeigte sich hinter den Wolken, einer der Spatzen setzte sich neben Ferdinands Schuh und pickte enthusiastisch die Brösel auf, die zu Boden rieselten.

Alles wie gehabt, dachte Ferdinand. Ich bin daheim.

In der nächsten Sekunde tauchte in seinem Kopf das bis jetzt einzige Foto auf, das er vom toten Ludwig und dem Tatort gesehen hatte.

Wie eine Stoffpuppe hatte der Körper seines Freundes an einer Bretterwand gelehnt, die Augen offen, das Shirt blutgetränkt. Allerdings ohne Mistgabel in der Brust, die musste die Spurensicherung bei der Aufnahme bereits entfernt haben.

Es war keine nostalgische Reise in die Vergangenheit. Inspektor Ferdinand Sterz hatte in wenigen Stunden ein Gespräch im Landeskriminalamt Steiermark in der Straßganger Straße mit einem der Leiter der Landespolizeidirektion, Chefinspektor Gerald Wiedenhüpfer. Ihn kannte Ferdinand noch aus Anfängerzeiten und hatte ihn als gesprächigen Beamten in Erinnerung, der zu Übergewicht und Haarausfall neigte. Dass er auch der langjährige Golfpartner von Ferdinands Vater war, konnte ein Vorteil sein.

Wie schwer es sein würde, sich in die Ermittlungen einzuklinken, würde sich noch zeigen. Ein kurzes Telefonat gestern mit Wiedenhüpfer privat war nicht ergiebig gewesen. Außer einer ersten E-Mail, die als wichtigste Information den Namen des Leiters der rasch ins Leben gerufenen SOKO enthielt – Chefinspektor Max Drombovic –, und eben dem einen Foto als Anhang hatte Ferdinand nichts weiter in der Hand. Das musste sich schnellstmöglich ändern.

Es gab jedoch noch eine Neuigkeit, die Ferdinand vor seiner Abfahrt im Intranet der Polizei entdeckt hatte. Eine erste Verhaftung hatte stattgefunden: ein Verdächtiger, der zwar in der Steiermark gemeldet, aber deutscher Staatsbürger war. In einem solchen Fall könnte sich Ferdinand als Ermittler von Europol für eine Beratertätigkeit ins Spiel bringen, da er bereits in beiden Ländern gearbeitet hatte.

Der Stichl war tot. Der Sterz war hier, um den Mord aufzuklären. Zeit, sich an die Arbeit zu machen.

Trotzdem genoss Ferdinand die Frankfurter Würstel bis zum letzten Biss.

5

Die Passanten, Standlbetreiber und Würstelesser bei einer kurzen Verschnaufpause zu beobachten, war im Prinzip nichts Ungewöhnliches. Von der Ecke an der schmalen Franziskanergasse hatte man einen guten Blick über den gesamten Hauptplatz.

Doch augenblicklich stellte sich der Wunsch nach einer vollkommen irrationalen Aktion beim Beobachtenden ein: sich auf jemanden in der Menge zu stürzen mit einem Schrei. Ihn zu töten am helllichten Tag, vor aller Augen.

Was für ein ungeheuerlicher Gedankengang.

Vielleicht, weil das Töten erst vor Kurzem Einzug in das Leben des Beobachtenden gehalten hatte und noch frisch im Blut zirkulierte?

Der Drang nahm zu, wurde fast übermächtig. Die Herzschläge beschleunigten sich, ein Pfeifen in den Ohren.

Der Beobachtende rang nach Luft, lehnte sich an eine Hausmauer und schloss die Augen. Begann von sechzig herunterzuzählen. Was bei null passieren würde, war nicht vorauszusehen.

Die Minute verstrich, und nichts geschah.

Mit stetig klopfendem Herzen ging der Beobachtende seiner Wege, verschwand im Häuserschatten der Gasse, wurde selbst Teil des Menschenstroms.

Der auf den Stufen des Brunnens sitzende und Würstel essende Inspektor wischte sich indessen die Krentränen aus den Augen. Er verspürte kein Kribbeln im Rücken, kein sechster Sinn schlug bei ihm an.

Ferdinand sah weiter nach oben, über die Fassade der Altbauten und Läden, zum Uhrturm hinauf. Im Sonnenlicht wirkte die dunkle Spitze wie ein Pfeil, der in den blauen Himmel zeigte. Wolkenlose Leichtigkeit, die er sich nicht nur für den Moment wünschte.

Goldener Oktoberbeginn in der Hauptstadt des Schilcherlandes Steiermark.

6

Ferdinand warf den leeren Pappteller und die zerknüllte Serviette in den Mülleimer und sah nach oben zur großen Uhr am Rathaus. Keine vier Stunden mehr bis zum wichtigen Zusammentreffen am Landeskriminalamt. Dort würde sich entscheiden, ob er es schaffte, sich tatsächlich dem Team um die Mordaufklärung anzuschließen. So motiviert und getrieben Ferdinand war, so genau wusste er auch, wie schwierig sich seine Position darstellte.

Ihm musste es gelingen, offiziell eingebunden zu werden. Mit seiner Fachkompetenz konnte er vielleicht punkten, doch die hatte jeder der Ermittler. Dass es eine Verbindung zu Deutschland gab, schien immer noch das beste Argument auf Ferdinands Seite zu sein.

Dringend war zusätzlich, dass die hiesige Polizei um eine sofortige Freistellung bei seinem jetzigen Arbeitgeber ansuchen musste. Sonst müsste er seinen Dienst in Köln bereits am nächsten Tag wieder aufnehmen. In Gedanken begann er, eine Mail an seinen Vorgesetzten zu entwerfen, um sein Verhalten und seine überstürzte Abreise zu rechtfertigen.

Die schwierigste Hürde allerdings stellte seine Befangenheit dar. Er müsste die enge Verbindung zwischen Ludwig und ihm angeben und wäre damit aus dem Rennen, bevor er es überhaupt an die Startlinie geschafft hätte.

»Eins nach dem anderen, Ferdi«, murmelte er leise und marschierte vom Hauptplatz weiter in die Herrengasse. Einige alteingesessene Geschäfte gab es immer noch, doch viele neue Läden säumten die Fußgängerzone.

An der Ecke zur Jungferngasse stoppte er. Hier hatten Ludwigs und Lenas Großeltern mütterlicherseits und auch die Kinder unter der Woche gewohnt. Auf Wunsch vom Großvater hatten beide nach der Volksschule auf ein Gymnasium in Graz gewechselt.

Die fleißig backende Oma Erna und der überstrenge Opa Ludwig, von dem der Stichl seinen ersten Vornamen erhalten hatte. Laut ihm waren Opas Ohrfeigen heftig und Omas Kuchen saftig gewesen, nach dem Tod der Großmutter blieben die Schläge ohne Zuckerguss. Darunter hatte der Wiggerl stetig gelitten, es aber nie seiner Mutter erzählt. Ferdinand fand diesen Umstand in der Rückschau nicht nachvollziehbar. Er erinnerte sich hingegen nicht mehr, wie es Lena ergangen war, was ihn für wenige Sekunden aus der Fassung brachte.

Er atmete tief durch und rief seine Gedanken zur Ordnung.

Bevor er sich erneut in Reminiszenzen verlor, zückte er sein Handy. Die gesuchte Nummer anzutippen, war vielleicht noch schwieriger als der bevorstehende Termin.

»Gemeindebezirk Raaba-Grambach, Büro vom Gemeinderat August Sterz, Grüß Gott. Was kann ich für Sie tun?«

Die Ansage war lang, und die Stimme klang derart süßlich, dass Ferdinand an einen Biss in einen Krapfen denken musste, aus dem Marillenmarmelade quoll.

»Inspektor Sterz am Apparat. Ich hätte gern meinen Vater gesprochen.«

Pause am anderen Ende der Leitung. Ferdinand fragte sich, ob die Person hinter der süßlichen Stimme überhaupt wusste, dass August Sterz einen Sohn hatte.

»Hallo, sind Sie noch dran?« Ferdinand versuchte, der Süße Schärfe entgegenzusetzen. »Stellen Sie mich doch einfach durch. Bitte. Oder ist er in einer Sitzung?«

»Ah, ja … ich meine, nein.« Die Verunsicherung war greifbar. Dann: »Ich verbind Sie sofort, Herr Sterz, ich meine, Herr Inspektor.«

Ein Klavierstück setzte ein, aus dem Sofort wurde eine längere Wartezeit mit klassischer Musik.

Ferdinand konnte sich gut vorstellen, dass die Stimme erst Rücksprache mit dem Gemeinderat hielt. Auf ein oder zwei Minuten kam es ihm allerdings nicht an.

»Ferdinand? Bist du es?« Der neue Gesprächspartner hörte sich vollkommen anders an als die süße Begrüßung. Kräftig und extrem überrascht. »Is was passiert?«

Nun musste Ferdinand erst mal schlucken. Er sah seinen Vater vor sich, den großen Mann mit den breiten Schultern, dessen Haare in den Jahren weiß geworden waren und der einen Bart trug, ebenfalls weiß. August Sterz hätte an Weihnachten ohne Perücke den Nikolaus spielen können.

»Alles in Ordnung, Papa.« Der nächste Satz fiel ihm schwer. »Du, ich bin in Graz und muss dich dringend um einen Gefallen bitten.«

»Wo bist du?«

»Vorhin angekommen.«

»Aber geh«, ein Verlegenheitsräuspern. »Warum hast dich nicht angekündigt? Ich hätt dich abgeholt vom Flughafen.«

»Ich bin mit der Bahn gefahren, Papa.« Auch Ferdinand hüstelte. »Es musste rasend schnell gehen.«

»Du kommst wegen dem Ludwig, gell?«

Und du hast mir nicht einmal Bescheid gegeben, Vater. Wenn schon kein Anruf, dann wenigstens eine Postkarte.

Ferdinand schluckte den Vorwurf hinunter. »Genau.«

»Wegen der Beerdigung weiß keiner etwas, Ferdinand. Sein Körper is noch nicht freigegeben worden, hat die Lena mir erzählt. Is noch in der Gerichtsmedizin in Graz.«

Aha, mit Lena hast du über Ludwig geredet, aber mit mir nicht.

Auch die nächste Vorhaltung musste auf einen passenderen Zeitpunkt warten.

»Papa, ich muss mich kurzfassen. Pass auf: Ich hab gleich einen Termin im Landeskriminalamt. Ich will …« Er stockte. »Nein, ich muss mit ermitteln. Verstehst du das?«

»Na ja, schon. Sehen wir uns danach?«

»Papa, hör zu. Der Gerald Wiedenhüpfer ist doch dein Golfpartner. Dein Freund, dein Spezi.«

»Du meinst den Chefinspektor.« August Sterz mochte Titel.

»Genau, Papa. Er sitzt in der Polizeidirektion und hat das Sagen bei Mordermittlungen. Er kann mir mit einer Autorisierung behilflich sein, dass ich ins Team einbezogen werde. Verstehst du?«

»Du überrollst mich damit, Ferdinand.« Sein Vater schnaubte. »Ich kann mich Ende der Woche mit ihm zum Golfen verabreden und das Thema anschneiden.«

»Papa. Jetzt.«

»Wie jetzt?«

»Ich leg auf, und du tätigst einen Anruf. Ein Leichtes, finde ich.«

»Leicht wohl nicht, Ferdi. Bist du nicht eh befangen, weil ja der Stichl und du so gut befreundet wart?«

Der Einwand traf voll ins Schwarze. »Ewig her und keiner Rede wert, Papa. Was ich brauche, ist einfach ein wenig Unterstützung.«

»Vitamin B.«

»Nein, es geht nicht um meine Karriere, sondern nur um eine Art Eintrittskarte.«

»Was is mit Köln?«

»Bei Europol regelt sich alles, wenn es hier anläuft.«

»Wirst du bei mir wohnen, Ferdinand?«

Der Themenwechsel überrumpelte nun Ferdinand. Doch in der nächsten Sekunde wurde ihm der angebotene Deal seines Vaters klar. Vater und Sohn, nach Jahren wieder unter einem Dach, kein Postkartenaustauch, kein Skype, sondern ein persönliches Miteinander. Als Gegenleistung winkte der Anruf.

»Hab ich vor, Papa.«

»Wann wirst denn heute zu Hause bei mir sein? Ich werd früher Schluss machen und alles vorbereiten. Bett überziehen und so.« Er ließ einen leichten Schmunzler anklingen. »Wir könnten uns auch zuerst im Gasthaus Zur Schmied'n treffen. Zur Wiederkehr eine Einladung meinerseits.«

»Ich kann es nicht sagen. Wenn alles gut läuft, stecke ich rasch mitten in den Ermittlungen.«

»Ich würd mich freuen, wenn es mit einem ersten gemeinsamen Abendessen losgeht, Ferdinand.«

Zweite Bedingung. Wobei der Vorschlag mit dem Gasthaus nicht schlecht war. Das Wiedersehen auf neutralem Boden. »Ich mach es möglich, Papa, und gebe dir noch eine Zeit durch. Stimmt deine Handynummer noch?«

»Tut sie. Ruf aber bei meiner Sekretärin an. Ich geb dir die Durchwahl. Sie regelt auch meine privaten Termine.« Von Nähe auf Distanz in atemberaubendem Wechsel.

»Verstanden, Papa. Zuerst jedoch bitte Wiedenhüpfer.«

»Ich versuch mein Mögliches, kann dir aber nichts versprechen.«

»Weiß ich.«

»Bis später, Ferdi, baba.«

Kaum war das Telefonat beendet, spürte Ferdinand ein Brennen im Magen. Der ungewohnt scharfe Kren oder das bevorstehende Gespräch am LKA. Am wahrscheinlichsten aber der Austausch mit seinem Vater.

Wie aus dem Nichts war sie ebenfalls wieder da. Die Trauer um den Tod seiner Mutter. Ferdinand krümmte sich nach unten und hielt sich mit einer Hand am Mauerwerk des Eckhauses zur Jungferngasse fest.

Mama, Mama – ein Ruf nach seiner Mutter geisterte durch seinen Kopf. Er war wieder elf und seine geliebte Mama von einer Stunde auf die andere nicht mehr in seiner Welt. So oft hatte er wach gelegen und sich vorgestellt, wie es für Alma in den letzten Sekunden gewesen sein musste. Die Scheinwerfer, die ihr entgegenkamen, der Zusammenstoß, der Aufprall. Hatte seine Mutter gelitten? Hatte sie gewusst, dass ihr Leben gleich vorbei sein würde? Hatte einer ihrer letzten Gedanken Ferdinand gegolten?

»Hey, du! Alles in Ordnung?«

»Danke, mir geht es blendend«, antwortete er und sah hoch.

Ein junger Mann in einer grasgrünen Outdoorweste und einem rötlichen Spitzbart am Kinn berührte ihn leicht an der Schulter. »Du schaust nicht so aus. Echt alles im grünen Bereich?«

»Im grasgrünen.« Ferdinand versuchte einen Scherz. »Wie dein frisch gemähtes Oberteil.«

Der andere lachte schallend. »Oida, du bist aber a Lustiger!«

Obwohl der Schmerz immer noch andauerte, stimmte Ferdinand in das Lachen mit ein.

7

Am Empfang zeigte Ferdinand seinen Dienstausweis von Europol und hoffte das Beste.

Er hatte sich entschlossen, die Zeit, die ihm bis zu seinem Zusammentreffen mit Chefinspektor Wiedenhüpfer blieb, zu nutzen. Vom Jakominiplatz weg hatte er Straßenbahn und Bus genommen und war zur Medizinischen Universität gefahren, um sein Glück beim Diagnostik- und Forschungsinstitut für Gerichtliche Medizin zu versuchen.

Wobei Glück ein völlig falsches Wort war. Ferdinands Vater hatte ihn mit seiner Bemerkung, dass die Leiche von Ludwig noch nicht freigegeben war, darauf gebracht.

Aus seinem ersten Jahr als junger Ermittler hatte er das Gelände kleiner in Erinnerung. Ein Zeitungsartikel über eine groß angelegte Erweiterung fiel ihm ein, den ihm Hannerl Hawlik vor zwei oder drei Jahren geschickt hatte. Er hatte nie auf ihre Post geantwortet, für dieses Versäumnis war dringend eine große Entschuldigung fällig.

»Was kann ich für Sie tun?«

Der Pförtner saß hinter einer Plexiglasscheibe, trug eine elegante dunkelrote Fliege am Hemdkragen und hatte einen Dreitagebart, was nicht recht zusammenpassen wollte.

»Inspektor Sterz, Kriminalpolizei. Ich will zur Gerichtsmedizin. Es geht um einen aktuellen Mordfall.« Ferdinand hielt sich knapp, je mehr er erklärte, desto unwahrscheinlicher war es, sein Vorhaben durchzuziehen.

Der Mann am Empfang runzelte die Stirn. »Zu wem denn? Haben Sie einen Termin?«

»Ich werde dringend erwartet.«

»Soll ich Sie im Sekretariat ankündigen oder direkt in Dr. Casellas Büro melden?«

»Bei Dr. Casella natürlich.« Auch wenn Ferdinand keine Ahnung hatte, wer hinter dem Namen stand.

Ohne ein weiteres Wort wandte sich der Pförtner einer Schaltfläche zu und nahm einen Telefonhörer in die Hand. Nach einer kurzen Pause hörte Ferdinand ihn leise reden, konnte aber wegen der Plexiglasscheibe keinen zusammenhängenden Satz verstehen. Er wappnete sich, bei einer Abfuhr zu insistieren.

Der Mann am Empfang legte auf und beugte sich vor. »Es holt Sie gleich einer ab. Gehen S' durch und bleiben S' am Lift stehen, ja?!«

»Danke.«

Das Innere des weitläufigen Gebäudekomplexes sah elegant und futuristisch aus.

»Kann ich meinen Koffer bei Ihnen lassen?« Ferdinand wandte sich noch einmal an den Pförtner.

Der kratzte sich am Kinn, zupfte im Anschluss an der Fliege. »Ungern.«

»Ja oder nein?«

»Hallo? Inspektor Sterz?«

Eine Frauenstimme unterbrach. Ferdinand drehte sich um. Eine Assistentin oder auch Studentin stand in einer langen beigen Strickjacke hinter ihm. Die Frau sah derart jung aus, dass sie durchaus als Gymnasialschülerin hätte durchgehen können. Ihr Körperbau war zierlich, sie reichte ihm gerade einmal bis an die Schulter. Das lange dunkelblonde Haar hatte sie zu einem dicken Zopf gebunden, der seitlich über den breiten Kragen fiel. Ihre Augen strahlten in einem

Grün, das Ferdinand an die Weste des Mannes erinnerte, der ihn vorhin am Brunnen nach seinem Befinden gefragt hatte.

»Genau der bin ich.«

Er streckte ihr die Hand entgegen, die sie nicht annahm. Stattdessen neigte sie nur ihren Kopf. »Kann ich Ihren Ausweis sehen?«

»Bitte.«

Ihr Blick war länger und prüfender als der des Mannes am Empfang. »Europol?«

»So ist es. Ich bin heute Morgen aus Köln angereist und werde zum Fall Ludwig Stichlhofer hinzugezogen.« Eine nächste Schwindelei, die allerdings hoffentlich bald wahr werden würde. »Ich wollte mir einen eigenen ersten Eindruck verschaffen. Wenn Sie also so freundlich wären, mich zu Dr. Casella zu bringen.«

»Ich bin Casella«, sie zeigte ein kurzes Lächeln. »Dr. Katarina Casella. Folgen Sie mir, aber lassen Sie den Koffer hier. Das geht doch, Herr Kastner.«

Der Pförtner erhob sich. »Selbstverständlich, Frau Doktor.« Dann, an Ferdinand gewandt: »Na, stellen S' Ihr Gepäck dort in die Eck'n. Damit keiner drüberstolpert.«

Ferdinand tat, wie ihm geheißen, und musste sich im Anschluss beeilen, um mit der Gerichtsmedizinerin Schritt halten zu können.

Katarina Casella hatte den Zeigefinger ausgestreckt und bewegte ihn wie über eine Landkarte am Körper der Leiche entlang.

»Hier. Das Durchtrennen der Bauchaorta war kausal für den Tod. Die anderen Zinken der Mistgabel haben nur Fleisch durchbohrt. Wenn der Treffer ein paar Millimeter weiter links oder rechts erfolgt wäre, hätte das Opfer überleben können. Der kleine Unterschied mit der einen finalen Wirkung.«

Ferdinand war damit beschäftigt, sich seinen Schock nicht anmerken zu lassen.

Sie standen nebeneinander an einem der Sektionstische. Beide trugen sie jetzt einen grünen Schutzkittel, Handschuhe, Häubchen und einen Mundschutz. Grün schien die dominante Farbe zu sein, auf die Ferdinand hier traf, vielleicht, weil die Steiermark als das grüne Herz Österreichs betitelt wurde. Dieser winzige, vom Geschehen ablenkende Gedanke in seinem Kopf half ihm, sich ein wenig aus der Starre zu lösen.

Ferdinand hatte in seinen Dienstjahren viele Tote gesehen und zusammen mit den Rechtsmedizinern vor Ort oder in den Räumen der Rechtsmedizin begutachtet, aber keines der Opfer hatte er gekannt oder war mit ihm sogar eng befreundet gewesen.

Ludwigs Körper zu betrachten, war traumatisch. Das Foto, das Ferdinand von der Leiche gesehen hatte, hatte ihn nicht auf den direkten Anblick vorbereitet. Ihm wurde bewusst, dass er erst in diesem Moment realisierte, dass es sich bei dem Mann vor ihm wahrhaftig um den Stichl handelte.

Bloß und nackt, durch die Einstiche entstellt, war der tote Freund aufgebahrt. Die schwarzen Löcher, hervorgerufen durch die Gabelzinken, wiesen Umrandungen von dunklen Blutergüssen auf. Dazu die Nähte an Brust und Bauch, die von der Sektion stammten. Alles in allem atemberaubend schrecklich. Ein Wiedersehen des Grauens, würde Ferdinand es benennen, wenn es dafür überhaupt Worte gab.

Ludwigs Wangen waren eingefallen, das Gesicht von Falten durchzogen, die schon zu Lebzeiten da gewesen sein mussten. Ferdinand fragte sich, ob der Jugendfreund schneller gealtert war als er selbst oder ob auch er älter aussah, als er es sich beim Blick in den Spiegel eingestand.

Ein süßlicher Geruch schwebte in der Luft, der Ferdinand körperlich schmerzte.

»Er ist also innerlich verblutet, wenn ich Sie richtig verstanden habe, Dr. Casella. Hat es lange gedauert?«

»Bei einer solchen Verletzung verstirbt man binnen kürzester Zeit. Jede Hilfe wäre zu spät gekommen.»

»Hat er gelitten?«

Katarina Casella hob die Augenbrauen. »Normalerweise fragen das nur die Angehörigen.«

»Bei meinen Ermittlungen will ich mir ein abgerundetes Gesamtbild verschaffen. Ich erkundige mich bei jedem Mordopfer nach diesen Details.« Wieder das Flunkern. Ferdinand war nicht der Typ, dem erfundene Geschichten leicht über die Lippen kamen. Er hoffte, dass er bald keine Ausreden mehr benötigte.

»Okay.« Sie hob erneut ihren Zeigefinger. »Ich gehe davon aus, dass der Schockzustand lange genug angehalten hat, um Schmerzen gar nicht erst aufkommen zu lassen.«

Ferdinand schickte ein Stoßgebet gen Himmel, dass die Gerichtsmedizinerin recht hatte.

»Was haben Sie bisher noch herausgefunden, Dr. Casella?«

»Ich dachte, Sie sind bei den Ermittlungen mit dabei, Inspektor Sterz.«

»Da ich eben erst angekommen bin, fehlen mir die aktuellsten Daten.«

»Wollen wir in meinem Büro weiterreden, bei einem Kaffee? Sie sehen blass aus.«

Ferdinand schüttelte den Kopf. Die Zeit lief, und das Landeskriminalamt lag nicht ums Eck. Er musste die Fahrtzeit mit den Öffis einplanen. Noch dazu hatte er einen zweiten Zwischenstopp privater Natur vor. Als Erstes aber musste er dringend zurück an die frische Luft. Er hatte plötzlich das Gefühl, dass dieser spontane Besuch in der Gerichtsmedizin keine gute Idee gewesen war. Ferdinands Auftauchen dort, noch bevor er offiziell eingebunden war, konnte auf ihn zurückfallen.

»Wir werden uns sicher zu einem anderen Zeitpunkt wiedersehen, Dr. Casella. Jetzt bräuchte ich eine Kurzversion.«

»Nun, dann würde ich sagen, Sie studieren meinen Bericht.« Auch mit Mundschutz war ihr die Skepsis anzusehen. »Melden Sie sich, wenn Sie tatsächlich mit dem Team um Chefinspektor Dromeritsch agieren.«

Sie betonte den Namen des Ermittlungsleiters. Die kleine Finte durchschaute Ferdinand sofort. Darüber musste er lächeln, was seine Fassungslosigkeit endlich schrumpfen ließ.

»Mit Chefinspektor Max Drombovic, wie er richtigerweise heißt, will ich heute noch zusammentreffen. Deshalb muss ich jetzt weiter, Dr. Casella.«

»Ich halte Sie nicht auf. Möchte Sie aber trotzdem bitten, erst meinen Bericht zu lesen. Danach wird ein Austausch leichter sein. Folgen Sie mir, ich bringe Sie zum Empfang zurück, damit Sie sich nicht verlaufen.«

Die Gerichtsmedizinerin gab einem Assistenten, der im Hintergrund gewartet hatte, einen Wink und ging Richtung Ausgang.

Ferdinand verharrte noch wenige Sekunden. »Mach's gut, Wiggerl«, flüsterte er. »Ich find den, der dir das angetan hat. Ich schwör's dir.«

»Wie bitte?« Katarina Casella drehte sich um.

»Ich sagte, dass ich Ihr Angebot gerne in den nächsten Tagen nachholen möchte. Ein Gespräch, einen Austausch. Dazu mit Ihnen einen starken österreichischen Kaffee zu trinken, wird mir ein Vergnügen sein.«

Erst draußen, als sie beide Schutzkleidung, Mundschutz und das Häubchen abgenommen hatten, gab sie ihm eine Antwort. »Inspektor Sterz, bei mir gibt es einen Cappuccino oder einen Espresso. Ich hoffe, Sie mögen die italienische Variante genauso gern.«

»Das klingt wunderbar, Dr. Casella.«

»Das ist mein *Caffè* auch.« Sie nickte ihm augenzwinkernd und diesmal ohne Misstrauen zu.

Ferdinand dachte über die Unmöglichkeit nach, dass Katarina Casella jünger wirkte, als er bei seinem Weggang aus Graz gewesen war.

8

Er entdeckte sie sofort, als er sich dem Künstlereingang näherte. Sein Timing war perfekt. Die Proben endeten stets um vierzehn Uhr, und Hannerl liebte es, danach noch einen Plausch zu halten. Sie stand mit einer Gruppe von Leuten im Freien. Dabei wedelte sie mit den Armen in der Luft und unterstrich ihre Worte mit ausufernden Gesten. Eine Frau, die zeitlos schien, alterslos ebenso – auch wenn sie auf die Mitte siebzig zuging.

Hannerl Hawlik. Ein Original und an der Grazer Oper seit Jahrzehnten als Souffleuse engagiert. Selbst nach ihrer Pensionierung arbeitete sie regelmäßig als Aushilfe und blieb der Kunst treu. Sie war beliebt bei den Sängerinnen und Sängern wie auch bei den Regisseuren, denen sie schon einige Male ohne Schönfärberei ihre Meinung bei deren Inszenierungen kundgetan hatte. Die Intendanten wechselten, Hannerl blieb.

Ferdinand wartete, bis sie den Kopf in seine Richtung drehte. Als ihr Blick sein Gesicht erfasste, riss sie Mund und Augen auf. Sie klatschte in die Hände und rannte los, so schnell, dass Ferdinand Angst bekam, sie könnte stolpern und hinfallen.

»Hannerl«, sagte er und merkte erst jetzt, dass ihm eine Träne über die Wange lief.

Sie stoppte vor ihm, hob die Hand und versetzte Ferdinand eine saftige Ohrfeige.

»Du dummer Bub, du dummer.«

Ehe er etwas auf diese Aktion erwidern konnte, fiel sie ihm um den Hals. »Du bist ein Arschloch«, flüsterte sie in sein Ohr und schluchzte dabei.

Er drückte sie an sich. »Arschloch sagt man nicht, Hannerl. Zehn Schilling in die Fluchkiste.«

Eine seiner liebsten Erinnerungen.

Hannelore Hawlik war die Patentante seiner Mutter gewesen und auch später, nach der Hochzeit von Alma Dürschler mit August Sterz, eng mit der Familie befreundet geblieben. »Tant' Hannerl«, wie der kleine Ferdinand sie gerufen hatte, hatte die Funktion einer Großmutter für ihn übernommen. Bei ihr durfte er Aufbleiben bis spät in die Nacht, Eis essen, so viel er wollte, und sie brachte Geschenke, die seinen Eltern nie in den Sinn gekommen wären. Das Schlagzeug, die Tierstimmenbox oder den ferngesteuerten Roboter. In Ferdinands erstem Jahr am Gymnasium, als er schon den Stichl mit zu Hannerl brachte und das Tant' bei der Anrede wegließ, erfand sie die Fluchkiste: Immer wenn die Jungen eines der gängigen Schimpfwörter benutzten, waren fünf bis zehn Schilling vom Taschengeld in eine bunte Schachtel zu legen, je nach Härtegrad des jeweiligen Ausdrucks. Halbjährlich wurde die Kiste geleert und das Geld von Hannerl an eine soziale Einrichtung gespendet. Ferdinand wie Ludwig hatten sich dem Ritual ohne Murren unterworfen.

Während er die inzwischen alte Dame im Arm hielt, fragte sich Ferdinand, warum er gerade ihr nie auf all ihre Briefe und Sendungen zurückgeschrieben, ihre Anrufe auf der Mailbox ignoriert hatte. Wieder hatte es etwas mit Lena zu tun. Hannerl hatte für Lenas Entscheidung, sich von Ferdinand zu trennen, Verständnis gezeigt.

»Wenn eine Liebe geht, behält man die glücklichen Momente im Herzen und lässt los.« Für ihn war dieser Spruch im falschen Moment gekommen. »Die Lena würd dort mit dir nicht froh werden«, hatte Hannerl noch dazu argumentiert. »Du hast ja hier schon kaum Zeit für sie durch deinen Job. Und in Deutschland wär sie dann ganz allein.«

Als ob es Hannerls Schuld wäre, dass der Liebeskummer ihn quälte, hatte er sie aus seinem Leben genauso verbannt wie Lena. Rückblickend betrachtet war es eine Schande. Er hatte ihr Herz mit seiner Abschottung sicherlich im gleichen Maße gebrochen, wie er selbst verletzt worden war.

Hannerl löste sich als Erstes und begann, nach einem Taschentuch in ihrer Handtasche zu kramen. Wie früher war auch diese Tasche groß und bunt, fast erwartete Ferdinand, dass sie ein Stück Schokolade für ihn hervorzauberte.

Ein paar Veränderungen an Tant' Hannerl fielen ihm nun doch auf. Ihr Rücken war gekrümmter als früher, und ihre Hand mit dem Taschentuch zitterte leicht. Die Falten an Stirn und Mund hatten sich vertieft, und am Haaransatz schimmerte rosa Haut durch. Aber ihre Haare waren immer noch blond gefärbt und ihre Nägel rot lackiert. In der Jeans und dem hellblauen Blazer wirkte sie flott und vital.

Einer aus der Gruppe rückte zu ihnen auf. »Hannerl, da hat dich ein junger fescher Mann zum Weinen gebracht. Was is los?«

»Ach, alles gut. Der Bub is zurück.« Sie schnäuzte sich und winkte den anderen, näher zu kommen. »Darf ich bekannt machen: Chefinspektor Ferdinand Sterz, der Sohn meiner verstorbenen Patentochter Alma.«

»Inspektor, nur Inspektor«, korrigierte Ferdinand sie.

»Inspektor gibt's kan«, erwiderte Hannerl.

Die Kollegen von Hannerl in der Runde amüsierten sich lautstark über das berühmte Zitat aus *Kottan ermittelt*. Weitere

Kommentare folgten. Bei all der Melancholie der letzten Stunden eine fröhliche Momentaufnahme.

In den nächsten Minuten musste Ferdinand reihum Hände schütteln. Er wurde mit zwei Chorsängern, einem Techniker und einer Maskenbildnerin bekannt gemacht. Nach einem Blick aufs Handy zog Ferdinand Hannerl zur Seite.

»Ich muss gleich weiter, Hannerl, wollte dich nur begrüßen, schauen, wie es dir geht.«

»Du hast meine Briefe ja doch gelesen, sonst wüsstest du nicht, dass ich wieder eine Produktion an der Oper übernommen hab.«

»Alles gelesen, mich über alles gefreut.«

»Aber nie zurückgeschrieben.«

»Geburtstag und Weihnachten schon, Hannerl.«

»Blödsinnige Karten. Auf solche neutralen Grüße hätt ich verzichten können, wenn du stattdessen einmal meine Nummer gewählt hättest.« Sie tupfte sich mit den Fingern unter den Augen ab, um die verschmierte Wimperntusche in Ordnung zu bringen. »Nicht hier und nicht jetzt, aber du wirst mir noch Red' und Antwort stehen, warum du dich wie ein Dieb in der Nacht davongeschlichen hast.«

»Ich bin offiziell nach Deutschland berufen worden. Von Europol, das weißt du doch.«

»Ja, schon, aber inoffiziell bist du dort dann zum herzlosen Deppen mutiert.« Sie begutachtete ihn. »Noch dazu hast inzwischen weniger Haare als bei deinem Abgang.«

Ferdinand strich sich über die hohe Stirn. »Das stimmt, Hannerl.«

»Für den Moment bin ich allerdings selig, Ferdi. Hauptsach', du stehst leibhaftig vor mir. Wenn es mir einer heute früh gesagt hätt, ich hätt es nicht geglaubt.« Hannerls Augen begannen wieder zu glänzen. »Und jetzt bist du wegen dem

Stichl zurück, stimmt's? Ich war so geschockt, als ich es aus der Zeitung erfahren hab. Das arme Hascherl.«

»Lena hat mich angerufen.«

»Die Lena?« Hannerl machte große Augen. »Mit der hast du noch Kontakt? Aber mit mir und deinem Vater so gut wie nicht?«

»So ist es nicht«, Ferdinand nahm ihre Hand und drückte sie. »Ich kann dir im Moment nicht alles erzählen, nichts wirklich erklären, doch ich hole das nach. Heute Abend werde ich mich mit Papa in der Schmied'n treffen. Komm einfach dazu.«

Sie tätschelte Ferdinands Wange, diesmal vorsichtiger. »Erstens hab ich Probe. Zweitens wirst du schön allein mit August zurechtkommen, Ferdi.«

»Ich werde bei ihm wohnen. Leider.«

»Sag das nicht so.« Hannerl schüttelte den Kopf. »Du wohnst zu Hause.«

»Das ist es schon lange nicht mehr.«

»Bub! Ich nenn dich jetzt ganz bewusst so. Jeder braucht einen Ort, an dem er verwurzelt is. Deine Mama hat …«

Er unterbrach sie. »Bitte nicht jetzt, Hannerl.«

Hannerl umarmte Ferdinand noch einmal fest. »Is gut. Allein, dass ich dich in dem Leben noch einmal quetschen kann, is herrlich.«

»Ich muss weiter. Guck nicht so enttäuscht, bitte.«

»Schon gut. Jetzt bleibst du ja. Aber, hearst, du klingst wie der Piefke schlechthin.« Sie zwickte ihn in den Oberarm.

»Au!«

»Ich wollt mich nur überzeugen, dass ich nicht träume, Ferdi.«

»Dann hättest du dich selbst zwicken müssen, Hannerl.«

»Das hätt mich aber nicht so zufriedengestellt.« Hannerl gab Ferdinand frei und hob ihre Hand zum Gruß. »Bussi, Bub. Es is wunderbar, dass du wieder da bist.«

9

Chefinspektor Gerald Wiedenhüpfer hatte abgespeckt. Sein ehemals üppiger Wohlstandsbauch war nicht mehr vorhanden. Doch nicht nur das. Die Haarpracht auf seinem Kopf schien in dem Maße zugenommen zu haben, wie seine Kilos verschwunden waren.

Ferdinand war sich absolut sicher, dass der Golfpartner seines Vaters aus der Polizeidirektion früher auf dem Weg zum Kahlkopf gewesen war. Während sie sich die Hände schüttelten, rätselte er, ob Wiedenhüpfer eine Transplantation hatte machen lassen. Es hätte zu dem Mann gepasst.

»Grüß Sie Gott, Sterz«, Wiedenhüpfer ließ seine Hand als Erster los und zwirbelte an seinem Schnurrbart, der durch die wundersame Haarvermehrung wie ein haariges Teil zu viel im Gesicht wirkte. »Setzen wir uns, ich steh nicht gern. Mein Knie macht mir zu schaffen. Nur beim Golfen spür ich es nicht, ha, ha.«

Wiedenhüpfer wies auf zwei Drehstühle mit schwarzer Bespannung, die einem voluminösen Schreibtisch und einem Sessel mit hoher Lehne gegenüberstanden. Dahinter an der Wand ein gerahmtes Bild, das eine Truppe von Uniformierten zeigte, die vor dem Landeskriminalamt standen. »25 Jahre Anerkennung für Exekutivdienst« stand darunter.

»Inzwischen sind's schon ein wenig mehr«, konstatierte der Chefinspektor mit Blick auf die Aufnahme und umrundete seinen Schreibtisch.

Das Büro war geräumig. Zwei Fenster rechter Hand, vor denen jeweils eine Zimmerpalme stand. Auf der anderen Seite streckte sich ein Regal bis an die Decke, das mit Ordnern voll bestückt war. Dafür war die Tischplatte vor Wiedenhüpfer erstaunlich leer. Ein Bildschirm, eine Tastatur, ein Notizblock und ein Stift. Kein Körnchen Staub darauf zu entdecken.

Trotzdem wischte er mit seinem Zeigefinger darüber, bevor er sich Ferdinand widmete. »Also, Sie wiederzusehen, hätt ich am wenigsten erwartet, Sterz. Als Sie mich am Sonntag zu Hause angerufen haben, war ich mehr als überrascht.«

Ferdinand hatte am Morgen nach Lenas Anruf keinen anderen Ausweg gewusst, als sich die private Nummer des Chefinspektors im internen Verzeichnis herauszusuchen, um das Treffen heute nach seiner Ankunft zu arrangieren. »Tut mir leid wegen der Störung.«

»Schon gut. Meine Sekretärin war übrigens so freundlich, Ihnen die E-Mail mit ersten Informationen in ihrer Freizeit zu senden, weil ich sie darum gebeten hab. Natürlich laufen auch am Sonntag Mordermittlungen, aber für die Verwaltung is es in Österreich immer noch ein Ruhetag.« Er betonte die Worte Freizeit und Ruhetag.

»Ich entschuldige mich, wenn nötig, auch bei Ihrer Sekretärin.« Ferdinand wählte den linken Drehstuhl, der quietschte, als er sich darauf niederließ.

»Sie können es ihr beim Hinausgehen sagen, Sterz. Vielleicht einmal eine Bonbonniere hintennach vorbeibringen. Wie gesagt, wir alle brauchen unser Wochenende zum Regenerieren.«

»Ich wollte sichergehen, dass ich Sie heute antreffe, Chefinspektor.«

»Wo sollt ich sonst sein, Sterz? Das hab ich Ihrem Vater, dem August, vorhin auch erörtert, als er angerufen hat. Was unnötig war, nebenbei gesagt.«

Ferdinand fiel auf, dass Wiedenhüpfer seinen Vater beim Vornamen nannte, ihn selbst aber ausschließlich mit Nachnamen ansprach. »Papa war einfach so freundlich, mich und mein Anliegen noch einmal zu vertiefen.«

»Das hat August sehr eindringlich getan.« Er setzte eine Pause. »Was macht der Kölner Dom?«

Ferdinand zuckte mit den Schultern. »Er steht wie eh und je in voller Pracht.«

»Ha!« Wiedenhüpfer schnipste mit den Fingern. »Nach einer Legende soll die Welt untergehen, wenn nicht mehr am Dom gebaut wird. Haben Sie das gewusst, Sterz?«

»Nein.«

»Meine zweite Frau und ich waren letzten Sommer im Rheinland und auch in Köln. Sie is ein Kirchenfan.«

Also war Wiedenhüpfer geschieden und hatte wieder geheiratet. Vielleicht lag darin der Grund für seine körperlichen Auffrischungen. Ferdinand beschloss, die Floskeln außen vor zu lassen.

»Da die Angelegenheit dringend ist, würde ich gerne direkt zur Sache kommen, Chefinspektor.«

»Warum sind Sie, bittschön, immer noch nur Inspektor, Sterz?« Wie es schien, war Wiedenhüpfer der Small Talk doch wichtig. »Bei Ihrem Start als junger Beamter hätte ich einen steilen und schnellen Aufstieg vermutet. Gruppeninspektor wäre das Mindeste gewesen.«

»Inspektor war für mich immer eine Ehre.«

»Gut gesprochen, Sterz. Trotzdem.« Wiedenhüpfer ließ eine Spitze seines Schnurrbartes mit dem Mundwinkel nach oben gehen. »Is es denn wenigstens aufregend, das Leben in Deutschland?«

»Schon.«

»Sterz, Sie sind ein eher schweigsamer Kerl, nicht wahr? Wie Ihr Vater. Bei einer Sechs-Stunden-Partie Golf kommt der mit vier Sätzen aus. Was allein für sich genommen nicht schlecht is.« Er grinste. »Meine zweite Frau is ein Plaudertascherl. Das liebe ich an ihr, genieße aber umso mehr die Stille mit August. Welches Handicap haben Sie, Sterz?«

»Ich spiele kein Golf.«

»Schad'. Wollen S' einen Kaffee? In Deutschland haben die keinen richtig starken.«

»Nein, vielen Dank, Chefinspektor.«

»Nun gut, Sterz«, Wiedenhüpfer faltete die Hände. »Dann eben zur Sache.«

Jetzt merkte Ferdinand, dass er nervös wurde. »Wie Sie ja inzwischen wissen, Chefinspektor Wiedenhüpfer, will ich in die Ermittlungen im Mordfall Stichlhofer einsteigen. Mir ist bewusst, es ist kurzfristig und wahrscheinlich bürokratisch aufwendig, aber ich denke, dass der Fall einen Beamten braucht, der nicht nur in der Steiermark tätig war, sondern sich auch in Nordrhein-Westfalen gut auskennt. Der Grund ist, dass der erste Verdächtige aus Monschau stammt, also NRW. Deshalb unterstreiche ich mein Anliegen. Ich bin kompetent, bringe die Erfahrung mit und wäre eine Bereicherung für das Team.«

»Soso.«

»Wenn ich hinzufügen darf: Die Presse hat sich auf diesen Mord gestürzt, weil nicht jeden Tag jemand mit einer Mistgabel erstochen wird, demnach wäre eine schnelle Aufklärung durchaus im Interesse des LKA.«

»Das is jeder Fall, Sterz. Nicht nur der.« Wiedenhüpfer löste die gefalteten Finger und bewegte sie. »Es wäre im Prinzip möglich. Ich nehme an, dass der SOKO-Leiter nichts dagegen hätt. Chefinspektor Max Drombovic, ein alter Hase, den könnten S' noch kennen aus Ihrer kurzen Zeit bei uns.«

»Möglich.«

»Er hat inzwischen die Truppe bei diesem Fall in Zweierteams eingeteilt, eine Kollegin is ohnehin noch allein. Mit der könnt ich Sie direkt im Anschluss zusammenspannen, wenn es Drombovic recht is. Allerdings stammt die aus Wien.«

Ob Wien oder vom Mond war Ferdinand egal. Er rutschte auf dem Drehstuhl nach vorne, es quietschte wieder. »Großartig.«

»Moment, ich bin noch lang nicht fertig.« Wiedenhüpfer seufzte. »Was is mit Europol?«

»Was soll damit sein?«

»Ich hab vor Ihrem Eintreffen in der Zentrale angerufen. Ihr Vorgesetzter war nicht zu sprechen, weil heute in Deutschland ein Feiertag is.«

»Das regle ich.«

»Ganz so einfach is das nicht. Wir müssen Ihre Mitarbeit ja legitimieren und ein Ansuchen stellen. Hierbei rückwirkend, was ein Aufwand wird. Sind Sie nicht mitten in anderen Ermittlungen dort, Sterz?«

Ferdinand dachte an den aktuellen Betrugsfall mit Hilfsgeldern, der länderübergreifend zusammen mit Belgien bearbeitet wurde und sich seit Wochen in die Länge zog. Sich kurzfristig herauszuziehen, würde schwierig werden, aber nicht unmöglich. Nichts sollte unmöglich sein, wenn es darum ging, den Mord an Ludwig aufzuklären.

»Ich bin abkömmlich, sonst wäre ich nicht hier, Chefinspektor Wiedenhüpfer.«

»Trotzdem wird es nicht gehen.«

»Warum nicht?« Ferdinand musste achtgeben, dass er nicht zu betteln anfing. »Ich sehe kein Problem, das nicht zu lösen wäre. Und ich kann direkt loslegen, sobald wir zwei fertig sind.«

Die Möglichkeit, sich ohne polizeiliche Beteiligung einzumischen, schoss Ferdinand durch den Kopf. Was ihm allerdings widerstrebte und seinen Handlungsspielraum massiv einschränken würde. Ganz abgesehen davon, dass er nur in offizieller Funktion eine Verhaftung durchführen konnte. Dem Täter Handschellen anzulegen, würde eine minimale Wiedergutmachung darstellen.

»Mmmh«, Wiedenhüpfer drehte den Kopf und sah aus dem Fenster. »Ich stelle einen Kompetenzkonflikt fest. Sie sind befangen, Sterz.«

Genau das Argument hatte Ferdinand befürchtet. Er holte Atem für die Rede, die er vorbereitet und in Gedanken durchgespielt hatte. »Keineswegs. Ludwig Stichlhofer …«

»Sparen Sie sich den Sauerstoff, Sterz.« Wiedenhüpfer widmete seine Aufmerksamkeit wieder Ferdinand. »Wohnen Sie denn bei Ihrem Vater?«

Der abrupte Themenwechsel überraschte Ferdinand. »Was hat das …«

»Lassen Sie mich ausreden«, er hob die Hand zu einer theatralischen Geste. »Der August is einsam. Mehr als man denkt. Ich bin inzwischen schon zum zweiten Mal verheiratet, und er lebt immer noch allein.«

»Was weiter?«

»Nix weiter, Sterz. Es geht hier um das Tötungsdelikt an Ludwig Stichlhofer. Nicht um private Angelegenheiten. Eh klar.«

»Ich wohne bei meinem Vater, nebenbei gesagt. Das steht fest.«

»Schön. Das freut mich für den August. Sehr.«

»Also?« Jetzt war es Ferdinand, der Wiedenhüpfer fixierte. »Bin ich dabei?«

10

Dass Ferdinand es wahrhaftig geschafft hatte, eingebunden zu werden, fühlte sich am Ende fast unwirklich an.

Wiedenhüpfer hatte noch ein Telefonat getätigt und Ferdinand nach dem Gespräch direkt zwei Stockwerke tiefer in ein Großraumbüro geschickt. Allein in die Höhle der Löwen, konnte man sagen: Der Leiter der neuen SOKO wartete dort, zusammen mit der Ferdinand zugeteilten Partnerin.

Außer diesen Kollegen und zwei weiteren Beamten an einem der hinteren Schreibtische war der Raum leer. Ferdinand sah aus dem Fenster, draußen war es bereits dunkel. Die Verabredung mit seinem Vater in der Schmied'n fiel ihm ein. Er würde das Treffen wohl um eine Stunde oder mehr verschieben müssen.

»Inspektor Ferdinand Sterz«, er stellte sich mit einem Kopfnicken vor.

Die Frau war etwas älter als Ferdinand, er schätzte sie auf Mitte vierzig. Ihre Rundungen ließen sie gemütlich erscheinen. Die Banane, zu der sie ihr rötliches Haar hochgedreht hatte, unterstrich diesen Eindruck. Das Gesicht war mit Sommersprossen übersät.

»Dann sind wir ja schon zwei«, sie begrüßte ihn mit einem Augenzwinkern.

Er sah sie fragend an. »Zwei?«

»Na, zwei Zugereiste. Ich bin Inspektorin Gitte Busch. Wie du bloß Inspektorin, ohne Gruppen-, Revier- oder Bezirks-. Schon gar nicht Chef-. Und bitte nenn mich einfach Gitte. Soll ich dich Ferdinand oder Sterz rufen?«

»Wie es dir beliebt, Gitte.«

»Beliebt? Ein seltenes Wort, Sterz.« Sie lachte. »Ja, Sterz klingt gut. Dabei bleib ich erst mal.«

»Chefinspektor Drombovic. Max Drombovic.« Der Mann an Gittes Seite hatte im Gegensatz zu ihr die Mundwinkel nach unten gezogen. Er nannte seinen Titel ohne Humor. In seinem braunen kurzen Haar zeigten sich graue Stellen, auch seine Koteletten waren bereits ergraut. Geschätzt war er Ende fünfzig, doch schien er gut in Form zu sein, wie die Muskeln unter seinem Hemd ahnen ließen. In den runden Brillengläsern auf seiner Nase spiegelten sich die Köpfe von Gitte und Ferdinand. »Ich leite die SOKO Bauernhof.«

Ferdinand war irritiert. »SOKO Bauernhof?«

»Wir betiteln die SOKOs immer.« Drombovic stemmte die Hände in die Hüften. »Müsstest du doch wissen, Sterz.«

»Natürlich tue ich das.« Ferdinand ging auf den rüden Ton nicht ein. »Doch warum gerade Bauernhof?«

»SOKO Mistgabel klingt zu reißerisch, und SOKO Leibnitz hört sich nach einer Serie im Fernsehen an«, erklärte Gitte.

Drombovic trat einen Schritt näher an Ferdinand heran. »Ich versteh nicht, warum wir einen weiteren Mann brauchen. Noch dazu einen aus dem Ausland, der sich hier bei uns aufpudelt.«

»Ich bin Steirer.«

»Hört man dir aber nicht an.« Gitte lächelte immer noch, als wollte sie den Missmut des Sokoleiters überspielen. »Bei mir merkt jeder, dass ich aus Wien komm. Ein Kieberer aus der Hauptstadt. Leiwand, oder?!«

»Gitte, wart mit den Witzen, bis ich weg bin, ja?« Drombovic wies seine Kollegin zurecht, bevor er sich erneut Ferdinand vornahm. »Wäre nur nett gewesen, wenn das alles mit mir im Vorfeld abgesprochen worden wär und nicht als Anweisung vom Wiedenhüpfer. Wir stecken mitten im Anfangschaos der Ermittlungen, da is ein Neuzugang anstrengend.«

Ferdinand verstand ihn. Auch er hatte sich schon geärgert, wenn eine Order ohne rechtzeitige Verständigung durch Vorgesetzte durchgegeben wurde.

»Max, sorry.« Ferdinand versuchte, die Wogen zu glätten. »Ich bin mit von der Partie, weil der Verdächtige aus Monschau stammt und ich in Köln lebe und ermittle.«

»Du meinst den Achim Brink.« Drombovic behielt seinen grimmigen Gesichtsausdruck bei. »Der hat die Leiche gefunden und uns verständigt. Weil er der Erste am Tatort war, galt er kurzfristig als Verdächtiger. Für die Tatzeit hat er allerdings ein Alibi. Er war beim Frühschoppen. Was heißt, er is inzwischen nur mehr Zeuge, verstehst?«

»Verstehe.«

»Warum sollt er das Opfer abstechen und dann den Notruf wählen?«

»Warum nicht, Max?«

»Demzufolge kannst du theoretisch wieder abreisen, Sterz.«

»Nur theoretisch.« Ferdinand ließ sich seinen kurzen Schrecken nicht anmerken. Der wichtige offizielle Grund, warum Wiedenhüpfer seine Mitarbeit rechtfertigen konnte, durfte sich nicht in Luft auflösen. »Praktisch bleibe ich erst mal und unterstütze euch mit aller Kraft.«

Drombovic sah auf die Uhr. »Die Besprechung war vor drei Stunden. Gitte kann dir alles mitteilen, was bisher auf dem Tisch liegt. Is nicht viel. Aber der Fall is ja auch noch frisch.«

»Tatortbesichtigung morgen früh?« Gitte hob die Hand. »Bericht gleich als E-Mail. Morgen dann gerne exklusiv und persönlich. Wär mir lieber, Max. Okay?«

»Okay. Reicht.«

»Von mir aus könnten wir jetzt sofort hinfahren.« Ferdinand brannte darauf, den Ort in Augenschein zu nehmen.

»Morgen. Lies dir zuerst einmal alles durch.« Drombovic wandte sich zum Gehen. »Ich treff gleich noch den Staatsanwalt. Kollegen, wir sehen uns.«

Ferdinand blieb mit Gitte zurück. Er hätte sie zu gerne mit Fragen überhäuft, reichte ihr stattdessen aber seine Visitenkarte mit seiner Handynummer. Beim ersten Beschnuppern durfte er nicht übers Ziel hinausschießen.

Gitte nahm eine Umhängetasche von einer der Stuhllehnen und ließ das Kärtchen darin verschwinden. »Das Protokoll schick ich dir. Wenn es dir recht is, verschwind ich ebenfalls. Meine Jungs warten.«

»Du hast Kinder?« Kaum ausgesprochen, hatte Ferdinand das Gefühl, zu persönlich geworden zu sein. »Tut mir leid, ich wollte dich nicht direkt aushorchen.«

»Blödsinn. Wir sind ja jetzt sozusagen Spezis. Ich hab zwei Söhne.« Sie zupfte an einer Strähne ihres roten Haares, die sich gelöst hatte. »Jonas is zehn und Timon schon vierzehn. Keinen Mann mehr dazu, dafür einen Hund: Hektor. Schon weißt du alles über mein Leben. Und bei dir so?«

Der Blick von Gitte war erwartungsvoll, doch Ferdinand hatte nicht vor, ihr von seiner Seite aus Privates zu erzählen. Weder heute noch im Lauf der Zusammenarbeit.

»Kannst du mir vielleicht sagen, wie ich am schnellsten nach Raaba-Grambach komme, Gitte?«

Seinen Koffer hatte er hier ebenfalls wieder an der Pforte abgestellt. Wenn er sich beeilte, kam er doch noch rechtzeitig zum Abendessen. Langsam spürte er die Müdigkeit und die Erschöpfung in den Knochen. Morgen ging es weiter, sein wichtigstes Anliegen hatte er erreicht, wie es schien.

Gitte zuckte mit den Schultern. »Dann bleib geheimnisvoll, Sterz, für's Erste. Du kannst mir eh nicht entkommen. Parkst du in der Tiefgarage? Dann erklär ich es dir, während wir runtergehen.«

»Ich bin mit dem Zug angereist.«

»Ach so.« Sie begann, in ihrer Tasche zu kramen. »Ich kann dich fahren, wenn ich die Autoschlüssel find.«

»Nein. Das will ich nicht.« Ferdinand berührte sie leicht an der Schulter. »Ich bin eher der introvertierte Typ, der lieber allein unterwegs ist.«

»Schon gut. Kenn ich.« Trotzdem wirkte sie eingeschnappt. »Das is aber ein breiter Weg bis dahin. Straßenbahn und Bus. Im Finstern.«

Damit brachte Gitte Ferdinand zum Schmunzeln. »Obwohl ich keine Angst im Dunkeln habe, leiste ich mir ein Taxi.«

»Was is mit morgen früh? Ich könnt dich abholen.«

Er zögerte. »Gitte, bitte, nicht falsch verstehen. Ich freue mich sehr auf die Zusammenarbeit.«

»Dann schlag ein, Sterz. Ich schick dir noch meine Nummer. Du mir die Adresse. Bei der gemeinsamen Fahrt kannst du mich zu dem Fall ausfragen.«

Diese Aussicht überzeugte Ferdinand. »Überredet, Gitte.«

»Geht doch«, ihre gute Laune war zurück. »Ich werd dich heut noch googeln.«

»Was?«

»Wenn ich schon einen feschen jüngeren Partner abkrieg, will ich wissen, was die sozialen Medien über ihn ausspucken.«

»Nicht dein Ernst?« Ferdinand sah sie konsterniert an.

»Nein und ja.« Sie grinste übers ganze Gesicht. »Wir werden gut zusammenarbeiten, Sterz, das spür ich deutlich.«

11

Ferdinand stand im Badezimmer am Waschbecken, Auge in Auge mit sich selbst.

Hohe Stirn, gefolgt von kurzen braunen Haaren. Braune Augen, volle Lippen, ein ovales Gesicht mit einem markanten Kinn. Der Körper sportlich, aber nicht auffallend muskulös. Ganz fesch, würde Hannerl sagen. Ziemlich durchschnittlich, lautete sein eigenes Urteil.

Wer bin ich aber als Mensch? Das war die Frage, die er seinem Spiegelbild stellte.

Die Müdigkeit zog ihn Richtung Bett, das sein Vater frisch bezogen hatte. Lieber hätte sich Ferdinand in einem Hotel in der Grazer Innenstadt einquartiert. Doch August Sterz hatte seinen Anteil an dem Deal erfüllt. Deshalb würde Ferdinand nach weit über einem Jahrzehnt wieder in seinem Jugendzimmer übernachten. Im Haus seiner Eltern in Raaba-Grambach, der Gemeinde, die an die Stadt Graz anschloss.

Eine glückliche Kindheit hatte er hier am Mozart-Weg verlebt. Eine schmale ausgewiesene Privatstraße, die zu drei Anwohnerfamilien führte: Mitterer, Grassbaum und Sterz. Drei Häuser mit jeweils zwei Stockwerken, einem Balkon im ersten Stock und einem weitläufigen Garten. Seine Mutter hatte ihm einmal erzählt, dass er wegen der Adresse fast den Vornamen Amadeus erhalten hätte, letztendlich hatte sie sich aber mit Ferdinand durchgesetzt. Alma, August und Ferdinand waren eine fröhliche Familie gewesen. Zumindest in Ferdinands Kopf. Bis zum … – er wollte den Satz nicht einmal in Gedanken beenden.

Stattdessen rechnete er nach, wie lange er genau nicht mehr in seinem Zimmer übernachtet hatte, und kam auf siebzehn Jahre. Bei Beginn seiner Ausbildung zum Polizeibeamten am Bildungszentrum Graz nach der Matura war er umgezogen in eine minimalistische Dachwohnung, die ihm Hannerl über einen Bekannten vermittelt hatte. In einem Eckhaus beim Kaiser-Josef-Platz war das gewesen. Aus einem Fenster hatte er einen Blick direkt zum Opernhaus gehabt. Tant' Hannerl hatte ihm vom Markt oft frisches Gemüse und Obst gebracht, sonst hätte er sich wohl ausschließlich von Pizza ernährt.

Heiße Nächte im Sommer herrschten dort oben im Kammerl, wie er die Wohnung nannte, und eiskalte in den Wintermonaten.

Wiggerl hatte Ferdi oft besucht. Mit Hannerl waren sie im Theatercafé versackt, das die Straße hinunter lag. Der Stichl hatte bei diesen Gelegenheiten auf einer schmalen Zweiercouch im Kammerl übernachtet. Beim Schlafen hatte er heftig geschnarcht, wusste der Sterz noch ganz genau.

Damals hatte Ferdinands Stirn längst nicht so poliert und leer ausgesehen. Sein früherer Pony hatte sich stetig zurückgezogen, es war zu erwarten, dass er bald eine Halbglatze tragen würde. Er strich sich über Hinterkopf und Nacken, fühlte Flaum unter den Spitzen, die er regelmäßig kürzte.

Hannerl hatte seine schwindende Haarpracht am Nachmittag direkt angesprochen. Ein intensives Wiedersehen. Die Ohrfeige meinte Ferdinand noch auf seiner Wange zu spüren.

Ludwigs Gesicht auf dem Seziertisch schoss ihm durch den Kopf. Ein Anblick, der sich eingebrannt hatte. Die dunkel umrahmten Einstichlöcher auf seiner Brust, die Obduktionsnähte. Die Wangen eingefallen, die Haut porös wirkend, durchscheinend im Tod. Bilder, die dazu gemacht waren, Albträume zu verursachen.

Ferdinand stützte sich am Waschbecken ab. Er holte den Freund in Gedanken intensiver ins Leben zurück, wagte es sogar, sich vorzustellen, dass sie sich aus einem fröhlichen Grund wiedergesehen hätten. Vielleicht bei Wiggerls Hochzeit oder der Taufe seines ersten Kindes. Viele Falten hätte der Freund gehabt, aber volles blondes Haar. Scherze hätten sie gemacht.

Ein Anflug von Scham zerstörte das Fantasiegebilde in Sekunden. In Wahrheit hatte Ferdinand keine Ahnung, ob Ludwig in den letzten Jahren geheiratet hatte oder Vater geworden war.

»Verheiratet war er nicht, glaub ich. Nur die Lena, die hat einen Ehemann«, waren die dürftigen Auskünfte von August beim Abendessen gewesen. »Ich hab auch nie was von Kindern gehört.«

Gleich würde Ferdinand den Polizeibericht lesen, den Gitte ihm gemailt hatte. Darin standen mehr Informationen.

In den Zeiten ihrer Freundschaft hatte sich Ludwig mehr als einmal heftig verliebt, keine allerdings je seiner Familie als feste Freundin präsentiert. Hatte Ludwig schließlich die richtige Frau gefunden? Später eine große Liebe erlebt, nach den kleinen Liebeleien Anfang zwanzig? Hatte der Stichl überhaupt eine eigene Bestimmung erfahren, jenseits der Konvention und der Übernahme des elterlichen Bauernhofs, die für ihn vorgesehen war? Da er dort gestorben war, tippte Ferdinand auf nein.

Wieder kamen Fragen in ihm hoch, die er dem Typen im Spiegel stellte. Was für ein Mensch war er, der Sterz, dass er alles und jeden hinter sich gelassen hatte? Warum hatte er sich bei der ersten sich bietenden Gelegenheit abgesetzt und die Brücken hinter sich nach und nach eingerissen? Allein auf Tant' Hannerls viele Briefe zu antworten, hätte keine Mühe gemacht. Sogar Lena hatte nichts getan, weswegen er sie über die Jahre mit Nichtachtung hätte abstrafen müssen. Einmal verlassen zu werden, passierte den allermeisten unter den Liebenden. Warum also hatte er sich so gefühlskalt gegeben, jedem gegenüber, den er in der Steiermark zurückgelassen hatte?

Zuerst Frankfurt, dann Köln. Ein Rausch beruflicher Art. Eine heiße Affäre mit seinem Job. Bei Europol hatte es ihm gefallen, gefiel es ihm immer noch. Die Delikte, die Teams, die Aufklärungsarbeit. Dazwischen kurze Beziehungen zu Kolleginnen – ein einziges Mal war es eine Architektin gewesen –, die eines gemeinsam hatten: Sie sahen ein Stück Lena ähnlich.

Lena und Ludwig, Hannerl und August. Diese vier standen exemplarisch für Ferdinands Versagen auf emotionaler Ebene. Dafür gab es keine Entschuldigung, zumindest aber eine Erklärung. Ferdinand zwang sich weiterzudenken.

Mit Almas Tod hatte es begonnen, schleichend und langsam wie erste Krebszellen, die sich vermehrten und sich ausbreiteten, erst ohne Beschwerden zu verursachen. Als Elfjähriger war Ferdinand traumatisiert worden durch den Autounfall seiner Mutter. Ein Geisterfahrer hatte sie auf der B 67 nachts frontal gerammt. Beide hatte diese Nacht das Leben gekostet, der andere trug zwar die Schuld, doch das brachte Alma nicht zurück. Half nicht dem Witwer und nicht dem Halbwaisen.

Das Nachhorchen zu seinem Charakter wurde vollends von der Tragödie von Ferdinands Kindheit verdrängt. Er hatte Almas Augen, Almas Nase.

»Mama«. Er formte das Wort übertrieben mit seinen Lippen. Sein Spiegelbild tat es ihm gleich.

Alma hatte den Stichl gemocht.

Wiggerl wohnte die Woche über in Graz bei den Großeltern und war nur an den Wochenenden zu Hause in Leibnitz. Ferdinand und Ludwig besuchten das gleiche Gymnasium. Vor Almas Unfall waren der Sterz und der Stichl bereits Freunde gewesen, danach unzertrennlich. Weil auch Ludwigs Oma in dieser Zeit starb und die Tage bei seinem cholerischen Opa nicht sehr liebevoll waren, verbrachten die Buben die meiste Zeit miteinander. Lena war erst drei Jahre später an dieselbe Schule gekommen, als kleine Schwester war sie mehr als Anhängsel gesehen worden.

Ferdinand fielen zudem seine eigenen Sommeraufenthalte am Bauernhof der Familie Stichlhofer ein. Damals hatte es noch Schweine gegeben in dem Stall, in dem …

Wieder brach Ferdinand den Gedanken ab. Er sollte seine E-Mails checken und sich das Protokoll der Besprechung durchlesen, die bisherige Akte im Gesamten. Mit eigenen Notizen im Kopf beginnen. Lose Gedankenfetzen, manchmal absurde Vermutungen, Fäden, die sich verknüpften oder im Nichts endeten. Er brauchte weder Block und Stift noch iPad oder Diktiergerät, er sammelte alles in seinem Hirn wie in einem großen Becken. Seiner Überzeugung nach zogen sich manches Mal die richtigen Puzzleteile darin wie Magneten an. Die Akte lesen und zugleich aufsaugen.

Nein, nicht mehr heute, entschied Ferdinand. Genug für einen Tag: der Uhrturm, das Würstelessen, später Dr. Katarina Casella, dann Wiedenhüpfer, gefolgt von den Kollegen Max Drombovic und Gitte. Hannerls Ohrfeige noch einmal erwähnt.

Am Ende schließlich das Abendessen mit Papa in der Schmied'n. Ganz in Ordnung für das erste Wiedersehen, gefüllt mit Vorsicht und Gesprächsfloskeln bei Backhendl und gemischtem Salat mit Kernöl, dazu eine Flasche gelben Muskateller.

Ferdinand war nach langer Zeit nach Hause gekommen, da hatte Hannerl schon recht. Er und der Spiegel-Ferdinand nickten sich zu. Im Anschluss drückte er die Schiebetür des Badezimmerschranks zur Seite und beendete die Selbstbetrachtung.

Eine halbe Stunde später schlief er in seinem Jungenbett unter einem Poster von AC/DC ein. Die Nacht blieb traumlos.

12

In dem dunklen Raum zu stehen und mit dem Messer zu hantieren, war eine Mischung zwischen Wahnsinn und Erregung. Draußen brannte noch die Straßenlaterne und warf einen Streifen Licht als einzige Beleuchtung herein. Es reichte, um sich zurechtzufinden.

Alles, was im Kühlschrank zu finden gewesen war, wurde geschnitten. Beginnend mit Möhren, gefolgt von Paprika und Zucchini. Der Klang, den die Messerklinge machte, wenn sie auf das Holz des Schneidebretts traf, war vergleichbar mit einem Klopfen gegen einen hohlen Baum.

Irrer Specht war eine gute Bezeichnung. Irrer mörderischer Vogel, der mitten in der Nacht vor einer Arbeitsplatte stand und Gemüse klein schnitt.

Wobei es nicht um Nahrung oder Kochen ging, sondern um das Messer und das Klopfen, das es produzierte, wenn es auftraf.

Das Tempo und der Schwierigkeitsgrad wurden mit jedem neuen Anlauf gesteigert. Erst hatte die rechte Führungshand den Messergriff gehalten, nun war es die linke. Hier zeigten sich erste Schwierigkeiten, denn der ungewohnte Wechsel ließ die Klinge mehrmals abrutschen. Trotzdem wurde die Geschwindigkeit beim Zerkleinern hochgedreht.

Zurück zur rechten Hand. Die Zwiebeln waren an der Reihe. Mit ihnen kamen ungewollt Tränen, salzig und warm, die Sicht völlig vernebelnd. Stopp! Weinen passte nicht dazu. Überhaupt nicht. Andererseits machte im Blindflug weiterzuhacken den Reiz größer.

Also voran. Schneller, immer schneller, immer kleiner die Stücke, immer näher die Gefahr, sich zu schneiden. Vielleicht sollte diese blindwütige Aktion darauf hinauslaufen: sich zu verletzen, das eigene Blut zu schmecken, einen Schmerz zu spüren. Überhaupt wieder empfindungsfähig zu sein.

Wobei es die dunklen Gefühle im Überfluss gab. Die brauchten ein Ventil, mussten abgebaut werden. Oder ein zweites Opfer. Noch heute Nacht? Niemand Unschuldigen, sondern eine weitere Person, die es verdient hatte.

Am schönsten wäre es gewesen, jetzt einfach loszurennen und die Klinge tief in ein Herz zu stoßen. Immer und immer wieder, bis Rot die dominierende Farbe sein würde.

Das Messer rutschte in der Menge der inzwischen feingehackten Zwiebel ab und fiel zu Boden. Der Lärm, als es auf dem Boden auftraf, war lauter als erwartet.

Nach einer Weile verschwand der Drang, mit dem Messer zu hantieren. Das geschnittene Gemüse wurde lieblos einfach entsorgt, die Arbeitsplatte rasch gesäubert. Es gab keine Verletzung und kein Blut. Schließlich auch keine unerwünschten Tränen mehr.

Die Straßenlaterne erlosch.

II
KRAWUTISCH

(WÜTEND)

13

Bereits nach dem ersten Ton seines Handys am Nachttisch schlug Ferdinand die Augen auf. Zu seinem eigenen Erstaunen war er sich sofort bewusst, wo er war und warum ihn das Gesicht von Angus Young aus dem AC/DC-Plakat heraus anstarrte.

Er griff nach dem klingelnden Mobilteil und sah zuerst nach der Zeit, es war kurz nach sieben Uhr morgens. Die Nummer war dieselbe, die ihn auch vor zwei Tagen mitten in der Nacht aufgeschreckt hatte. Doch heute wäre ohnehin in zehn Minuten sein gespeicherter Weckruf erklungen. Gitte wollte ihn um acht abholen.

»Hallo.«

»Lena«, diesmal war Ferdinand vorbereitet. »Guten Morgen«, er musste einfach lächeln, »geht es dir gut?«

Auf seine Nachfrage schwieg sie vorerst.

Ferdinand ließ ihr Gesicht vor sich auftauchen, ohne an die verschluckten Jahre zu denken. Hellblonde Haare, blaue Augen, sportliche Figur. Pferdeschwänze hatte sie meist getragen oder das Haar zu einer Banane hochgesteckt. Dazu auffällige Ohrringe, sonst aber keinen Schmuck.

Doch, einen, korrigierte er sich. Den Verlobungsring an der linken Hand. In Silber mit einem blauen Stein. Er hätte gerne gefragt, ob sie ihn aufbewahrt hatte.

»Du wirst es nicht glauben, Lena, aber ich habe heute Nacht in meinem ehemaligen Zimmer bei Papa übernachtet. Da fühlt man sich wieder wie fünfzehn.« Ferdinand merkte, dass er versuchte, Konversation zu machen, um die Stille am anderen Ende zu überbrücken. »Das heißt, ich bin bereits im Lande. Es war selbstverständlich, dass ich gekommen bin, Lena. Wenn mir August oder Hannerl gesagt hätten, was mit Ludwig geschehen ist, wäre ich eher angereist. Ich werde mich kümmern, versprochen. Wie es aussieht, kann ich bei den Ermittlungen mit dabei sein. Ach, es tut mir so leid, Lena, so schrecklich leid.«

Jetzt machte er ebenfalls eine Sprechpause, weil er sich nicht sicher war, ob Lena noch in der Leitung war.

Doch dann hörte er sie seufzen. »Ja, uns allen, Ferdinand.«

»Ich fahre gleich mit meiner neuen Kollegin nach Leibnitz an den Ta…, an den Hof.« Das Wort Tatort bei ihr zu benutzen, kam ihm ungehörig vor. »Trotz der Umstände freue ich mich, wenn wir uns wieder begegnen.«

Sein Herz klopfte schneller. Wieder wehte der Hauch von Vergangenem durch das Zimmer. Lena, mit Pferdeschwanz und Ohrringen, noch ohne Verlobungsring, die sich hin und wieder eine Zigarette selbst drehte. In der fünften Klasse des Gymnasiums hatte sie damit heimlich angefangen.

»Feine Fräuleins rauchen nicht«, dazu der achtzehnjährige Ludwig, der seine jüngere Schwester mit diesem unbeholfenen Spruch maßregelte.

»Ich geb dir gleich eine, Stichl.« Ihre Stimme hatte tiefer und dadurch erwachsener geklungen. »Wenn du mich noch ein einziges Mal Fräulein nennst, schnapp ich mir den Sterz, heirat ihn und brenn mit ihm durch nach Kanada. Dort wird der Ferdi statt eines Kommissars ein Mountie. Und du bleibst allein zurück und kannst am Hof schuften, bis d' umfallst.«

Ferdinand meinte in der Rückschau, dass er sich an diesem Tag in Lena verliebt hatte. Bis dahin war sie die Kleine gewesen, die manchmal lästige Schwester vom Wiggerl. Doch da hatte er bemerkt, wie hübsch sie war, anziehend schön. Mit ihr zusammen die Flucht zu ergreifen und alles, was in seinem Teenagerleben nicht mehr stimmte, hinter sich zu lassen, hatte seine Fantasie beflügelt.

»… Köflach.«

Die Gegenwart holte Ferdinand ein. »Entschuldige, Lena, ich habe eben gepennt. Was hast du gesagt?«

»Gott, wie du redest, Sterz.«

»Entschuldige.«

»Nein, nein«, endlich ein leises Lachen. »Das is schon in Ordnung. Du warst nie so ein bellender Steirerbub.«

Er wusste nicht, ob er ihre Beurteilung als Kompliment oder als Kritik auffassen sollte, hatte darauf keine Erwiderung. »Bist du vielleicht heute schon vor Ort am Hof, Lena?«

»Nein. Ich lebe jetzt in Köflach, wie ich vorhin g'sagt hab. Mit dem Bruno, meinem Mann.«

»Dass du einen Bruno Schöne geheiratet hast, weiß ich. Aber dass du nicht mehr in Leibnitz wohnst, ist mir neu.«

»Unser Umzug liegt schon Jahre zurück, Ferdi. Der Bruno war übrigens mit uns an der Schule, den kennst du.«

»Soso.« Ferdinand hatte kein Gesicht zu dem Namen.

Das Lächeln in ihrer Stimme blieb. »Wir haben ein Reihenhaus an der B-Straße.«

»Wie nett.«

»Ja, schon. Mit einem kleinen Garterl hinten hinaus und einem aufblasbaren Swimmingpool für den Sommer. Dazu eine Katze, die zwischen den Nachbarn pendelt.«

»Gemütlich.« Ihm gingen die Floskeln aus.

»Köflach is ein angenehmer Ort, Ferdi. Wir könnten uns ins Café Turm setzen, die haben dort ein selbst gebrautes Bier.«

»Klingt gut, Lena.«

»Und, ja, trotz all dem Chaos in diesen schrecklichen Tagen freu ich mich auch, dich wiederzusehen. Eine Ewigkeit ist's her.«

»Bist du denn neben Ehefrau auch Mutter?« Ferdinand stöhnte in Gedanken, er drückte sich unbeholfen und dabei gestelzt aus.

Sie zögerte. »Das nicht, nein.«

»Aha.« Ohne es zu wollen, freute ihn diese Nachricht. »Verstehe.«

»Was is mit dir? Kommissar mit Weib und Kind?«

»Unsinn. Ich bin immer noch Inspektor und ledig. Die Arbeit ist nicht wirklich familienfreundlich.«

»Dann hat sich doch alles richtig ergeben, Ferdi.«

Den letzten Satz verstand er so, dass es für sie beide besser gewesen war, wie die Dinge sich entwickelt hatten. Wenn er mitten in Ermittlungen steckte, glaubte auch er daran. Aber an den freien Tagen hatte er sich oft eine Frau an seiner Seite gewünscht. Ein Reihenhaus in Köln hätte er ihr genauso bieten können.

»Du hast vielleicht gehört, dass meine Eltern inzwischen tot sind, Ferdinand.« Lenas Stimme kehrte zum traurigen Klang zurück. »Fast ein Glück, dass sie den Mord am Ludwig nicht erleben mussten. Is schon sechs Jahre her. Der Vater hatte Krebs, und keine drei Monate nach seinem Ableben is die Mutter beim Unkrautjäten umgefallen und nicht wieder aufgestanden. Eine schwere Zeit.«

Er schluckte. Sein Vater hatte ihm die beiden Partezettel, die Sterbebriefe, geschickt. Ferdinand konnte sich gut erinnern, dass er mit Sorgfalt als jeweilige Antwort die beiden

Beileidsschreiben formuliert hatte, es ihm aber unmöglich gewesen war anzurufen. Ein kniffliger Fall, der seine volle Aufmerksamkeit erfordert hatte, war ihm als Ausrede gerade recht gewesen.

»Ich bitte dich um Verzeihung, Lena. Dass ich mich ab einem bestimmten Punkt nie mehr persönlich gemeldet habe. Ich bin ein furchtbarer Mensch.«

»Schon vergessen.« Ein Flüstern. »Ich hab dich abserviert und hab's ein bisserl verdient.«

»Erster Teil stimmt, zweiter ist Blödsinn.« Ferdinand musste es ansprechen. »Etwas anderes, Lena. Hat man dich schon befragt?«

»Du meinst, verhört.«

»Nein, befragt. Du gehörst ja nicht zu den Verdächtigen.«

»Natürlich tu ich das nicht, Ferdinand. Was denkst du? Mein Alibi, wie es so schön heißt bei euch, is geklärt. Die Beamten sind aber ratlos, was das Verbrechen angeht.«

»Wie es scheint, hat die Polizei den Einzigen, den sie verdächtigt hatte, wieder laufen lassen. Ich muss mich noch einarbeiten.«

Jetzt schluchzte Lena auf. »Ich hab Ludwig zum Schluss noch einmal identifizieren müssen, Ferdinand. Ich. Zwei Uniformierte haben mich abgeholt. Eine Inspektorin is dazugekommen. Bis dahin hab ich noch gebetet, dass es ein anderer is. Eine Verwechslung. Verstehst du?«

»Ja, Lena.« Ferdinand suchte nach Worten des Trostes, fand aber keine. »Ich verstehe.«

»Aber er war es. Unser Wiggerl, Ferdi. Mein großer Bruder.« Ihr Schmerz war greifbar. »Ich war an diesem schrecklichen Vormittag bei meiner Nachbarin, der Frau Traser, hab mich um sie gekümmert. Das mach ich zweimal die Woche, weil sie alt is und sich einsam fühlt und ihre Tochter zur Arbeit muss. Wir waren lustig, ich hab gelacht und in der Zeit ...« Die Stimme wurde mit jedem Satz höher.

»Bitte, Lena.«

»Ich muss auch noch einmal ins Landeskriminalamt kommen.« Ein tiefes Seufzen folgte, dann ein Schnäuzen. »Geb dir Bescheid, wenn ich weiß, wann.«

Ferdinand holte Luft. »Ich werde da sein. Und meine Kollegin wird mit mir zusammen das Gespräch führen.«

»Warum nicht du allein?«

»Es darf auf keinen Fall der Eindruck entstehen, dass ich befangen bin.«

»Du meinst, du tust so, als wären der Ludwig und ich Fremde für dich?«

»Blödsinn, Lena. Jeder weiß, dass wir in unserer Jugend eng befreundet waren. Aber das ist lange her.«

»So lang, dass es schon nicht mehr wahr is, könnt man sagen.« Nun war ihr nur noch Resignation anzuhören, keine Tränen mehr. Wieder fühlte sich Ferdinand schuldig.

»Wir sehen uns also, Lena. Vielleicht übernehme ich dann alle Fragen an dich. Wenn es dir lieber ist.«

»Du, Ferdi«, sie atmete hörbar ein. »Der Grund, warum ich so früh anruf, is ein völlig anderer.«

»Welcher denn?«

»Ich hab eine Drohung erhalten.«

»Bitte, was?« Ferdinand setzte sich im Bett auf und stellte die Beine auf den Boden. Das Holz war kalt. »Heute?«

»Nein, vor dem Wochenende. Es is aber schon die dritte oder vierte.«

»Drohbriefe?«

»Nicht wirklich. Blöde Zetteln im Postkasten.«

»Die du der Polizei übergeben hast.«

»Bisher nicht.«

»Lena!«

»Gott, ich hab gedacht, das is ein völliger Schwachsinn. Aber jetzt, wo der Mord an meinem Bruder g'schehn is, macht's mir doch Angst.«

»Von wem? Was steht darauf?«

»›Du Gfrast, ich krieg dich dran.‹ Zum Beispiel auf dem Letzten.«

»Weißt du, von wem die stammen könnten?«

»Nicht wirklich.«

»Hast du sie alle noch?«

»Nur den einen. Ich hab ihn noch aus dem Altpapier gefischt.«

»Überlege, wer es sein könnte. Mach eine Liste.«

»Was für eine Liste denn, Ferdinand?«

In der Leitung klopfte es, ein neuer Anrufer kündigte sich an. Der Name Gitte erschien am Display.

»Bleib bitte kurz dran, Lena.« Ferdinand stand auf und ging ans Fenster. Davor stand immer noch die Lärche, auf der er als Bub herumgeklettert war. Ihre Nadeln färbten sich bereits orange in diesem beginnenden Herbst. Bis zum Winter würde sie alle abwerfen, der einzige Nadelbaum, der dieses Programm abspulte.

»Hallo, Gitte.«

»Morgen, Sterz.«

»Was gibt es?«

»Wir haben einen weiteren Treffer, der unseren Verdächtigen erneut belastet. Die Kollegen werden ihn ein zweites Mal abholen. Die Vernehmung is um zwölf angesetzt. Der werden sich die Beamten Dürer und Stadlmeister anschließen. Die lernst du heut dann auch kennen.«

»Wie kommt es?«

»Die von der Spurensicherung haben vorhin Max informiert. Die Auswertung der Fingerabdrücke steht im Widerspruch zur Aussage des Mannes.«

»Sein Alibi ist demnach falsch?«

»Nein. Er war schon beim Frühschoppen. Was aber danach am Hof passiert is, dazu wird er uns noch einmal Rede und Antwort stehen müssen. Womöglich is der Fall gelöst, bevor du überhaupt richtig zum Zug kommst, Sterz.«

»Warum hat mir Drombovic nicht direkt Bescheid gegeben? Mist.«

»Ich glaub, der Max hat dich noch nicht am Schirm.« Sie beschwichtigte. »Ich mach es ja jetzt.«

»Ich beeile mich.«

»Brauchst du nicht. Ich hol dich wie besprochen eh um acht ab.«

»Nein, das dauert zu lange. Ich nehme wieder ein Taxi.«

»Wird aber teuer.«

»Das spielt keine Rolle.«

»Sterz, mach halblang! Ich wohn auf der Liebenauer Hauptstraße in Höhe der Messe. Es is nur ein minimaler Umweg zu dir. Außerdem hätten wir noch die Zeit bis zwölf, um vorher wie geplant zum Tatort nach Leibnitz zu fahren.«

»Okay, du hast recht. Ich warte vor der Tür.«

»Zieh dir Gummistiefel an, gleich wird's regnen.«

Ferdinand warf einen Blick zu seinem Koffer, den er neben dem Bett deponiert hatte. Außer seinen Sneakers hatte er nichts dabei. Er würde seinen Vater bitten müssen, ihm festes Schuhwerk zu leihen. »Gitte, wir müssen so bald wie möglich auch noch nach Köflach. Die Schwester des Opfers erhält seit einiger Zeit Drohbriefe.«

»Das weißt du woher?« Sie stieß einen Pfiff aus.

Ferdinand biss sich auf die Lippen. »Wir reden noch.«

Er legte ohne Gruß auf und wollte zurück zu Lena wechseln. Doch der Anruf war ihrerseits bereits beendet worden.

14

Gitte fuhr vierzig Minuten später in die Einfahrt des Hauses der Familie Sterz. Ferdinand erwartete sie unter dem Vordach der Eingangstür.

Es regnete inzwischen in Strömen.

»Servus, Sterz. Deine charmante Chauffeurin wünscht einen frohen Morgen.« Wie schon gestern präsentierte sich Gitte humorvoll.

»Morgen, Gitte. Du hattest recht mit dem Regen.«

Als sie wendete, erschien August Sterz an der Eingangstür und winkte ihnen zu.

»Dein Papa?«

»Gemeinderat August Sterz.«

»Soll ich mich vorstellen?«

»Nein, Gitte. Fahr einfach.«

»Wie du meinst. Aber zurückwinken muss ich.« Sie hob die Hand und wedelte mit den Fingern.

»Das genügt, Kollegin.«

»Netter Papa.«

Gitte fuhr los und stellte die Scheibenwischer einen Takt höher. Ferdinand hing noch seinen Gedanken nach, grübelte über den Anruf von Lena und überlegte, wie er Gitte seine neue Kenntnis von dem Drohbrief am besten erklärte.

»Ich kann dir günstig einen Mietwagen vermitteln, Sterz.« Als sie den Kreisverkehr verließen, um auf die Südautobahn aufzufahren, ergriff Gitte als Erste wieder das Wort. »Eigentlich müsste dir die Polizei ein Fahrzeug zur Verfügung stellen.«

»Ich fahre nicht.«

»Wie? Du hast keinen Führerschein?«

»Doch, den habe ich.«

Gitte wandte sich ihm kurz zu. »Jetzt lass dir doch nicht jede Info aus der Nase ziehen. Du hast einen Führerschein, fährst aber kein Auto, weil ...?«

»Weil mir jedes Mal, wenn ich mich hinters Steuer setze, schlecht wird.«

»Echt?«

»Ja, echt.«

»Wie hast du dann überhaupt die Fahrprüfung absolviert?«

Damit brachte sie Ferdinand zu einem ersten Schmunzeln. »Gute Frage.«

»Liegt auf der Hand.«

»Du bist allerdings die Erste, der die Diskrepanz aufgefallen ist, Kollegin.«

»Bin eine Spürnase, sollte Polizistin werden.« Sie kicherte über ihren eigenen Scherz. »Na komm, dann red doch.«

»Meine Mutter hatte einen tödlichen Autounfall, als ich elf war.« Er wurde rasch wieder ernst. »Das hat mich traumatisiert. Mit achtzehn wollte ich unbedingt den Führerschein machen, was mir auch gelungen ist. Aber bei jeder weiteren Fahrt ging es mir schlechter. Ein halbes Jahr nach der Prüfung habe ich eine Panikattacke bekommen. Danach beschloss ich, mein Leben als Beifahrer zu verbringen.«

»Bisher bist du ein braver Sozius, wenn ich das so sagen darf. Wir sitzen schon über zehn Minuten hier drinnen, und noch hast du mir nicht dreingeredet. Der Max Drombovic hätt's nach dreißig Sekunden gemacht. Mein Ex-Mann noch bevor ich den Motor angelassen hätt.«

»Bist du deshalb geschieden?«

»Nur deshalb«, wieder ein lautes Kichern, und eine Haarsträhne löste sich aus ihrer heutigen Hochsteckfrisur. »Im Ernst: Das Beste, was der Otto mir gebracht hat, waren die Jungs.«

»Otto, der fiese Beifahrer.«

»War er wirklich.« Sie schob sich die Strähne hinters Ohr. »Jetzt erzähl du endlich mehr. Gestern warst du ein schweigsamer Cowboy. Heut wieder das Schweigen der Lämmer. Aber in meinem Wagen herrscht Plauderpflicht.«

Er sah aus dem Seitenfenster. Die Tropfen liefen an der Scheibe herunter, als hätten sie es eilig. Die festen Wanderschuhe von seinem Vater drückten auf Ferdinands große Zehen, waren aber besser als seine Sneakers. Ob sein Stoffmantel dem Sauwetter standhalten würde, stand noch nicht fest. August hatte ihm zusätzlich eine seiner Outdoorjacken angeboten, aber Ferdinand wollte nicht von Kopf bis Fuß in den Kleidern seines Vaters unterwegs sein. Er würde sich eine neue Jacke kaufen.

»Sind wir gut in der Zeit, Gitte?« Er wechselte das Thema, ohne auf ihre Aufforderung einzugehen. »Ich möchte auf keinen Fall die Vernehmung mit Achim Brink verpassen.«

»Keine Sorge«, sie wechselte auf die A 9. »Was ich gestern so mitbekommen hab, muss der Max dich einbinden, grad bei diesem Brink, weil der eben aus Deutschland stammt. Schließlich hat dich doch der Wiedenhüpfer bei Europol aus dem Grund angefordert.«

Ferdinand hätte schallend auflachen können. Dass sich eine falsche Geschichte derart schnell verbreitete, zeigte wieder, dass selbst das Landeskriminalamt eine Gerüchteküche war. Er fragte sich, ob Chefinspektor Wiedenhüpfer bereits vor ihrem Zusammentreffen die Legende in die Welt gesetzt hatte, möglicherweise schon nach dem Anruf seines Golfpartners August Sterz. Wobei diese Erzählung Ferdinand zuspielte, wenn die Kollegen dachten, er sei herbeordert worden.

»Was ist mit der Presse, Gitte? Ich habe vorhin extra Guten Morgen Österreich angeschaut, doch bis du mich abgeholt hast, kam kein Beitrag. Auf der Zugfahrt konnte ich hingegen jede Menge Berichte im Netz finden.«

»Na ja, ich geh davon aus, dass die Medien nach den ersten Schlagzeilen jetzt auf die Pressekonferenz warten. Die is für Donnerstag angesetzt. Hoffentlich haben wir bis dahin was vorzuweisen. Aber die Kronenzeitung hat den Mistgabelkiller heut als Aufmacher.«

»Mistgabelkiller?«

»Klingt spannend, finde selbst ich. Oder, Sterz?«

»Lass uns jetzt bitte zurück zur Polizeiarbeit kommen, Gitte. Das Protokoll des Verhörs von Brink war ziemlich kurz und dürftig.« Auf der Toilette heute Morgen hatte Ferdinand die gestrige E-Mail von Gitte schließlich überflogen. »Ich hatte auf mehr Stoff gehofft.«

»Sterz! Der Mord is am Samstag geschehen. Die Leute von der Spurenauswertung sind mittendrin. Sind wir froh, dass es das Wochenende über nicht so geregnet hat wie jetzt, sonst wäre es noch schwieriger.«

»Klär mich bitte genauer über diese zweifache Verhaftung von Achim Brink auf.«

»Er hat das Opfer Ludwig Stichlhofer gefunden.«

»So weit bin ich auch. Davor war er beim Frühschoppen. Details, bitte.«

»Hör zu: Er hat den Notruf gewählt, von einer Leich' im Saustall gefaselt, mit einer Mistgabel im Bauch. Als die Beamten angekommen sind, hat er sich erst in Widersprüche verwickelt, hat sogar gemeint, der Tote wär nicht Stichlhofer, dann wieder doch. Was aber durchaus am Schock gelegen haben könnte. Dazu war er immer noch leicht angetrunken vom Morgensaufen. Schließlich hat er auf einen Anwalt bestanden. Max war bei diesem Einsatz bereits dabei, ich nicht. Er hat die Entscheidung getroffen, den Mann vorläufig festzunehmen und erkennungsdienstlich zu behandeln, also seine Abdrücke und eine DNA-Probe zu nehmen.« Gitte machte eine Sprechpause, beschleunigte und überholte eine Reihe Lastwägen.

»Wie weiter?«

»Nur net hudeln, Sterz. Ich muss ja auch fahren.« Sie fädelte auf der rechten Spur ein. »Die Gerichtsmedizinerin hatte den Rahmen des Todeszeitpunktes zwischen elf und zwölf angegeben. Wie sich herausgestellt hat, war Achim Brink vormittags aber bereits ab zehn im Wirtshaus in Hausmannstätten. Davon hat uns allerdings erst der Anwalt berichtet. Also is Brink nach Aufnahme seiner Aussage auf freien Fuß gesetzt worden.«

»Logisch.«

»Aber es geht weiter: Heut in aller Früh hat sich das Labor bei Max mit Neuigkeiten gemeldet: Brinks Fingerabdrücke sind nicht nur am Türrahmen, an den er sich laut seiner Aussage geklammert hat, sondern auch auf der Holzwand nur einige Zentimeter vom Kopf der Leiche entfernt gefunden worden. Obwohl er angeblich im Stall nichts berührt hat.«

»Die Tür hat offen gestanden?«

»Im Protokoll steht, ja. Deshalb is er überhaupt dort hinein, nachdem er im Haus niemanden angetroffen hat.«

»Okay.«

»Dazu kommt, dass er polizeilich erfasst is, weil er zweimal im Suff in Schlägereien verwickelt war.« Sie deutete auf die Uhr am Armaturenbrett. »Inzwischen müsst er wieder in Untersuchungshaft sitzen.«

»Im deutschen System liegt nichts gegen den Mann vor.« Ferdinand hatte sich schon vor seiner Ankunft im Intranet der deutschen Polizei eingeloggt und den Namen überprüft.

»Genau. Die Straftaten haben in Österreich stattgefunden. Er is aber immer noch deutscher Staatsbürger.« Gitte blinkte und bog bei der Ausfahrt Leibnitz ab. »Lebt seit 2008 hier bei uns. Mit seiner Lebensgefährtin.«

»Verstehe. Was ist mit dem Mobiltelefon des Opfers? Seinem Computer?«

»Noch nix. Das Handy vom Ludwig Stichlhofer haben wir nicht gefunden. Könnte der Täter mitgenommen haben. Auf die Verbindungsdaten von der Telefongesellschaft warten wir noch. Sein Laptop is mit Passwort gesperrt. Da sitzt ein Experte dran.« Der Regen nahm weiter zu, die Scheibenwischer arbeiteten auf Hochtouren. »Das Sauwetter könnte einen einzigen Vorteil haben. Wenig Schaulustige und höchstens ein paar hart gesottene Medienvertreter. Wir haben zwei Streifenpolizisten vor Ort. Gleich sind wir in der Pichlerstraße.«

Ferdinand hätte Gitte die Wegstrecke ansagen können, obwohl er ewig nicht hier gewesen war. Damals hatte er den Führerschein unbedingt gewollt, um zu Ludwig und vor allem zu Lena zu fahren. Die Geschwister waren jeweils nach ihrem Schulabschluss vom Großvater in Graz zurück nach Leibnitz gezogen, Lena hatte bei einem Juwelier zu arbeiten begonnen und wollte später in Wien die Ausbildung zur Goldschmiedin machen.

»Noch etwas, Gitte: Du weißt, dass ich das Opfer von früher kannte?« Er räusperte sich.

Sie blieb auf die Straße konzentriert. »Nein, Sterz. Das hör ich zum ersten Mal.«

»Ludwig Stichlhofer ist ein Schulfreund von mir. Allerdings hatte ich in den letzten Jahren, Jahrzehnten kann man sagen, keinen Kontakt mehr zu ihm, was demnach eine Befangenheit ausschließt.« Er schluckte über seine Erklärung. Eine Lüge und eine Wahrheit, beides gemischt.

»Aber du hast von diesem Drohbrief an die Schwester erfahren. Durch wen?«

«Ich hatte sie kontaktiert, daher meine Info. Ich kenne sie ebenfalls aus meiner Jugendzeit.« Erneut ein Minimieren der Tatsachen. Gefolgt von einer Ablenkung. »Übrigens war ich nach meiner Ankunft gestern in der Gerichtsmedizin bei Dr. Casella.«

»Du warst ja umtriebig, Sterz.« Gitte steuerte in den Kreisverkehr, der sie Richtung Pichlerstraße führte. »Die Arme musste ihren Bruder identifizieren, damit wir sichergehen konnten. Ihr Mann hat sie begleitet. Ich hab mit beiden geredet, es war schlimm. Zur Tatzeit war Bruno Schöne mit einem Freund wandern, und Lena war in Köflach bei ihrer Nachbarin. Beide Alibis hab ich schon überprüft und sie mir bestätigen lassen. Trotzdem will ich auch Lena Schöne um Fingerabdrücke und eine DNA-Probe bitten.«

»Lächerlich.«

»Wieso?« Jetzt erst drehte Gitte Ferdinand das Gesicht zu. »Jeder kommt dran aus dem Umfeld. Auch die mit einem Alibi. Erst wenn die Untersuchungsergebnisse weiter fortschreiten, würde ich Einzelne ausschließen.«

»Abgesehen vom Alibi. Eine Mistgabel in einen Menschen zu rammen, verlangt mehr Kraft als die einer Frau, denke ich.«

»Also ich würde es schaffen.« Gitte konzentrierte sich wieder auf den Verkehr. Ein Traktor mühte sich vor ihnen voran, Gitte überholte. »Ich brauch die Daten zum Abgleichen. Mal schauen, wie es weitergeht. Das Labor hat die ersten Auswertungen in Windeseile für unsere gebildete SOKO gemacht.«

»SOKO Bauernhof finde ich unpassend.«

»Wir sind alle nicht begeistert, aber einen Namen braucht's.« Sie ging vom Gas. »Ich führ dich gleich rum.«

Brauchst du nicht, Gitte, dachte Sterz. Ich könnte dir ein geheimes Versteck im Dachboden zeigen.

»So, wir sind da, Sterz.«

Plötzlich wünschte sich Ferdinand zurück nach Köln.

15

Der Bauernhof der Stichlhofers teilte sich in das Wohnhaus und die Stallungen, in denen jedoch keine Nutztiere mehr gehalten wurden. Der Eingang lag im Gartenbereich, das Grundstück grenzte sich mit einem braunen Holzzaun von der nachbarlichen Wiese ab.

Im Garten selbst stand ein hoher Nussbaum, auf dem Ludwig und Ferdinand sich einst ein Baumhaus gebaut hatten. Damals hatte es neben dem Saustall und dem Misthaufen noch einen kleineren Stall für Hühner gegeben. Auch ein Plumpsklo stand dort, obwohl im Haus längst ein Bad und eine Toilette vorhanden waren. Einige der Erntehelfer hatten das Häusl im Freien sogar noch regelmäßig benutzt, wenn sie es eilig hatten.

Für Ludwig und Ferdinand hatte es mit zu ihrem Abenteuerspielplatz gehört. Manchmal hatten sie gewettet, wer es länger bei dem Gestank darin aushalten konnte.

Hinter dem Haus begannen Felder, die allerdings nicht alle der Familie Stichlhofer gehörten. Die nächsten Nachbarn besaßen weit mehr Land nah an ihrem Hof. Die weiteren Äcker von Heide und Manfred Stichlhofer hatten immer schon verteilt in der Umgebung gelegen. Raps und Mais hatten sie hauptsächlich darauf angebaut, beide Nutzpflanzen in einer Saison. Weitere Einnahmen hatten die Eltern von Lena und Ludwig mit der Schweinehaltung erzielt. Manfred hatte in jungen Jahren Haus und Hof von seinem Vater übernommen. Heide war der Liebe wegen von der Landeshauptstadt aufs Land gezogen. Heides Vater war gegen die Verbindung gewesen, hatte den Schwiegersohn nie akzeptiert. In der Nachschau erschien es wie ein Versuch der Versöhnung, dass Heide ihre beiden Kinder auf ein Gymnasium in Graz schickte und die beiden die Woche über bei den Großeltern lebten.

Ferdinands mulmiges Gefühl, das schon im Wagen in ihm hochgestiegen war, verstärkte sich, als er entlang der Vorderfront mit Gitte Richtung Gartentor lief. Haus und Hof wirkten desolat. Die Fenster waren allesamt schmutzig, der Verputz hätte eine Auffrischung dringend nötig gehabt. Das Gatter ächzte, als Gitte es zur Seite schob. Unkraut wucherte auf dem Weg. Als sie um die Hausecke bogen, fiel Ferdinands Blick auf einen Haufen Gerümpel, der neben dem Nussbaum aufgetürmt war.

In seiner Erinnerung war Ludwigs Zuhause stets in einem freundlichen und sauberen Zustand gewesen. Helle Gardinen an den Fenstern, dunkelgrün gestrichene Fensterläden. In den Blumenkästen waren üppig Kräuter gewachsen, eine blaue Bank hatte zum Sitzen eingeladen. Blumentöpfe neben den Stufen zum Eingang, die die Besucher willkommen geheißen hatten. In der Weihnachtszeit hatte Heide Stichlhofer den Baum mit Lichterketten magisch leuchten lassen.

Doch nun herrschte eine traurige Art von Vernachlässigung. Ferdinand spürte eine Kälte, die nicht nur von der Feuchtigkeit und dem Regen kam, die sein Haar und seinen Mantel durchnässten.

»Sieht nicht sehr aufgeräumt aus«, stellte Ferdinand fest und versuchte, sich sein Erstaunen über die Veränderungen nicht anmerken zu lassen.

Gitte schloss zu ihm auf, einen Schirm aufspannend. »Alles ein wenig trostlos, stimmt.«

Ein Stück weiter war an der Hauswand beginnend das polizeiliche Absperrband befestigt, das sich in einem weiten Kreis um den leeren Schweinestall zog. Am Ende hatten es die Polizeibeamten an der Tür zum Plumpsklo angebunden. Dass es das Häusl immer noch gab, erschien Ferdinand unerwartet tröstlich.

Ein Uniformierter lief ihnen vom Stall her durch den Regen entgegen. Gitte bückte sich unter dem Band durch und zückte ihren Ausweis. Der Polizist winkte ab. »Servus, Gitte. Dass du zu uns gehörst, brauchst mir nicht zu zeigen. Vielleicht kann ich stattdessen die Papiere von deinem Begleiter sehen.«

Sie lächelte. »Hallo, Peppo. Das is Inspektor Ferdinand Sterz von Europol. Der is jetzt andauernd mit mir unterwegs. Vertrau auf mein Wort.«

»Europol? Was macht denn so einer hier bei einem steirischen Mistgabelmord?« Peppo sprach über Ferdinand, als ob dieser nicht einen Meter hinter Gitte stehen würde. »Wir brauchen keine Extrag'scheiten von außerhalb.«

»Mehr Köpfe, mehr Ideen, Peppo«, entgegnete Gitte.

»Nix für ungut, aber mir reichen die Schaulustigen und die Pressefuzzis.«

»War's arg heut?« Gitte tätschelte dem Mann die Schulter.

Der Beamte fror sichtlich. Es war nicht schwer zu erraten, warum er so schlechter Laune war. »Seit es derart zu wascheln begonnen hat, nicht mehr. Aber gestern waren wir zu zweit und mussten ununterbrochen die Leut' wegschicken. Katastrophentouristen gehören selber eingesperrt. Kommt's weiter.«

Nach kurzem Zögern hob Ferdinand das Absperrband hoch und folgte den beiden zum Stall. Am Eingang schloss Gitte ihren Schirm und gab ihn dem Uniformierten in die Hand.

»Pass gut drauf auf, Peppo.«

Peppo reichte seinerseits Gitte und Ferdinand Latexhandschuhe. »Ihr habt's doch sicher keine dabei.«

»Danke, Peppo, wie aufmerksam, du Gentlemankieberer.«

Er rieb sich die Nase und nieste. »Scherzkrapferl, du.«

»Gesundheit!« Ferdinand hatte das Gefühl, wenigstens ein Wort an den Mann richten zu müssen.

»Besser Schönheit, g'sund bin ich eh. Immer hinein, die Herrschaften.«

Sie betraten den Tatort.

Im Inneren waren mehrere helle Strahler deponiert worden. Aufsteller waren im vorderen Bereich verteilt und mit Nummern versehen. An der Decke hatten die Kollegen der Spurensicherung notdürftig die Risse im Holz mit angetackerten Plastikplanen abgedeckt, damit nicht der gesamte Tatort im Regen versank.

Hier drinnen schien ewig keiner mehr etwas verändert oder erneuert zu haben. Die ehemaligen Schweinekoben waren leer, die Gatter verrostet, es roch modrig. Der Stall zeigte ebenso die Verwahrlosung wie das Wohnhaus und der Garten. Ferdinand fragte sich, wie es so weit hatte kommen können und was nach dem Tod von Heide und Manfred geschehen war. Er musste baldmöglichst Lena auch dazu befragen.

»Dort is er erstochen worden«, sagte Gitte und zeigte auf die Holzwand neben der Tür.

Ferdinand verknüpfte in seinem Kopf das Bild seines toten Freundes in der Gerichtsmedizin mit dem Tatort. Zusammen mit dem Zustand des Ortes kam ihm Ludwigs Ermordung ein wenig wie eine logische Folge vom Niedergang des Bauernhofs und seiner Bewohner vor. Das Licht der Strahler tat ihm in den Augen weh, der Geruch setzte sich in seinem Magen fest.

Als junger Mann war der Stichl ein fröhlicher Kerl gewesen, wenn auch eine unstete Natur. Sosehr Ferdinand direkt und ohne Umwege Polizist werden wollte, so vielfältige Pläne hatte Ludwig gehabt. Zuerst war er überzeugt davon gewesen, sein Glück als Physiotherapeut zu finden. Schon nach wenigen Wochen hatte er komplett umgeschwenkt. Singen war in seiner Jugendzeit sein Traum gewesen, den er dann aufleben ließ. Wenn es für eine Solokarriere nicht gereicht hätte, hätte er in einem Chor unterkommen wollen. In dieser Zeit hatte ihn Hannerl laufend mit Tipps versorgt.

Nach einer Aussprache mit seinen Eltern hatte er den nächsten Umschwung vollzogen. Er hatte sich bereit erklärt, doch den Hof zu übernehmen. Eine Umgestaltung war sein neuer Plan gewesen. Ökonomie und Ökologie im Einklang hätten die neuen Maßstäbe sein sollen. Ein zukunfts- und lösungsorientierter Bauer hatte er werden wollen. Nicht nur das. Ludwig hatte ein BWL-Studium begonnen, um endlich gewinnbringend den Betrieb der Eltern fortzuführen und um sich in Betriebs- und Unternehmensführung und Marketing auszukennen. Als Ferdinand Graz Richtung Deutschland verlassen hatte und in der Zeit danach, als sie noch Kontakt hatten, war Ludwig dabei gewesen, seinen Bachelor zu machen.

Wer oder was hatte den Stichl von diesem Lebensweg wieder abkommen lassen? Ferdinand schüttelte sich, ihm war klamm bis tief ins Herz hinein.

Gitte holte ihr Handy aus ihrer Jacke und scrollte über das Display.

»Als ihn Achim Brink gefunden hat, war Ludwig Stichlhofers Körper gegen das Holz gelehnt. Die Mistgabel is noch in seinem Bauch gesteckt. Das meiste Blut hat der Boden aufgesaugt. Hier noch mal die Aufnahmen.«

Ferdinand sah hin und wieder weg. Er bewegte sich stattdessen zwei Schritte nach vorne, nicht ganz an die Stelle, an der sein Freund den letzten Atemzug getan hatte.

»Wurde denn diese Mistgabel im Stall aufbewahrt? Oder hat sie der Täter mitgebracht?« Dass seine Stimme so klar und neutral klang, war erstaunlich.

»Die Zinken waren verrostet. Laut Ivo Matić lagern einige der alten Gerätschaften hier drinnen, seit Jahren unbenutzt.

Weiter hinten gibt es Haken an der Wand und eine Ablage. Auch einen Werkzeugkasten, der sicher schon lange von niemanden mehr geöffnet worden is. Alles speckig und voller Dreck. Gekümmert hat sich hier keiner. Wobei es drüben im Wohnhaus zumindest im Inneren besser ausschaut, als der Garten und der Stall es befürchten lassen.«

»Wer ist Ivo Matić?« Den Namen hörte Ferdinand zum ersten Mal.

»Den kennen wir alle noch nicht persönlich, Sterz.« Gitte rückte zu ihm auf, das Handy mit den Fotos immer noch in der Hand. »Max hat mit ihm telefoniert und ihn aufgefordert, sich so bald wie möglich bei der Polizei einzufinden. Er reist aus Biograd an. Kroatien. Sein Heimatland. Aber er is, oder war, laut eigener Auskunft ein Untermieter oder, anders gesagt, der Mitbewohner von Ludwig Stichlhofer.«

Weder hatte von diesem Mann etwas im Bericht gestanden noch hatte Lena ihn erwähnt. »Wie seid ihr auf ihn gestoßen? Warum habe ich nichts von ihm in deinem Protokoll gefunden?«

»Erstens: Er hat sich von sich aus gemeldet. Hat im Internet über das Verbrechen gelesen und war sich schnell sicher, dass es sich dabei um seine Adresse und seinen Vermieter handelt. Er wollte wohl erst in zehn Tagen wiederkommen, hat sich aber nach der Nachricht auf den Weg gemacht. Wir erwarten ihn. Und zweitens habe ich ihn nicht angeführt, weil wir ihn – siehe erstens – noch nicht befragen konnten.«

Die Stalltür öffnete sich, Peppo machte einen Schritt ins Innere. »Ein Herr Matić is angekommen. Er sagt, er wohnt hier.«

»Wie aufs Stichwort«, Gitte steckte das Handy weg. »Kommst du?«

Ferdinand nickte. »Sofort. Gib mir eine Minute.«

»Wozu?«

»Einfach so.«

Nachdem er allein war, schlängelte sich Ferdinand an den Aufstellern mit den Nummerierungen vorbei, bis er vor der Wand stand. Dort ging er in die Hocke. Sein Mantel würde schmutzig werden, doch das spielte keine Rolle. Nachdem er sich die Handschuhe übergezogen hatte, berührte er mit beiden Handflächen den erdigen Boden, fühlte durch das Latex die Feuchtigkeit. Erde, getränkt mit Blut. Wiggerls Blut.

»Sterz«, Gitte rief von draußen, »die Minute is um.«

16

Ferdinand betrat hinter Gitte das Haus, die Eingangstür war unverschlossen. Er stellte sich auf weiteres Chaos ein, aber seine Kollegin hatte recht gehabt. Im Inneren sah es wesentlich sauberer aus, als der erste Eindruck draußen vermuten ließ.

Gitte klopfte mit den Fingerknöcheln gegen die offene Küchentür. »Hallo? Wer zu Hause? Kriminalpolizei. Herr Matić?«

Schritte waren zu hören, ein Mann zeigte sich im Türrahmen. Im Gegenlicht vor dem Fenster dahinter war er nicht sofort deutlich zu erkennen.

Für Ferdinand waren es Sekunden der absoluten Anspannung.

Das Vorzimmer mit seinem gelblichen Anstrich, die Garderobe mit der Schuhablage, daneben der dunkelbraune Schrank, der viel zu voluminös für den Raum war – es waren dieselben Möbel wie damals. Ebenso waren die Bilder an der Wand, die im Flur Richtung Küche hingen, nicht ausgetauscht worden. Er erkannte einen Hirsch wieder, röhrend im Abendlicht eines Waldes, daneben ein Stillleben mit Trauben und einem Krug sowie als Drittes im Bunde eine Fotografie, auf der die Familie Stichlhofer in die Kamera lächelte. Heide, Manfred und ihre Kinder Ludwig und Lena.

Obwohl er mit seinem Verstand wusste, dass die Silhouette im Türrahmen niemals der Wiggerl sein konnte, versuchte seine Emotion, ihn zu täuschen.

»Bin ja schon da.« Die fremde Stimme katapultierte Ferdinand in die Realität zurück. »Musste rasch was essen und Wasser trinken.«

Beim zweiten Hinsehen hatte der Mann keinerlei Ähnlichkeit mit Ludwig.

Er war wesentlich jünger, als der Stichl heute gewesen wäre, höchstens Mitte zwanzig. Sein Haar war hellbraun und seine Frisur ein stylisher Undercut, auf dem noch Regentropfen glitzerten. Um Kinn und Mund hatte er einen feingestutzten Bart. Sein Körperbau war kräftig und durchtrainiert, unter seinem eng anliegenden T-Shirt zeichneten sich Muskeln ab. Er trug einen Trainingsanzug und Boots an den Füßen. Um Genick und Schultern hatte er sich ein Handtuch gelegt. Am Hals war ein Teil eines Tattoos zu erkennen. Seine Körperhaltung strahlte Lässigkeit aus.

Gitte zeigte den Polizeiausweis. »Inspektor Sterz und ich freuen uns, dass wir Sie direkt antreffen, Herr Matić.«

Der Mann ließ seine Hände in den Hosentaschen seiner Jogginghose verschwinden und bewegte sich keinen Zentimeter von der Stelle. Auch bat er die Ermittler nicht, ihm in die Küche oder ins angrenzende Wohnzimmer zu folgen.

»Ich bin so schnell gekommen, wie es möglich war.« Ein leichter Akzent war in seiner Aussprache zu hören, obwohl er sich um ein reines Hochdeutsch bemühte. »Wir sind alle erschüttert. Der arme Ludwig. Ruhe er in Frieden. *Rest in peace.*«

Ferdinand drängte sich an Gitte vorbei. Im Flur, auf Höhe des Familienfotos, hielt er an. »Sie sind der sogenannte Mitbewohner?«

Ivo Matić blieb weiterhin stoisch im Türrahmen stehen, weder wirkte er traurig über das Geschehen noch überrascht wegen des Besuchs der Beamten. »Bin ich, bin ich. Ich repariere Sachen. Kümmere mich ums Haus. Ludwig hat mich immer den Aushelfer genannt. Dafür ist die Miete extrem niedrig. Und ich hab immer eine Bleibe, wenn ich im Lande bin.«

Sachen reparieren und sich kümmern war ein Scherz, dachte Ferdinand, so wie es im Garten und rund um das Haus aussah. Der Kroate und er waren gleich groß und auf Augenhöhe. »Wie lange sind Sie denn schon Aushelfer und Kümmerer?«

Der Mann überlegte. »An die drei Jahre.«

»Sie pendeln zwischen Kroatien und Österreich.«

»Kann man sagen.«

»Was arbeiten Sie?«

»Gelegenheitsjobs.«

»Welcher Art?«

»Ganz unterschiedlich. Einmal arbeite ich am Bau, einmal am Feld, wenn da oder dort Not an Helfern ist. Aber ich hab auch vor ein paar Wochen im Grazer Opernhaus ausgeholfen, beim Kulissenschieben. Alles legal, mit Arbeitsverträgen, kann ich Ihnen vorlegen. Gutes Geld, hart verdient.«

Ferdinand nahm sich vor, Hannerl nach Ivo Matić zu fragen. Gut möglich, dass sie seinen Namen gehört hatte. Hannerl wusste fast alles, was in der Oper vor sich ging, die meisten externen Mitarbeiter kannte sie. »Wann haben Sie Ludwig Stichlhofer zuletzt gesehen?«

Er zuckte mit den Schultern. »Bevor ich nach Hause gefahren bin. Nach Biograd. Liegt am Meer. Ein beliebter Touristenort. Ich hab ein Boot dort. Sollten Sie einmal Urlaub machen.«

»Um Urlaub geht es heute wirklich nicht, Herr Matić.« Ferdinand spürte, wie er ärgerlich wurde. Die lässige Haltung des Mannes passte nicht zu den Vorkommnissen. »In welcher Stimmung war Ludwig Stichlhofer, bevor Sie abgereist sind?«

»In schlechter.« Jetzt lachte Ivo Matić.

Das Lachen mochte Ferdinand ebenfalls nicht. »Was soll das bedeuten?«

»Na ja. Sie haben Ludwig nicht gekannt. Aber er war ein meist schlecht gelaunter Mitmensch. Wie heißt das Wort? Ah, ich weiß: Grantler. Kein freundlicher Zeitgenosse. Die Leute und die Politik, das Wetter und wieder die Politik. Er hat sich über alles aufgeregt und beschwert.«

»Ach ja?« Ferdinand stutzte. Es fiel ihm schwer, Ivo Matićs Beschreibung mit seinem Freund in Einklang zu bringen. Die Aussagen des Kroaten machten ihn mehr und mehr wütend. »Trotzdem wohnen Sie seit drei Jahren hier.«

»Wie gesagt, wenig Miete, ein bisschen Aufräumen dafür.«

»Und Sie waren bis eben in Ihrer Heimat.«

»Jawohl! *Yes!*«

»Demnach ebenfalls am Samstag, den 1. Oktober.«

»Kann man sagen.«

»Kann man denn sagen, dass Sie uns jemanden nennen können, der Ihre Angaben bestätigt?«

Ivo Matić zog die Augenbrauen hoch. »Hören Sie, ich bin freiwillig früher zurück. In Biograd können Sie meine Mutter und meine Brüder anrufen. Oder meinen Schatz. Auch ihr helfe ich, bin fleißig.«

»Jemanden außerhalb der Familie, den Sie dort am Samstag getroffen haben? Am besten jemanden, mit dem Sie nicht verwandt oder liiert sind?«

»Was wollen Sie?« Der Tonfall des Kroaten wurde ebenfalls gereizter. »Ich hab Ludwig nicht umgebracht. Sonst wär ich ja wohl weggeblieben aus der Steiermark, oder?«

»Damit wären Ihnen Ihre guten Gelegenheitsjobs entgangen. Die Möglichkeit, fast mietfrei zu wohnen. Abgesehen davon würde die kroatische Polizei Sie ausliefern, wenn nötig. In letzter Zeit einmal eine Mistgabel in der Hand gehabt?«

»Wollen Sie mich einen Mörder nennen?« Ivo Matić zog seine Hände aus den Hosentaschen, der sichtbare Teil des Tattoos bewegte sich. »Das ist eine Beleidigung.«

»Ganz ruhig, Herr Matić. Das behauptet keiner.« Gitte machte sich bemerkbar. Sie stand immer noch hinter den Männern und war durch Ferdinands impulsives Vorgehen bisher nicht zu Wort gekommen. »Hören Sie, da es sich um ein Kapitalverbrechen handelt, müssen wir intensiv nachfragen, das verstehen Sie doch.«

»Verstehe ich alles. *Yes!*« Jetzt legte er den Kopf zur Seite und sah an Ferdinand vorbei zu Gitte hin. »Ich habe mir nichts zuschulden kommen lassen. Ludwig war ein Freund.«

»Dann haben Sie nichts dagegen, wenn wir uns im Haus umsehen? Das Handy von Ludwig Stichlhofer fehlt, es könnte hier irgendwo abgelegt worden sein.« Wieder Ferdinand, der mit einer Seitwärtsbewegung dem Kroaten die Sicht auf seine Kollegin nahm.

Matić verschränkte die Arme, die Muskeln an seinen Oberarmen spannten sich an. »Keine Ahnung. Hab es nicht gesehen. Hab ihn auch vor seinem Tod nicht angerufen. Vielleicht ist das Handy da, vielleicht auch nicht. Also wenn Sie später suchen wollen.«

»Jetzt gleich.«

»Dafür brauchen Sie doch eine richterliche Erlaubnis, oder?«

»Einen Durchsuchungsbescheid anzufordern, ist kein Problem, Herr Matić. Abgesehen davon gehört Ihnen das Haus nicht.«

»Warum so aggressiv? Ich hab nichts getan.«

Nun drängte sich Gitte an Ferdinand vorbei und stellte sich demonstrativ zwischen die beiden. »Herr Matić, meinen Sie, dass Sie mir ein Glas Wasser kredenzen könnten? Es regnet zwar wie blöd, aber Regentropfen möcht ich nicht schlürfen.«

Nach einer winzigen Pause entspannte sich die Haltung des Mannes. Er zog sich das Handtuch von den Schultern und rieb sich den Kopf. Am Hals war nun klar der Kopf einer aufgerichteten Schlange als Tattoomotiv zu erkennen.

»Folgen Sie mir, Inspektorin.« Er warf Ferdinand noch einen schnellen Blick zu, machte kehrt und ging zurück in die Küche.

Gitte stellte sich auf die Zehen und flüsterte in Ferdinands Ohr. »Mach langsam, Sterz. Geh kurz raus, ich red inzwischen mit dem. Hol dir den Schirm beim Peppo. Komm erst in ein paar Minuten wieder rein.«

»Mach ich«, er nickte. »Aber alles okay bei mir, Gitte.«

»Trotzdem.«

Schon an der Tür, blieb Ferdinand noch einmal stehen. Er hätte gern den dunkelbraunen Schrank geöffnet und nachgesehen, ob in der untersten Schublade noch immer alte Comichefte gebunkert waren.

17

Immerhin ließ der Regen gerade etwas nach, es nieselte nur noch.

Ferdinand hatte Gitte mit dem Kroaten allein gelassen. Er verzichtete auf den Schirm und war vom Eingang um die Ecke zur Gartenseite gewechselt, um sich an der frischen Luft zu beruhigen. Dieser erste Einstand war danebengegangen, eine solche Gefühlsaufwallung bei einer ersten Befragung kannte er nicht von sich. Sein übertriebenes Gebaren bei Ivo Matić fand er unangebracht.

Es lag an der Umgebung. Alles war ihm vertraut und doch seltsam fremd. Der desolate Zustand des Bauernhauses machte ihm zu schaffen, der Schweinestall als Tatort hatte das Seinige dazugetan. Er fuhr sich durch die Haare und streifte die Nässe am Mantelstoff ab.

Unvermittelt war sie da. Erst dachte Ferdinand, er hätte sich geirrt. Aber als er das zweite Mal hinsah, erkannte er Lena.

Sie stand am Zaun neben einer fülligen geschätzten Endvierzigerin mit krausen schwarzen Haaren, die den Arm um Lena gelegt hatte. Lena hatte die Kapuze ihres Sweaters über den Kopf gezogen. Sonst trug sie Jeans und Gummistiefel, über der Schulter eine Tasche. Als sie ihn ihrerseits bemerkte, rief sie: »Ferdinand!«

»Meine Damen, bitte nicht stehen bleiben.« Der Streifenpolizist Peppo war vor die Frauen getreten. »Hier gibt's schon lang nix mehr zum Schauen. Weitergehen.«

Ferdinand klopfte ihm auf die Schulter. »Es ist in Ordnung. Das ist die Schwester des Opfers. Lassen Sie sie in den Garten kommen.«

Der Beamte winkte. Lena löste sich von ihrer Begleiterin, schritt am Zaun entlang bis zur Gartentür. Erst als Ferdinand ihr am Gatter gegenüberstand, betrachtete er sie genauer.

Fäden ihres hellblonden Haares lagen nass über ihrer Stirn. Die Kapuze zeichnete Schatten auf ihre Wangen. Sie war älter geworden, wie er auch, und doch schimmerte das Mädchen von früher durch die erwachsene Frau. Ihre Augen hatten dieses weiche Blau, ihr Körperbau wirkte schlanker, aber immer noch sportlich. Die wenigen Falten, die sich um ihren Mund zogen, schrieb er dem Kummer über ihren Verlust zu.

»Servus«, sagte sie leise. »Darf ich dich umarmen?«

Er hielt ihr die Gartentür auf. »Besser nicht.«

»Ich will nicht zum Stall gehen, Ferdinand«, sie stoppte. »Bleiben wir hier stehen. Bitte.«

»Es hat dich also doch hergezogen, Lena.« Seine Stimme klang belegt, als wäre er heiser.

»Frau Trasers Tochter hat mich gefahren. Sie muss eigentlich nach Graz, war aber bereit, einen Umweg zu machen. Weil ich mich regelmäßig um ihre Mama kümmere. Die wartet im Wagen auf uns.« Lena redete schnell. »Ivonne heißt sie. Also meine Freundin. Ivonne Traser. Ihre Mutter is die Helga.«

Die füllige Frau war hinter dem Zaun geblieben, formte jetzt einen Trichter mit ihren Händen, als wäre der Abstand riesig. »Lena! Ich setz mich ins Auto zur Mutti, ja?«

»Danke, Ivonne. Ich beeile mich.«

Das Bedürfnis, Lena nun doch zu berühren, drängte sich Ferdinand auf. Er beherrschte sich. »Wir haben bereits einen Besuch in Köflach eingeplant. Wegen des Drohbriefs. Es ist …« Ein Innehalten, wie um den Moment nicht mit einer Beschreibung zu banalisieren. »Es ist einfach wunderbar, dich wiederzusehen, Lena. Wenn ich das trotz der Geschehnisse sagen darf.«

Sie schob die Kapuze nach hinten, und er fiel in der Zeit zurück. Ferdinand erschien es für den Moment unfassbar, dass er jemals hatte weggehen können ohne sie.

»Ich freu mich auch.« Sie fixierte ihn. »Schaust smart aus.«

»Eine anständige Jacke brauche ich bei dem Wetter.« Ihr Blick machte ihn verlegen.

»Gott, Ferdi. Wenn halt die Umstände nicht derart tragisch wären. Wieder einmal eine harte Prüfung für mich.«

»Kann ich mir vorstellen.«

»Ja, kannst du?« Ein Vorwurf schlich sich in ihre Frage.

Ferdinand streckte ihr eine Hand entgegen. Wenigstens die Haut ihrer Finger wollte er betasten. »Mit Verlust kenne ich mich aus, Lena. Wie du weißt.«

Sie tat ihm den Gefallen nicht und vergrub die Hände in den Hosentaschen ihrer Jeans.

»Sterz?« Gitte kam mit dem wieder aufgespannten Regenschirm um die Ecke. »Wo bist du hin? Die paar Minuten sind längst um.«

»Das ist die Schwester von Ludwig Stichlhofer, Kollegin.«

»Weiß ich doch.« Sie warf ihm einen raschen Seitenblick zu. »Wir kennen uns von der Identifizierung, hab ich dir doch gesagt, Sterz. Grüß Gott, Frau Schöne.«

Lena wischte sich die Tropfen aus Gesicht und Haar und setzte sich die Kapuze wieder auf. In dem Moment entdeckte Ferdinand den Ehering an ihrer rechten Hand. Die Gegenwart hatte ihn absolut wieder.

»Frau Schöne hat einen Drohbrief erhalten, Gitte.«

»Hast du heut Morgen erwähnt, Sterz.«

»Nicht nur einen«, Lena wandte sich Gitte zu. »Ich glaub, es war der dritte oder sogar der vierte.«

»Haben Sie die Briefe mitgebracht?«

»Nur den aktuellen. Vom Freitag. Oder vielleicht auch vom Tag davor, Donnerstag hab ich lediglich ganz in der Früh nach der Post geschaut.«

Lena öffnete ihre Umhängetasche und zog eine Plastikhülle heraus, in der ein Blatt Papier steckte. Der Zettel war zerknittert und an einer Ecke eingerissen. Größe DIN A4, weiß. Mit schwarzem Filzstift stand von links unten nach rechts oben »Du Gfrast, ich krieg dich dran« in Großbuchstaben wie auf einem Plakat geschrieben.

Gitte nahm Lena Papier und Hülle ab. »Wenn ich fragen darf, Frau Schöne, warum haben Sie mir nicht schon bei unserem ersten Zusammentreffen von den Drohungen erzählt?«

»Der Mord an meinen Bruder hat mich total verwirrt. Erst heute Morgen is mir der Wisch wieder eingefallen. Er lag noch im Altpapier. Bei den Zetteln davor hab ich an einen schlechten Scherz geglaubt.«

»Ziemlich bös für einen Scherz, Frau Schöne«, Gitte sah sich das Schreiben an. »Deshalb wissen Sie also auch nicht mehr, ob es drei oder vier solcher Schmierereien vor dieser waren? Also ich könnte mich erinnern.«

»Drei. Es waren drei. Die ersten sind aber schon Monate her. Dann nix mehr. Und das is jetzt der Vierte.« Lena wechselte ihren Blick zu Ferdinand. »Ich hab es bisher wirklich nicht ernst genommen. Manchmal klingeln die Schulkinder an allen Türen oder legen Klopapier mit Kritzeleien unter die Scheibenwischer der Autos. An so einen Unsinn hab ich gedacht.«

»Was stand auf den anderen?« Ferdinand bemühte sich um einen professionellen Ton.

»Ähnliche Sachen.«

»Immer nur ein Satz?«

»Beim ersten Mal zwei. ›Du Sau.‹ Und: ›Es hat ein Nachspiel.‹«

»Was sollte ein Nachspiel haben, Lena?«

Sie begann die Tasche zu kneten. »Das is es ja. Ich hab keine Ahnung. Es gibt nix, was ich wüsste oder wobei ich mich eingemischt hätte.«

»Merkwürdig.« Gitte übernahm. »Wie viele Personen leben denn in Ihrem Haushalt?«

»Mein Mann Bruno und ich, fertig. Vielleicht waren die Zetteln ja für ihn. Aber das glaub ich weniger. Er arbeitet im Homeoffice und is auch sonst meist daheim. Wenn, dann sind wir zusammen unterwegs.« Sie senkte Kopf und Blick.

»Beim Schimpfwort Sau könnte ein Mann wie eine Frau gemeint sein. Bei einem Gfrast ebenso. Hat Ihr Mann sich zu diesen Schreiben geäußert, Frau Schöne?«

»Er weiß nix davon. Ich hab sie jedes Mal rasch entsorgt.«

»Bis auf diesen hier.«

»Genau.«

»Frau Schöne, wir nehmen das Papier mit und werden es von der Spurensicherung untersuchen lassen. Hatte außer Ihnen sonst noch jemand Kontakt damit? Den Zettel zwischen den Fingern gehabt, meine ich.«

»Nur ich.«

Ferdinand machte eine Bewegung auf Lena zu, die sie wieder hochsehen ließ. »Wenn du das nächste Mal ins Landeskriminalamt kommst, nehmen wir ohnehin deine Fingerabdrücke.«

»Hauptsache, die Polizei hat diesen Wisch jetzt.«

Lena kramte noch einmal in ihrer Umhängetasche und holte ein Päckchen Zigaretten und ein Feuerzeug heraus. Sofort machte Gitte einen Schritt nach vorne und hielt den Regenschirm über sie beide. Nach zwei Versuchen klappte es mit dem Anzünden.

Du rauchst wieder? Fast wäre Ferdinand der Satz über die Lippen gerutscht, er hielt sich im letzten Moment zurück. Zwar hatte Lena als Teenager damit angefangen, jedoch in der Beziehung mit Ferdinand aufgehört. Als hätte sie seine Gedanken gehört, entkam ihr ein schuldbewusstes Lächeln.

»Tschuldigung, das muss sein. Meine Nerven vibrieren seit Wiggerls Tod. Is doch okay, oder?«

»Klar doch, Frau Schöne.« Gitte antwortete.

»Kann ich dann gehen? Meine Freundin wartet.«

Hinter ihnen erklangen Schritte. Ivo Matić zeigte sich. »Was passiert denn weiter? Der Aufpasser in Uniform hat gemeint, ich muss warten, bis Sie mit mir fertig sind. Aber ich will los. Neue Jobs auftreiben.«

Die Reaktion von Lena war für Gitte wie auch für Ferdinand eine Überraschung. Sie ließ die Zigarette fallen, stürzte nach vorne und baute sich vor dem Kroaten auf.

»Haben wir dir nicht klar und deutlich zu verstehen gegeben, dass du im Haus nix mehr verloren hast?«

Ivo Matić machte einen Schritt rückwärts. »Was denn? Ich will nicht ausziehen. Wohin soll ich denn?«

»Das is mir vollkommen egal.« Mit einem Schnauben wandte sie sich ab und marschierte Richtung Gartentür.

Ferdinand lief hinter Lena her. Er fasste sie an den Oberarmen und zog sie zurück. Die erste Berührung zwischen ihnen war keine zärtliche.

Sofort riss sie sich wieder los. »Der und seine Cousine. Die sind doch schuld, dass es mit dem Hof und dem Ludwig bergab gegangen is. Warum sitzt der nicht im Hefn?«

Gitte schloss zu ihnen auf. »Weil Herr Matić ein Alibi hat wie Sie auch, Frau Schöne.«

»Ich hab nichts getan«, Ivo Matić hob abwehrend beide Hände. »Es tut mir total leid, dass Ludwig gestorben ist. *Rest in Peace*, wie gesagt.«

»Lena«, wieder griff Ferdinand nach ihr. Er verstand ihre Trauer und Hilflosigkeit zu gut. »Ich bringe dich zum Wagen, in Ordnung?«

»Ich will nix mehr mit denen zu tun haben.« Lena drehte sich um. Dann ging sie davon, ohne auf Ferdinands Angebot einzugehen.

Gitte nahm sich direkt den Kroaten vor. »Das war ja jetzt interessant, Herr Matić. Von einer freundschaftlichen Beziehung zu der Familie kann wohl doch keine Rede sein.«

»Zu Ludwig schon. Ich bleibe dabei.«

»Was is mit Ihrer Cousine?«

»Was soll sein?« Er stierte zu Boden. »Mira und Ludwig waren zusammen. Punkt.«

»Ach. Das hatten Sie vorhin nicht erwähnt.«

»Das geht die Polizei nichts an.«

»Sehr wohl geht uns das was an. Mira heißt Ihre Cousine? Mira Matić? Wo is sie? Wie können wir sie kontaktieren?«

»Mira lebt nicht in Leibnitz.«

»So was. Die Freundin von Ludwig Stichlhofer also. Und dass Ihr Liebster ermordet wurde, hat sie nicht interessiert?«

»Klar doch. Es ist schlimm für Mira. Hardcore. Sehr schlimm. Aber es war zu viel für sie hierherzukommen. Mehr steckt nicht dahinter.«

Gitte holte ihr Handy aus der Jacke. »Ich würde Sie bitten, mir die Adresse und die Nummer zu geben, damit wir uns selbst erkundigen können.«

»Muss ich?« Immer noch starrte er ein Loch in die Erde unter ihm.

»Müssen nicht. Aber damit tun Sie sich und Ihrer Cousine keinen Gefallen.«

Er wirkte wie ein verstocktes Kind. »Fragt doch Großonkel Fritz. Ich bin fertig mit euch. Ich such mir einen Anwalt.«

»Wer is Großonkel Fritz, Herr Matić?«

Statt Gitte eine Antwort zu geben, stapfte Ivo Matić um die Ecke und verschwand im Haus.

»Herr Matić? Hallo?« Gitte schloss den Schirm, obwohl es immer noch nieselte. Sie schüttelte ihn kräftig, Wassertropfen spritzten um sie beide. »Das is ja ein Benehmen. Am liebsten würd ich den Burschen mitnehmen.«

Nach Lenas Abgang hatte Ferdinand sich erst wieder fassen müssen. Doch nun war er es, der die Ruhe bewahrte. »Vorerst liegt kein Verdacht gegen ihn vor, Gitte.«

»Trotzdem.«

»Dass wir mit ihm noch nicht fertig sind, weiß der doch ganz genau. Lass dich nicht provozieren. Ein paar neue Infos haben wir, gut so. Und jetzt fahren wir ins LKA. Wir liegen zeitlich zurück.«

»Du hast recht, Sterz. Max wartet. Aber die Cousine und diesen Großonkel, die brauchen wir als Nächste.«

»Die Daten zum Großonkel kann ich dir geben. Dabei kann es sich nur um Fritz Stichlhofer handeln, er ist der Bruder des Großvaters unseres Opfers. Väterlicherseits. Er wohnt nicht weit weg von hier. Es wundert mich, dass er sich noch nicht bei euch gemeldet hat. Wenn wir nicht zur Vernehmung von Achim Brink müssten, könnten wir direkt hinfahren. Holen wir schnellstmöglich nach.«

»Vielleicht doch nicht schlecht, dass du diese Familie kennst, Sterz.«

»Von früher, Gitte. Alles lang her.«

»Eh klar«, sie schüttelte sich wie vorhin den Regenschirm und hakte sich bei Ferdinand unter. »Gemma. Ich freu mich jedenfalls, dass du aus deiner Wiedersehens-Trance erwacht bist.«

Ferdinand stellte seinen Kragen auf. »War es denn so offensichtlich, Gitte?«

»Nur für eine sensible Wienerin wie mich, Sterz.«

18

»Warum habt ihr nicht auf uns gewartet?«

Ohne laut zu werden, schlug Ferdinand einen entrüsteten Ton an.

Er und Gitte hatten eben das Landeskriminalamt erreicht. Pünktlich, wie Gitte eben bestätigte, zur vereinbarten Vernehmung von Achim Brink.

Chefinspektor Max Drombovic sah an Ferdinand vorbei zu drei Kollegen der SOKO Bauernhof, die sich im Hintergrund hielten.

Der Arbeitsbereich des Teamleiters war durch eine Schiebetür mit undurchsichtiger Spiegelverglasung mit dem Großraumbüro der Ermittler verbunden. Die Tür war offen, und Drombovic lehnte an seinem Schreibtisch. Seine Brille war bis zu seiner Nasenspitze gerutscht, was ihn wie eine Karikatur eines Lehrers aussehen ließ.

Er zuckte mit den Schultern. »Es war nötig, früher anzufangen.«

»Warum?«

»Achim Brinks Anwalt is aufgetaucht und hat einen Terz veranstaltet. Bis ihr zwei eingetrudelt wärt, hätten wir den Verdächtigen bereits auf freien Fuß lassen müssen. Und …« Er setzte eine Spannungspause und zeigte mit einem Finger in Richtung der Kollegen. »Hubert und Albrecht haben sich meiner Entscheidung angeschlossen, stimmt's? Der Andi auch.«

»Die Revierinspektoren Hubert Stadlmeister und Albrecht Dürer, kein Nachfahre des berühmten Malers«, erklärte Gitte Ferdinand im Flüsterton. »Und der Andi is eben der Andi, mir fällt sein Nachname nicht ein, er is einer der Beamten, die uns von der Polizeiinspektion Leibnitz unterstützen.«

»Hallo, Kollegen«, sagte Ferdinand laut.

Die drei Männer nickten. Der Andi hob zusätzlich seine Hand zum Gruß.

Ferdinand wollte nicht klein beigeben. »Keine Nachricht, kein Anruf, niemand hat Gitte und mir Bescheid gegeben. Wir hätten unsere Tatortbegehung genauso gut verschieben können. Es ist eine Frechheit, finde ich.«

»Keine Extrawürschtln für dich, Ferdinand.« Drombovic schüttelte den Kopf. »Nicht hier unter meiner Führung.«

»Extrawürschtln nennst du das? Verstehe ich nicht. Ermittlungsarbeit heißt das in meinem Jargon. Was steckt dahinter, Max?«

»Wollen wir unter vier Augen reden, Inspektor Sterz von Europol?«

Die Verblüffung war Ferdinand anzusehen. »Liegt es daran?«

»Woran?«

»Dass ich die letzten Jahre für Europol tätig war?«

Mit einem energischen Kopfschütteln löste sich Drombovic vom Schreibtisch und kam auf Ferdinand zu. »Nein. Es hat den Grund, dass ich mir nichts vorschreiben lassen möchte von einem Aufsteiger, der sich in meinen Fall einmischt, quasi ohne Ortskenntnis.«

»Ich bin hier geboren und aufgewachsen.«

»Aber geh! Und wie lang warst du nicht mehr vor Ort? Wie lang überhaupt bei unserer Truppe, bevor du deine Karriere in Deutschland vorangetrieben hast?« Diesmal musste er pausieren, um zu husten. »Ich kann mich noch gut an dich erinnern, Sterz. Kaum Inspektor und schon im Alleingang unterwegs. Ich will nicht sagen, dass du damals Glück gehabt hast beim Eisenbahntunnel-Killer, aber dass du die ganzen Lorbeeren geerntet hast, hat mir bös aufgestoßen. Wir haben alle die Vorarbeit geleistet, auf der du deine Theorie aufbauen konntest.«

Für den Moment verschlug es Ferdinand die Sprache. Er konnte sich nicht einmal daran erinnern, dass Max Drombovic bei dem Fall im Ermittlerteam gewesen war. Mit einem Mal eröffnete sich ihm die Einsicht, dass er in seinem Egoismus auch beruflich verbrannte Erde zurückgelassen hatte.

»Max«, Gitte ergriff das Wort. »Diese früheren Missverhältnisse, wie ich sie nennen würde, sollten nicht zu hochgespielt werden. Wir haben jetzt einen Mordfall zu lösen.«

»Das mach ich auch nicht. Ich reagiere nur auf Sterz' unangebrachte Warum-Frage.« Nach einem erneuten Husten holte der Teamleiter aus der Hosentasche ein Stofftaschentuch und wischte sich über die Lippen.

Mit einem tiefen Luftholen versuchte Ferdinand, seine Empörung wegzuatmen. Er durfte die verpasste Vernehmung nicht persönlich nehmen. Es war nichts Unübliches, dass Kollegen Befragungen durchführten, ohne dass stets das gesamte Team anwesend war. Drombovic hatte ebenfalls recht damit, dass Ferdinand gerade diesen Fall am liebsten im Alleingang gelöst hätte. Seine Gefühle standen ihm im Weg, was ihm vorhin am Tatort und im Zusammentreffen mit Lena bereits klar geworden war.

Sollte er so weitermachen, würde er das Gegenteil seines Zieles erreichen. Der Mörder von Ludwig könnte im schlimmsten Fall aufgrund von Ferdinands Übereifer der SOKO durch das Ermittlungsnetz rutschen und nie gefasst werden. Keine zwei Tage in der Stadt und schon war er an eine erste Grenze gelangt.

»Max, falscher Fuß, falscher Ton. Ich entschuldige mich.« Ferdinand streckte die Hand aus. »Ihr leistet gute Arbeit, und ich halte mich zurück.«

Drombovic wirkte überrascht, nahm Ferdinands Angebot zur Beilegung des Streits jedoch offensichtlich noch nicht an. »Zurückhaltung wär genauso wenig richtig, Sterz. Jeder soll sich voll einsetzen.«

»Ich meinte damit, dass ich deine Entscheidungen vielleicht manchmal hinterfragen werde, sie jedoch nicht grundsätzlich anzweifle.«

»Schön formuliert.« Drombovic ließ das Taschentuch wieder verschwinden. »Kannst du in einer Mannschaft die zweite oder dritte Geige spielen?«

»Bei all den schlechten Erinnerungen, die du anscheinend an mich hast, ja. Ich war und bin ein Teamplayer. Keiner erreicht eine Lösung allein. Das war auch vor dreizehn Jahren so. Ohne die Mithilfe der Kollegen wäre ich tatsächlich nie auf den Täter gekommen.«

»Mithilfe?« Drombovic schwenkte sofort wieder auf Konfrontation ein. »Das hört sich an, als wären wir deine Wasserträger gewesen.«

»Schluss, Max.« Diesmal ging Gitte vehement dazwischen. »Es geht um Ermittlungen und nicht um gekränkte Egos. Sei g'scheit, und krieg dich ein. Wen interessiert es noch, was vor Ewigkeiten passiert is? Man könnt denken, du wärst ein neidischer Ungustl.«

Drombovics Blick wanderte von Gitte zu den drei Ermittlern im Hintergrund, die konsequent weiter den Mund hielten. Schließlich ergriff er Ferdinands immer noch ausgestreckte Hand und schüttelte sie einmal. Danach zog er seinen Arm zurück und verzog das Gesicht, als hätte er etwas Verdorbenes berührt. »Passt schon, Sterz.«

Ferdinand übersah das Mienenspiel. Gitte hatte es eben treffend formuliert: Wichtig waren einzig die Erkenntnisse, die sich aus der Vernehmung von Achim Brink ergeben hatten.

»Was is denn nun herausgekommen beim Brink?«, hakte Gitte schon nach.

Albrecht Dürer bewegte sich als Erster aus der Dreiergruppe und zog ein iPad unter seiner Achsel hervor. Er scrollte über den Bildschirm.

»Achim Brink, einundsechzig Jahre alt, deutscher Staatsbürger, geboren und aufgewachsen in Monschau. Lebt seit 2008 in der Steiermark. Hier hat er bis vor Kurzem in der Holzfirma Kalb in Hausmannstätten, die seiner Lebensgefährtin gehört, die Buchführung geleitet. Seit diesem Jahr ist er Pensionist.«

»Albrecht, komm zum Wichtigen«, Drombovic kehrte zu seinem Schreibtisch zurück, trommelte mit den Fingern auf die Tischplatte. »Tua weida.«

Dürer zog die Nase kraus. »Ludwig Stichlhofer hat Achim Brink Geld geschuldet. Deshalb is Brink am Samstag, den

1. Oktober bei unserem Opfer überhaupt aufgetaucht und wollte die Summe einfordern. Alles sollte freundschaftlich ablaufen, laut Brink. Im Wohnhaus war niemand. Die Tür zum Stall stand aber offen, er is hinein. Warum seine Fingerabdrücke dann auch neben der Leiche an der Wand waren, hat er uns vorhin erklärt. Nach dem ersten Schrecken is er näher hin, hat dann aber einen Asthmaanfall bekommen und sich abgestützt. Danach hat er fluchtartig den Tatort verlassen und is nach draußen. Hubert hat den Hausarzt kurz vor eurer Rückkehr kontaktiert, der hat die Asthmaerkrankung bestätigt.«

Hubert Stadlmeister bejahte.

Der Andi meldete sich. »Keine weiteren Abdrücke oder DNA von dem Mann sonst wo. Weder auf der Tatwaffe noch auf der Leiche selbst. Zumindest nach den bisherigen Auswertungen.«

»Welche Art von Schulden hatte Ludwig Stichlhofer bei ihm?«, fragte Ferdinand nach.

Dürer scrollte weiter. »Achim Brink war mit Stichlhofers verstorbenem Vater befreundet, deshalb hat er dem Sohn immer wieder Geld geliehen, wenn der ihn darum gebeten hat.«

»Wie hoch war der gesamte Betrag?«

»Er konnte die Summe nicht nennen, wird uns aber die Notizen, die er gesammelt hat, zukommen lassen.«

Hubert Stadlmeister äußerte sich als Letzter. »Anschreiben lassen hat Stichlhofer auch bei einer Bäckerei in Leibnitz und zwei Bars in der Umgebung. Laut Brink. Das prüfen wir morgen.«

»Also hat unser Opfer in schwierigen finanziellen Verhältnissen gelebt«, stellte Gitte fest.

»Schaut so aus.« Dürer konzentrierte sich auf sein iPad. »Mit Glück erhalten wir in den nächsten Wochen Einsicht in die Finanzen. Für die Bankunterlagen brauchen wir noch die richterliche Genehmigung. Vom Handy fehlt immer noch jede Spur. Einen Beschluss für die Anruferliste haben wir aber schon. Der Mobilfunkanbieter müsste bald reagieren.«

»Ich werde Druck machen«, erklärte Drombovic.

Gitte schloss zu Dürer auf und spähte über seine Schulter. »Hat Achim Brink Ivo Matić erwähnt? Diesen Kroaten, der auf dem Hof lebt? Oder eine Frau, die Cousine von diesen Matić und Freundin des Verstorbenen? Mira?«

Albrecht Dürer schüttelte den Kopf.

»Das haben übrigens wir vorhin herausgefunden«, Gitte wandte sich an den Teamleiter und erzählte von der Begegnung mit Matić.

Über Fritz Stichlhofer landete sie am Ende bei Lena, zückte die Hülle mit dem Drohschreiben. »Der Zettel wurde zwar von Lena Schöne angefasst, aber ich will ihn direkt zur Spurensicherung bringen lassen. Vielleicht gibt es darauf eine Übereinstimmung, die uns zu einem Zusammenhang mit dem Mord führt.«

»Prima, Gitte«, Drombovic schob die Brille zurück. »Genug Arbeit für die nächsten Tage.«

Ferdinand äußerte sich nicht mehr, sondern hörte nur zu.

In seinem Kopf hatte sich bereits seit der Ankunft in der Pichlerstraße in Leibnitz ein sich wiederholender Gedankengang gebildet: Ludwig war es in den Jahren nicht gut ergangen, der Freund aus der Vergangenheit hatte sich verändert. Ein längeres Gespräch mit Lena wurde dringender.

Und nicht nur mit seiner Ex-Verlobten wollte er ohne Gitte oder einen der anderen Kollegen reden, sondern auch die verpasste Befragung von Achim Brink ganz persönlich nachholen. Max Drombovic würde also mit seinen Vorbehalten gegenüber Ferdinand doch schneller als gedacht recht bekommen. Inspektor Sterz würde zum Teil im Alleingang seine Bahnen ziehen.

19

Diesmal leistete sich Ferdinand ein Taxi für den Weg vom Haus seines Vaters bis zum Gasthof Sailer in Hausmannstätten.

Er hatte in den Akten davor noch die Zeugenliste durchgesehen. Achim Brink, der Ferdinand mit seiner deutschen Staatsbürgerschaft das Türchen in die SOKO Bauernhof geöffnet hatte, hatte sieben Personen angegeben, die ihn für die Tatzeit entlasteten: die Wirtin der Lokalität, eine Kellnerin und weitere Stammgäste. Sie alle hatte er am 1. Oktober dort beim Frühschoppen getroffen.

Am frühen Abend, nach dem Streit mit Max Drombovic und wieder zu Hause, hatte Ferdinand sein Glück auf die Probe gestellt, im Wirtshaus angerufen und nach Achim Brink gefragt. Als dieser an den Apparat gekommen war, hatte Ferdinand kurzerhand aufgelegt und sich ein Taxi bestellt. Er wollte sich ein eigenes Bild machen, den Mann persönlich kennenlernen.

Nach dem Eintreten in die Gaststube entdeckte Ferdinand Achim Brink am dritten Tisch. Das Foto in den Akten hatte einen sehr voluminösen älteren Herrn gezeigt, dessen halblange grau melierte Haare nach hinten gebunden waren. Jetzt hingen sie ihm ins Gesicht. Er saß allein vor einem leeren Teller und einem halb leeren Glas Bier, trug eine Lesebrille und blätterte in einer Zeitung.

»Schönen guten Abend.«

Ohne Aufforderung nahm Ferdinand Platz.

»Hallöchen«, Brink sah ihn mit einem glasigen Blick an, der besagte, dass das Bier vor ihm nicht das erste gewesen war. »Kenne ich dich?«

»Noch nicht«, Ferdinand deutete auf das Glas und ging ebenfalls direkt zum Du über. »Darf ich dir eines ausgeben?«

Achim Brink stieß ein gackerndes Lachen aus, und die Haarsträhnen bewegten sich dazu. »Immer gerne und immer bereit.«

Ferdinand hob zwei Finger Richtung Kellnerin, die nickte.

»Womit kann ich dienen, Landsmann?« Brink schlug eine Seite der Zeitung um, legte die Arme auf dem Papier ab.

»Landsmann?«

»Du sprichst keinen Ösi-Dialekt, kommst aus meiner alten Heimat, oder?«

»Stimmt.« Ferdinand beschloss, keine weitere Erklärung abzugeben und sich so nahe wie möglich an der Wahrheit entlangzubewegen. »Ich bin aus Kölle.«

»Hey, und ich Monschau. Zwei Jecken in Austria.«

»Du lebst schon lang in der Steiermark?«

Brink hob das Glas an. »Ewig. Meine Lebensgefährtin und ich, wir wohnen und arbeiten hier. Meine liebste Andrea hat mich überredet, und es war eine richtige Entscheidung. Keine Hektik und keine aggressiven Miesmacher wie in Deutschland. Es wird viel geschimpft, das ja, aber in dem Dialekt hört sich das für mich witzig an. Viel Bürokratie, das auch, aber mehr Rente. Dazu noch besseres Essen, definitiv, sonst wäre ich nicht so fett geworden. Prost.«

»Wo ist deine Lebensgefährtin?«

»Noch in der Firma. Immer ums Geschäft bemüht. Ist auch ein paar Jährchen jünger als ich. Ich bin im Ruhestand und genieße es. Das ist der Grund, warum ich allein hier sitze und mich allabendlich durch die Speisekarte esse. Stimmt's, Julia?«

Er tätschelte die Kellnerin, die eben die Getränke servierte, am Handgelenk.

»Achim is unser Maskottchen«, erklärte sie Ferdinand, während sie den Teller abräumte. »Wenn er einmal nicht auftaucht, machen wir uns Sorgen.«

»So sieht mein Lebensabend aus, Fremder.« Brink trank sein Bier in einem Zug aus. »So, ich hab gequatscht wie eine Aufziehpuppe, jetzt du.«

»Ferdinand.«

»Ferdinand. Netter Name.« Brink griff nach dem neuen Glas. »Was also kann ich für dich tun, Ferdinand, wenn ich überhaupt was tun kann, außer einen Kölner willkommen zu heißen?«

Die Geschichte, die sich Ferdinand im Taxi ausgedacht hatte, ließ er spontan gänzlich fallen. *In medias res* hieß die neue Devise.

»Achim, ich werfe jetzt etwas auf den Tisch, das mich umtreibt: der Mord an Ludwig Stichlhofer.«

Brink wurde mit einem Schlag kreidebleich. Er kramte in der Jacke, die über der Stuhllehne hing, und brachte einen Inhalator zum Vorschein. Nach einem kräftigen Zug beugte er sich vor. »Himmel! Diese Sache regt mich total auf. Ich bin erst vor wenigen Stunden bei der Polizei raus und will am liebsten alles vergessen. Verdächtigt haben die mich. Nicht nur einmal, nein, gleich zweimal mitgenommen. Freiheitsberaubung, hat mein Anwalt gemeint. Andrea hat mir den besten besorgt. Zum Glück.«

»Warum haben dich die Bullen zweimal einkassiert?«

»Beamtenwillkür. Aber psychologischen Beistand habe ich keinen erhalten. Ich sag's dir, das war ein Desaster.« Jetzt erst musterte er Ferdinand genauer. »Bevor ich mich um Kopf und Kragen rede: Bist du von der Presse? Dann trink dein Bier woanders.«

»Nein, bin ich nicht, glaub mir.« Ferdinand beugte sich vor. »Ich bin oder, besser gesagt, war ein alter Kumpel von Ludwig. Als ich von seinem Tod erfahren habe, bin ich angereist.«

»Stell dir vor: Ich hab ihn gefunden. Am Hof, im Saustall.« Brink ließ den Inhalator wieder verschwinden, schlürfte den Schaum von seinem Bier ab. »Es macht mich immer noch fertig. Wie der dagelegen hat, der starre Blick, das Blut. Eine Mistgabel in den Bauch gerammt, unfassbar. Das kann sich keiner vorstellen, der es nicht erlebt hat. Immer, wenn ich die Augen zumache, habe ich das Bild vor mir.«

Ohne Mühe hatte Ferdinand den Mann auf den für ihn wichtigen Punkt gebracht. Es war leichter gelungen als erhofft.

Brink streckte nun seinerseits zwei Finger hoch und gab der Kellnerin ein Zeichen. Eine Minute später brachte sie zwei Schnäpse an den Tisch.

»Bussi, Julia. Marillenschnaps hat immer Saison, was?«

»Für dich ja, Achim.« Sie zwinkerte.

Er wandte sich wieder Ferdinand zu. »Was für Menschen es gibt.«

»Du meinst, die einen Mord begehen können.« Ferdinand trank einen ersten Schluck von seinem Bier. Lieber hätte er darauf verzichtet. Und auf den Schnaps, der vor ihm stand, noch mehr.

»Genau. Und stell dir vor, die Polizei hat mich beschuldigt, weil ich es eben war, der in den Stall gegangen ist und Ludwig entdeckt hat. Stümper. Ich mit meinem Übergewicht und meinem Asthma hätte nie die Kraft für so was. Ehrlich, ich könnte keiner Fliege etwas zuleide tun. Wenn ich ein Schwein für mein Schnitzel selbst schlachten müsste, wäre ich Vegetarier. Prost, Ferdinand. Einen Kurzen, wie es bei uns Piefkes so schön heißt. Im Gedenken an den Ludwig.«

Während Brink den Schnaps mit geübtem Schwung verschwinden ließ, nahm Ferdinand einen vorsichtigeren Schluck.

Das Getränk brannte in seiner Kehle und kurz darauf in seinem Magen.

»Achim, ist dir bei allem Schrecken etwas aufgefallen?«

»Na, der tote Ludwig.«

»Ich meine am Hof, am Haus. Bevor du … du weißt schon.«

Brink dachte nach. »Nein. Durcheinander und Chaos draußen, wie immer. Schon traurig, was aus dem Bauernhof geworden ist.«

»Wie war es im Stall? Geh in Gedanken noch einmal den Ablauf durch, bitte.«

»Gott, wie du bohrst. Sicher kein Journalist? Nicht dass ich morgen auf der Titelseite stehe. Das wäre noch schlimmer als meine Erfahrung bei den Bullen.«

»Ich schwöre dir, ich mag die Presse genauso wenig wie du. Die sind die Zecken unter den Menschen.«

»Jawohl!« Brink klopfte auf die Tischplatte und rückte ein Stück an Ferdinand heran. »Also: Das Tor zum ehemaligen Saustall hat sperrangelweit offen gestanden. Deshalb bin ich überhaupt dort hinein. Ich hab gerufen, bin ein Stück in die Mitte, hab mich umgedreht, und da lag er. Diese Augen. Das verfolgt mich. Er muss doch genau gesehen haben, wer ihn getötet hat.«

Davon war auszugehen. Dass Ludwig seinen Mörder gekannt hatte, war längst auch eine Annahme der Ermittler.

»Hat das Tor bei deinen früheren Besuchen schon einmal offen gestanden?«

»Wo du fragst, nein. Warum auch. Es gibt schon lang keine Tiere mehr dort.« Brink schob sich die grauen Strähnen hinters Ohr. »Aber an diesem Samstag, im Rückblick, war es wie eine Einladung.«

»Hineinzugehen?«

»Du sagst es. Unheimlich.«

»Hört sich so an, ja.«

»Aber eigentlich bin ich hier, um meinen Schrecken und meine Doppelverhaftung zu verdauen.« Wie um seinen Worten Nachdruck zu verleihen, rülpste er.

Das Geschirrgeklapper und Stimmengewirr in der Gaststube passten nicht zu dem Thema an ihrem Tisch, damit hatte Achim Brink recht. Doch Ferdinand wollte nicht lockerlassen. »Noch etwas, Achim. Vorhin hast du angedeutet, dass du bei deiner Verwunderung über die Menschen nicht nur den Täter gemeint hast.«

»Auweia, Ferdinand. Du hast Ludwig ja gekannt. Wie er sich langsam immer mehr verändert hat. Dass er Haus und Hof verkaufen wollte oder musste, weißt du?«

Jetzt nickte Ferdinand nur, um Brink zum Weiterreden zu ermuntern.

»Abgebrannt war er. Schulden hatte er nicht nur bei mir. Dazu ist ihm das Land noch Stück für Stück abgeluchst worden. Das macht mürbe.« Brink widmete sich mit einem schwungvollen Schluck wieder seinem Bier.

Für Ferdinand war genau der Zeitpunkt gekommen, einen ersten Versuchsballon steigen zu lassen. »Du redest von Fritz Stichlhofer, dem Großonkel.«

»Du sagst es. Fritz hat dem Ludwig richtig zugesetzt. Ludwig hat mir einmal im Rausch davon erzählt. Ackerfläche für Ackerfläche hat er diesem Mann überschrieben. Einfach so.«

»Verstehe ich nicht.«

»Das hat, glaub ich, keiner verstanden. Wo noch dazu die zwei sich nicht leiden konnten. Fritz hat angeblich gedroht, dass er Ludwig für unzurechnungsfähig erklären lässt und ihn in eine Anstalt einweisen lässt. Weil sich Ludwig nicht gekümmert hat, kein Bauer sein wollte. Unverschämt von einem Großonkel, sich derart in ein anderes Leben einmischen zu wollen.«

»Starker Tobak.« Ferdinand spitzte die Ohren. Fritz Stichlhofer stand ohnehin oben auf Gittes und seiner Liste. Nun rückte der Großonkel noch ein Stück weiter ins Rampenlicht. »Und dann?«

»Die Drohungen hatten weder Hand noch Fuß. Trotzdem ist nach und nach das Land an dieses Arschloch gegangen. Das vorletzte Mal, als ich Ludwig besucht habe, als er noch lebendig war, ist dieser Fritz wie Kai aus der Kiste aufgetaucht und hat Ludwig sogar vor mir beschimpft.«

»Wann war das?«

»Im Sommer. Mitte August.«

»Was hat Fritz gesagt?«

»Ich hab mich nach den ersten Sätzen ins Haus zurückgezogen. Aber es ging um die Frau und den Hof. Ludwig hat es über sich ergehen lassen. Hinterher ist der Typ abgedampft, und Ludwig hat kein Wort mehr darüber verloren.«

Perfektes Timing für den zweiten Vorstoß von Ferdinand. »Mit der Frau meinst du diese Mira?«

»Genau die.« Brink verdrehte die Augen. »Angeblich hat sie ihn geliebt. Er war der sowieso verfallen. Schon komisch, so ein Verhältnis.«

»Warum komisch?«

»Ich habe die Frau nur ein einziges Mal gesehen, ein paar Worte mit ihr gewechselt. Die war seltsam. So mager und schweigsam. Unnahbar. Die und der verliebte Narr Ludwig. Wie der immer von ihr und einer besseren Zukunft geschwärmt hat. Auswandern und neu anfangen wollte er. Das waren die einzigen Momente, in denen er halbwegs glücklich gewirkt hat. Was für ein seltsames Duo.«

»Oder besser dieses Trio. Da ist doch noch dieser Cousin aufgetaucht.« Dritter Schuss ins Blaue von Ferdinand.

»Cousin?«

»Der Kroate.«

»Du meinst diesen Ivo? Der dort gewohnt hat. Der mit dem Schlangentattoo.«

»Genau.«

»Dass der mit der Frau verwandt ist, wusste ich nicht.« Achim Brink machte eine Pause, überlegte. »Sagen wir so: Wenn Ludwig auf mich gehört hätte, hätte ich ihm geraten, seinen Besitz zusammenzuhalten. Da landen wir wieder beim Geld. Mich hat schon länger interessiert, wofür Ludwig ständig mehr Kohle gebraucht hat. Leider waren wir nicht derart dicke. Wie jetzt mit dir haben wir öfter gemeinsam getrunken. Bei ihm oder bei mir, ganz selten hier im Gasthaus, das war dem Ludwig zu teuer. Im Suff schimpft man schon mal über die Welt. Die ist aber auch schlecht, findest du nicht, Ferdinand?«

»War Ludwig Alkoholiker?«

»Dann bin ich wahrscheinlich genauso einer.« Brink starrte auf die geleerten Gläser von Schnaps und Bier. »Trink aus, Ferdinand, du hinkst hinterher. Zeit für noch zwei Kurze.«

»Für mich nicht. Aber dein nächster geht ebenfalls auf mich. Ich zahle und mach mich auf den Weg nach Hause. War richtig gut, mit dir zu reden, Achim.«

»Wo wohnst du denn?«

»Im Hotel.«

Das war die erste echte Lüge, die Ferdinand über die Lippen kam.

20

»Diese Mira Matić scheint mit keiner Adresse auf.« Gitte fuhr eben an Ludwigs Stichlhofers Hof vorbei.

Ferdinand sah aus dem Fenster. »Was ist mit Kroatien?«

»Da warte ich noch auf Rückmeldung.«

Von der Pichlerstraße bis zur Rettenbachstraße in Leibnitz waren es gerade einmal zwölf Minuten Fahrstrecke, aber der Anblick der Bauernhäuser an den jeweiligen Orten konnte nicht unterschiedlicher sein.

Waren Haus und Hof von Ludwig in einem desolaten Zustand, erstrahlte das Domizil von Fritz Stichlhofer von Weitem in beeindruckendem Glanz.

Schon die Einfahrt war mit großen Pflanzenkübeln bestückt, ein Willkommensschild leitete die Besucher links zu zwei Gästehäusern. Ferdinand konnte sich erinnern, dass Fritz und Rosa Stichlhofer oft Touristen beherbergten, die sich an einem Urlaub auf dem Weinbauernhof erfreuten.

»Geradeaus weiter, dort parken wir«, gab Ferdinand Gitte an. Wie am vorherigen Tag hatte er ihr Angebot, ihn an diesem Morgen mit dem Auto abzuholen, angenommen.

Das Wohnhaus des Ehepaars lag versteckt hinter einer breiten Hecke, der Weg bis zum Eingang war mit weißen Kieselsteinen ausgelegt. Auch hier Blumenschmuck, zur Jahreszeit passend leuchteten Astern in verschiedenen Farben in den Beeten am Rand. Das zweistöckige Gebäude war in einem angenehmen Gelbton gestrichen, die Fensterläden in einem dunklen Blau.

Die drei Häuser insgesamt umgab eine Wiese, an deren Rand mehrere Bänke standen. Seitlich war ein Spielplatz mit einer großen Schaukel angelegt. Noch weiter in die Landschaft hinein stand eine Scheune mit einem roten Dach, gefolgt vom eigentlichen Weingut, das eine eigene Zufahrt hatte. Dahinter erstreckten sich die ersten Felder mit den zum Teil bereits abgeernteten Rebstöcken. Von Anfang September bis Ende Oktober lief die Weinlese.

Es war ein windiger Tag, der, obwohl nun endlich wieder die Sonne schien, die gefühlte Temperatur frisch machte.

Gitte stellte den Motor ab, checkte ihr Handy. »Fritz Stichlhofer, sechsundsiebzig, der Großonkel unseres Opfers. Neben seinem Weingut vermietet er Wohnungen an Touristen. Seine Weine liefert er, neben drei eigenen Weinläden, an Handelsketten und Restaurants in ganz Österreich. Ein viel beschäftigter Mann für sein Alter.«

Als Junge hatte Ferdinand den Großonkel seines Freundes eher nur nebenbei wahrgenommen, erinnerte sich aber, dass Großonkel Fritz immer schon als der Erfolgreiche und Ehrgeizige in der Familie beschrieben worden war.

Die Ermittler waren dabei auszusteigen, als ihnen der Weinbauer bereits entgegenkam. Er hatte sich in den Jahren, in denen Ferdinand ihn nicht mehr gesehen hatte, kaum verändert. Außer dem ergrauten Haar schien die Zeit spurlos an ihm vorübergegangen zu sein. Er trug eine Stoffhose und einen Lodenjanker darüber, den er bis obenhin zugeknöpft hatte.

»Grüß Gott, die Herrschaften«, rief er beim Näherkommen. Er wirkte gut gelaunt und entspannt. »Ferdinand, was für eine Freud.«

Gitte umrundete das Fahrzeug. »Sterz, überall kennt man dich.«

»Nicht überall, Gitte«, er winkte ab. »Aber in der Familie Stichlhofer eben.«

»Vielleicht wäre es dann besser gewesen, wenn Stadlmeister und Dürer für diese Befragung herausgefahren wären.«

»Hör auf, wir sind genau die Richtigen.«

»Wenn du meinst.« Sie schob Strähnen ihres roten Haares, das sie heute offen trug, hinters Ohr. Ein sinnloses Unterfangen bei den Windböen.

Ferdinand löste sich von seiner Kollegin und ging nun seinerseits lächelnd auf Ludwigs Großonkel zu. »Hallo, Onkel Fritz.«

Friedrich Stichlhofer hatte es weit gebracht. Er war nicht nur als Winzer mit sechzig Hektar Land erfolgreich, sondern auch in der Tourismusbranche aktiv. Neben den beiden Ferienhäusern an der Rettenbachstraße gehörten ihm weitere Wohnanlagen in der gesamten Steiermark.

»Ewig her, Ferdinand. Aber wir haben uns sofort wiedererkannt.«

»Du schaust aus wie eh und je, Fritz. Wie geht es Frau und Tochter?«

»Dankschön, beide wohlauf. Die Anna und ihr Angetrauter haben ein Weingut in Kärnten übernommen, später kriegen s' auch hier alles. Aber noch bin ich rüstig.«

»Gratuliere.«

»Doch du bist elegant geworden. Erwachsener.«

»Erwachsen war ich auch schon, als ich Österreich verlassen habe.«

»Karriere hast gemacht.«

»Nur woanders Polizeiarbeit erledigt, Fritz.«

Nach dem ersten Small Talk wurde der Großonkel ernst. »Was für eine Tragödie um den Ludwig. Noch kaum Zeit, richtig zu trauern für meine Rosa und mich. Dazu die arme Lena. Die Zurückbleibenden müssen den Herzschmerz ertragen. Noch keine Beerdigung möglich. Es is schlimm. Auch für dich, denk ich. Du und der Ludwig, ihr ward's ja einmal recht gut miteinander.«

Ferdinand wollte keine lange Mitleidsbekundung. »Ich bin heute offiziell hier, Onkel Fritz. Mit Inspektorin Busch, wenn ich vorstellen darf.« Gitte und der Weinbauer schüttelten sich die Hände.

»Ein grausiges Verbrechen.« Fritz Stichlhofer sog die Luft hörbar ein. »Und du ermittelst? Lebst du nicht in Deutschland, Ferdinand?«

»Du sagst es, Onkel Fritz. Aber jetzt bin ich zurück.«

»Wollt ihr nicht reinkommen in die Stube? Da redet es sich leichter.«

Fritz ging voran, Gitte und Ferdinand folgten.

Im Inneren war die Ausstattung ebenfalls makellos, fast schon kitschig traditionell. Nach einem Bauernschrank im Vorzimmer führte ein kurzer Gang, an dessen Wänden unterschiedlich große Geweihe hingen, in ein geräumiges Esszimmer. Auch hier auf einer Seite ein beeindruckendes Hirschgeweih, auf der anderen ein Gemälde, das einen Weinberg bei Sonnenuntergang zeigte.

Fritz wies auf eine gemütliche Eckbank, die einen breiten Holztisch von zwei Seiten umrahmte. »Nehmt bitte Platz. Will einer einen Wein? Ein süffiger Jahrgang.«

»Wir sind im Dienst, Onkel Fritz, wie schon gesagt.«

Gitte rutschte auf die Bank, Ferdinand bevorzugte einen Stuhl. Fritz nahm ebenfalls Platz, ließ allerdings einen Abstand zu den Ermittlern.

»Schön haben S' es hier.« Gitte drehte sich zu einem grünweiß gefliesten Kachelofen um.

Fritz nickte ihr zu. »Das Paradies, gnädige Frau. Vielleicht für Sie ein Schluckerl Vino? Wir befreien unsere Weine vom Zwang eines Erscheinungstermins. Ganz nach der handwerklichen Tradition der Region verzichten wir gänzlich auf beschleunigende Kellertechniken und lassen unsere Tröpferl im eigenen Tempo groß werden. Die Zeit dafür verschafft uns der Touristenbetrieb. Dadurch sind wir finanziell unabhängig. Gern würd ich Ihnen eine Fassreserve des Jahrgangs 2015 anbieten.«

»Herr Stichlhofer«, Gitte holte aus ihrer Jacke ihr Handy und legte es auf den Tisch, bereit, sich Notizen zu machen. »Ich bin keine gnädige Frau, und Inspektor Sterz hat es vorhin schon betont, wir sind nicht zur Weinverkostung erschienen.«

»Ich verstehe.« Er wandte sich von Gitte zurück an Ferdinand. »Dann frag, was du fragen willst. Viel werd ich dir nicht erzählen können. Der Kontakt zum Ludwig war eingefroren.«

»Weil du Ludwig dazu bewegen wolltest, den Hof an dich zu verkaufen.« Ferdinand wiederholte das von Brink Gehörte. »Einiges an Land und Äckern hast du ihm ja schon abgenommen.«

»Da schau an, so hat es sich also herumgesprochen.« Fritz stand wieder auf, begann, im Raum auf und ab zu gehen. Seine Miene hatte sich verfinstert, von der anfänglichen Freundlichkeit war nichts mehr übrig. »Wie mir scheint, mit einer schlechten Nachrede für meine Person. Jetzt zur Klarstellung: Wenn mein Neffe und seine Frau, die Eltern vom Ludwig und der Lena, noch leben würden, dann wär es ohnehin nie so weit gekommen. Doch der Ludwig, mein lieber Patensohn, hat sich leider nicht um sein Erbe geschert. Wollt doch kein Landwirt sein. War ihm zu mühsam oder zu deppert, was weiß ich. Unsteter Charakter. Mit meinem Geld für einen finalen Verkauf hätt er sich schließlich das Leben leisten können, das er sich gewünscht hat.«

»Welches Leben meinst du, Fritz?«

Ein Seufzer von Fritz folgte. »Frei wollt er sein. Nur noch leben und lieben, hat er gemeint. Totaler Blödsinn. Aber wenn man ihm widersprochen hat, is er grantig geworden. In letzter Zeit war er nur noch schlecht drauf. Hat dazu zu viel getrunken. Eine Schand.«

»Wollte er einen Neuanfang in einem anderen Land? Auswandern?«

Ludwigs Großonkel hielt inne, fixierte Ferdinand. »Was fragst, wennst es schon weißt.«

»Wir wissen noch nicht viel, Fritz.«

»Ich doch auch nicht. Auswandern, neu anfangen. Mehr entzieht sich meiner Kenntnis.« Er nahm das Gehen wieder auf. »Aber mit Sicherheit hat ihm die Beziehung zu dieser Frau geschadet.«

»Mira Matić.«

»Na bitte: Wieder was, was du eh schon mitgekriegt hast. Mira, das Luder.«

»Luder klingt despektierlich, Herr Stichlhofer, wenn ich mich einmischen darf.« Gitte meldete sich. Ferdinand hatte ihr Erstaunen über seine ersten Fragen förmlich spüren können. Später würde er ihr gegenüber einiges zu erklären haben.

Ludwigs Großonkel schüttelte den Kopf. »Is nicht bös g'meint, Frau Inspektor. Woher, wenn ich fragen darf, habt ihr denn all diese verfälschten Informationen?«

»Herr Stichlhofer, der Cousin von Mira Matić hat uns geraten, Sie über Ludwig zu befragen.«

»Auch ein Lump!« Er hielt kurz inne, setzte dann sein Auf- und Abschreiten fort. »Der is doch ein Straftäter. Einer von denen, die nicht in unser Land sollten. Ausweisen und nicht mehr hereinlassen. Schmarotzer.«

»Herr Stichlhofer, es reicht.«

Gittes Empörung war ebenso herauszuhören wie der ansteigende Zorn beim Weinbauern.

»Ein G'sindl is das, das muss einfach gesagt werden.«

»Fritz, lassen wir die Ressentiments außen vor und reden wir über Fakten.« Heute war Ferdinand nicht aus der Ruhe zu bringen. »Ich weiß aus sicherer Quelle, dass du gedroht hast, Ludwig zu entmündigen. In eine Anstalt wolltest du ihn abschieben.«

»Hör auf! Das war nur dummes Gerede von mir. Die Nerven hab ich verloren wegen dem Mist.« Er hielt inne, wischte sich über die Augen. »Jetzt, wo der Ludwig von uns gegangen is, tut es mir leid. Sag deiner Quelle, dass wir nach dem Streit noch ein vernünftiges Gespräch hatten. So von Großonkel zu Großneffe.«

»Verstehe. Noch einmal: Ging es um die Übernahme von Ludwigs Elternhaus samt dem Land, wenn überhaupt noch etwas übrig ist? Wie gesagt, du scheinst ja bereits einiges an dich gerissen zu haben.«

»Genug, Ferdinand.« Mit drei Schritten war Fritz am Tisch zurück, blieb jedoch stehen und stützte sich mit den Händen an der Tischplatte ab. »Ich hab bezahlt für jeden Hektar, von dem der Ludwig sich getrennt hat. Hab ihm unter die Arme gegriffen, kann man sagen. Sonst hätt doch die Bank alles gekriegt, wenn er einen Kredit nach dem anderen aufgenommen hätt. Es gibt gültige Überschreibungen für jeden Acker, sogar einen Entwurf für die finale Übernahme von Haus und Hof.«

Gitte beugte sich vor. »Könnten wir die Dokumente dazu einsehen?«

»Ohne Beschluss schaut mir keiner in meine Geschäfte. Damit das klar is.«

»Gut möglich, dass wir mit einem wiederkommen, Herr Stichlhofer.«

»Lassen wir das im Moment etwas außen vor, Fritz.« Wieder deeskalierte Ferdinand. »Weißt du, wofür Ludwig das Geld brauchte, Fritz?«

»Diese Liebelei hat Ludwig finanziell ruiniert, aber auf mich hat er nie gehört. Nie.« Fritz war neben Groll nun auch Trauer deutlich anzusehen. »Er hat einfach alles für diese Frau tun wollen. Fahrt doch zu ihr und nehmt sie in die Mangel.«

Gitte sah zu Fritz hoch. »Sie wissen, wo sich Mira Matić aufhält?«

»In einem meiner Häuser, in denen ich Wohnungen vermiete, hat sie ein Appartement. Ironie des Schicksals, oder? Wenn ich alles vorher geahnt hätt, hätt ich diese Person verjagt. Eine falsche Schlange, a echte Miachn.«

»Herr Stichlhofer!« Gitte wurde lauter. »Das reicht.«

»Schon gut, ich sag nix mehr. Machen Sie sich doch ein eigenes Bild.«

»Tun wir, Herr Stichlhofer. Inspektor Sterz und ich würden direkt zu Frau Matić gehen, wenn wir hier fertig sind. In welchem der Häuser hat sie ihr Appartement?«

»Doch nicht an Ort und Stelle, Inspektorin Busch. Hier erholen sich Familien. Urlaub am Weingut. In Admont hab ich zwei Häuserln mit einzelnen Wohnungen. Nicht nur für Touristen, sondern auch für Leut', die länger bleiben wollen. Dort haben sich die zwei auch kennengelernt.«

»Wie kam es?«

»Blöde Idee von meiner Rosa. Vor vier Jahren war der Ludwig schon einmal in finanziellen Nöten, wenn auch bei Weitem nicht so tief wie in der Zeit danach dann. Meine Rosa hat mir zugeredet, ich sollt ihn als eine Art Hausmeister engagieren, der immer mal nach dem Rechten schaut und Kleinigkeiten repariert. Sie hat ihm sogar einige Male ihr Auto geliehen, damit er leicht dorthin fahren kann. Dort war er schon, aber gearbeitet hat er wenig. Verliebt hat er sich.«

»Bitte geben Sie uns die Adresse, Herr Stichlhofer.« Gitte war bereits am Tippen. »Wo waren Sie eigentlich letzten Samstagvormittag und -mittag?«

»Ich?« Friedrich Stichlhofer stieß ein grobes Lachen aus. »Mir dreht ihr nix an, Inspektoren. Ich war hier und hab mich um den Wein und die Feriengäste gekümmert. Ein Dutzend Zeugen, Herrschaften.«

»Eine Straftat andrehen tun wir niemanden.« Ferdinand deutete Fritz, sich endlich wieder zu setzen. »Aber wir prüfen es nach. Es geht schließlich immer noch um das brutale Verbrechen an deinem Patensohn.«

»Tut mir leid, das war unpassend. Ich hab Ludwig trotz allem sehr gemocht, meine Gattin auch. Das weißt doch,

Ferdinand. Wir haben alle gehofft, dass er einmal aus dem Dornröschenschlaf mit seiner Prinzessin aufwacht.«

»So wie du über Mira Matić sprichst, siehst du sie nicht als eine gute Märchenfigur.«

»Böse Fee, Ferdinand. Das trifft es.« Statt Platz zu nehmen, bewegte er sich Richtung Tür. »Fahrt's hin und macht's euch, wie gesagt, einen eigenen Eindruck. Mehr sag ich nicht. In der Paradiesstraße liegt es, is das nicht ein Hohn?«

21

Gitte ließ den Motor an, ohne loszufahren. »Willst du mir nicht was erklären, Sterz?«

»Kann ich damit noch warten?« Er hätte seiner Partnerin längst von seinem Treffen mit Achim Brink erzählen sollen, aber aus einem unerfindlichen Grund zögerte Ferdinand.

Sie studierte ihn von der Seite, holte Luft. »Wenn ich Ja sage, was dann?«

»Dann können wir von mir aus direkt nach Admont weiterfahren.«

»Machen wir.« Sie zog die Augenbrauen hoch. »Damit haben wir bei der Teambesprechung morgen wieder was Neues beizutragen. Mit Glück auch etwas Relevantes. Wenn wir zurück sind, informiere ich Max und setze einen Bericht auf.«

»Auf geht's.« Ferdinand fiel jetzt erst auf, wie übermüdet seine Kollegin heute aussah. »Falls es für dich so in Ordnung ist, Gitte.«

»Warum sollt's das nicht sein? Ich hab doch grad ja g'sagt.« Jetzt reagierte sie schnippisch, atmete aber durch, bevor sie weitersprach. »Noch zu vorhin: Du kennst den Großonkel doch, wie war das Gespräch für dich?«

»Ich bitte dich.« Ferdinand legte den Sicherheitsgurt an. »Jeden und alles habe ich seit Ewigkeiten nicht gesehen. Dass die Leute so tun, als wären wir immer noch alte Bekannte, dafür kann ich nichts. Es gibt jedenfalls keine Beeinflussung meinerseits, was den Mordfall angeht. Wie oft soll ich es wiederholen, bis du es glaubst?«

»Allein wie du dich auf meine Frage hin echauffierst, is ein Zeichen, dass du dich unwohl fühlst.«

»Lass mich innerlich alles ordnen, dann reden wir, versprochen.« Er sah ihr in die Augen. »Das hat nichts mit dir zu tun.«

»Pass auf, Sterz.« Gitte reichte Ferdinand ihr Handy. »Geh auf die Notizfunktion und lies dir durch, was ich alles aufgeschrieben hab. Ich notiere nicht nur Gesagtes, sondern auch die Art und Weise, wie sich jemand benimmt. Wann er sich aufregt und wann entspannt. Körpersprache is oft wichtiger als Rederei.«

»Stimme dir vollkommen zu, Kollegin.«

»Du siehst, Sterz, ich vertraue dir.« Gitte legte den Rückwärtsgang ein und parkte aus.

Ferdinand scrollte. »Bevor ich mich mit deinen Anmerkungen befasse, mein Eindruck: Fritz Stichlhofer hat ein ziemliches Problem mit Mira Matić.«

»Das is aber keine tiefschürfende Erkenntnis, Sterz. Das hätt auch ein blindes Hendl herausgehört.«

»Darum geht es nicht. Dass er Ludwigs Freundin nicht mag, liegt auf der Hand. Anscheinend kann Cousin und Cousine Matić niemand leiden, wenn ich an die Reaktion von Lena Schöne erinnern darf.« Ferdinand schloss kurz die Augen. »Ich meine nicht das Offensichtliche. Falsche Schlange und Schlimmeres hat Fritz die Frau genannt.«

»Worüber ich mich aufgeregt hab.«

»Genau.«

»Vielleicht klärt sich die Sache in Kürze auf.« Gitte gab die Adresse in das Navigationsgerät ein. »Obwohl wir mit Fritz Stichlhofer noch lange nicht fertig sind.«

»Ich denke, das weiß er.«

»Paradiesstraße klingt wirklich wie ein schlechter Witz, wenn ich an den grausamen Mord denke.«

Nach Gittes Feststellung lauschten beide der angenehmen elektronischen Stimme, die den Weg angab. Ferdinand spürte in sich nach. Beim Besuch auf dem Anwesen von Ludwigs Großonkel hatte er sich mit dem neutralen Blick des Ermittlers auf die Befragung einlassen können. Was für die Recherchen weiterhin unabdinglich war.

»Magst Musik hören, Sterz?« Gitte brach das Schweigen als Erste.

»Welchen Sender?«

»Radio Steiermark, was sonst?«

»Nicht Antenne Wien?«

»Red keinen Unsinn, Kollege.«

Die von Fritz benannten Häuserln in der Paradiesstraße in Admont stellten sich als zwei lang gestreckte Gebäude heraus, die in mindestens ein Dutzend Wohnungen unterteilt waren. Die Ermittler standen vor dem Haupteingang.

»Admont hat ein wenig von einem Paradies.« Ferdinand sah nach oben.

Hier regte sich kein Lüftchen. Der Herbsttag mit seiner klaren Luft und dem wolkenlosen Himmel lud zum Wandern ein. Nicht zum ersten Mal überlegte er, wie es gewesen wäre, wenn er in den Jahren einmal als ganz normaler Gast in sein Heimatland gereist wäre. Ein Besuch bei August und Hannerl, ein Wiedersehenstreffen mit Ludwig und Lena, kein Berührungspunkt mit seinem Beruf, kein Fall zu klären, sondern einfach nur Graz und die Steiermark für sich erkunden.

»Das Stift is eine Pracht, stimmt.« Gitte studierte die Namensschilder an den vielen Klingelknöpfen und stieß einen Seufzer aus. »Dort würd ich am liebsten jetzt hin. Der Stiftschor in der Kirche mit den unendlich hohen Bögen. Wenn die Lichter der Lüster strahlen. Herrlich.«

»Als Kind war ich mit meinen Eltern einmal da. Aber erinnern kann ich mich kaum. Wenn mal Luft nach unserer Arbeit ist, werde ich es mir bewusst noch einmal vornehmen. Mit Zeit und Muße.«

»Ja, komm wieder als staunender Besucher, Sterz.« Sie lächelte. »Von außen schon ein Traum der Architektur, hast du innen die weltgrößte Klosterbibliothek. Von den Museen ganz zu schweigen. Gotik, Naturhistorisches, Gegenwartskunst, alles da.«

»Du würdest dich auch als Fremdenführerin gut machen, Gitte.«

Langsam wirkte sie gelöster und frischer als am Beginn des Tages. »Das Benediktinerstift zu besuchen, war der erste Ausflug, den ich nach meinem Umzug von Wien mit Jonas und Timon durchgezogen hab. Sogar die Jungs wollten danach wieder herfahren. Inzwischen waren wir viermal in der Stadt und im Naturpark vom Gesäuse wandern. Einmal sogar zelten, aber das is nix für mich alte Mutti.«

»Vielleicht schließe ich mich euch an, wenn ihr das nächste Mal einen Ausflug macht.«

»Zurück in die Gegenwart, Sterz.« Gitte hob den Zeigefinger. »Da, schau. Beim Namen Urbanitsch steht drunter ›Hausmeister‹. Aber keine Mira Matić, auf keinem der Schilder. Es gibt einen Aufkleber mit den Buchstaben MM im Parterre.«

»Probieren wir es dort zuerst.«

Gitte drückte auf den weißen Knopf. Als sich nichts tat, versuchte sie es noch zwei Mal, beide Male länger. Wieder keine Reaktion. Kaum hatte sie zur Klingel des Hausmeisters gewechselt, ertönte ein Summton. Die Ermittler traten ein.

Nach der Helligkeit des Tages erschien der Flur dunkel, der sich nicht nur nach vorne zog, sondern auch zu beiden Seiten teilte. Rechter Hand tauche eine massige Gestalt auf. Auf den ersten Blick sogar leicht furchteinflößend in den Dimensionen.

»Griaß eich.« Der Mann war ein Hüne. In einem dunklen Overall und Gummistiefeln, obwohl es überhaupt nicht nach Regen aussah. »Seid's ihr von da Polizei?«

Er sprach einen breiten steirischen Dialekt, den Ferdinand schon als Kind schwer verstanden hatte.

»Stimmt. Inspektor Sterz und meine Kollegin, Inspektorin Busch.« Ferdinand schätzte den Hausmeister auf gut zwei Meter, selbst er musste zu ihm aufschauen. »Schönen guten Tag.«

»Da Herr Stichlhofer hot si vorhin am Telefon g'möldat. Hot gmoant, dass es guat megli is, dass die Polizei heit no auruckt. I bin bereit fia eich.«

»Sehr schön, Herr Urbanitsch.«

»Urban.«

»Ich dachte Urbanitsch.«

»Ja eh. Urban Urbanitsch. Für alle hier da Herr Urban.« Er streckte eine Hand aus, die ebenfalls zu einem Riesen hätte gehören können.

Ferdinand ergriff sie und war über den weichen, vorsichtigen Händedruck erstaunt. »Hallo.«

»Sterz hoaßen Sie?«

»Genau.«

»An Sterz iss i oft zum Fruahstuck«, der Hausmeister lächelte. »G'freut mi.«

Jetzt, wo sich Ferdinands Augen an das Dämmerlicht im Hausflur gewöhnt hatten, sah er die Freundlichkeit im Gesicht des wahrhaft groß gewachsenen Mannes. »Ebenfalls.«

»Wia kommt's, dass Sie Sterz hoaßen und net va do san?«

»Oh«, Ferdinand erwiderte das Lächeln. »Ich bin Steirer.«

»Nia im Leben. Sie reden wia a Fremda.«

»Das hört Inspektor Sterz öfter, Herr Urban.« Gitte stellte sich vor Ferdinand und legte ihren Kopf in den Nacken. »Wir kommen wegen Mira Matić.«

»Alles kloar, woaß i a.« Urban Urbanitsch kratzte sich am Kopf. Sein feines helles Haar stand ebenso im Gegensatz zu seinem Körperbau wie seine sanfte Art. »Sie is do und woartat auf eich.«

»Sie haben ihr schon gesagt, dass wir vorbeischauen?«

»Jo, frali. Damit's dahoam is.« Wieder das absolut gewinnende und freundliche Lächeln. »Folgt's mia, Leitln.«

Er umrundete Gitte und bewegte sich den Flur rechter Hand entlang. Seine Gummistiefel erzeugten beim Gehen ein quietschendes Geräusch.

»Musst du auch an Hagrid denken, Sterz?«, flüsterte Gitte Ferdinand zu.

»Hagrid?«

»Den Riesen aus Harry Potter.«

»Es ist lang her, dass ich die Bücher gelesen habe, Gitte.«

»Alles is bei dir lang her, oder?«

Sie folgte dem Hausmeister und ließ Ferdinand stehen, der über ihre Bemerkung für einige Sekunden sprachlos war.

Urban Urbanitsch drehte sich um und winkte. »Tummelt's eich. Das Fräulein Mira wullt später noch wohin.«

»Wohin denn?«, Ferdinand schloss zu dem Hünen und Gitte auf.

»Sie foahrt öfter mal obi.«

»Obi?«

»In den Süden, nach Leibnitz. Zu ihrem Freind. Aber i kenn eham net persönlich.«

Ferdinand fragte sich, ob der Hausmeister nichts vom Mord an Ludwig wusste. Wenn er es schon nicht in der Zeitung gelesen hatte, musste es ihm Mira Matić doch erzählt haben.

»Ist sie am letzten Samstag auch dorthin gefahren? Morgens oder vormittags?«

Der Hausmeister überlegte. »Na, sicher net. Ich hab hinten die Heckn für'n Herbst gestutzt, und sie is aus da Wohnung kumman und hat mir zuagschaut. Das war so umma ölfi.«

»Also um elf?«

»Jo! Ölfi! Später hab ich no bei ihr den Fensterloden repariert.«

»Das Fräulein Mira, Herr Urban, wie ist sie so?«

»A guate Söl, Inspektor Sterz, glaub i.« Er kniff die Augen zusammen. »Aber i loss die Bewohner brav in Ruh, reparier nur Sachen, wenn wos hin is. Das Fräulein Mira griaßt immer so liab, wenn mia uns begegnen. Dass i vorher ba ihra woar, hob i nur gmocht, wal da Herr Stichlhofer angruafn hot.«

»Alles gut, Herr Urban.«

»Do samma.«

Es war die vierte Tür im Gang. Gitte klopfte. Keine Antwort.

»Sie is do, des woaß i«, konstatierte Urban Urbanitsch mit wachsendem Erstaunen.

Gitte wiederholte das Klopfen, aber weder öffnete sich die Tür noch war etwas zu hören.

»Ist denn das Appartement groß?« Jetzt versuchte es Ferdinand ebenfalls. Keine Reaktion von drinnen.

»Winzig kloan«, der Hausmeister sah ratlos aus. »Hean muaß sie uns. A, wenn's eingschlofen war ban Woarten. A Zimma mit Kochnischn, a Bod, des woar's.«

»Wie es aussieht, ist das Fräulein Mira ausgeflogen.«

»Vielleicht is im Schochn spaziern, des mocht's gern.«

»Im Schochn?«

Urban Urbanistch nickte. »Im Wald halt.«

»Wann waren Sie bei ihr?«

»Grad erscht. Kuarz bevor ihr aungläutat hobt's.«

»Demnach hätten wir auf sie treffen müssen, wenn sie das Haus verlassen hätte. Gibt es einen zweiten Ausgang?«

»Na. Nur den oan.«

»Die Wohnung liegt im Parterre. Sie hätte aus dem Fenster klettern können«, warf Gitte ein. »Oder sie verhält sich wie ein Mäuschen, eben mucksmäuschenstill.«

»Beides auffallend verdächtig«, bemerkte Ferdinand noch.

Gitte griff in ihre Tasche und reichte Urban Urbanitsch ihre Karte. »Herr Urban, bitte rufen Sie uns an in dem Moment, wenn Frau Matić sich wieder einfindet oder zeigt.«

»Wullt's net woarten? Kinnt's eich in mei Kuchl einipflanzen.«

»Danke, nein, Herr Urban.«

»Schod. I hätt dem Inspektor Sterz gern an Sterz g'mocht.« Der Hausmeister begann über seinen eigenen Witz unvermutet laut zu lachen.

Um ein Grinsen zu verbergen, hielt sich Gitte die Hand vor den Mund. Ferdinand stimmte nicht mit ein.

22

»So, lasst uns die ersten Punkte rekapitulieren, bevor wir weitermachen.«

Chefinspektor Max Drombovic putzte seine Brille.

Gemeinsam mit ihm waren an diesem Donnerstagmittag acht Polizeibeamte, die für die SOKO Bauernhof ermittelten, im Konferenzraum anwesend. Auf dem Tisch in der Mitte standen zwei Thermoskannen Kaffee samt Tassen, kleine Mineralwasserflaschen und ein Teller mit Mannerschnitten. Einige der Anwesenden hatten Klarsichtmappen vor sich liegen.

Ferdinand hatte sich neben Revierinspektor Albrecht Dürer niedergelassen, ihm gegenüber an der Seite von Drombovic war Gitte. Er selbst war mit dem Taxi von Raaba-Grambach in die Straßganger Straße gefahren, denn Gitte hatte ihre Söhne zur Schule bringen müssen und dort ein Gespräch mit dem Klassenlehrer von Jonas gehabt. Anders als gestern sah sie frischer aus, aber Ferdinand meinte immer noch eine Anspannung bei ihr zu spüren. Als alleinerziehende Mutter hatte sie es sicherlich nicht leicht.

Jetzt stand sie auf. »Meinen Bericht hab ich euch allen als Anhang gesendet und vorhin ausgedruckt auf eure Schreibtische gelegt. So, ich fasse noch einmal zusammen: Wir haben einen Verdächtigen, Achim Brink, den wir allerdings auf freien Fuß setzen mussten, weil er ein wasserdichtes Alibi für die Tatzeit hat.«

»Gleich zweimal is der raus bei der Tür«, meldete sich Albrecht Dürer mit einem süffisanten Lächeln.

»Wenn's sein muss, holen wir Brink auch ein drittes Mal ins Revier.« Gitte funkelte Dürer an. »Weiter im Text: Die Rechtsmedizin und das Kriminallabor haben uns bisher mit weiteren DNA-Profilen aus dem Saustall versorgt, die leider keine Treffer in unserer Datenbank ergeben haben. Auf der Mistgabel selbst war nichts zu finden.«

»Was is mit den Spuren auf Ludwigs Stichlhofers Kleidung?«, fragte eine Kollegin am anderen Ende des Konferenztisches nach.

»Die DNA-Auswertungen vom Körper und der Kleidung von Ludwig Stichlhofer sind von geringerer Relevanz, da diese Personen mit dem Opfer zu einem anderen Zeitpunkt Kontakt gehabt haben könnten. Trotzdem versuchen wir, sie ausfindig zu machen beziehungsweise sein Umfeld zu bitten, uns mit einer freiwilligen Genprobe zu unterstützen. Weitere Spurenauswertungen aus der Forensik stehen noch aus.«

»Weiß einer, wann die Herrschaften uns damit beglücken werden?« Dürer spielte mit einem Bleistift. Bei der letzten Zusammenkunft hatte er auf seinem Block eine Skizzenzeichnung des Raumes und der Anwesenden gezeichnet, wie Ferdinand beobachten konnte. Heute war sein Blatt noch leer. »Wir sollen die Täter am besten im Turbogang finden, aber die Auswertungen dauern ewig. Das passt nicht z'samm.«

»Unser Mistgabel-Opfer is nicht der einzige Tote in dieser Woche.« Drombovic setzte sich die Brille wieder auf, trank einen Schluck aus seiner Tasse und blickte in die Runde. »Ihr wisst, es gab den Doppelmord im Augarten und den unbekannten Toten am Dietrichsteinplatz. Dazu die Schießerei in Knittelfeld. Als hätte sich unser Bundesland samt Hauptstadt in einen Verbrechenshort verwandelt. Aber is eben zurzeit so, Kollegen. Die Mannschaft im Labor steht genauso unter Druck wie wir. Nach unserer Zusammenkunft muss ich direkt zur Pressekonferenz, das wird kein Zuckerschlecken.«

»Wenn Wiedenhüpfer dabei is, brauchst eh nix reden, Max.« Hubert Stadlmeister, der als einziger an der Frontseite des langen Tisches im großen Konferenzraum des LKA Platz genommen hatte, grinste. »Unser aller Boss zieht alle Aufmerksamkeit auf sich mit seinem frisch ondulierten Prachtschnurrbart.«

Ein verhaltenes Gelächter der Anwesenden folgte.

Drombovic klatschte in die Hände. »Für Spaßetteln is nicht der richtige Zeitpunkt, Hubert. Ich weiß, dass sich nicht jeder Fall innerhalb einer Woche lösen lässt und sich sonst eben bei Weitem nicht so viele Kapitalverbrechen in einer derart kurzen Zeitspanne ereignen. Überstunden sind vorprogrammiert. Ich würd lieber ermitteln, als die Fragen der Journalisten zu beantworten.«

»Frisch in der Kronenzeitung: ›Polizei verspricht rasche Aufklärung!‹«, zitierte Dürer eine der potenziellen Schlagzeilen und begann, das mürrische Gesicht des Teamleiters zu zeichnen.

»Die Medien und auch das Internet sind doch immer gleich scharf auf Resultate«, wandte sich Gitte wieder an die Kollegen. »Zurück zu unserem Leibnitzer Mord. Die Beamten vor Ort befragen weiter die Nachbarn. Inspektor Sterz und ich waren, wie angeführt, gestern beim Großonkel des Opfers. Den behalten wir weiter im Auge. Anschließend auch noch bei der angeführten Freundin von Ludwig Stichlhofer in Admont. Mira Matić war nicht anwesend und hat sich bisher nicht von sich aus bei uns gemeldet. Die Details über Fritz Stichlhofer und Mira Matić konntet ihr nachlesen.«

»Habt ihr die Frau vernommen?« Dürer hörte mit Zeichnen auf und griff nach einer Mannerschnitte.

»Hörst du nicht zu und liest dazu auch meine Berichte nicht?«

»Schmoll nicht gleich, Gitte, sag's halt.«

»Noch mal zum Mitschreiben: Sie war nicht da oder hat uns nicht aufgemacht. Keine Rückmeldung. Wir können davon ausgehen, dass sie nicht mit uns reden will.«

»Sollen wir sie zur Fahndung ausschreiben lassen?«

»Noch nicht. Behalten wir uns das als Option vor. Sie is übrigens keine österreichische Staatsbürgerin und könnte versuchen, sich abzusetzen.«

»Was erst recht darauf schließen lässt, dass sie verdächtig is. Haftbefehl international.«

»Nicht so schnell, Albrecht. Laut dem Hausmeister in Admont war sie am Tag des Mordes zu Hause, hätte also ein Alibi. Zuerst wird ihr eine offizielle Aufforderung geschickt, sich bei uns umgehend einzufinden. Die Polizei vor Ort wird zusätzlich noch einmal bei ihr anläuten. Allerdings is, nach meinen ersten Recherchen, die Frau weder in Kroatien noch bei uns in der Steiermark offiziell gemeldet.« Sie warf Ferdinand einen Blick zu und setzte sich wieder. »Sterz und ich gehen dem weiter nach.«

»Danke, Gitte.« Drombovic goss sich eine nächste Tasse Kaffee ein. »Ich hab in aller Früh schon Druck bei der Staatsanwaltschaft gemacht. Wir brauchen wirklich rasch Einsicht in die Finanzen des Opfers.«

Gittes Hand ging noch einmal in die Höhe. »Ein Beamter aus Köflach is heute auch bei der Schwester und nimmt ihre Fingerabdrücke. Wegen der Drohung.«

»Geld und Gier sind oft Motive«, brachte sich ein Kollege neben Ferdinand ein, dessen Name ihm im Moment entfallen war. »Is dabei sonst schon was herausgekommen?«

Ferdinand hörte den Beamten um ihn herum zu. Er unterbrach Gitte auch nicht, als ihr bei weiteren Erläuterungen zu den Drohschreiben ein Fehler unterlief. Sie erwähnte drei Zettel, es waren aber laut Lenas Aussage insgesamt vier gewesen. Es genügte, wenn er sie hinterher darauf aufmerksam machte.

Nach Gitte ergriff Drombovic erneut das Wort, beschwerte sich zum wiederholten Mal über den Zeitdruck und wies gleichzeitig darauf hin, dass sie einen Zahn zulegen sollten.

Vor der Zusammenkunft hatte Ferdinand telefoniert und in den beiden Bars und der Bäckerei angerufen, in der Ludwig hatte anschreiben lassen. Die Summen waren nicht hoch, bestätigten aber, dass der Stichl in finanziellen Nöten gewesen sein musste. Auch den Obduktionsbericht hatte Ferdinand noch mal durchgelesen, die Akte im Gesamten studiert.

In seinem Kopf ging er jetzt die Gespräche mit Fritz und dem Hausmeister, ebenso die Unterhaltung mit Achim Brink durch. Auch das Zusammentreffen mit Lena wiederholte er wie Musiknummern im Gedächtnis. Zugleich meinte er, Ludwigs entstellten Körper mitten auf dem Konferenztisch aufgebahrt zu sehen. Plötzlich musste er dringend auf die Toilette, wollte aber die Statements der anderen nicht unterbrechen.

Zum Glück klopfte es, und Wiedenhüpfer steckte seinen Kopf herein, um Drombovic zur Pressekonferenz zu holen. Sein Schnauzer sah wirklich wie frisch vom Friseur bearbeitet aus.

»Bist du bei den Einsatzbesprechungen bei Europol genauso schweigsam, Cowboy?« Gitte fing Ferdinand in der entstandenen Pause im Gang bei den Toiletten ab. »Warum hast eben nix g'redet?«

»Du hast alles perfekt geschildert, ein extra Kommentar von mir war unnötig.« Kopfschmerzen machten sich bei Ferdinand bemerkbar. »Du hast nicht zufällig ein Aspirin dabei, Gitte?«

»In meiner Schreibtischschublade, Sterz.«

»Okay, ich folge dir dorthin.«

»Zuerst will ich etwas klarstellen. Wollte ich gestern schon, hab aber auf deinen Wunsch hin zugewartet.« Sie blieb an Ort und Stelle stehen. »Vorneweg: Ich bin zufrieden, dass ich dich als Partner zugeteilt bekommen hab.«

Gittes Aussage ließ Ferdinand lächeln. »Gott sei Dank, sonst hätte ich meine Zelte direkt wieder abbrechen müssen.«

»Nein, im Ernst.« Sie rümpfte die Nase. »Aber ich bin nicht einverstanden, dass du Alleingänge machst.«

»Tue ich nicht.« Sein Lächeln verschwand.

»Geh, erzähl mir nix. Ich hab zwei Buben, die mir in ihren pubertären Phasen ständig G'schichterln auftischen. Woher wusstest du gestern, dass Fritz seinem Großneffen mit einer Einweisung gedroht hat? Von den angeblich abgeluchsten Grundstücken? Warum hast du eine Auswanderung angesprochen?«

»Habe ich aus den Akten.«

»Steht dort nicht.« Gittes Zeigefinger ging nach oben und bewegte sich hin und her. »Wenn du deine Quellen schon nicht vor Max Drombovic ausbreitest – ich will immer vor einer Aktion informiert werden. Vor unseren Besprechungen mit dem Boss umso mehr. Sonst is mein Bericht lückenhaft, und deine Mauscheleien fallen mir auf den Kopf.«

Ferdinand begann sich die Schläfen zu reiben. »Ich habe mich mit Achim Brink getroffen.«

Gitte verdrehte die Augen. »Wann und wo? Warum, frag ich gar nicht.«

Hubert Stadlmeister näherte sich der Toilette. Ferdinand kam nahe an Gittes Ohr. »Lass uns nach draußen gehen, einen schnellen Espresso trinken.«

»Lenk nicht ab, Sterz. Gleich is die Pause rum. Wir haben drinnen doch genug Kaffee.«

»Tue ich nicht, Gitte. Erstens ist das Thermoskannenplörre, zweitens wird richtiges Koffein meinem Schädel vielleicht mehr helfen als Aspirin, und drittens werde ich dir im Anschluss Wort für Wort von vorgestern Abend erzählen. Es war dumm von mir, dich nicht vorher in Kenntnis zu setzen.«

»Was gibt's zu tuscheln, Kollegen?«, fragte Stadlmeister.

Gitte drehte sich auf dem Absatz um. »Kannst du dich erinnern, Hubert, dass schon einmal jemand unseren tollen Konferenzkaffee als Plörre bezeichnet hat?«

23

Obwohl die Pressekonferenz Drombovics Erzählung nach prima gelaufen war, erschien am Tag danach ein ziemlich kritischer Artikel in der Kleinen Zeitung.

»Zu wenig Beamte für zu viele Verbrechen?« lautete die Schlagzeile, die nicht zur Verbesserung der Stimmung beitrug.

Einem namentlich ungenannten Insider zufolge würde es oft Wochen dauern, bis Ergebnisse aus dem Kriminallabor feststünden, was potenziell Verdächtigen ein reichliches Zeitfenster gebe, sich aus dem Staub zu machen. Auch wurden die Bürokratie und die schlechte digitale Ausstattung der Polizei angeführt. Der Insider prangerte außerdem an, dass der aktuelle Mordfall in Leibnitz rasch und ohne Rücksprache mit der Polizei vor Ort von der Grazer Truppe übernommen worden war. Einzig die Rückkehr des Inspektors Ferdinand Sterz – extra angefordert aus Köln – wurde lobend erwähnt.

»Wieder einmal der Sterz«, war die Reaktion des SOKO-Leiters darauf gewesen, wie Ferdinand über Gitte erfahren hatte.

Er wurde gegen Mittag in die Polizeidirektion gerufen. Chefinspektor Gerald Wiedenhüpfer erwartete ihn bereits.

»Bitte Platz zu nehmen, Sterz. Wie geht es Ihnen? Haben Sie sich überhaupt schon einleben können? Wollen S' einen Kaffee?«

Die Freundlichkeit machte Ferdinand stutzig. »Danke, Chefinspektor Wiedenhüpfer. Kaffees hatte ich heute schon drei. Sonst ist alles bestens.«

»Schön, schön«, Wiedenhüpfer verschränkte die Finger und begann die Daumen zu drehen. »Haben Sie die Kleine Zeitung gelesen?«

»Hab ich.« Ferdinand versuchte, aus dem Gesichtsausdruck zu erahnen, worauf sein Gegenüber hinauswollte. »Kritik sind wir ja gewöhnt.«

»Sie sagen es.« Wiedenhüpfers Daumen drehten weiter. »Aber diese G'schicht vom Insider is erstunken und erlogen. Falsche Neuigkeiten, wie es so schön heißt.«

»*Fake News.*«

»Oder so. Unser Pressesprecher wird das dementieren. Wir bestehen auf eine Richtigstellung.«

»Finde ich in Ordnung.«

»Wir zwei haben allerdings ein Problem, Sterz.«

»Welches?«

»Ich hätte Sie gerne wieder zurück nach Köln verfrachtet.«

»Wie?« Ferdinand spürte einen Druck im Magen. Damit hatte er nicht gerechnet. »Das müssen Sie mir näher erklären.«

Er war voll in die Aufklärungsarbeit eingestiegen und würde den Teufel tun, sich zurückschicken zu lassen. Nicht bevor er Ludwigs Mörder gestellt hatte.

Bei einem Videochat mit seinem Kölner Vorgesetzten hatte Ferdinand von dort grünes Licht bekommen. Wie bereits vermutet, war die länderübergreifende Ermittlergruppe breit aufgestellt, und seine kurzfristige Auszeit stellte kein Problem dar. Davon wusste Wiedenhüpfer.

»Lassen Sie mich ausreden, Sterz.« Die Daumen bewegten sich schneller, schienen ein Eigenleben zu haben. »Aber ich kann es eh nicht. Sie bleiben also.«

Ein Stein von beträchtlichem Ausmaß fiel Ferdinand vom Herzen. »Wollen Sie mir die Details mitteilen?«

»Ihre vorübergehende Herauslösung, Sterz, – eine Unterbrechung der Abordnung, wie es so schön heißt, aus der Europol wegen dringendem Bedarf in meiner eigenen Behörde – macht einen gigantischen Papierkram. Meine Sekretärin is gefühlt nur noch damit beschäftigt.«

»Ich werde mich gern zusätzlich zu den Pralinen mit einem Blumenstrauß bei ihr bedanken.«

»Ach was, vergessen S' das, Sterz.«

»Worum geht es dann?«

»Der Artikel kommt zur Unzeit. Schon davor haben wir durch einen Skandal, der mit einem inzwischen frühpensionierten Kollegen aus dem Kreis der Direktion zusammenhängt, einen enormen Scheißesturm erlebt.«

Ferdinand hielt sich rasch die Hand vor den Mund, um ein Grinsen zu verdecken. »Sie meinen einen *Shitstorm*.«

»Ich mag diese englischen Ausdrücke nicht, ehrlich gesagt. Aber die Übersetzung klingt ebenfalls scheiße, um bei dem Wort zu bleiben.« Er schüttelte den Kopf. »Wie auch immer, wir sind in der Kritik. Die baldige Aufklärung eines derart spektakulären Falles wie dem laufenden wäre also hervorragend für gute Presse. Ihre Anwesenheit wird ja in dem Zeitungsbericht extra positiv erwähnt.«

»Stimmt«, Ferdinand nickte. »Ein Plus auf meiner Seite. Wiegt die Formalitäten auf, finde ich.«

»Nicht ganz, Sterz«, Wiedenhüpfer zog die Augenbrauen zusammen. »Deshalb kommen wir jetzt zum Auslandszuschlag.«

»Das verstehe ich nicht.«

»Ich erklär es Ihnen, Sterz. An Ihrer grundlegenden Bezahlung ändert sich ja nichts, denn die kommt sowieso vom österreichischen Staat, auch während der Abordnung zu Europol. Doch Sie erhalten normalerweise eben diesen Zuschlag, der jetzt für die Zeit hier natürlich wegfällt. Ich müsste aber leider dafür aufkommen.«

»Doch nicht Sie persönlich, Chefinspektor.« Ferdinand fand das Treffen inzwischen nur noch amüsant. »Nicht aus Ihrer eigenen Tasche.«

»Ha!« Endlich stoppte Wiedenhüpfer seine Daumen, allerdings nur, um am Schnurrbart zu zwirbeln. »Da hätt meine Frau was dagegen. Und mein Sohn aus erster Ehe, der in England studiert, was viel kostet. Trotzdem, Sterz, es sind die Zeiten der klammen Kassen und der Einsparungen. Man mag nicht gern darüber reden, aber so is es leider. Da hat der Schreiberling schon ein bisserl recht. Der Bürger fordert mehr Engagement und Sicherheit, die Politik kürzt, ohne sich über die Konsequenzen Gedanken zu machen. Wir stehen leider vor keiner Wahl, dann wär es anders.«

»Ich verzichte selbstverständlich auf das Extrageld.«

»Das würden Sie, Sterz?«

»Würde ich. Ich bin gerne wieder in meiner alten Heimat.«

»Und Sie wollen den Fall unbedingt lösen.« Der Chefinspektor setzte ein pfiffiges Lächeln auf. »Was is bitte mit den Unkosten, die Sie hier haben, Sterz? Wie verfahren wir damit?«

»Ich wohne, wie Sie selbst angeregt haben, bei Gemeinderat August Sterz, meinem Vater. Die Kollegin Gitte Busch nimmt mich meistens mit ihrem Wagen mit. Zusätzliche Ausgaben leiste ich mir. Demnach bin ich ein unkostenfreier Mitarbeiter. Der noch dazu in der Presse lobend erwähnt wird.«

Wiedenhüpfers Finger kamen endlich ganz zur Ruhe. »Somit is es geklärt. Guter Mann, Sterz.«

»Wenn Sie das sagen.«

»Nicht nur ich. Max Drombovic hat gestern nach der Pressekonferenz von Ihnen geschwärmt.«

»Ja, tatsächlich?« Darüber war Ferdinand erstaunt, ein Lob vom Teamleiter hätte er am wenigsten erwartet.

»Geschwärmt is vielleicht zu viel gesagt. Er hat gemeint, dass er mit Ihrer Anwesenheit inzwischen leben kann.«

Das klang für Ferdinand mehr nach Drombovic und seinem Umgang mit Ferdinand.

»Wirklich kein Kaffeetscherl, Sterz?«

»Danke, ich will zurück an die Arbeit.«

»Wie kommen Sie mit Inspektorin Busch zurecht? Unsere Wienerin. Selten, dass jemand von der Hauptstadt hierher wechselt, meistens is es umgekehrt. Ein bisserl wie bei Ihnen, von Köln nach Graz.«

»Ich bleibe nicht. Wenn der Mord aufgeklärt ist, werde ich wieder für Europol tätig sein.« Ferdinand stand auf. »Jetzt sollte ich wirklich.«

»Fährt Gitte Busch gut Auto?«

»Bitte?«

»Nur ein blödes Vorurteil von meiner Seite.« Wiedenhüpfer zwinkerte. »Vergessen Sie es, Sterz. Ich bin ein alter Dackel, der nicht in die Zeit passt. Meine Frau würd mich dafür hauen. Also nicht wirklich.«

Nun zeigte Ferdinand offen ein Schmunzeln. »Schon klar. Ich sage es nicht weiter. Außer Sie wollen mich noch einmal von der SOKO abziehen, dann habe ich ab sofort ein Druckmittel.«

Über Wiedenhüpfers Lippen kam ein Laut, der sich wie ein Knurren anhörte. »Sehr witzig. Servus, Sterz.«

Bevor Ferdinand aus dem Zimmer ging, überlegte er, ob er den Chefinspektor nicht auch noch nach seinem haarigen Wundermittel fragen sollte, vielleicht, um die eigene hohe Stirn neu aufzufüllen, entschied sich aber dagegen.

24

»Eine erste Auswertung vom Drohbrief is da.« Gitte tippte auf der Tastatur.

Ferdinand rollte mit seinem Bürostuhl neben sie.

Im Landeskriminalamt hatte er inzwischen einen eigenen Platz oder, besser gesagt, eine Ecke an Gittes Schreibtisch. Ein Stapel an Formularen lag darauf, die ihm aus dem Sekretariat von Chefinspektor Wiedenhüpfer gebracht worden waren. Sein angepasster Arbeitsvertrag war darunter, dazu jede Menge Papiere, die Bürokratie schlug auf allen Ebenen zu.

Gittes Bereich glich einem Muster an Ordnung. An einer Seite ihres großen Bildschirmes eine vierteilige Ablage, ein Mauspad mit Sonnenblumen auf der anderen, dazu ein Foto ihrer Söhne, die ihr beide ähnelten und rötliche Locken hatten. Der Hund in der Mitte des Schnappschusses war ein großes Fellknäuel und sah treuherzig in die Kamera. Kein Staub auf der Tischplatte und keine einzelnen Blätter, die nicht in den Fächern einsortiert waren. Einzig der aktuelle Fallordner lag in der Mitte.

»Was haben wir?« Die Neugierde erfasste Ferdinand.

Gitte klickte. »Die Mehrzahl der Abdrücke auf dem Drohbrief sind von den Fingern von Lena Schöne. Zwei weitere sind leider nur Teilabdrücke, keine Kennung möglich. Winzige Reste von Hautschuppen, also folgt noch eine DNA-Analyse. Ich gehe zwar davon aus, dass die ebenfalls zur Schwester des Opfers gehören, aber warten wir ab.«

»Die unvollständigen Abdrücke könnten wir trotzdem schon einmal für eine Suche eingeben. Vielleicht haben wir Glück.«

»Mach ich«, Gitte kratzte sich am Kinn. »Wobei es bei einem Teilabdruck zu zufälligen Übereinstimmungen kommen kann, die nichts mit dem Verbrechen zu tun haben.«

»Sollte einer davon zu Ivo Matić passen, wären wir ein Stück weiter.«

»Durchaus möglich, dass der Mitbewohner von Ludwig Stichlhofer diesen Wisch geschrieben hat, weil ihn Lena Schöne aus dem Haus haben wollte. Aber ob die Drohungen überhaupt einen Zusammenhang mit dem Mord haben, is für mich fraglich.«

»Wenigstens war das Labor dabei flott.«

»Seid ihr in Köln prinzipiell schneller bei den Auswertungen?«

»Zugegeben, nein.« Ferdinand streckte sich, sein Rücken knackte. Die Matratze im Bett seines ehemaligen Jugendzimmers war ihm zu weich. »Aber ich bin immer ungeduldig. Ein Vorschlag: Ich würd gern heute zu Lena Schöne fahren und nicht die DNA-Analyse abwarten. Wir reden in Ruhe noch einmal mit ihr. Über Mira und Ivo Matić. Großonkel Fritz.«

»Gute Idee.« Gittes Handy meldete sich mit der Titelmelodie von Raumschiff Enterprise. »Oh, das is mein Timon.«

»Star Trek … cool, Gitte!«

»Hat er sich ausgesucht.« Sofort war Sorge auf ihrem Gesicht abzulesen. »Warum ruft der Burschi um diese Zeit an? Er sollte im Unterricht sein.«

Während Gitte telefonierte, blätterte Ferdinand lustlos durch die Papiere aus dem Büro Wiedenhüpfer, griff sich anschließend den Fallordner. Fast eine Woche war seit Ludwigs gewaltsamem Tod vergangen. Eine Spur nach Admont, ein undurchsichtiger Mitbewohner und ein Drohschreiben mit Teilfingerabdrücken. Weit waren er und die SOKO Bauernhof noch nicht gekommen.

»Sterz!« Gitte tippte ihm auf die Schulter. »Timon hat sich beim Fußballspielen den Knöchel verstaucht.«

In dem Moment gab Gittes PC einen hellen Ton von sich. Sie sah auf den Bildschirm. »Oha.«

»Eine Übereinstimmung?«

»Das nicht. Aber eine E-Mail von den Kollegen aus Kroatien. Ivo Matić is vorbestraft. Allerdings liegt die Straftat einige Jahre zurück.«

»Weswegen?«

»Da, lies. Betrug und Nötigung. Er war bei einer Drückerkolonne in Zagreb mit dabei. Die Strafe wurde auf Bewährung ausgesetzt, weil er geständig und gerade erst achtzehn geworden war. Und er hat gegen den Boss der Bande ausgesagt. Nicht ungefährlich.«

»Interessant. Auf unserer Runde jetzt sollten wir gleich Leibnitz mit dazu nehmen und nach Lena Schöne auch dem Kerl einen Besuch abstatten. Brechen wir auf.«

Gitte begann an ihrem Daumennagel zu knabbern. »Sterz, ich würd mich für heut direkt und sofort abmelden. Tut mir leid. Ich muss Timon abholen.«

»Ach so«, Ferdinand schüttelte den Kopf. »Ich bin wieder einmal unsensibel, sorry meinerseits. Dein Sohn, natürlich.«

»Ich würd was anderes vorschlagen, Sterz. Die Kollegen Stadlmeister und Dürer sind heute ohnehin in der Nachbarschaft von Stichlhofer unterwegs und befragen die Leut dort weiter. Die könnten bei dem Kroaten vorbeischauen und ihn mit der Bewährungsstrafe und den Betrügereien konfrontieren.«

»Geht auch.« Gittes frühzeitiger Abgang gefiel ihm nicht, aber er hatte keine Kinder und damit kein Mitspracherecht. »Ich bleibe noch an deinem Schreibtisch und deinem Computer, wenn das für dich okay geht.«

»Ein Ratschlag: Bleib nicht zu lang auf diesem Bürostuhl sitzen. Das führt sonst zu mächtigen Kreuzschmerzen, wie ich aus eigener Erfahrung weiß.« Sie winkte beim Hinausgehen.

Eine Viertelstunde später wurde Ferdinand unruhig, und er überlegte es sich anders. Statt weiter hier zu hocken, würde er Richtung Köflach aufbrechen. Solo zwar, aber trotzdem diesmal offiziell. Bevor er das LKA verließ, klopfte er an Max Drombovics Tür und informierte ihn über sein Vorhaben.

»Brauchst kein Taxi, Sterz. Die Aspirantin Sabrina soll dich fahren«, bestimmte der SOKO-Leiter knapp. »Dann kann sie dich als Profi schon mal ausfratscheln.«

Auf dem Weg hatte die angehende Polizeianwärterin, außer einem »Hallo« beim Start, jedoch kein einziges Wort mit Ferdinand gewechselt. Er hatte überlegt, ob er einschüchternd auf die blutjunge Frau wirkte oder ob ihr einfach keine Fragen einfielen.

Jetzt wartete sie auf seinen Wunsch hin im Wagen gegenüber dem Reihenhaus in der Köflacher B-Straße. Ohne Widerspruch war sie sitzen geblieben.

Der Vorgarten war gepflegt. In den schmalen Beeten, die einen Weg mit Steinplatten umrahmten, blühten immer noch einige Blumen in den Farben Gelb und Rot. Eine Kombination, die Lena früher schon gemocht hatte, fiel Ferdinand nebenbei ein. Ein Frosch aus grauem Stein zierte die erste Treppenstufe. Hinter den Fenstern waren sonnengelbe Rollos angebracht, an der Tür ein Willkommensschild.

Ein Gegensatz zu dem Hausbesitzer, der nach Ferdinands Klingeln die Tür geöffnet hatte und dessen Gesichtsausdruck nicht besonders freundlich war.

»Was gibt's?«

»Schönen guten Tag, mein Name ist Ferdinand Sterz. Ich wollte zu Ihrer Frau.«

»Lena? Lena is nicht da.«

Der hagere Mann in der offenen Tür beäugte Ferdinand misstrauisch. Er hatte eine Glatze, die glänzte, einen Bart, feingestutzt an Kinn und Oberlippe. Seine Kleidung war eine Mischung aus Jackett und Krawatte oben und Bermudashorts mit Hausschlappen im unteren Bereich.

Ferdinand stand Bruno Schöne, Lenas Ehegatten, gegenüber. Zwar hatte Lena erwähnt, dass sie allesamt auf derselben Schule gewesen waren, aber Ferdinand hatte auch jetzt noch keine Erinnerung an Bruno.

»Nicht wundern, ich bin im Homeoffice«, führte der weiter aus, was wiederum sein Outfit erklärte. »Wer sind Sie und was wollen Sie von meiner Frau? Jeden, den Lena kennt, kenn ich auch. Sie aber nicht.« Sein Ton war missmutig.

»Polizei. Ich bin, genau gesagt, Inspektor Sterz.« Ferdinand zeigte seinen Ausweis vor.

Sein Gegenüber blieb skeptisch. »Das is keiner von den unsrigen.«

»Europol. Sie können ihn genauer unter die Lupe nehmen, wenn Sie wollen.«

»Europol?« Bruno Schöne neigte seinen Kopf und kniff die Augen zusammen. »Is diese Behörde was Besseres als die Polizei vor Ort?«

»Nicht unbedingt. Ist Ihre Frau auf Arbeit?«

»Lena braucht nicht zu arbeiten.«

»Nein?« Es war das erste Mal, dass Ferdinand davon hörte, und er wunderte sich. In seiner Rückschau hatte Lena immer selbstständig sein wollen.

»Auch wenn es keinen etwas angeht: Wir mögen's altmodisch.« Bruno Schönes abweisendes Benehmen verstärkte sich. »Muss ich Sie denn ins Haus lassen?«

»Wir können uns ebenso gut hier draußen unterhalten, wenn es Ihnen in kurzen Hosen nicht zu kühl ist, Herr Schöne.«

Mit verschränkten Armen begutachtete Ferdinand Lenas Angetrauten. In all den Jahren hatte er sich nie Gedanken darüber gemacht, wer und wie sein Nachfolger war. Wenn er ehrlich war, hatte er Lena wie ein Denkmal in seinem Herzen getragen. Bis zu seiner Rückkehr und dem tragischen Ereignis hatte er sich stets mit der verflossenen Geliebten in seinem Gedächtnispalast beschäftigt, nie mit dem realen Menschen.

»Was bittschön hat meine Frau mit Europol zu tun?«

»Ich ermittle im Fall ihres ermordeten Bruders. Würden Sie mir ein paar Fragen beantworten?«

»Der Ludwig. So eine schreckliche Sache.« Ein Stück weit wurde Bruno Schöne umgänglicher und gesprächiger. »Lena is in der Therme. Schwimmen. Das macht sie hin und wieder am Freitagnachmittag. Wie lang das dauert, hängt vom Getratsche der Mädels ab, die sich dort treffen. Hinterher gönnen die sich meist noch einen Cocktail. Mir is ein Puntigamer lieber. Wobei es heute sicher nicht lustig in der Runde zugeht, nach der Tragödie. Sie gibt Bescheid, wenn sie abgeholt werden soll. Dann geh ich los. Wir machen das gern so. Wenn ich halt nicht arbeiten muss.«

Ferdinand wunderte sich, warum Bruno Lena abholen musste, aber private Details aus dem Eheleben gingen ihn nichts an. »Wie standen Sie denn zu Ihrem Schwager, Herr Schöne?«

Sofort verdunkelte sich die Miene des hageren Mannes wieder. »Wieso?«

»Nur eine erste Frage.«

»Ich hab am Sonntag nach dem Drama meine Frau in die Gerichtsmedizin gefahren, hab ihr beigestanden. Dort hab ich auch vor einer Polizeibeamtin alles gesagt, was ich über den Ludwig wusste. War nicht viel. Der Bruder meiner Lena war ein verschlossener Mensch. Ein sturer Bock. Am Samstag war ich übrigens nicht im Land. Mit einem Kumpel bin ich nach Admont. Auch das hab ich angegeben.«

»Was haben Sie denn in Admont gemacht?« Die Erwähnung der Stadt ließ Ferdinand aufhorchen.

Bruno kniff erneut die Augen zusammen, musterte seinerseits Ferdinand genauer. »Sterz sagten Sie? Ferdinand Sterz?«, hakte er nach. »Jetzt dämmert's mir erst.«

»Was dämmert Ihnen?«

»Wir kennen uns. Sie …, nein, besser du. Du könntest noch wissen, wer ich bin.«

»Möglich. Ich war lange weg.«

Bruno lockerte die Krawatte. »Das war noch in der Schulzeit. Ich war ein paarmal mit euch unterwegs. Bin auch aufs selbe Gymnasium gegangen. Als Teenager in Graz war ich im Sommer einmal eine Woche lang beim Opa von der Lena, meine Mutter musste ins Spital. Da hat Ludwig schon nicht mehr dort gewohnt. Der Stichl und der Sterz, was seid's ihr für ein Duo g'wesen. Komiker, echt.«

Duo ja, komisch sicher nicht. Ferdinand fragte sich, ob er Bruno Schöne deshalb von der ersten Sekunde an unsympathisch fand, weil er an Lenas Seite lebte.

»Zurück zum Thema, Herr Schöne.«

»Bruno.«

»Also, Bruno, warum Admont?«

»Privater Ausflug.«

»Sagt dir der Name Mira Matić etwas?«

»Schon.« Der Hagere stemmte die Hände in die Hüften. »Diese Kroatin und ihr Bruder.«

»Cousin, meinst du. Ivo Matić.«

»Wie auch immer. Mira is – also war – dem Ludwig sein Gspusi halt. Ich hab ja nix gegen Ausländer, aber die zwei sind Abräumer. Ich hab mich nur einmal eingemischt, weil Lena wollte, dass der Kroate auszieht aus ihrem Elternhaus. Aber ehrlich, was is es mich angegangen, dass der Ludwig sich wie ein Depp verhalten hat.«

»Bitte keine Beleidigungen, Bruno.« Für die Bezeichnung Depp hätte Ferdinand den Mann gerne kurz in den Polizeigriff genommen. Doch es galt, sich zu beherrschen. »Hast du Mira Matić je persönlich kennengelernt?«

»Nein. Nie. Von der Sache wollt ich nix hören. Dabei bin ich immer grantig geworden. Darum hat sich die Lena gekümmert. Oder eben auch nicht, der Ludwig hat sich nie was dreinreden lassen. Mit Betrügern will ich nichts zu tun haben.« Er zeigte ein Grinsen. »Ich arbeite selbst für das Callcenter einer Versicherung, ha, ha, ha.«

»Lass uns noch einmal über den letzten Samstag reden.«

Bruno Schönes Mundwinkel gingen nach unten. »Wozu?«

»Admont.«

»Ja, was? Mein Kumpel und ich waren wandern. Is das neuerdings verboten? Heinrich Schaffnegger heißt er. Er is mein früherer Boss, jetzt nur noch Kumpel. Die Polizei hat das alles notiert. Aber bitte, ruf ihn an, geh vorbei bei dem seiner Kanzlei.« Er zog den Krawattenknoten wieder enger. »Ich muss weiterarbeiten, Geld verdienen. Verstehst? Damit ich meiner Liebsten ein schönes und gemütliches Leben bieten kann. Wie es sich gehört. Du bist ja damals bei Nacht und Nebel weg. Seitdem bin ich da.«

Hat sie dir das so erzählt, wollte Ferdinand nachhaken, ließ es aber sein.

Stattdessen entschloss er sich abzubrechen. »Bruno, deine Frau soll bitte nächste Woche noch einmal am Landeskriminalamt erscheinen. Am besten, sie ruft vorher bei uns an, und wir vereinbaren einen genauen Termin.«

»Ich richte es ihr aus.« Seine Laune schwenkte erneut um. »Magst noch reinkommen, Inspektor? Einen Kaffee mit Schuss trinken? Oder ein Puntigamer?«

»Ich muss weiter.«

»Europol«, Bruno zwinkerte Ferdinand zu. »Das macht Eindruck bei den Frauen, gell? Damit kriegst du sie.«

Ferdinand verabschiedete sich ohne Handschlag. Immer noch war er sich nicht sicher, ob Bruno Schöne einfach einem Polizeibeamten und früheren Freund seiner Frau gegenüber unsicher war oder ein Ungustl, wie Gitte es bezeichnen würde.

Auf dem Weg zurück hoffte er, dass Polizeiaspirantin Sabrina gleich auf der Rückfahrt keine einzige Frage an ihn stellen würde. Er musste die Begegnung mit Lenas Mann erst mal verdauen.

25

»Huhu!«, rief eine helle Stimme, die Ferdinand zuerst als Hintergrundgeräusch wahrnahm.

Er war dabei, die Straße zu überqueren, und konnte Polizeiaspirantin Sabrina auf dem Fahrersitz sehen, die in ihr Mobiltelefon vertieft war.

»Herr Chefinspektor.« Noch einmal ein Ruf, diesmal mit Anrede.

Ferdinand sah nach links. Eine Frau, die in ihrem Vorgarten die Blumen goss, winkte ihm zu. Schwarze Locken, üppiger Körperbau. Die Nachbarin und Freundin, die Lena am Dienstag nach Leibnitz begleitet hatte.

»Kennen S' mich noch?« Sie schlug die Augen nieder. »Ich hab die Lena gefahren. Sie hat mir von Ihnen erzählt, von früher. Also ein bisserl … was man halt so schwatzt.«

»Freut mich, Sie wiederzusehen, Frau Traser.«

Sie legte den Kopf schief. »Ja? Ehrlich? Dann freut's mich auch.«

Ferdinand kam näher.

Ivonne Traser trug heute einen rosa Trainingsanzug, der ihre Kurven unterstrich. Das schwarze Haar hatte sie mit einem ebenfalls rosa Band um die Stirn gebändigt. Ihre Lippen waren rot geschminkt, als wollte sie ausgehen.

Sie setzte die Gießkanne ab. Im Gegensatz zu den Blumen von Lena machten ihre Beete einen kargen Eindruck. Ihr Blick schweifte zum Vorgarten der Schönes.

»Bei der Lena is es immer so hübsch. Ich hab keinen grünen Daumen. Meist wasser ich zu viel, dann wieder zu wenig. Dabei hab ich lang in einer Gärtnerei gearbeitet. Jetzt aber nicht mehr, jetzt helf in zwei Tage die Woche in einer Kanzlei in Graz aus. Ich hab Sie übrigens gleich wiedererkannt. Alles gut, Herr Chefinspektor?«

Ferdinand blieb vor dem Gartenzaun stehen. »Nur Inspektor, Frau Traser.«

»Sie wissen sogar noch meinen Namen.«

»Ivonne Traser, Tochter von Helga Traser, die bezeugt hat, dass Lena am Tag des Mordes den gesamten Vormittag und Mittag bei ihr im Haus war.«

»Ach so, deshalb.« Eine kleine Enttäuschung war ihr anzumerken. »Meine Mutti war ganz schön aufgeregt, als eine von Ihrer Truppe vorbeigekommen is und uns befragt hat.«

»Wo waren Sie denn an dem besagten Samstag, wenn ich fragen darf?«

»Freilich dürfen S'. Hier im Ort einkaufen war ich. Das mach ich immer als Start ins Wochenende. Gönn mir zwischendrin einen Kaffee mit Schlagobers. Eine kleine Auszeit, kann man sagen.« Sie deutete nach nebenan. »Ein Glück, dass die Lena sich bei solchen Gelegenheiten meist um die Mutti kümmert. Wobei sie natürlich auch einmal allein sein kann. Nur nicht zu lange, da werde ich dann unruhig.«

»Ist Ihre Mutter krank?«

Ivonne Traser schüttelte intensiv ihren Kopf. »Nur alt. Das werden wir alle. Seit sie einmal gestürzt is, lass ich sie nicht gern für längere Zeit allein. Aber mitnehmen kann ich sie auch nicht ständig. Weder auf die Arbeit noch zum Einkaufen eben. Wie geht's denn Ihrer Mutti?«

Die Frage überrumpelte Ferdinand. »Meine Mutter ist bereits vor langer Zeit gestorben.«

»Na geh, schiach.«

In dem Moment streckte eine ältere Dame ihren Kopf aus dem Küchenfenster. Die Ähnlichkeit war verblüffend. Mehr Falten und die lockigen Haare grau, ansonsten waren die Gesichter austauschbar.

»Vonni, ich bin wieder wach. Hab ich lang geschlafen?« Sie wirkte leicht verwirrt. »Was is los?«

»Alles gut, Muttilein. Es war bloß ein Napserl. Schau, ein Chefinspektor aus Köln is bei uns.«

»Geht nicht gleich ›Sturm der Liebe‹ los, Vonni?«

»Richtig. Ich komm, Muttilein. Muss noch fertig gießen.«

»Aber dalli, dalli, Vonni.«

Ohne auf Ferdinand einzugehen, schloss die ältere Dame das Fenster wieder.

Ivonne Traser warf Ferdinand einen entschuldigenden Blick zu. »Meine Mutti schert sich wenig um andere Leute. Geselligkeit war nie so ihres. Die will ihre Ruh'.«

»Mit Lena Schöne versteht sich Ihre Mutter aber gut.«

»Mit der Lena von Anfang an. Schon als die hergezogen sind. Sie hat inzwischen schon ewig einen Schlüssel von unserem Haus. Auch für mein Auto, falls mit der Mutti was is oder die zwei einen kleinen Ausflug machen wollen.« Ivonne Traser hob die Gießkanne hoch, hielt sie wie eine Puppe im Arm. »Wieso fragen S' denn so was?«

»Nur aus Interesse, Frau Traser.«

»Wissen S', Herr Chefinspektor, mein Vati is schon von uns gegangen, als ich klein war, und die Mutti geht nicht gern raus. Fernsehen is ihr halbes Leben. Aber manchmal braucht man einen richtigen Kontakt zu einem echten Menschen. Jeder von uns. Die Lena is eine so Liebe, die nimmt Nachbarschaft noch ernst. Die G'schicht mit ihrem Bruder geht uns allen zu Herzen.«

»Darf ich Sie spontan fragen, wo genau Sie am Samstagvormittag Ihren Kaffee getrunken haben?«

Ihre Augen wurden groß. »Wieso?«

»Es interessiert mich.«

»Im Café Turm. Am Friedhof vorbei, übern Gradnerbach, mitten in die Stadt hinein.« Sie öffnete die Arme, machte eine ausladende Geste und verschüttete dabei Wasser auf ihre

Hose, ohne es zu bemerken. »Das Lokal is auch eine Pizzeria, und man kann Essen mitnehmen.«

»Wann genau war das?«

»Jessas, so genau hab ich das nicht im Kopf. Vielleicht war's zehn. Danach weiter einkaufen, bevor die Geschäfte zumachen. Wie jeden Samstag. Die Mutti und ich, wir sind Gewohnheitsviecher.« Sie begann, schneller zu reden. »Im Café die Bedienung kann sich sicher noch an mich erinnern. Ich bin ja Stammgast. Gehen S' hin und fragen S'.«

»Hatten Sie mit Ludwig Stichlhofer zu Lebzeiten Kontakt?«

»Nein. Den Bruder von der Lena kannt ich nur vom Sehen. Der war selten hier.« Sie fächelte sich mit der freien Hand Luft zu. »Gott, jetzt bin ich ins Schwitzen gekommen. Was für eine Fragerei.«

»Kein Problem, Frau Traser.« Ferdinand beschwichtigte. »Wir von der Polizei wollen nur gründlich sein.«

»Arbeiten und für die Mutti da sein. Dazu die Serien. Das is mein Leben.« Ihre roten Lippen stülpten sich nach vorne. »Wollen S' meine Handynummer haben?«

»Wozu denn, Frau Traser? Die Polizeibeamten haben doch Ihre Daten aufgenommen, oder?«

»Schon, aber falls Sie einmal in der Gegend sind, und das nicht beruflich, und Zeit haben und einen Kaffee mit mir trinken wollen …« Sie plapperte munter weiter. »Also nur so. Weil ich noch nie einen deutschen Kommissar getroffen hab. Einen wie beim Kölner Tatort. Die Lena hat erzählt, dass Sie dort ermitteln. Nix für ungut.«

»Sie würden sich wundern, wie langweilig echte Polizeiarbeit manchmal sein kann, Frau Traser.« Ferdinand holte sein Handy aus der Manteltasche. »Ihre Handynummer gebe ich gerne in meine Liste ein, falls ich noch Rückfragen habe.«

Sie ratterte dreimal hintereinander die Zahlen herunter, während Ferdinand tippte. Am Ende schnappte Ivonne Traser einmal intensiv nach Luft. »Finden S' den, der das getan hat, Herr Chefinspektor.«

Ohne sie erneut zu korrigieren, hob Ferdinand die Hand zum Gruß. »Auf jeden Fall, Frau Traser. Aber dalli, dalli.«

Jetzt lächelte sie breit, und ihre roten Lippen zogen sich weit auseinander.

26

Der Start in den Samstag fiel aus der Reihe. Ferdinand gönnte sich eine kleine Auszeit. Er hatte sich mit Hannerl am Hauptplatz bei der Weikhard-Uhr verabredet, um auf den Schlossberg zu gehen.

Aus ihr sprudelte es wie aus einem Wasserfall.

»… und dann wollte dieser Regisseur ernsthaft, dass unsere Sänger während ihrer Arien Steine eine schräge Bühne hochschleppen. ›Sisyphus-Element‹ hat er das genannt. Der Aufstand im Ensemble war riesig. Schließlich hat er Statisten angefordert, die sich zu ›La donna è mobile‹ Pappkugeln zugeworfen haben. Was für eine Inszenierung.«

Er wunderte sich, woher seine in die Jahre gekommene Wahltante den Atem und die Kondition nahm. Sie war vierundsiebzig, nahm aber Stufe um Stufe wie eine junge trainierte Frau.

Ferdinand hatte vorgeschlagen, die Schloßbergbahn zu nehmen, aber Hannerl hatte auf den Kriegssteig bestanden. Ein Aufstieg, der sich in einem Zick-Zack-Weg nach oben schlängelte.

»Zweihundertsechzig Stufen aus Stein, Ferdi, und jede haben meine Füß mindestens tausendmal betreten.«

Schon ab der Hälfte wurde die Aussicht fantastisch. Er genoss den Ausblick und dazu die Anstrengung des Fußmarsches. Die Vegetation begann sich herbstlich zu präsentieren, die Oktobersonne strahlte, und Ferdinand hatte mit jeder Treppenstufe das Gefühl, einen trüben Gedanken hinter sich zu lassen.

Als sie schließlich am Uhrturm angekommen waren, blieb er keuchend stehen.

»Was is? Machst schon schlapp, du junger Hupfer?« Immerhin war auch Hannerl etwas außer Atem.

»Komm, setzen wir uns auf eine der Bänke, Hannerl. Ich brauche unbedingt eine Pause.«

»Einmal noch um unser schönes Wahrzeichen herummarschiert, dann darfst dich niedersetzen, Ferdi.«

Mit ihnen waren bei dem prachtvollen Herbstwetter eine stattliche Menge an Besuchern den Schloßberg hochgekommen. Handys und Fotoapparate wurden gezückt, selbst Ferdinand ließ sich hinreißen und machte ein Bild von der Brüstung aus. Ganz Graz lag in einem Rundblick zu seinen Füßen.

»Jetzt lass uns noch ein Selfie vor dem Uhrturm machen.« Er stellte sich neben sie und streckte den Arm aus. »Sag brav *cheese*, Hannerl.«

Ihre blond gefärbten Haare wurden durch den Wind nach oben getrieben. Sie hakte sich bei Ferdinand unter und grinste. Zugleich zwinkerte sie mit einem Auge.

»Soll ich noch eines?«

»Nein, Ferdi, es gefällt mir. Ich seh aus wie ein Pirat mit Augenklappe.«

Danach gingen sie einen der Wege weiter hoch zum höchsten Plateau und ergatterten einen Platz auf einer der letzten freien Sitzbänke.

»Ich hatte vergessen, wie bezaubernd es hier ist.«

Ferdinand steckte das Handy wieder weg, stellte es aber vorher auf Vibration. Gitte war gestern nicht mehr im Landeskriminalamt erschienen, Ferdinand hatte ihr auf die Mailbox gesprochen und ihr seine Begegnung mit Bruno Schöne geschildert. Im Anschluss hatte eine Besprechung in Max Drombovics Büro stattgefunden.

Die Beamten aus Leibnitz waren zugeschaltet gewesen. Ivo Matić hatten die Kollegen nicht angetroffen, auf telefonische Nachfrage hatte er nicht geantwortet, eine Vorladung stand an.

Die Befragungen in der Nachbarschaft waren etwas ergiebiger verlaufen. Die Leute berichteten vom stetigen Niedergang des Anwesens. Das Ehepaar vom Hof nebenan kannte Ivo Matić, beschrieb ihn allerdings als höflich, wenn auch distanziert. Von einer festen Freundin wussten einige, jedoch hatte keiner aus der Umgebung in all der Zeit engeren Kontakt zu der Frau gehabt. Ludwig und Mira waren ganz unter sich geblieben, was Ferdinand verwunderte. Das Leben vom Stichl erschien ihm fremder denn je.

Das Labor hinkte mit seinen Auswertungen weiter hinterher, auch die Genehmigung zur Einsicht in die Finanzen des Toten war noch nicht eingegangen. Max Drombovic hatte die Abrufbereitschaft aller, auch am Wochenende, betont.

Ferdinand wollte wenigstens in der Zeit mit Hannerl nicht erreichbar sein. Das Mobilteil komplett auszuschalten, schaffte er allerdings nicht.

»Du hast einiges vergessen, Ferdi.« Hannerl ließ die Beine baumeln.

»Ich gebe es zu, Tant' Hannerl«, er legte seinen Arm um ihre Schulter, gab ihr einen Kuss auf die Wange. »Ich war und bin ein Depp.«

»Deine Selbsterkenntnis und ein Busserl machen dein Stillschweigen über die Jahre zwar nicht gut, aber ich nehm sie als Anzahlung für die Zukunft.« Sie tätschelte seine Hand. Ihre langen rot lackierten Nägel bildeten einen Kontrast zu der faltigen und von Altersflecken übersäten Haut. »Für deinen Vater und für mich, lass nie wieder einen solchen Abgrund zwischen uns entstehen.«

Die Sonne malte Muster auf die Blätter der Bäume, die Luft roch würzig, selbst das Gemurmel der anderen Besucher passte in diesen Tag der Muße.

Ferdinand schloss die Augen. Er gestand sich ein, dass ihn die Stadt und das Land rasch um den Finger gewickelt hatten. Obwohl er die Bürde für die Aufklärung des Mordes an Ludwig und seine eigene traurige Vergangenheit mit sich schleppte, erschien es ihm in diesem Moment unmöglich, die Brücken ein zweites Mal hinter sich niederzureißen.

Nach Beendigung der Ermittlungen, zurück in Köln, würde er Besuche einplanen und Einladungen aussprechen. Zu spät für Ludwig, aber Hannerl würde er einbinden, mit Lena konnte er einen Neuanfang als Freunde wagen. Diese Gedanken waren wie der Herbstwind heute, leicht und versöhnlich.

»Was hast du denn schon mit deinem Papa unternommen, Ferdi?«

Hannerl holte ihn aus seinen Überlegungen. Er blinzelte. »Hannerl, ich bin total eingespannt, was die Arbeit angeht. Einmal waren wir essen. Ich glaube nicht, dass mehr drinnen ist. Was meinem Vater wahrscheinlich recht ist. Die Postkarten zwischen uns haben ihm in Wahrheit gereicht.«

»Red keinen Schmarrn, Ferdi.« Hannerl drückte fest seine Finger. »Der August liebt dich. Hat dich vermisst. Leidet. Ich gebe sofort zu, dass er damals, nach dem Tod von Alma, nicht grad psychologisch richtig und sensibel mit dir umgegangen is, aber höchste Zeit, dass ihr zwei euch verzeiht. Du bist ihm so ähnlich. Hast dich genauso verkrochen in deinem

Schmerz wie er. Dein Schneckenhaus steht halt in Köln und nicht in Raaba.«

Darauf fiel Ferdinand keine Widerrede ein. Bei seiner Rück- und Innenschau am ersten Abend in seinem alten Zimmer war er zu demselben Schluss gelangt wie jetzt Hannerl. In seiner Trauer und seinem Groll hatte er sich abgekapselt und andere verletzt.

»Vielleicht lade ich Papa noch mal zum Essen ein. Oder ich koche selbst. Das kann ich.«

»Kochen hört sich gut an. Oder ihr geht nächste Woche zusammen auf den Schöckl, wie früher, was meinst?«

»Wenn die Ermittlungen es zulassen.«

»Keine Ausreden.« Sie sah ihn von der Seite an. »Aber jetzt zum armen Ludwig. Wie geht's dir mit der Aufklärung? Dein toter Freund und die ganzen Umstände. Allein die Lena wiederzusehen, muss hart gewesen sein, gell?«

Ferdinand räusperte sich. »Gehört zu meinem Job.«

»Weiter.«

»Nichts weiter. Es ist nicht leicht, aber ich bin Profi.«

»Siehst du, Ferdi«, sie seufzte. »Wie der Papa. Verschlossene Austern, ihr zwei.«

»Hannerl, ich darf über laufende Ermittlungen keine Auskunft geben. Kann ich dich stattdessen was fragen?«

»Alles, Bub.«

»Hat mein Vater jemand Neues in seinem Leben?«

Hannerl verneinte. »Leider. Ich wär die Erste, die es ihm gegönnt hätt. Aber Alma war seine große Liebe und scheint es auch zu bleiben. Er hat sein Amt und seine Golfleidenschaft. Das genügt ihm. Obwohl schon einige Damen im beschaulichen Raaba-Grambach scharf auf den Herrn Gemeinderat waren, das hab ich selber mitgekriegt.«

»Scharf, Hannerl?« Er sah sie mit gespielter Entrüstung an.

Sie kicherte und ließ seine Hand los. »Ferdinand! Du denkst doch nicht, dass mich noch was erschüttern könnt, was ein Pantscherl angeht. Ich hab selber so einiges erlebt am Theater.«

»Glaub ich dir aufs Wort.«

In Ferdinands Hosentasche vibrierte das Handy. Er wollte nicht rangehen. Das Summen wiederholte sich.

»Entschuldige, Hannerl.« Ferdinand nahm es nun doch an sein Ohr, stand auf und entfernte sich ein Stück. »Sterz, ja bitte?!«

»Ja danke, Sterz.« Gitte klang fröhlich. »Wie is es?«

»Ich bin am Schloßberg.«

»Mörder jagen?«

»Touristen erschrecken.«

»Ha, du hörst dich einmal richtig heiter an. Gefällt mir. War gestern noch was Wichtiges? Mit der Mailbox gab's ein Problem, deine Nachricht kam zerstückelt an. Ich musste übrigens mit meinem Sohn in die Notaufnahme, aber zum Glück hat er sich nix gebrochen. Da fällt einem als Mutter ein Stein vom Herzerl.«

Ferdinand schilderte noch einmal in aller Kürze den Besuch bei Bruno und die unergiebige Besprechung mit den Kollegen. »Du hast nichts versäumt.«

»Morgen bin ich wieder voll einsatzbereit.«

»Am Sonntag, ehrlich?«

»Mein Ex is auf Kurzbesuch im Lande, die Buben werden also von ihrem Vater betreut. Da brauch ich nicht dabei zu sein.« Im Hintergrund war eine Jungenstimme zu hören. »Servus, Sterz.«

«Gitte, warte. Ich wollte heute Nachmittag ins LKA gehen. Ohne dich kann ich mich an deinem Schreibtisch noch mal ausbreiten.«

»Mach bloß kein Durcheinander, Kieberer«, sie giggelte. »Und wenn du was brauchst, ruf an. Mit gelangweilten Teenager-

Jungs herumzuhängen, is auch nicht das Wahre. Ich wäre ja so ›lost‹, wie mein Jonas meint. Tolles Kompliment.«

Er verabschiedete sich.

Hannerl hatte sich ebenfalls erhoben. »Komm weiter. Ich möcht noch einen Tisch im Restaurant auf der Terrasse kriegen. Auf geht's, Herr Inspektor.«

27

Bei Europol hatte Ferdinand oft Wochenenddienste übernommen. Die ruhigere Atmosphäre mochte er, das Berichteschreiben ging ihm dann leichter von der Hand. Wenn doch ein Einsatz anstand, gab es ohnehin genug Spannung und Aufruhr, sodass ihm die kurzen Bürozeiten wie ein kleiner Urlaub erschienen.

Auch Weihnachten und Ostern schob er gern Dienst. Er war ledig, hatte keine Frau, die zu Hause auf ihn wartete. Sein Freundeskreis war dürftig, ein wirklich geselliger Mensch war er nie gewesen. Ein paar Kumpels von der Truppe hatte er und ein Ehepaar, das im selben Haus wohnte und dessen Kanarienvögel er versorgte, wenn die beiden verreisten. Als einsam empfand sich Ferdinand selten, aber manches Mal hätte er gerne seinen Arm um jemand Besonderen gelegt.

Durch die Versöhnung mit Hannerl fühlte Ferdinand sich nach langer Zeit einmal wieder angenommen, ja geliebt. Es war fast ein wenig beängstigend. Sein Gefühlspanzer hatte Risse bekommen. Für eine Unterredung mit seinem Vater war es allerdings zu früh, zwei Aussprachen an einem Tag waren definitiv zu viel des Guten. Deshalb hielt er an seinem Plan fest und setzte sich nach dem Schloßbergausflug an Gittes Schreibtisch im Landeskriminalamt. Außer ihm war an diesem Samstagnachmittag nur ein weiterer Kollege anwesend, der in seinen PC vertieft war. Ferdinand fuhr den Computer hoch und gab das Passwort ein, das Gitte ihm gegeben hatte. Dabei erinnerte er sich an Ludwigs Laptop, den der Experte noch nicht geknackt hatte.

Vom Empfang meldete sich jemand bei Gittes Festnetztelefon.

Erst nach dem fünften Klingeln nahm er schließlich doch den Hörer ab. »Inspektor Sterz bei Gitte Busch.«

»Hallo?« Eine weibliche Stimme zögerte kurz. »Hier is eine junge Dame, die Inspektorin Busch sprechen will. Ihren Namen wollt sie nicht sagen. Soll ich darauf bestehen oder sie wegschicken?«

»Ich bin gleich unten.«

»Inspektorin Busch is nicht da?«

»Nein, Sie müssen mit mir vorliebnehmen.«

Außer einem leisen Schnauben, das Ferdinand in seiner Bedeutung nicht einordnen konnte, legte die Stimme keinen Widerspruch ein.

Am Empfang angekommen, sah Ferdinand die junge Frau allein im Besucherraum sitzen. Auf ihrem Schoß eine beige Handtasche, deren Henkel sie festhielt. Insgesamt zeigte sie eine angespannte Haltung, und man merkte ihr an, dass sie sich an diesem Ort unwohl fühlte.

Er nahm auf dem Sessel neben ihr Platz.

Es war die Ähnlichkeit, die Ferdinand direkt auffiel, noch bevor sie sich ihm vorstellte. Die Augen, die Nase, der hellbraune Haarton, den ihr Bubikopf hatte.

Er rief in Gedanken die Informationen ab, die er über ihren Cousin Ivo hatte. Die Vorstrafe, seine Aussagen zu Ludwig, Fritz und eben Mira.

»Hallo. Ich bin Inspektor Ferdinand Sterz. Gitte Busch ist nicht anwesend. Samstag ist auch bei Polizeibeamten manchmal Familienzeit.« Er versuchte einen lockeren Anfang. »Sie müssen mit einem *lonesome rider* wie mir vorliebnehmen.«

Ein leichtes Erschrecken war ihren Augen trotzdem abzulesen. »Das ist schade. Ich hätte lieber mit Frau Busch geredet.«

Ihre Aussprache hatte einen minimalen Akzent, daran war ebenso die Familienzugehörigkeit zu erkennen. Allerdings war ihr Körperbau schmaler, sie hätte durchaus ein paar Kilo mehr auf den Rippen vertragen. Ihr Gesicht war geschminkt, Make-up, heller Lidschatten, stark getuschte Wimpern, die Lippen in Lila nachgezogen. An den Ohren kleine Perlen. Sie trug eine ebenfalls lila Stoffhose und einen grauen Parka mit dunklem Kunstfellkragen. Ihr Äußeres war gepflegt.

Alles in allem, stellte Ferdinand fest, schien sie nicht zu dem Ludwig zu passen, den ihm Ivo Matić und Achim Brink geschildert hatten.

»Mira Matić. Gut, dass Sie den Weg zu uns gefunden haben. Schließlich sind Sie diejenige, mit der Ludwig vor seinem Ende eine Beziehung hatte. In Admont sind Sie uns bedauerlicherweise entwischt.«

Wie vor einer Schlange zuckte sie jetzt vor Ferdinand zurück. »Bekomme ich deswegen Probleme?«

»Kein Grund, sich zu ängstigen, Frau Matić. Noch liegt nichts gegen Sie vor. Außer dass Sie sich nicht beim Amt angemeldet haben. Das wird eine Geldstrafe nach sich ziehen.«

»Ich hatte anfangs gar nicht vor, lange dort zu wohnen, wissen Sie. Doch dann …« Sie stockte und legte ihre Hand ans Herz. »Ich möchte keine Unannehmlichkeiten und hole es nach.«

»Weinbauer Stichlhofer hat uns von Ihnen berichtet.«

»Oh Gott, der Fritz.« Etwas theatralisch stieß sie einen Seufzer aus. »Dann werden Sie mich festnehmen und anschuldigen. Er würde alles dafür tun, weil er mich verachtet.«

»Warum sollten wir auf ihn hören, Frau Matić?«

Ferdinand bemühte sich weiter um einen weichen Ton in seiner Stimme. Je mehr Vertrauen sie fasste, desto mehr würde er ihr über Ludwig entlocken können. Ob sie mit dem Mord an ihm möglicherweise indirekt zu tun hatte, würde sich noch ergeben. »Wir können ins Büro hochgehen oder in einen ruhigen Raum, wo wir ungestört sind. Sogar einen Abstecher in die Cafeteria können wir machen. Sie sind also vollkommen frei in Ihrem Handeln.«

»Das war ich nicht immer.« Sie öffnete die Handtasche, schloss sie wieder. »Was hat Fritz erzählt?«

Ferdinand öffnete den Mund, aber Mira Matić kam ihm zuvor.

»Sicher doch, dass ich Ludwig bis aufs Blut ausgequetscht habe und nur sein Geld wollte. Dass ich schuld bin, dass er sich vom Erbe seiner Eltern trennen musste. Jetzt bald auch Haus und Hof verloren hätte. Dass Ludwig mir hörig war und ich ihn ins Unglück stürzen wollte. Keine Liebe zwischen uns, keine. Nur Abhängigkeit.« Sie stoppte. »Verzeihen Sie, Inspektor Sterz. Ich habe Ihnen nicht geantwortet. Können wir hierbleiben? Ich möchte nicht in diesem riesigen Gebäude verloren gehen.«

»Wie Sie möchten.«

»Danke, Herr Inspektor. Fritz ist derjenige gewesen, der Ludwig über die letzten Jahre seine Grundstücke abgenommen hat. Das sollten Sie vorneweg wissen.«

»Abgekauft, meinen Sie.«

»Nein, Ludwig hat sie ihm Stück für Stück überschrieben.«

»Was keine Straftat ist.«

»Die lächerlichen Summen, die Ludwig von Fritz als Gegenleistung erhalten hat, sollten es sein.«

»Soweit ich als Laie weiß, gibt es bei Überschreibungen keinen Kaufpreis. Es ist das Gleiche wie bei einem Erbe.«

Achim Brink fiel Ferdinand ein, dessen Äußerungen ähnlich gewesen waren, aber nicht eins zu eins mit Miras Angaben übereinstimmten.

»Stimmt.« Ein nächster lauter Seufzer kam aus ihrer Brust. »Grunderwerbsteuer und Eintragungsgebühr im Grundbuch fallen jedoch an.«

»Aber keine Geldsummen, Frau Matić.«

»In dem Fall schon. Inoffiziell hat Fritz dem Ludwig Geld gegeben.«

»Wofür?«

Sie ließ eine direkte Antwort vorerst offen. »Der angeblich so hilfsbereite Onkel Fritz hat sich an Ludwigs geerbtem Grund und Boden bereichert. Aber es ist auch eine Schande für mich, dass ich immer noch in einem seiner Häuser in Admont wohne. Nicht mehr lange, hoffe ich. Ich will mir einen festen Job suchen. Vielleicht als Übersetzerin. Mein Studium möchte ich auch beenden.«

»Hört sich nicht schlecht an.«

»Mehr Plan als Realität. Wie so vieles.« Ihre erste Zurückhaltung und Ängstlichkeit schien sie langsam zu überwinden.

Kurz überlegte Ferdinand, ob er die junge Frau bitten sollte zu warten, um Gitte zu verständigen. Sie würde mit wehenden Fahnen kommen, sobald sie ihre Söhne versorgt wusste. Doch das konnte dauern. Er entschied sich, die Gunst des Momentes zu nutzen. Im Anschluss würde er seine Kollegin informieren und ihr Wochenende aufmischen.

»Frau Matić. Eine Abzocke, wie Sie sie eben angeführt haben, hat uns Friedrich Stichlhofer umgekehrt über Sie und Ihre Beziehung zum verstorbenen Ludwig mitgeteilt. Bitte, beantworten Sie meine Frage. War das Geld, das Ludwig dringend brauchte, für Sie bestimmt?«

»Für uns. Anfangs jedoch nur für mich, das ist wahr. Ludwig war eine Seele von einem Mann. Sein Weg hätte der eines Künstlers sein sollen, zum Landwirt war er nicht berufen. Unter anderen Umständen wären wir uns bei einer Ausstellung begegnet oder auf einem Fest. Es ist anders gekommen.« Erneut öffnete sie die Handtasche. »Würden Sie mir glauben, wenn ich Ihnen sage, dass ich Ludwig geliebt habe? Dass nicht nur er für mich alles getan hat, sondern ich auch für ihn alles getan hätte, wenn er in einer ähnlichen Lage gewesen wäre, wie ich es war und bin? Mein Herz ist wieder gebrochen, der Schmerz wird für immer bleiben.«

Mit einer raschen Geste wischte sie sich eine Träne aus dem Augenwinkel und drehte den Kopf. Ihr Blick zu ihm ließ Ferdinand an ein Frauenbildnis denken, vielleicht ein Gemälde wie das Mädchen mit dem Perlenohrgehänge von Jan Vermeer. Wie Ferdinand seinen Freund von früher her kannte, konnte er sich hingegen gut vorstellen, dass sich der junge Stichl in diese Art von Frau ohne Umschweife verliebt hätte.

»Ich biete Ihnen einen Vertrauensvorschuss, Frau Matić, und sage: Ja, ich glaube Ihnen.«

»Es spielt keine Rolle, Herr Inspektor, vergessen Sie es.« Sie zog ein Kuvert aus ihrer Tasche. »Ich übergebe Ihnen eine Kopie über eine bindende Vereinbarung, die Ludwig vor Jahren unterschrieben hat. Der Vertragspartner ist Fritz Stichlhofer. Der Kontrakt wurde angeblich von einem Notar aufgesetzt und beglaubigt, ist aber eine Fälschung, wie Sie und Ihre Kollegen feststellen werden. Zumindest hat mir Ludwig das anvertraut.«

»Wie hoch ist die Summe?« Ferdinand nahm das Kuvert an sich, öffnete es aber nicht.

»Es sind Einzelbeträge. Sie werden eine Auflistung vorfinden. Geld, das in gewissen zeitlichen Abständen von Fritz an Ludwig gezahlt werden sollte. Und auch wurde. Zu speziellen Bedingungen allerdings. Fritz hat sich mit dieser Abmachung quasi schon im Vorhinein seine Pfründe gesichert, könnte man sagen. Die Summen sind gering im Vergleich zum jeweils geforderten Gegenwert.«

»Der wäre?«

»Die Überschreibung von Land, die Äcker natürlich. Schließlich final das Haus und der Hof. Ludwig hatte die Hoffnung aufgegeben, zumindest sein Zuhause behalten zu können. Am Ende wollten wir woanders neu beginnen. Vielleicht sogar als Familie.« Mira Matićs Stimme ging in ein Flüstern über.

»Sind Sie schwanger, Frau Matić?« Für einen Moment war Ferdinand gerührt.

Doch sie schüttelte den Kopf. »Nein, das nicht.«

»Sondern?«

»Nichts weiter. Wir wollten eben fort.«

Er beschloss, nicht sofort in diese Richtung nachzuhaken, sondern bei der Vereinbarung zu bleiben.

»Warum über einen längeren Zeitraum und warum immer weitere Beträge?«

»Ludwig hat sich gekümmert. Um mein Leben, meine Belange. Meine Suche …« Wieder brach sie ab. »Emotional und dazu eben auch finanziell. Rechnungen begleichen sich nicht von allein.«

»Er hätte Kredite aufnehmen können.«

»Die er entweder nicht bekommen oder nie hätte zurückzahlen können, Inspektor Sterz. Ab einem gewissen Punkt setzte er auf das Prinzip Hoffnung. Wie grausam, nicht? Ludwig hat sich verloren, und ich war nicht in der Lage, ihn aufzufangen. Zwei Nichtschwimmer in einem aufgepeitschten Meer an Gefühlen, das waren wir.«

»Und Fritz Stichlhofer?«

»Oh, Großonkel Fritz hat sich anfangs verständnisvoll und beratend gezeigt, Ludwig erklärt, dass er mit Bankdarlehen viel schlechter dran wäre, dass es auf eine Zwangsversteigerung hinauslaufen könnte. Er zeigte Mitgefühl für meine Lebensgeschichte. Doch dann hat er Ludwig dieses Übereinkommen vorgelegt, das angeblich bindend war. Wegen mir hat sich Ludwig auf die Abmachung eingelassen.« Sie rang weiter um Fassung, obwohl ihr inzwischen immer mehr Tränen über ihre Wangen rannen. »Ich trage Mitschuld an seinem Tod.«

»Sie meinen, im übertragenen Sinn, Frau Matić. Oder sind Sie hier, um zu gestehen?«

»Niemals hätte ich Ludwig etwas angetan. Lieber wäre ich selbst gestorben.« Jetzt fischte sie ein Taschentuch aus der Tasche, tupfte ihre Augen ab und putzte sich die Nase. Haltung zu bewahren, schien ihr wichtig zu sein.

»Schon gut, Frau Matić. Zu Ihrer Aussage, was den 1. Oktober betrifft, kommen wir später.«

Sie stöhnte auf. »Meine Heimat und die Probleme dort habe ich hinter mir gelassen, nur um hier einem wie Fritz Stichlhofer zu begegnen. Was für eine Ironie.«

»Was ist mit dem der Rest der Familie? Ludwigs Schwester Lena? Sein Schwager Bruno Schöne?«

»Ludwig hatte wenig Kontakt zu ihnen.«

»Aber die wussten, wer Sie sind?«

»Ja.« Ihr Kopf senkte sich. »Ludwig hat mich seiner Schwester vorgestellt. Doch sie blieb skeptisch mir gegenüber.«

»Weil?«

»Ludwig meinte, sie macht sich Sorgen um ihn. Allerdings war der Kontakt schon vor unserer Beziehung dürftig, wie er mir erzählt hat.«

»Sie sagten eben, dass Sie Probleme in Ihrer Heimat hatten, Frau Matić. Dazu haben Sie vorhin eine Suche angesprochen.« Ferdinand hatte das Gefühl, dass der richtige Moment gekommen war. »Was hat es damit auf sich?«

Für Sekunden starrte sie ihn an, zog dann die Tasche eng an ihre Brust, einem Schutzschild gleich. »Sie haben mich vorhin gefragt, ob ich schwanger bin. Ich war es, lange vor Ludwig. Und ich habe ein Kind geboren.«

»Verstehe.«

»Nein, das tun Sie nicht.« Die Schärfe in ihrem Ton war neu. Sie hob den Kopf und fixierte die Leuchte an der Decke. »Ich war jung und schrecklich verliebt. Selber noch ein halbes Kind, naiv und leicht zu beeindrucken. Als diese Liebe Konsequenzen hatte, verschwand der angehende Vater von der Bildfläche. Ich war am Boden zerstört. Vertraute mich meinen Eltern an. Doch in ihrem Denken war kein Platz für einen solchen Eklat. Sie wählten eine Lösung, die ich damals in der Tragweite nicht erfassen konnte.«

»Aber …«, setzte Ferdinand an.

»Unterbrechen Sie mich nicht. Ich werde es nur einmal erzählen.« Mira seufzte wieder, diesmal noch verzweifelter als vorhin. »Mein Zustand wurde geheim gehalten. Nach der Geburt wurde das Baby – mein Baby – zur Adoption freigegeben. Will heißen, es wurde abgeholt. Nichts lief dabei offiziell. Mein Vater hat nie ein Wort darüber verloren. Die Jahre danach waren für mich wie leere Blumenbeete, in denen nichts mehr neu wachsen konnte, aber ich habe funktioniert. Nach außen hin. Als ich endlich volljährig war, habe ich es nicht mehr ausgehalten. Ich wollte mich endlich auf die Suche nach meinem Kind machen, es zurückholen. Meine Sehnsucht war unerträglich. Bei einer heftigen Auseinandersetzung mit meiner Mutter hat sie mir die Steiermark genannt, Admont. Mehr konnte auch sie mir nicht sagen. Ich verließ Biograd, zog dorthin, aber kam nicht mehr weiter voran. Ich weiß ja nicht einmal, ob es ein Junge oder ein Mädchen ist. Können Sie sich das vorstellen, Inspektor Sterz?«

»Ich kann es nur erahnen.« Eine Welle des Mitgefühls überrollte Ferdinand. »Es tut mir leid, Frau Matić. Aufrichtig.«

»Braucht es nicht, es ist nicht Ihre Geschichte. Aber als ich Ludwig kennenlernte, wurde es zu unserer. Er hat mich verstanden, er hat sich der Sache angenommen. Plötzlich war da ein Traum von einem Glück als Familie. Er hat alle Hebel in Bewegung gesetzt, um an Informationen zu kommen, hat Recherchen angestellt. Immer und immer wieder hat er Leuten Geld gegeben, die uns angeblich weiterhelfen konnten. Dubiose Agenturen, die Adoptionen vermitteln, hat er aufgetan. Er hat gezahlt. Stets aufs Neue. Ohne Erfolg. Und ich, ich habe gehofft und ihn machen lassen. Alles wurde zur Nebensache, nur noch die Suche war wichtig. Für uns beide. Es hat ihn verbittert und mich an einem unmöglichen Wunsch festhalten lassen.« Sie wandte sich wieder Ferdinand zu. »So, jetzt schweige ich.«

Eine lange Weile blieb die Stille zwischen ihnen.

Schließlich war es Ferdinand, der das Gespräch wieder aufnahm. »Noch zu Ihrem Cousin.«

»Er ist die letzte und einzige Verbindung zu meiner Familie in Biograd. Ludwig hat ihn als Freund angesehen, doch das war er nie. Wir beide haben uns täuschen lassen.«

»Sondern?«

»Anfangs war Ivo nur hin und wieder in der Steiermark, hat gejobbt, ist wieder zurück nach Hause. Ludwig hat noch erzählt, dass er Ivo für Arbeiten an Großonkel Fritz vermitteln konnte. Irgendwann hat sich die Situation dann gedreht. Ivo blieb länger und länger und hat Ludwig zu den Überschreibungen gedrängt. Ich gehe davon aus, dass er als Aufpasser engagiert und für seine Dienste gut entlohnt wurde. Er und Großonkel Fritz passen charakterlich gut zueinander.«

»Vor uns hat Herr Stichlhofer kein gutes Haar an Ivo gelassen.«

»Fassade, Theater, Show oder wie Sie es nennen wollen.« Mira Maticś Stimme kehrte zur normalen Lautstärke zurück. »Schauen Sie sich die Vereinbarung an. Das Original habe ich leider nicht, das bewahrt der gute Fritz höchstwahrscheinlich in seinem Safe auf. Ich weiß aber, dass Ludwig vorhatte, endlich etwas gegen seinen Großonkel zu unternehmen.«

»Wollte er Anzeige erstatten?«

»Auf meinen Ratschlag hin, ja. Also bin ich wohl …« Sie stockte. »Ich werde jetzt wieder gehen. Ich muss hier raus. Nichts gegen Sie, aber das alles erschlägt mich.«

»Zu gehen wäre unklug. Lassen Sie uns Ihre Aussage direkt zu Protokoll bringen.«

»Nein.«

»Ich könnte Sie hierbehalten.«

Ein flüchtiges Lächeln erschien auf ihren Lippen, das allerdings nicht ihre Augen erreichte. »Ich habe kein Motiv und ein Alibi.«

»Den Hausmeister Urban Urbanitsch.«

»Stimmt. Der gute Herr Urban.«

»Er hat bestätigt, dass er an diesem Vormittag mit Ihnen Kontakt hatte. Sie hätten uns also schon bei unserem ersten Besuch die Tür öffnen können, Frau Matić.«

»Als Sie mit Ihrer Kollegin in der Paradiesstraße waren, habe ich Sie mit ihm gesehen. Aber ich konnte nicht mit Ihnen beiden reden. Noch nicht. Ich kämpfe mit meiner Schuld. Wäre ich an diesem Tag nach Leibnitz zu Ludwig gefahren, wäre alles anders gekommen.«

»Oder Sie wären ebenfalls tot.«

»Am Leben zu sein, ist manchmal schwieriger, glauben Sie mir, Inspektor Sterz.«

»Bevor Sie gehen, muss ich zumindest Ihre Personalien aufnehmen. Als wichtige Zeugin würde ich Sie bitten, das Land nicht zu verlassen.«

»Ich bleibe in Admont. Wohin soll ich denn? Im Angedenken vom Wiggerl mache ich weiter.«

Den Kosenamen das erste Mal aus dem Mund von Mira Matić zu hören, fühlte sich für Ferdinand vertraut und doch seltsam an. »Wir suchen noch das Handy von Ludwig, Frau Matić.«

»Er mochte das Teil nicht, hat es schon mal vergessen, der Schussel. *Voljela sam ga*, ich habe ihn geliebt.« Es war das einzige Mal, dass sie etwas in ihrer Heimatsprache sagte.

»Wissen Sie, ob Ihr Cousin letzte Woche tatsächlich in Biograd war? Er hat die Familie und seine Freundin als Zeugen angegeben.«

Miras Mundwinkel zogen sich nach unten, die Verbitterung war ihr anzusehen. »Von mir wird Ivo nicht geschützt. Meines Wissens ist er früher zurückgekehrt, noch vor Ludwigs Tod. Obwohl ich nicht glaube, dass er es getan hat. Er hätte doch freie Kost und Logis verloren.«

»Danke, dass Sie den Mut hatten, sich zu offenbaren.« Ferdinand hob das Kuvert hoch. »Aber wir brauchen noch mehr Namen. Von den Leuten, denen Ludwig Geld gegeben hat, von diesen Agenturen. Schreiben Sie sie uns auf.«

»Fragen Sie Wiggerl, er …« Mira erstarrte in der Sekunde, nachdem sie den Satz ausgesprochen hatte. »Namen weiß ich nicht. Es war ja Ludwig, der recherchiert hat.«

Ihr Blick wanderte von Ferdinand weg seitlich nach unten, während eine neue Träne über ihre Wange rollte, diesmal bis zu ihrem Kinn.

Ferdinand dachte, dass sie das erste Mal nicht die Wahrheit sagte.

28

Ivo Matić kam aus dem Haus in der Pichlerstraße in Leibnitz, entdeckte die sich ihm nähernden Ermittler und ergriff nahtlos die Flucht.

Er sprintete Richtung Schweinestall und Tatort, am Polizeiband entlang, hechtete über den Misthaufen und fasste nach oben, um einen der ausladenden Äste des Nussbaums zu greifen. Wie bei einer Turnübung schwang er einmal vor und zurück und schaffte es damit, sich über den Zaun zum Nachbargrundstück zu hangeln.

»Du rennst, ich schneid ihm mit 'm Auto den Weg ab.« Gitte drehte sich auf der Stelle und lief zurück Richtung Gartentor.

Ferdinand zog seinen Mantel aus, ließ ihn achtlos zu Boden fallen. Danach setzte er sich ebenfalls mit Tempo in Bewegung. Er nahm dieselbe Strecke wie der Kroate, aber statt den Ast zu benutzen, stützte er sich mit einer Hand auf der obersten Zaunlatte ab und sprang seitlich über das Hindernis.

Der Flüchtende hatte bereits den inzwischen kargen Gemüsegarten der Nachbarn hinter sich gelassen, auf dem sich noch einzelne Salatköpfe wie grüne Punkte von der braunen Erde abhoben, und war Richtung freies Feld und anschließendem Waldstück unterwegs.

In seinen Sneakers rutschte Ferdinand nach seiner Landung aus und spürte einen leichten Stich in der rechten Ferse. Er bedauerte, nicht erneut die festen Schuhe seines Vaters angezogen zu haben. Kaum hatte er sein Gleichgewicht wiedergefunden, nahm er die Verfolgung wieder auf. Seiner Erfahrung nach war es effektiver, kontinuierlich schnell zu laufen, um nicht völlig außer Atem zu kommen.

Genau das passierte Ivo Matić. In der Mitte der längst abgeernteten Kürbisfelder büßte er an Geschwindigkeit ein.

Der Abstand der Männer verringerte sich. Kurz vor dem Waldstück stolperte der Kroate, was ihm Zeit kostete. Nach dem Aufrichten wurden seine Laufschritte unkoordinierter, als hätte er ein oder zwei Schnäpse getrunken.

Ferdinand holte fortwährend auf. Er konnte schon das Keuchen hören, das der Verfolgte ausstieß. Er selbst hechelte, um seine Muskeln nicht mit Sauerstoff zu überfluten. Noch wenige Meter, dann würde er im Laufen hochspringen und sich auf den Rücken des Verdächtigen werfen können, um ihn zu Fall zu bringen.

Unerwartet meinte Ferdinand aus dem Augenwinkel heraus einen Schatten neben sich wahrzunehmen. Er senkte den Kopf, drehte das Kinn ein.

Neben ihm lief Ludwig.

Ferdinand war sich absolut sicher. Die schlaksige Gestalt des Freundes, die sich als Schattenriss über das Feld bewegte. Seine Art beim Wettlauf zwischen den Jungen früher, seine Beine stets voranzuschleudern. Eine Weise zu rennen, die komisch anzusehen war, aber effektiv und kraftsparend. Der Schatten riss die Arme nach oben und wieder nach unten, machte einen Hampelmann.

Ludwig war nicht tot und lag aufgebahrt in der Grazer Gerichtsmedizin, in einem Seziersaal, alles ein Irrtum. Der Stichl freute sich seines Lebens und hänselte den Sterz, indem er neben ihm herjagte und Faxen machte.

»Wiggerl«, stieß Ferdinand aus. Er biss sich in die Wange.

Der letzte verbliebene Kürbis auf dem Feld wurde Ferdinand zum Verhängnis.

Abgelenkt durch die vermeintliche Schattengestalt seines Freundes übersah er das Hindernis und fiel der Länge nach auf die Erde. Automatisch rollte er sich nach dem Aufprall auf die Seite, seine Hand ging an seine Achsel. Dort war normalerweise sein Halfter mit dem Dienstrevolver platziert, aber seine Waffe samt der Halterung hatte er in Köln in seinem privaten Safe zurückgelassen.

Nach dem Sturz wechselte er nahtlos in eine sitzende Position, nahm die Arme hoch, um bei einem möglichen Angriff von Ivo Matić den Kopf zu schützen. Doch der Verfolgte hatte sich nicht einmal umgedreht, sondern war einfach weitergerannt. Ferdinand konnte sehen, wie der Kroate die erste Baumreihe erreichte.

»Verdammter Mist«, er spuckte aus. Im hellen Licht bemerkte er eine feine Blutspur in seinem Speichel, seine Wange brannte innen. Ferdinand sah sich um, außer ihm war niemand anwesend. Wie hatte er sich nur durch diese Sinnestäuschung ablenken lassen können!

Motorenlärm war zu hören. Gitte näherte sich in ihrem Auto über einen Feldweg, der an das Wäldchen grenzte. Der Wagen holperte, der Motor röhrte, sie gab Gas ohne Rücksicht auf ihr Fahrzeug. Doch es war zu spät. Als sie die Stelle erreichte, war Ivo Matić längst zwischen den Bäumen untergetaucht und verschwunden.

»Sterz? Alles in Ordnung?« Gitte hatte angehalten und stieg aus.

Er kam auf alle viere, schließlich in die Höhe, klopfte und zupfte Erde und Pflanzenreste von seiner Hose und dem Pullover. Beides war reif für die Reinigung. Oder auch für die Entsorgung. An seinem linken Knie war der Stoff eingerissen, am Ellbogen die Wolle seines Pullovers.

»Mir geht es gut. Aber wegen diesem verdammten Kürbis ist uns der Verdächtige entwischt.«

Gitte schloss zu ihm auf. »Wir schreiben ihn zur Fahndung aus. Ich gebe es per Funk direkt an die Kollegen durch. Die im LKA sollen auch die Grenzpolizei verständigen, den Kollegen in Biograd alle Informationen weiterleiten. Das ganze Packerl eben.«

»Trotzdem. Ich bin megaverärgert.«

»Du meinst krawutisch.«

»Das Wort passt ebenfalls.«

»Ha!« Sie kam noch näher, ließ ihren Blick über seine zerrissene Kleidung schweifen. »Du bringst mich echt immer wieder zum Lachen, Sterz. Was viel heißt nach dieser Pleite eben.«

»Meine Lustigkeit hält sich in Grenzen, Gitte.«

»Sei froh, dass du dir nicht mehr getan hast. Wenn das Feld noch voll gewesen wäre, hättest du Slalom rennen müssen.«

»Ist es nicht zu früh für die Ernte?«

»Geh, Ferdinand.« Gitte begann winzige Steinchen einzusammeln, die sich in seinem Rollkragen verfangen hatten. »Der Klimawandel macht auch vor der Steiermark nicht halt. Die gestiegenen Temperaturen führen dazu, dass die Ernte immer früher und früher anfängt. Manchmal schon Mitte August, unfassbar. Wobei die Kürbisse so oder so Anfang Oktober längst eingebracht sind.«

»Wieder was dazugelernt.«

»Wegen dem, was wir der Umwelt antun, bin ich übrigens vegetarisch unterwegs. Will aber niemanden bekehren.« Ein sanftes Schulterklopfen folgte. »Komm, Sterz, ich geb dir einen Kaffee aus. Vorher verständigen wir Max.«

»Er wird nicht glücklich sein.«

»Dafür war er begeistert, als du ihm von Mira Matićs Besuch bei uns berichtet hast. Und ich auch.«

»Wäre der Haftbefehl rascher ausgestellt worden, hätten wir vielleicht direkt gestern noch mehr Glück gehabt.«

»Aber so konnt ich heut dabei sein. Schade trotzdem, dass es danebengegangen is. Immerhin kennen wir jetzt Miras Geschichte.«

»Noch bedeutet ihre Aussage nur, dass sie ein schwieriges Leben hatte und hat.«

Gitte nickte. »Von seinem Kind getrennt zu werden, muss die Hölle sein.«

»Trotzdem hat sie mir nicht alles erzählt. Dass sie überhaupt keine Namen weiß, glaube ich nicht.«

»Ich denke, sie sucht und hofft weiter. Ihre Eltern hab ich mit Adresse in Biograd gefunden. Ich würde die Polizei vor Ort bitten, denen einen Besuch abzustatten.«

»Unbedingt. Dazu nehmen wir uns mit Genuss noch einmal Großonkel Fritz vor. Oder, Gitte?«

»Ein Lump, das steht fest. Mit dieser Vereinbarung, von der uns Mira die Kopie ausgehändigt hat, liefert uns Großonkel Fritz ebenfalls ein tolles Motiv. Wenn ihn Ludwig angezeigt hätte, wären seine Machenschaften ans Licht gekommen. Alibi hin oder her. Er hätte unseren flüchtigen Ivo beauftragen können. Geld und Gier, wie Albrecht Dürer so treffend bemerkt hat.«

»Wir brauchen das Original von ihm. Dazu alle Unterlagen, die die danach offiziell erfolgten Grundstücksüberschreibungen betreffen.«

»Ich bin gespannt, wie er reagiert.«

»Der Halunke holt sich einen Anwalt, lautet meine Wette.«

»Denke ich auch.« Ferdinand tippte mit dem Schuh noch einmal den Kürbis an, der ihn zu Fall gebracht hatte. »Großonkel Fritz hat sich an der Notlage des Liebespaares Mira und Ludwig bereichert.«

»Heißt leider noch lange nicht, dass wir ihn verhaften können, Sterz.«

»Interessant wird, wer das Schriftstück für Fritz aufgesetzt hat. Bisher haben wir die angegebene Kanzlei nicht im Branchenbuch gefunden. Auch existiert kein Notar dieses Namens.«

»Ein Fake.«

»Aber juristisch einwandfrei formuliert, Gitte. Die Person, die das Arrangement ausgearbeitet und einen Stempel samt

Unterschrift gefälscht hat, kannte sich aus. Der Kontrakt besagt, dass Ludwig, anstatt die ihm geliehenen Geldsummen zurückzuzahlen, Stück für Stück Land abzutreten hatte, in festgelegten Zeitabständen. Am Ende hätte Ludwig Haus und Hof gegen eine weitere lächerliche Summe verloren.« Ferdinand schluckte. Für eine Sekunde meinte er im Augenwinkel den Schatten wieder zu sehen. Er fragte sich, ob er es hätte verhindern können, wenn er den Kontakt zum Stichl gehalten hätte.

»Eine Anklage wegen betrügerischer Aneignung fremden Eigentums hätte Fritz durchaus drohen können.« Gitte stapfte Richtung Wagen zurück. »Auf jeden Fall geben wir für Matić eine Fahndung raus, und bei dem Großonkel beziehen wir die Kollegen vom Betrugsdezernat mit ein. Unser Opfer war echt naiv. Weltfremd. Mit der Realität überquer.«

»Verliebt und verträumt gefällt mir besser.«

»Sterz, du und romantisch? Komm, jetzt machen wir dich erst mal sauber, Kollege.«

Sie stieg ein.

Er blieb noch stehen, drehte sich einmal im Kreis, um zu erkunden, ob es einen Busch oder einen Holzstab oder auch eine Vogelscheuche gab, die die Größe eines Menschen hatte und Ferdinand hätte täuschen können. Auf dem Feld ringsum entdeckte er nichts.

Die Sonne stand senkrecht am Himmel, was bedeutete, dass nicht einmal Ferdinand einen Schatten warf.

29

Montag. Er war zu Hause. Saß an seinem Esstisch.

Oder?

Die Annahmen stimmten. Aber etwas anderes war vollkommen aus den Fugen. Seine linke Schulter. Genau an dieser Stelle schien sich ein Tier festgebissen zu haben. Ein Tier mit enorm scharfen Zähnen. Diese unglaublich spitzen und harten Beißerchen hatten sich in sein Fleisch gebohrt, tief. Durch seine Haut, seine Muskeln, sein Schultergelenk.

Wenn Bruno hätte raten müssen, hätte er geschworen, dass das Tier mit seinen Fängen sogar sein Herz umschlossen hatte.

Wenigstens schlug es noch.

Bruno konnte die Schläge in seinen Ohren hören, laut und deutlich. Sogar in einem langsamen Rhythmus, wie er fand.

Bumm, bumm, bumm.

Klopf, klopf, klopf.

Wer war vor der Tür?

Noch wagte er nicht, sich zu bewegen. Nur seine Gedanken sprangen hin und her. Denn mit seinem Gedächtnis stimmte ebenfalls etwas nicht.

Bruno erinnerte sich genau, dass er sein drittes Kaffeetscherl getrunken hatte. Mit einem Hauch Zimt auf dem Schlagobers. So liebte er es, eine kurze Pause einzulegen. Den Laptop zuklappen, sein Sakko ausziehen und die Krawatte lockern, das Arbeitszimmer verlassen und sich an den Esstisch setzen.

Auch nach der Pandemie hatte er seine Anwesenheitszeit im Callcenter der Versicherungsgesellschaft so gut wie ausgesetzt und arbeitete Montag bis Freitag von zu Hause aus. Die nervigen Kunden konnte er genauso gut im Homeoffice beraten, keiner von denen wusste ja, dass er untenrum in Shorts vor dem Bildschirm saß. Herrlich, was für Augen die machen würden, wenn er aufstehen und ihnen seine Unterhosen präsentieren würde.

Doch darum ging es nicht.

Sondern um das Ereignis, das ihn dazu gebracht hatte, wie zur Salzsäule erstarrt am Tisch zu sitzen. Nein, nicht aufrecht zu sitzen, sondern nach vorne gekippt zu liegen. Bruno sah an seinem linken Arm entlang, sah das weiße Hemd mit den roten Streifen, die über den Oberarm liefen.

Sein Kopf ruhte ebenfalls auf der Tischplatte, zur linken Seite gedreht. Unfassbar gerne hätte er ihn angehoben, sich aufgerichtet und nachgesehen, was zum Teufel los war.

Eine Warnung aus seinem Bauch, ein Gefühl der Angst ließ ihn jedoch weiterhin innehalten. Das Tier auf seiner linken Schulter mochte es nicht, gereizt zu werden, denn dann könnte sich das Gebiss mit den Fangzähnen final schließen und Brunos Herz zerquetschen.

Bumm, bumm, bumm.

Klopf, klopf, klopf.

Wer, verdammt, wollte denn herein?

Du kannst nicht den Rest des Tages hier herumsitzen und deinen Schädel auf dem Holz ausruhen, Bruno.

Die innere Stimme seiner Mutter meldete sich. Immer wenn er sich kleine Patzer oder Ausrutscher leistete, war sie die Mahnerin in seinem Kopf. Obwohl Ruth Schöne im echten Leben ihrem Sohn keine einzige Vorschrift mehr machte. Sie lebte mit seinem Vater weit weg im Burgenland und litt unter beginnender Demenz.

Steh auf, Faulenzer. Geh nach oben. Noch haben wir nicht Feierabend, Bruno.

Und du, Mama, hast sowieso nie was gearbeitet, antwortete Bruno der Mutter-Stimme. Mir hängt ein Viech im

Nacken, Mama, und, wenn ich mich rühr, beißt es mich tot, verstehst?!

Selbst bloß in Gedanken formuliert, hörte sich diese Erwiderung lächerlich an. Welches Tier würde sich am hellichten Tag ins Haus schleichen und Bruno überfallen? Derart, dass er sich nicht mehr bewegen konnte, nicht aufstehen und sich wehren? Ein Tiger, der einem Zoo entkommen war, vielleicht? Schwachsinn.

Ein Wolf könnte es sein. Bruno hatte vor einem Jahr von Wolfsrissen bei Schafen gelesen. Aber das war in der Nähe von Spielberg und Liezen gewesen, nicht in Köflach. Nicht an der Bundesstraße, mitten in einer Reihenhaussiedlung.

Abgesehen davon, schien sich das Tier auf seinem oberen Rücken keinen Millimeter zu bewegen. Er hörte es nicht knurren oder fauchen, nicht einmal atmen. Bruno allein sog Luft ein. Dabei nahm er nun einen pfeifenden Ton wahr.

Jetzt aber, du Faulenzer, rief Mutter in Brunos Kopf.

Bruno begann sich zu rühren, wenn auch nur im Zeitlupentempo. Er startete mit dem Zeigefinger und klopfte damit auf das Holz der Tischplatte. Es gab ein dumpfes Pochen, das sich als Echo in seiner Schulter wiederholte.

Dazu noch tat es weh. Sofort setzte ein Stechen ein, das sich über seinen gesamten Rücken ausdehnte, seitlich am Hals nach vorne zog. Er stöhnte laut und fiel zurück in die Starre. Ganz ohne Regung ließ das Stechen zum Glück wieder nach.

Allerdings verwarf Bruno die Theorie eines Angriffs. Kein Tier hätte stillgehalten. Aber was saß ihm sonst sprichwörtlich im Nacken? Einer Eisenklammer gleich war es.

Oder die Lampe über dem Esstisch war von der Decke gefallen und hatte ihn getroffen.

Wieder versuchte er, sich den Ablauf ins Gedächtnis zu holen.

Ein typischer Wochenbeginn. Kunden, die nervten. Eine bleierne Müdigkeit, die sich breitmachte. Das Muss einer Pause. Sakko aus, Laptop auf Stand-by. In Hemd und Unterhosen nach unten in die Küche. Kaffeetscherl zubereiten. Zimt drüberstreuen. Ins Esszimmer. Wasser trinken zum Kaffee. Viel Wasser, das hält gesund. Die Stille genießen. Noch viel, viel müder werden. Noch was trinken. Die Augenlider fallen zu. Schwärze.

Einschlafen. Aufwachen.

Bum, bum, bum. Und klopf, klopf, klopf.

Nein, kein Klopfen. Sondern Tropfen.

Tropf, tropf, tropf.

Von vorne: Was tropfte denn da? Das Geräusch machte Bruno mehr und mehr narrisch.

Sein Kaffeetscherl hatte er genossen wie immer. Bis, ja bis zu dem Moment, in dem sein Kopf nach vorne gefallen und Bruno in ein dunkles Loch, in eine Art Bewusstlosigkeit gesunken war. Warum, sakra, war er so unerwartet so irre müde geworden?

Wichtigste Frage danach: Wer, bittschön und verdammt noch einmal, hatte ihn in der Zeit der Schwärze von hinten angefallen und gebissen?!

Die Erinnerung war wie ein Sack mit Löchern.

Ein neuer Anlauf musste her. Diesmal versuchte Bruno, sein Kinn anzuheben. Das Stechen kam wie auf Kommando, war jedoch auszuhalten. Aber ihm fehlte die Kraft, sich höher als einen halben Zentimeter aufzurichten. Nur ein Stückchen mehr von seinem weißen Hemd mit den auffallend breiten roten Streifen kam in sein Blickfeld.

Sein Kinn plumpste zurück auf das Holz. Das Stechen wurde zu einem ausgewachsenen einzelnen Schmerz, der wie ein Blitz diesmal bis in seine Zehen fuhr. Bruno stieß einen hohen Ton aus, einen Laut, den er von sich noch nie gehört hatte.

Dazu kam die Erkenntnis, dass er überhaupt kein Hemd mit roten Streifen besaß, nur weiße und blaue Hemden, uni. Das Rot hieß, er blutete. Blutete! In Brunos Kopf platzte mit dieser Tatsache eine Bombe. Verletzt, das war er. Schwer verletzt. Kein Biss, keine Zähne, keine herabstürzende Lampe, kein Schlag.

Ein Stich.

Etwas hatte sich tief, ganz tief in seine linke Schulter gebohrt. Etwas, das fast sein Herz durchstoßen hatte. Deshalb tropfte sein Blut auf den Boden. Tropf, tropf, tropf.

Tränen stiegen auf. Er war schwer, tödlich getroffen. Wenn er jetzt nicht sofort Hilfe bekam, würde er heute seinen letzten Kaffee mit Schlagobers und Zimt getrunken haben.

Reiß dich zusammen, Bruno! Ruf die Rettung!

Die Stimme seiner Mutter klang schrill.

Wie denn, Mama?

Das Handy. Das Handy hast doch immer in deinem rechten Hosentascherl!

Danke, Mama.

Bruno konzentrierte sich auf die andere, die rechte Seite. Er merkte erst jetzt, dass sein rechter Arm schlaff nach unten hing und gefühllos war. Er strengte sich an, Befehle dorthin zu schicken. Nur langsam gehorchten seine Muskeln. Sein Daumen war der Erste, der zuckte, dann seine Finger. Er konnte das rechte Handgelenk drehen, den Ellbogen hochziehen.

Das Stechen und Ziehen nahm zu, doch Bruno wollte nicht aufgeben. Seine Mutter hatte absolut recht. Wenn es ihm gelang, das Handy aus der Hosentasche zu ziehen und Hilfe zu holen, konnte er überleben.

Sein Herz klopfte wie wild. Die Geschwindigkeit des Tropfens steigerte sich. Ein Wettlauf gegen die Zeit.

Gleich hab ich's, Mama!

Bruno fühlte Stoff. Weich und samt.

Leider berührte er nur seine Unterhose. Die Anzughose hing im Schrank, sein Handy lag neben seinem Laptop, oben im ersten Stock. Wie immer, wenn er Homeoffice machte.

Er hätte sich fürchterlich geärgert, wenn ihm die Zeit dazu geblieben wäre.

Bum, bum, bu…

III
HUDRIWUDRI

(DURCHEINANDER)

30

Während sie sich die letzten Haarsträhnen unter eine Schutzhaube schob, verdrehte Gitte an Ferdinand gewandt die Augen.

»Jessas! Hier schaut es aus wie bei einem Überfall von weißen Riesenmaden.«

Die anwesenden Ermittler der verschiedenen Abteilungen waren in weiße Einweg-Ganzkörperanzüge mit Kapuzen gehüllt, auch über den Schuhen trugen sie Überzieher. Am Tatort herrschte bereits rege Betriebsamkeit.

Der Anruf von Max Drombovic bei Gitte und Ferdinand war zur selben Zeit erfolgt, als die ersten Meldungen über einen Mord im Bezirk Voitsberg über den Nachrichtenticker gelaufen waren. Die Ermittler waren unterwegs nach Leibnitz zur nächsten Befragung von Großonkel Fritz gewesen, hatten einen U-Turn gemacht und waren in atemberaubendem Tempo zum brandneuen Tatort gefahren. Bis zur Ankunft hatte sich Ferdinand noch zweimal vergewissert, ob es sich dabei tatsächlich um die richtige Adresse handelte.

»Wo ist Lena Schöne?«, war seine erste Frage an Max Drombovic, der bereits an Ort und Stelle die Einsatzkräfte koordinierte.

»Ein Kollege von der Polizeiwache Köflach sucht nach ihr.«

»Sie war nicht im Haus? Ihr ist nichts geschehen?«

Drombovic zog eine Augenbraue hoch. »Nein. Außer dem Opfer war niemand im Haus. Laut ersten Erkenntnissen.«

»Vielleicht ist sie bei den Nachbarinnen: Mutter und Tochter Traser.«

»Da waren wir schon. Dort öffnet keiner, alles dunkel.«

Verstohlen wandte sich Ferdinand von Gitte und dem Teamleiter ab. Bevor er sein Handy unter dem Schutzanzug verschwinden ließ, wählte er Lenas Nummer. Sofort sprang die Mailbox an, er hinterließ keine Nachricht.

»Inzwischen steht einwandfrei fest, dass es sich bei dem Toten um Bruno Schöne handelt«, erläuterte Drombovic, während er sich Richtung Eingang in Bewegung setzte. »Das Opfer wurde übrigens gleich von dem identifiziert, der ihn gefunden hat. Ihr werdet es nicht glauben, Kollegen.«

Gitte folgte ihm. Ihr Anzug war ihr zu groß und schlug Falten, das Material raschelte bei jedem Schritt. »Sag's bitte, ich schwitz bereits, was unangenehm is und nach Ablenkung schreit.«

»Es is Achim Brink.«

Ferdinand schloss zu den beiden auf. »Was?«

»Wieder der Deutsche?« Gitte blieb der Mund offen stehen. »Das gibt's doch nicht.«

»Der Monschauer Piefke, genau. Eine Überraschung.« Die Brillengläser von Drombovic beschlugen. »Zuerst taucht er bei Ludwig Stichlhofer auf, und nun entdeckt er diese Leich'.«

»Der is besser als jeder Leichenspürhund.« Gitte kicherte. Die Männer sahen sie mit Stirnrunzeln an. Sie stemmte die

Hände in die Hüften. »Na, was denn? Is doch auch irgendwie ein bisserl komisch, oder? Können wir mit ihm sprechen?«

Jetzt verneinte der Teamleiter. »Brink steht wieder einmal unter Schock, hat während seiner Aussage diesmal sogar das Bewusstsein verloren. Der Notarzt hat angeordnet, ihn ins Spital, ins Landeskrankenhaus in Voitsberg, zu bringen. Einer von zwei Rettungswägen is vorhin mit ihm davongerauscht. Ihr werdet also noch warten müssen. Dafür gibt's den Tatort zum Anschauen. Weiter geht's. Im Esszimmer spielt die Musik.«

Das Szenario war zweifellos grausig anzusehen. Auf der Tischplatte eines länglichen Esstisches wie auch dem Parkettboden hatten sich jeweils Blutlachen gebildet. In der oberen lag der Kopf des Toten, ebenso sein Oberkörper und sein linker ausgestreckter Arm. Davor stand ein Häferl mit einem Blumenmuster, das noch mit Kaffee und Milch gefüllt war.

Im Zimmer roch es, neben der klassischen Kupfernote von Blut, zusätzlich nach Zimt. Eine Mischung, die für die Nase eine eigentümliche Kombination darstellte. Der Geruch umgab den Tatort wie eine Glocke.

Der rechte Arm des Opfers hing neben seiner Hüfte nach unten. Der Mann trug ein Hemd mit ebenfalls blutigen Flecken und eine gelockerte blaue Krawatte. Allerdings hatte er keine Hose an, sondern Boxershorts, Socken und Hausschuhe.

Bruno Schönes Erzählung über die Vorteile des Arbeitens im Homeoffice fiel Ferdinand ein. Er sah sich nach einem Laptop um, entdeckte aber keinen.

»Im ersten Stock befinden sich Schlaf- und Arbeitszimmer«, Max Drombovic zeigte nach oben. »Der PC war an, möglich, dass das Opfer eine Pause einlegen wollte.«

Trotz der Umstände war Ferdinand erfreut, Dr. Katarina Casella wiederzusehen. Die Gerichtsmedizinerin kam eben auf die Dreiergruppe zu.

»Hallo, Gitte.«

»Katarina, Servus! Du warst ja schneller als wir.«

»Ich war gerade bei Max. Er hat mich direkt mitgenommen. Und Inspektor Sterz, hallo«, mit einem Lächeln wandte sie sich Ferdinand zu. »Haben Sie sich gut in die Truppe integriert?«

Um zu vermeiden, dass sie seinen Besuch in der Gerichtsmedizin nach seiner Ankunft vor Drombovic ansprach, fiel er ihr ins Wort. »Dr. Casella, schön, Sie persönlich zu treffen.«

Eine Irritation war ihr anzumerken, doch sie legte keinen Widerspruch ein, sondern richtete ihre Aufmerksamkeit auf Bruno Schönes Leiche. »Also, ich komme direkt zur Sache. Zwei Messerstiche im oberen Rücken. Beide haben stark geblutet. Wäre es bei dem einen im Nackenbereich geblieben, hätte der Mann bei rascher medizinischer Hilfe überlebt. Im Muskelbereich sind Messerstiche oft nicht tödlich. Aber der zweite, der neben dem linken Schulterblatt, war letal. Soweit ich es hier vor Ort beurteilen kann, bevor das Opfer bei mir auf dem Tisch landet. Dieser Stich hat höchstwahrscheinlich zu einem Lungen- beziehungsweise Herztreffer geführt. Bei einer direkten Punktion des Herzbeutels beziehungsweise Herzens erfolgt ein relativ rascher Tod, falls keine sofortige Not-OP durchgeführt wird.«

»Der Täter wollte sichergehen, indem er zweimal zugestochen hat. Können Sie den Todeszeitpunkt angeben, Dr. Casella?«

»Nach den Beobachtungen an der Ausprägung von Totenstarre und Totenflecken kann ich es eingrenzen. Die Tat liegt keine paar Stunden zurück. Gleich mache ich eine Messung und einen Vergleich von Rektaltemperatur, Luft- und Kontakttemperatur, dann kann ich präzisere Angaben machen.«

»Mir reicht's zwar mit der Menge«, begann Gitte an Dr. Casella gerichtet, »aber müsste die Blutsuppe nicht größer sein? Bei Stichwunden sprudelt es doch sonst.«

»Die Totenflecken treten kurz nach dem Tod ein – dabei sammelt sich das Blut an den tiefsten Stellen des Körpers und setzt sich sozusagen innerhalb von etwa sechs Stunden. Während dieser Zeit blutet der Körper nicht wirklich stark. Ein weiteres Indiz, dass sein Tod noch nicht lange zurückliegt. Und wenn bei Stichwunden kein großes arterielles Gefäß getroffen wird, sickert es eher.«

»Wo is die Tatwaffe?«

Die Einstichstellen waren an Bruno Schönes Rücken gut zu erkennen, umrahmt vom zerrissenen und blutigen Stoff seines Hemdes. Ein Messergriff ragte aus dem Körper jedoch nicht heraus.

Die Gerichtsmedizinerin berührte den Toten vorsichtig am Nacken. »Keine Tatwaffe. Außer mir hat seit unserem Eintreffen niemand den Leichnam angefasst.«

»Wenn die Spurensicherung sie nach der Hausdurchsuchung nicht findet, hat der Täter sie wohl mitgenommen.« Ferdinand beugte sich über Lenas verstorbenen Mann. Seine Augen waren offen, eine Art ungläubiges Staunen schien sich aus ihnen ablesen zu lassen.

»Er wurde mit einem Küchenmesser erstochen, würde ich behaupten.«

»Sie greifen zwar meiner Obduktion vor, aber ich stimme Ihnen zu, Inspektor Sterz.«

Drombovic umrundete den Esstisch. »Ich ordne an, dass das Einsatzteam auch draußen beginnt, die nähere Umgebung zu checken, die Mülleimer, dazu die Vorgärten. Gut möglich, dass der Täter das Messer nach der Tat entsorgt hat.« Der Teamleiter verließ die Gruppe und gab zwei Uniformierten an der Eingangstür ein Zeichen.

Brunos Glatze leuchtete unter dem Licht der Strahler, die die Spurenermittlung aufgestellt hatten. Erste Markierungen mit Nummern standen auf dem Boden. Fotos wurden gemacht, jedes Detail wurde festgehalten.

Ferdinand prägte sich das Bild ein, wechselte vom Esszimmer in die Küche. Die beiden Räume waren durch einen offenen, runden Mauerbogen verbunden. Als er sich dort umsah, entdeckte er den Messerblock neben der Kaffeemaschine. Eines der Messer fehlte.

»Einen neuen Aufsteller hierher!«, rief er den Spurenermittlern zu und zeigte auf die Stelle. Eine der weißen Maden, wie Gitte die verhüllten Beamten vorhin bezeichnet hatte, war sofort an seiner Seite.

Gitte ebenso. »Wenn das Messer nicht im Geschirrspüler ist, könnte Bruno Schöne mit dem Besteck aus seiner eigenen Küche getötet worden sein.«

»Erste spontane Theorie meinerseits: ein Einbruch. Passiert meistens am helllichten Tag.« Drombovic war zurück. »Der Eindringling hat gedacht, dass niemand zu Hause is, und wurde von der Anwesenheit des Hausherrn überrascht. Er greift sich ein Messer und sticht zu. Rennt anschließend davon.«

»Aber wäre Bruno Schöne während des Geschehens seelenruhig am Esstisch sitzen geblieben? Glaub ich nicht«, kam das Gegenargument von Gitte. »Wie der am Esstisch liegt, hat er sich vor seinem Abgang nicht von der Stelle gerührt. Bei einem Einbrecher wär er doch aufgesprungen und müsst sich jetzt am Boden befinden, oder?«

Dr. Casella stimmte zu. »Ich kann dazu nur sagen, dass sich unser Opfer auch nach der Verwundung ganz sicher nicht bewegt hat. Selbst wenn ein Herzstich nach kurzer Zeit zum Tod führt, hätte der Mann versuchen können, sich aufzurichten. Das hat er nicht getan. Er ist genau dort auf der

Tischplatte gestorben. Die konzentrierte Blutlache um Kopf, Oberkörper und Arm wie auch das Blut an seinem Körper und am Boden lassen diesen Schluss zu. Hätte er sich auch nur ein wenig zur Seite gedreht, würden die Blutspuren vollkommen anders aussehen.«

»Komisch.« Gitte verschränkte die Arme, wieder raschelte ihr Anzug. »Er hat nicht versucht, sich zu wehren? Oder wenigstens, sich in Sicherheit zu bringen? Sich vor dem Angreifer zu schützen? Flucht und Abwehr sind Überlebensinstinkte.«

»Was, wenn er total überrascht war und den Angreifer nicht gesehen hat?« Drombovic wieder. »Die Blickrichtung war auf das Fenster gerichtet und nicht in den Raum, nicht Richtung Haustür.«

»Er hätte den Täter hören müssen.«

»Stimmt.«

»War die Eingangstür denn offen?«, Ferdinand war an der Reihe.

Drombovic zuckte mit den Schultern. »Das müssen wir Achim Brink fragen. Sobald er vernehmungsfähig ist. Das Türschloss is jedenfalls nicht beschädigt. Is das Haus unverschlossen gewesen, hätte ein Eindringling leichtes Spiel gehabt, es leise zu betreten.«

»Ich glaube nicht an einen missglückten Einbruch, Max.« Mit wenigen Schritten war Ferdinand auf der anderen Seite des Tisches. Von diesem Blickwinkel aus konnte er die offene Treppe sehen, die in den oberen Stock führte. »Bruno Schöne arbeitete regelmäßig von zu Hause aus, wie er mir erzählt hat. Jemand, der einen Einbruch plant, beobachtet davor. Außerdem erscheint mir der nächste Mord im Umfeld von Ludwig Stichlhofer kein zufälliges Zusammentreffen.«

»Leibnitz und Köflach sind keine Nachbarstädte.«

»Aber Bruno ist oder war der Schwager von Ludwig.«

»Schon richtig, Sterz.« Drombovics Augenbraue ging erneut nach oben. »Trotzdem bin ich nicht, wie du, so schnell davon überzeugt, dass wir es mit demselben Täter zu tun haben.«

»Warum bist du sofort hierhergefahren? Mit Dr. Casella im Schlepptau? Du hättest die erste Ermittlung den Beamten vor Ort überlassen können.«

»Ich geb es ja zu, Sterz. Als die Meldung reingekommen is, hab ich an eine Verbindung gedacht. Aber ein Mord mit einer Mistgabel und ein Tötungsdelikt mit einem Messer unterscheiden sich dann doch.«

»Ja und nein, Max. Beide Opfer sind durch eine Stichwaffe ums Leben gekommen. Blut ist geflossen. Könnte eine Art Rache sein. Jemand hatte eine Rechnung mit den Männern zu begleichen. Rein spekulativ, weil wir ja noch nicht wissen, was die zwei vielleicht sonst noch verbindet.«

»Es is zu früh, etwas herbeizureden, Sterz.«

Leichter Ärger stieg in Ferdinand hoch. Es war, als wollte ihn der Teamleiter vorführen.

»Das tue ich nicht, Max.« Er wechselte noch einmal auf die andere Seite des Tisches. »Sobald wir mit Schönes Frau reden können und das Haus durchsucht haben, werden wir wissen, ob etwas fehlt, und damit deine Einbruchstheorie überprüfen. Aber dass der Mann nicht versucht hat zu fliehen, ist nicht nur seltsam, wie Gitte angemerkt hat, sondern könnte darauf hindeuten, dass er seinen Mörder kannte und überhaupt nicht mit einem Angriff gerechnet hat. Eine weitere Parallele zu Stichlhofer.«

»Stichlhofer is von vorne attackiert worden, Sterz. Schöne hier rücklings.«

»Ich würde die Leiche gerne baldigst abtransportieren lassen.« Mit einer Handbewegung scheuchte Katarina Casella die Männer vom Esstisch und dem Toten fort.

Einer der Uniformierten betrat erneut das Haus. »Frau Schöne is da, Chefinspektor Drombovic.«

Auf dem Weg nach draußen überholte Ferdinand den Teamleiter.

31

Der Schrei, den Lena ausstieß, als Ferdinand in den Vorgarten kam, war markerschütternd.

Sie wurde von einem Polizeibeamten festgehalten, der versuchte, sie davon abzubringen, ins Haus zu stürzen. Ein Sanitäter aus dem verbliebenen Rettungswagen lief auf sie zu. Ferdinand versuchte, sich so schnell wie möglich aus dem Schutzanzug zu befreien.

»Mein Mann! Mein Mann!« Lena heulte und schluchzte, die Wimperntusche ließ ihre Tränen schwarz erscheinen.

Der Sanitäter hatte sie erreicht und entfaltete routiniert eine goldfarbene Rettungsdecke, legte sie um die Schultern der verstörten Frau. Der Polizeibeamte überließ ihm das Feld, man konnte ihm die Erleichterung ansehen.

»Kommen Sie, kommen Sie mit mir mit.« Er versuchte, Lena weg vom Reihenhaus Richtung Polizeiautos und dem verbliebenen Rettungswagen zu führen.

Mit einem Sprint war Ferdinand schließlich an Lenas anderer Seite, den Anzug hatte er achtlos am Boden liegen gelassen. Er fasste Lena und zog sie an sich. In dem Moment war es ihm egal, dass alle anderen die Szene beobachten konnten.

»Lena, alles gut. Alles gut.«

Sie sträubte sich, wollte sich frei machen und hob ihren Kopf. Das verweinte Gesicht ließ sie mädchenhaft erscheinen, ein Kind, das sich an den Schminkutensilien der Mutter zu schaffen gemacht hatte.

»Alles gut?« Der Schrei hatte ihre Stimme überstrapaziert, es reichte nur noch für ein Krächzen. »Mein Mann. Mein Bruder. Bruno, Ludwig. Alle sind tot.«

»Ich bin da.«

»Du bist nichts.« Mit letzter Kraft schob Lena Ferdinand von sich, wandte sich dem Sanitäter zu, ließ sich von ihm stützen.

Für Sekunden hatte Ferdinand das Gefühl, sich nie wieder von der Stelle bewegen zu können. Lenas Worte machten ihn fassungslos. Wie kleine Fallbeile sausten die Entscheidungen, die er in der Vergangenheit getroffen hatte, auf ihn nieder. Und er gab Lena recht. Er hatte sich für sie in ein Nichts verwandelt, hatte sich aus einer Mischung von Liebeskummer und gekränktem Ego aus ihrem Leben verabschiedet. Nun war sie allein und schutzlos, dazu er nicht der Richtige, um ihr beizustehen.

»Wir finden den Täter!«, rief er ihr schließlich nach und kam sich dabei lächerlich vor.

Der Polizeibeamte sah Lena ebenfalls hinterher. »Arme Frau. Kann einem leidtun.«

»Haben Sie nichts zu tun?«, schnauzte Ferdinand den Beamten an. Er hatte das Gefühl, sich an jemandem abreagieren zu müssen. »Erweitern Sie die Absperrung, aber flott. Versuchen Sie, die Leute dort hinten mit den Handys fernzuhalten, vor allem die Presse.«

»Jawohl.« Der Uniformierte setzte sich in Bewegung.

»Noch was«, Ferdinand stoppte ihn. »Machen Sie Fotos von den Schaulustigen.«

Der Polizist entfernte sich.

Drombovic tauchte neben Ferdinand auf, blieb stehen und fixierte die Menschenmenge vor der Absperrung. »Gute

Idee, Sterz. Ich kümmere mich persönlich gleich kurz um die Journaille, dass keiner einen Mist schreibt. Dr. Casella organisiert inzwischen den Abtransport der Leiche.«

»Passt's auf, Kollegen«, mit einem Rascheln gesellte sich Gitte zu ihnen. Sie streifte den Anzug ab und faltete ihn zusammen. »Ich hab grad noch ein paar Infos einholen können. Lena Schöne war mit der Nachbarin unterwegs, der Ivonne Traser. Die hat sich jetzt direkt in ihr Zuhause zurückgezogen, steht uns aber zur Verfügung. Ihre Mutter war mit von der Partie. Die is auch ziemlich verstört, musste sich dringend hinlegen. Die Frauen haben zu dritt einen Ausflug gemacht. Richtung Piber-Gestüt. Mehr weiß ich nicht. Wollen wir rübergehen, Sterz?«

Sie wollte sich in Bewegung setzen, wurde aber von Drombovic zurückgehalten. »Ich übernehm das, gleich nach der Presse. Ihr fahrt ins Spital, befragt Achim Brink.«

Kaum hatte der Teamleiter die B-Straße überquert, als Letzter immer noch in weißer Montur, zupfte Gitte Ferdinand am Ärmel. »Lass uns losfahren, Sterz.«

Ferdinand wägte ab. »Ich würde lieber zu Mutter und Tochter Traser.«

»Hast doch gehört, was Max gesagt hat. Und is besser so, Sterz. Wenn wir geschickt vorgehen, erfährt Max nichts von deinem Solotreffen letzte Woche mit Achim Brink.«

»Geh vor, ich bin sofort bei dir.«

»Auf was wartest?«

»Geh einfach, Gitte.«

Sie sammelte seinen Anzug vom Boden auf und lief in Richtung ihres Wagens. Er blieb weiter stehen. Ihm war kalt. Zwar mehr innerlich, trotzdem schloss er seine neu gekaufte Jacke und stellte den Kragen auf. Lena war aus seinem Blickfeld verschwunden, vermutlich saß sie im Rettungswagen. Er drehte den Kopf Richtung Nachbarhaus. Ivonne Traser stand am Fenster, beobachtete den Tumult vor der Reihenhaussiedlung. Von ihrer Mutter keine Spur.

Sein Handy wieder in der Hand, suchte Ferdinand die Nummer, die ihm die Frau bei seinem letzten Besuch gegeben hatte. Er wählte und konnte sehen, wie sie, erst nach einem Zögern, vom Fenster verschwand.

»Ivonne hier, wer dort?« Sie meldete sich erstaunlich fröhlich.

»Inspektor Sterz, Frau Traser.«

»Oh mein Gott«, ein Quieken erklang, gefolgt von einem Knall, als ob ihr das Mobiltelefon aus der Hand gefallen wäre. Schließlich war sie wieder in der Leitung, ihre Stimme bebte jetzt. »Herr Chefinspektor. Ich kann es nicht fassen. Es is so schrecklich.«

»Frau Traser, Sie haben mit Frau Schöne einen Ausflug gemacht?«

»Im Wald waren wir. Mit der Mutti. Und später sind wir noch weiter zu den Lipizzanern. Die Mutti liebt die Pferdchen. Bei dem herrlichen Wetter muss man ja an die frische Luft. So schön bunt werden die Blätter. Kastanien haben wir gesammelt. Doch die Mama wollt dann doch früher zurück und Fernsehen schauen, sonst wären wir noch immer ahnungslos. Hier gibt es doch nicht überall ein Handynetz.« Sie begann wieder zu plappern. »Erst als wir zurück zum Auto sind, sagt die Lena plötzlich, da wären x Anrufversuche auf ihrem Mobiltelefon. Da hat sie schon gedacht, es muss was passiert sein. Ach, Herr Chefinspektor, ich reg mich schrecklich auf. Und die Mutti hat's noch gar nicht richtig begriffen. Gleich muss ich mich weiter um sie kümmern. Sie braucht jetzt erst einmal Ruhe.«

»Wann sind Sie los?«

»Vor dem Mittagessen. Wir hatten extra eine Jause mit.«

»Haben Sie Herrn Schöne noch gesehen?«

»Nein. Die Lena is zu uns rüber. Die Mutti hat sich so gefreut. Ich weiß gar nicht, wie ich ihr das erklären soll, dass der Bruno ermordet worden is. Das is er doch, oder?«

»Oder was?«

»Hat er sich was angetan?«

»Wie kommen Sie auf die Idee?«

»Könnt doch sein. Liest man immer wieder. Also in Zeitschriften. Nachdem es in letzter Zeit so schwer für ihn war.«

»Was war schwer, Frau Traser?«

Sie stockte. »Na ja, halt der Job und das niedrigere Gehalt.«

»Er hat Anrufe für ein Callcenter getätigt, das zu einer Versicherungsgruppe gehört, nicht?«

»In den letzten Monaten, ja. Ich konnte mir aber nie merken, für welches. Es rufen doch ständig so Leut bei uns an. Die können oft nicht einmal Deutsch. Das war beim Bruno anders, doch gefreut hat ihn die Arbeit nicht. Vorher war er wichtiger.«

»Wo vorher? Welche Art von Arbeit hat er denn früher gemacht?«

»Kanzleigehilfe. Beim Notar Heinrich Schaffnegger. Dort, wo ich auch meine Teilzeitstelle hab. In Graz, in der Hans-Sachs-Gasse. Ein lieber Chef. Der Bruno is aber schon ewig weg.«

Ferdinand spitzte beim Namen des Notars die Ohren. »Ewig?«

»Na ja, über ein Jahr schon.«

»Warum is er dort weg?«

»Das weiß ich überhaupt nicht.« Sie wurde hörbar einsilbiger. »Noch was?«

Ferdinand hätte die Nachbarin liebend gerne nach dem Telefonat persönlich aufgesucht, aber er würde abwarten. Zuerst hören, was Ivonne Traser Max Drombovic erzählte, und dann selbst noch einmal nachbohren. Es schien ihm nötig zu sein. »Das war's für's Erste. Ein Kollege von mir wird Sie baldigst aufsuchen. Danke, Frau Traser.«

Eine kleine Pause folgte. »Für Sie immer gern.«

Plötzlich war Lena wieder an seiner Seite. Er beendete das Gespräch, ohne sich zu verabschieden.

»Lena.«

Die Zigarette in den immer noch stark zitternden Händen ließ sie wieder erwachsen erscheinen. Sie zog daran, warf sie zu Boden und trat sie mit Vehemenz aus, als wollte sie ein Feuer löschen. Danach legte sie ihren Kopf an seine Schulter. Die goldene Notfalldecke auf ihren Schultern schimmerte. »Es tut mir leid. Vorhin, da war ich vollkommen neben der Spur.«

»Mach dir keine Gedanken.«

»Ferdinand«, sie zitterte, »was soll aus mir werden?«

»Ich werde für dich da sein.«

Er mochte kaum glauben, was er aussprach. Als er Lena behutsam zurück zum Rettungswagen führte, sah er Gitte neben ihrem Fahrzeug, auf ihn wartend und ihn beobachtend.

32

Ferdinand stand im Gang vor der Tür des Krankenzimmers, in dem Achim Brink lag. Der Arzt war gerade bei dem »Leichenfinder«, wie Gitte den Mann betitelt hatte. Sie näherte sich mit zwei Pappbechern Kaffee, die sie aus dem Automaten geholt hatte.

»Keine Milch, aber Zucker.«

»Geht in Ordnung. Danke, Gitte.«

Sie nahm schlürfend einen ersten Schluck. »Jetzt überschlagen sich die Ereignisse. Wenn die beiden Morde wirklich zusammengehören sollten …«

»Tun sie«, Ferdinand pustete in den Becher, »ich bin mir sicher.«

»Ich bin da mehr bei Max, will, wie er, nichts ausschließen. Sonst rennen wir noch in eine falsche Richtung.« Gitte setzte sich auf einen von drei Stühlen an der Wand. »Blöd, dass wir jetzt warten müssen, es steht einiges an.«

»Komm, Gitte, fassen wir zusammen, bis wir zu Brink ins Krankenzimmer können.«

Sie scrollte mit der freien Hand über den Bildschirm ihres Handys. »Okay. Der Haftbefehl für Ivo Matić steht. Die Polizei an der Grenze und auch in Biograd is verständigt. Wir sollten auch schnellstmöglich den zweiten Besuch bei Friedrich Stichlhofer nachholen. Ich würde ihn ungern vorher anrufen oder einbestellen, denn dann kann er sich neue Ausreden und Schönfärbereien überlegen.« Gitte kratzte sich am Kopf. »Am besten, wir konfrontieren ihn mit der Kopie dieser Fake-Vereinbarung, mit dem Papier und dem Briefkopf der erfundenen Kanzlei und dem täuschend echten Siegel. Ob das Geld immer überwiesen worden is oder es der Großonkel dem Ludwig Stichlhofer bar in die Hand gedrückt hat, erfahren wir, wenn die Kontodaten einsehbar sind. Dass Fritz Stichlhofer die Abmachung so aussehen hat lassen, als ob sie juristisch beglaubigt sei, finde ich ganz schön dreist.«

»So hat sich Ludwig daran gebunden gefühlt. Vielleicht hat Fritz ihm auch mit einer Klage gedroht für den Fall, dass er aussteigen hätte wollen.«

Gitte nickte. »Interessant wird auch, welche echte Kanzlei sich danach jeweils um die Überschreibungen gekümmert hat. Dafür müssen ja alle Beteiligen anwesend sein. Inklusive dem Notar.«

»Du sagst es, Gitte. Ivonne Traser arbeitet übrigens bei einem.«

»Ja?«

»Ich habe sie vorhin angerufen, wollte nicht auf Drombovics Bericht warten.«

»Sterz, das wird Max wieder bös aufstoßen.« Gitte hob ihren Zeigefinger, Ferdinand fast synchron den seinen ebenfalls.

»Aber mir war es wichtig.«

»Darüber reden wir noch. Weiter mit Tochter Traser.«

»Sie ist bei dem gleichen Notar, bei dem auch Bruno Schöne bis vor über einem Jahr angestellt war. Als Assessor.«

»Dann erscheint mir sein jetziger Job als Callcenter-Mitarbeiter ein Abstieg zu sein.«

»Hab ich auch gedacht. Schaffnegger heißt er. Heinrich Schaffnegger. Bruno hat den Namen bei meinem ersten Besuch bei ihm erwähnt.«

»In seiner Aussage ebenfalls. Mit dem war er wandern, als der Mord an Ludwig geschehen ist.«

»Einen Ausflug nach Admont haben die zwei gemacht, Gitte.«

»Dort waren an dem Samstag sicher viele Leute, Sterz. Das würde ich nicht überbewerten.«

»Auf jeden Fall sollten wir auch zu dem Notar. Ich hoffe, dass Max gleich Ivonne Traser intensiver befragt.«

»Schick ihm direkt deine neuen Infos, Sterz. Teamarbeit, denk daran.«

»Ja, Mama Gitte.«

»Nicht spotten, tu's einfach. Ivonne Traser würde ich allerdings kaum zutrauen, einen Betrug einzufädeln.«

»Unter Fritz Stichlhofers Anleitung.«

»Die kennen sich nicht.«

»Das wissen wir nicht.«

»Noch dazu sehe ich keinen Grund, warum sie das getan haben soll. Bisher is sie einfach nur Freundin und Nachbarin von Lena Schöne.«

»Aktuell die Nachbarin des zweiten Mordopfers.«

»Wir kriegen aber niemals einen Durchsuchungsbeschluss für deren Haus, Sterz. Es gibt keine Anhaltspunkte, nur grad jetzt deine ins Blaue geworfene Vermutung.«

»Okay. Dann vertreibe uns die Wartezeit mit deiner weiteren Zusammenfassung, Gitte.«

»Zu Mira Matić. Sie muss noch einmal zu uns kommen. Ihre Aussage wird dann offiziell aufgenommen, und sie muss unterschreiben.«

»Und wir bearbeiten sie wegen möglicher Informationen zu der Adoption.«

»Eins nach dem anderen.«

Gitte stellte den Kaffeebecher am Boden ab und tippte in ihr Handy. »Jetzt zu eben: Bruno Schönes Mord is zu frisch, um mehr zu sagen.«

Ferdinand sah ihr über die Schulter. »Noch mal, Gitte. Max Drombovic soll uns haargenau berichten, was Ivonne und Helga Traser ausgesagt haben.«

»Sterz! Die haben ein Alibi, wie wir jetzt schon wissen.«

»Klar.«

»Deine Lena hat es ihnen gegeben und umgekehrt. Am besten, wir finden noch jemanden, der ebenfalls wandern war und dem Trio zufällig begegnet is. Dann hätten wir eine Bestätigung von einem Unbeteiligten.«

»Es ist nicht meine Lena, Gitte.« Er winkte ab. »Mit ihr spreche ich noch einmal, wenn sie sich vom ersten Schock erholt hat.«

»Da bin ich hundert Prozent dabei, Sterz.«

»Keine Sorge, es mag anders ausgesehen haben, aber ich bin durchaus neutral und unvoreingenommen.«

Gitte setzte zu einer Erwiderung an, doch in dem Moment öffnete sich die Tür zum Krankenzimmer. Der Arzt wandte sich an die Ermittler. »Zehn Minuten, nicht mehr.«

Achim Brink raufte sich die langen grauen Haare. Als er seine Hände sinken ließ, hatte er Ähnlichkeit mit einem gealterten, füllig gewordenen Pumuckl. Sein Teint war fast so weiß wie das Bettlaken. »Glaubt mir keiner, wenn ich es in meinem Stammlokal erzähle. Keiner. Ist meine Andrea schon da? Ich habe mit ihr telefoniert, sie ist sofort losgefahren. Was wollen Sie denn?«

»Wir kennen uns, Herr Brink.«

»Ach ja?«

»Von ihrer zweiten Festnahme. Ich bin Inspektorin Busch. Mein Kollege Ferdinand Sterz. Wir stehen hier an Ihrem Krankenbett und noch nicht Ihre Lebensgefährtin, weil Sie schon wieder einen Toten gefunden haben. Wie ein Spürhund.« Gitte konnte sich die Bemerkung nicht verkneifen.

Mit einem Mal atmete Brink schwer, als ob er sich erst durch Gittes Ansprache an sein Asthma erinnert hätte. »Ich brauche meinen Inhalator, schnell.«

Ferdinand entdeckte das medizinische Hilfsmittel auf dem Nachttisch. Er kam an das Kopfteil und reichte es dem Mann.

Nach einem tiefen Zug erschien ein verächtliches Lächeln auf Brinks Lippen. »Guck an, der Kölner Landsmann. Kein Journalist, aber ein Polizist. Wer hätte es gedacht? Ich nicht.«

»So trifft man sich wieder, Herr Brink.«

»Bleiben wir beim Du, Bulle, so wie an dem Abend. Einen Bären hast du mir aufgebunden, Ferdinand.« Das Lächeln ging in ein Husten über. »Oder besser: Kommissar.«

»Inspektor.«

»Eines wie das andere.« Er wischte sich über die Lippen. »Was wollt ihr von mir wissen? Außer dass ich statt eines Traumas nun zwei mit mir herumschleppe. Nur zur Info, Andrea wird wieder den Anwalt mitbringen. Viel Zeit bleibt euch also nicht.«

»Der Anblick des ermordeten Bruno Schöne scheint Sie – oder gerne auch dich – längst nicht im gleichen Maß verstört zu haben wie bei Ludwig Stichlhofer.« Ferdinand zog einen Stuhl heran und setzte sich. »Oder trügt mich das Gefühl, dass du innerlich ruhiger bist, als es scheint?«

Gitte blieb am Fußende stehen, beide Kaffeebecher in den Händen, und schwieg erst mal.

Brink schüttelte den Kopf. »Unsinn. Meine Nerven sind am Ende, das steht fest. Noch eine Vernehmung halte ich nicht durch. Und als Verdächtigen lasse ich mich nicht schon wieder behandeln.«

»Noch tun wir das nicht.« Ferdinand faltete die Finger. »Inspektorin Busch ist, wie ich auch, ziemlich überrascht, dass wir wieder auf dich stoßen. Bitte, Achim, wenn du nichts zu verbergen hast, sei so nett und erzähle uns auch ohne Anwalt, was passiert ist.«

»Ich mach es, damit du Ruhe gibst, Inspektor, und weil du mir trotz allem nicht ganz unsympathisch bist.« Er benutzte ein zweites Mal den Inhalator. »Als ich Bruno von der Tür aus am Tisch gesehen habe, war mir sofort klar, dass etwas Schlimmes geschehen sein muss. Schon wieder. Ich habe auf dem Absatz kehrtgemacht und bin vors Haus, hab den Notruf gewählt. Bei Ludwig habe ich jedes Detail fixiert, hier war es ein Gesamtschreckensbild, und schon bin ich rausgerannt.«

»Die Eingangstür war offen?«, fragte Gitte jetzt vom Bettrand aus.

»Ja, das war sie. Was seltsam war, im Nachhinein betrachtet.«

Ferdinand hakte direkt nach: »Sperrangelweit wie beim Schweinestall in Leibnitz?«

»Anders. Nur angelehnt. Deshalb habe ich mir nichts dabei gedacht, als ich hinein bin. Ich habe gerufen und mich nach Bruno umgesehen. Dann hab ich ihn entdeckt.« Ein

Zittern durchlief seinen Körper, er zog sich die Decke bis zum Kinn hoch.

»Dir war direkt klar, dass der Mann tot ist?«

»Nein, nicht sofort. Etwas zwischen schwer verletzt und halb tot, hab ich gedacht. Dann das Blut. Schon wieder Blut. Wie er auf dem Tisch gelegen hat. War das ein Messer in seinem Rücken?«

Gitte stieß einen kurzen Pfiff aus und wechselte einen Blick mit Ferdinand. »Der Tote hatte etwas in seinem Rücken stecken, Herr Brink?«

»Ja, ganz sicher. Etwas hat herausgeragt. In der Nachschau würde ich jetzt auf ein Messer tippen. Oh Gott, wie furchtbar.« Brink zog sich am Bettgalgen hoch, blieb mit seiner Aufmerksamkeit ganz bei Ferdinand. »Du, Inspektor, hast mich an dem Abend doch erlebt. Ich trinke zu viel. Ich quatsche und fühl mich nur im Wirtshaus wohl. Ich bin ein altes Wrack, das, selbst wenn es wollte, schon Probleme hätte, jemanden zu überfallen. Glaubst du wirklich, ich stoße einem Mann ein Messer in den Leib?!«

»Achim, das wird sich klären.« Mit einem zuversichtlichen Nicken rückte Ferdinand den Stuhl ein Stück näher. »Noch eine wichtige Frage: Was wolltest du bei Bruno Schöne in Köflach?«

»Seine Idee, dass ich komme.«

»Du kanntest ihn? Wie gut?«

»Eher weniger. Ich hab ihn einmal mit Ludwig zusammen getroffen, im Gasthaus in Hausmannstätten. Daher wusste ich, dass er sein Schwager ist und mit der Schwester irgendwo in der Weststeiermark lebt.« Achim Brink hielt inne. »Wenn ich nachdenke, war es schon komisch, dass Bruno mich zu sich bestellt hat. Dass er in Köflach wohnt, hat er vorher nie erwähnt.«

»Wie hat er dich kontaktiert?«

»Wie alle in diesen Zeiten. Eine SMS. Auf meinem Handy. Es war eine fremde Nummer, nicht in meinem Kontakten. Er hat geschrieben, dass es um Ludwig und das Geld geht, das der mir geschuldet hat. Ich würde es jetzt von ihm zurückbekommen. Er hat mir die Adresse geschickt und mit Bruno Schöne unterschrieben. Deshalb hab ich den weiten Weg auf mich genommen. Mit Bus und Zug. Das Auto hatte Andrea. So um drei sollte ich da sein.«

»Könnest du uns die Zeilen bitte zeigen?«

Plötzlich wurde Achim Brink sichtlich nervöser. »Was, wenn ich die Nachricht gelöscht hätte?«

»Unsere Spezialisten können Gelöschtes wiederherstellen. Wir bräuchten nur dein Mobiltelefon.«

»Ich möchte das vorher mit meiner Lebensgefährtin und mit dem Anwalt besprechen.«

»Was jetzt aber wieder verdächtig wirkt«, mischte sich Gitte erneut ein.

Es klopfte, der Arzt steckte seinen Kopf durch den Türspalt. »Zehn Minuten, hab ich gesagt, nicht elf oder zwölf.«

Ferdinand stand auf. »Achim, noch bist du uns längst nicht los.«

Zurück auf dem Gang reichte Gitte Ferdinand seinen Automatenkaffee. »Is kalt geworden, macht aber schön. Angeblich.«

Ferdinand nahm ihn, ohne zu trinken. »Du weißt, was es bedeuten kann, dass Achim Brink noch das Messer in Bruno Schönes Rücken stecken gesehen hat?«

»Sollte der Leichenfinder unschuldig sein, wäre der Mörder noch im Haus gewesen.« Sie nahm einen Schluck und verzog den Mund. »Brink is dann nach draußen und hat den Notruf gewählt. In der Zeit kann der Täter über den Garten hinter dem Haus verschwunden sein.«

»Wir fahren zurück und sehen uns den hinteren Teil der Siedlung an. Vielleicht hat jemand aus der Nachbarschaft etwas beobachtet.«

»Ich schick die Kollegen vor Ort herum.«

»Das Handy brauchen wir.«

»Dem Brink seines und auch das vom Bruno Schöne. Max soll die richterliche Verfügung besorgen.« Mit einem Ausdruck des Unwillens leerte sie ihren Becher. Im Anschluss warf sie ihn schwungvoll in einen Mülleimer neben den Sitzen. »Noch was, Sterz. Sag Max von dir aus, dass du Achim Brink im Alleingang aufgesucht hast. Er kriegt sonst wieder seinen Anti-Sterz-Rappel.«

»Anti-Sterz?«

»Du weißt schon. Sein Problem mit dir von früher und dass der Wiedenhüpfer ihm gesagt hat, er muss dich ins Team aufnehmen.«

»Ich rede mit ihm. Jetzt will ich zurück zum Tatort.«

»Ich doch auch. Schließlich haben wir Neuigkeiten: Die Fälle haben definitiv miteinander zu tun. Mein Bauch meint, es geht endlich voran.«

33

Obwohl die ersten zwei Tage nach dem Verbrechen an Bruno Schöne fast ohne Schlaf und vollgepackt mit Recherchen gewesen waren, hatten sie mit keinem der weiteren Ermittlungsstränge Fortschritte erzielt.

Ferdinand und Gitte waren am Mittwochabend zurück an Gittes Arbeitsplatz im Großraumbüro. Draußen war es längst dunkel, ein stürmischer Herbstwind rauschte am Fenster vorbei.

Ferdinand streckte sich. »Ich bin noch fit. Könnte bis Mitternacht weitermachen.«

»Ich nicht, Sterz. Ach herrje.« Gitte ließ ihren Zeigefinger über das Display ihres Handys kreisen. »Weitere Rückmeldungen von den Abteilungen, doch nix Konkretes dabei. Mein Bauch hat sich geirrt. Soll auch vorkommen.«

»Dass wir Großonkel Fritz nicht ans Bein pinkeln konnten, ärgert mich am meisten, Gitte.«

Fritz Stichlhofer hatte auch für den Tag des zweiten Mordes ein wasserdichtes Alibi. Eine Weinprobe hatte gestern auf seinem Hof in Leibnitz stattgefunden, zwölf Gäste und drei Angestellte bezeugten Fritz' Anwesenheit. Zu dem Kontrakt gab der Großonkel an, dass Ludwig das Schriftstück ihm vorgelegt hätte und nicht umgekehrt. Das Gegenteil war dem Weinbauern nicht zu beweisen.

»Mich auch, Sterz.« Gitte rekapitulierte. »Dieser Notar auf dem Papier existiert weder in Graz noch in Österreich oder im Ausland. Stempel und Unterschrift sind nachweislich eine Fälschung.«

»Aber die Überschreibungsurkunden, die Fritz jeweils hat aufsetzen lassen, sind alle echt gewesen.«

»Die hat er ja, laut seiner Auskunft, von sich aus organisiert. Über seinen Anwalt und eine real existierende Kanzlei in Leibnitz. Keine Verbindung allerdings zu Heinrich Schaffnegger, wie du vermutet hast, Sterz.«

»Okay, eine Sackgasse, geb ich zu. Lass uns trotzdem dort vorbeischauen. Nur zu gerne hätte ich Fritz zumindest wegen Urkundenbetrugs drangekriegt.«

Gitte tippte Ferdinand auf die Schulter. »Ich könnt mich beim Finanzamt erkundigen. Vielleicht hat er versucht, bei der Grunderwerbssteuer zu tricksen. Was meinst?«

»Mach das. Gibt es Neues von den Kollegen in Biograd?«

»Auch dabei nichts Relevantes, Sterz.« Gitte ging ihre E-Mails durch. »Die Beamten vor Ort haben Mutter und Vater von Mira Matić befragt. Keiner der beiden hat sich zur Vergangenheit der Tochter äußern wollen. Sie haben nur bestätigt, dass sie kaum mehr Kontakt zu ihrer Tochter haben. Was ja stimmt.«

»Hat sich zu Ivo etwas ergeben?«

Die Fahndung war bisher nicht vorangekommen. Zwar hatten die kroatischen Behörden ebenso Ivos Eltern aufgesucht, doch die stellten sich unwissend. Ihr Sohn wäre in Geschäften unterwegs und nicht erreichbar. Dasselbe Ergebnis bei seiner Freundin. »Auf seiner Handynummer meldet er sich nicht, eine Nachverfolgung war nicht möglich.«

»Höchstwahrscheinlich hat er inzwischen eine neue SIM-Card und eine Nummer, die nicht auf ihn gemeldet ist und die uns keiner seiner Leute weitergibt.«

»In Ermangelung anderer bleibt er unser flüchtiger Hauptverdächtiger. Dieser Kerl mit dem Schlangentattoo könnte sich sogar immer noch in der Gegend aufhalten und auch für den Mord an Bruno Schöne infrage kommen.«

»Theoretisch, Gitte. Nur theoretisch.«

»Dass Bruno Schönes Mobiltelefon im Arbeitszimmer lag und wir seine Anrufe direkt durchchecken konnten, hat uns leider auch nicht weitergebracht.« Gitte legte ihr eigenes ab und wandte sich dem Computerbildschirm zu. Sie rieb sich die Schläfen.

Ferdinand erhob sich und stellte sich hinter Gittes linke Seite. »Der Knackpunkt liegt dabei in dem, was fehlt.«

»Die SMS an Achim Brink.«

»Genau. Schau dir die Liste der vergangenen Wochen an. Brunos Telefonate und Nachrichten mit und an Lena sind da, die zu seinem Wanderfreund Heinrich Schaffnegger und zur Zentrale des Callcenters.«

»Unauffällig. Wie sein Verlauf im Internet. Wenn man von den Besuchen auf den Erotikseiten absieht.«

»Gitte, so sind Männer. Damit füllen wir unsere Mittagspausen.«

»Du steirisch-kölscher Macho.« Sie boxte mit ihrem Ellbogen nach hinten und traf auf Ferdinands Brust.

Er lächelte zum ersten Mal an diesem langen Arbeitstag. »Scherz, Gitte.«

»Das Handy von unserem zweifachen Leichenfinder fehlt uns dringend, Sterz. Das muss er herausrücken.«

»Wird er, aber ich wette, dass die eingehende Nummer hinter der Botschaft zu einem Prepaidhandy gehört. Natürlich eines, dessen Käufer wir nicht eruieren können.«

»Ich spekuliere jetzt mal drauflos, Sterz. Was, wenn auch Bruno ein Wegwerfhandy gehabt hat, mit dem er Kontakt zu seinem Mörder hatte. Das der Täter nach der Tat an sich genommen hat.«

»Ich gehe noch weiter, Gitte: Der Mörder war bei der Ankunft von Achim Brink noch im Haus, weil er genau dieses Teil gesucht hat.«

»Möglich. Und als Zugabe hat er beim Verlassen des Tatorts noch schnell das Messer aus dem Rücken von Bruno gezogen? Aber dann muss der Täter voller Blut gewesen sein. Außer am Küchentisch haben wir jedoch keine weiteren Blutspuren gefunden, und gesehen hat in der Umgebung auch keiner eine Person mit Blutflecken.«

»Die Überlegung hatte ich auch schon.« Ferdinand nickte. »Was mich veranlasst hat, vorhin Katarina Casella anzurufen.«

»Ach, wann denn?« Gitte drehte sich um. »Streber.«

»Als du dir deinen vierten Kaffee geholt und ein Schwätzchen mit Dürer gehalten hast.«

»Und?«

»Sie hat es mir gut erklärt. Warte, ich führe es dir vor.«

Er holte nun sein eigenes Mobiltelefon aus der Hosentasche. »Das ist nicht so lang wie ein Messer, aber für eine Demonstration reicht es. Lehn dich mal vor und leg deinen Kopf auf den Schreibtisch.«

»Echt jetzt?« Gitte zögerte.

»Tu es, und bleib in der Haltung.« Mit einer Seitwärtsbewegung platzierte sich Ferdinand genau hinter Gitte. »Die Klinge musste durch Brunos Hemd, die Haut, die Muskulatur.«

»Bei mir noch durch eine Fettschicht.« Sie legte ihren Kopf am Mauspad ab. »Ich will keinen Kommentar von dir dazu, solche Witze darf nur ich über mich selber machen.«

Ferdinand schmunzelte.

Jedes Mal schaffte es Gitte, ihn aus seiner trüben Stimmung zu holen. Statt der Aufklärung des Mordes an Ludwig näher zu kommen, hatte er nicht verhindern können, dass ein zweites Tötungsdelikt geschehen war. Wieder mit einem schmerzhaften Verlust für Lena verbunden. Seine Emotionen ihr gegenüber schwankten zwischen tiefem Mitleid und wieder entflammter Zuneigung. Er zwang sich, neutral zu agieren und seinen Verstand und seine Kombinationsgabe nicht von seinem Herzen überholen zu lassen.

»Wie auch immer, Gitte, es war Kraft nötig. Ähnlich wie bei der Mistgabel. Allerdings musste der Täter hierbei nah an Brunos Rücken heran. Der Einstichwinkel und die Tiefe der Stiche zeigen, laut Dr. Casella, dass der Angreifer direkt hinter dem Opfer stand wie ich jetzt.«

Mit ausgestrecktem Arm presste er den Rand der Handyhülle erst einmal, dann mit noch mehr Kraft ein zweites Mal gegen Gittes linkes Schulterblatt.

»Au, nicht so fest.« Gitte protestierte, behielt aber die Haltung bei. »Was sagt uns das über das Blut, Sterz? Dass wir außer am Esstisch und am Boden um das Opfer herum keine Blutspritzer gefunden haben, wundert mich immer noch.«

»Deshalb meine Annahme, die von Dr. Casella unterstrichen wird, dass der Täter nicht einfach sinnlos zugestochen, sondern gezielt angesetzt hat. Nicht von oben, sondern aus seiner Mitte heraus, somit erhöht er die Stoßkraft. Die Wunden bluten erst dann richtig, wenn das Messer herausgezogen wird. Was dem Angreifer ermöglicht, nach dem Angriff zurückzutreten und wenig bis nichts vom Blut abzubekommen.«

Sie bewegte die Schultern. »Damit is es noch komischer, dass sich Bruno Schöne weder umgedreht noch zur Wehr gesetzt hat.«

»Ein weiteres Rätsel, Gitte. Ich bin richtig frustriert darüber. Mir fehlen Motive und Zusammenhänge, das macht mich ganz kirre.«

»Zurück zum Anfang, schlagen wir fiktiv eine Brücke zum ersten Mord.« Gitte richtete sich wieder auf. »Großonkel Fritz hat Ivo Matić beauftragt, erst Ludwig Stichlhofer zu bespitzeln, damit die Überschreibungen von Grund und Boden ohne Komplikation ablaufen, danach, ihn zu beseitigen. Bruno Schöne hängt in dem einen oder anderen Szenario mit drinnen. Wollte vielleicht Schweigegeld und musste deshalb auch sterben.«

»Sehr vage.«

»Mehr gibt die Lage nicht her, Sterz.«

»Da schau her, doch noch einer am Schepfn außer mir.« Im Türrahmen zum Großraumbüro stand Max Drombovic.

Gitte hob die Hand. »Immer bei der Arbeit, Boss.«

Er schob sich die Brille zurecht. »Wenn ich dich schon noch seh, Gitte … Sind denn inzwischen die Laborergebnisse aus der Forensik von Bruno Schöne durch?«

»Wo lebst du, Max? Das wird noch dauern. Die Kriminaltechniker werden den Tatort so lange sperren, bis sie das Gefühl haben, auch der letzte Winkel is durchgecheckt worden.«

Drombovic hielt nun mehrere Blätter hoch. »Wenigstens sind bei mir vorhin vom Netzbetreiber die Handyverbindungen von Ludwig Stichlhofer eingegangen.«

»Und?« Gitte und Ferdinand fragten gleichzeitig.

Der Teamleiter machte einen Schritt in den Raum hinein. Er wirkte erschöpft. »Ich bin die Liste durchgegangen. Sehr wenige Telefonate und die Anrufer alle bekannt. Am Tag der Ermordung kein einziger. In der Zeit davor Mira Matić, seine Schwester Lena Schöne und Achim Brink, was Brinks Aussage nach dem vereinbarten Treffen am Bauernhof am 1. Oktober unterstreicht.«

»Was is mit Ivo?«

»Der letzte telefonische Kontakt zum Mitbewohner liegt zwei Wochen vor Stichlhofers Tod zurück.«

»Und zum Großonkel?«

»Zwei Gespräche vier und neun Tage vor dem Verbrechen. Das erscheint nicht als sonderlich auffällig. Leider.«

»Was is mit unbekannten Nummern?«

»Nada. Nix. Wie vorhin gesagt: Die Liste is kurz. Was uns zu der Frage führt, warum das Handy von Ludwig Stichlhofer verschwunden is.«

»Seine Freundin hat ausgesagt, dass er das Teil nicht mochte und öfter mal verlegt hat.«

»Dann hätten wir es aber finden müssen, Gitte. Hoffen wir auf den Laptop, sobald unser Techniker den Zugang geknackt hat.«

»Gibst du mir die Liste, Max?«

»Müsste schon in deinem Postfach eingegangen sein, Kollegin.«

»Hab ich auch deinen Bericht von der Befragung der Nachbarinnen Traser schon, Boss?«

»Kommt. Ivonne Traser hat die Wanderung Richtung Lipizzanergestüt Piber geschildert. Sie drei sind am späten

Vormittag los. Inzwischen hat sich auch Dr. Casella bei mir gemeldet. Laut der Gerichtsmedizin is Bruno Schöne zwischen eins und zwei Uhr mittags ermordet worden. Um drei hat ihn dann Brink gefunden. Morgen früh will ich die große Runde zur Besprechung. Alle sollen dabei sein, auch die Köflacher und Leibnitzer Kollegen. Was steht bei dir sonst noch an?«

»Sterz und ich wollten noch zu einem Notar Schaffnegger. Bei dem hat Schöne bis vor einem Jahr als Kanzleigehilfe gearbeitet. Vor dem Callcenter.«

»Prima. Ich bin dann weg. Gute Nacht.«

»Servus, Max.«

Wie bei einem Tennisspiel hatte Ferdinand den Dialog zwischen Gitte und Drombovic verfolgt. Kaum war der SOKO-Leiter aus dem Großraumbüro verschwunden, machte er seinem Ärger Luft. »Max hat mich wieder völlig ignoriert, Gitte. Ich fasse es nicht. Am liebsten würde ich ihm hintersprinten und ihn zur Rede stellen.«

»Bleib cool, Partner.« Sie stand auf und griff nach ihrer Tasche. »Max is eben Max. So wie du eben du bist. Schluss für heute, Sterz. Du schaust müde aus, und ich bin es definitiv. Sei brav, lass dich heimführen.«

Sie tätschelte Ferdinand die Wange. Damit rang sie ihm ein erneutes Lächeln ab, obwohl die Empörung blieb.

34

»Gestern Frust, heute anscheinend ein Fortschritt. Das Glück is ein launisches Vogerl.«

Das Zitat kam von Gitte, nachdem Dr. Casella sie und Ferdinand am folgenden Donnerstagmorgen in die Gerichtsmedizin bestellt hatte. Es ging um eine interessante Neuigkeit, wie die Gerichtsmedizinerin vorausgeschickt hatte.

»Ich würde auf den Aphorismus ›Das Glück gehört den Tüchtigen‹ zurückgreifen«, erwiderte Ferdinand, »mit dem Zusatz: samt einer Kopfschmerztablette.«

Er hatte sich, mit den erweiterten Akten und Gittes Notizen an seinem ehemaligen Schulschreibtisch sitzend, bis weit nach Mitternacht beschäftigt, sich Gedanken gemacht, versucht, Querverbindungen zu schaffen, und Fragen formuliert. Heute war er mit einem Brummschädel aufgewacht.

»Eigentlich sollte ich dich Stelz, nicht Sterz nennen. Weil du dich so gestelzt ausdrückst.« Gitte hauchte die letzte Bemerkung in seine Richtung.

Die Ermittler betraten den Seziersaal. Diesmal trugen sie grüne Kittel und einen Mundschutz. Am Obduktionstisch angekommen, drückte Ferdinand alle Erinnerungsbilder von Ludwigs Leiche weit in seinem Gedächtnis nach hinten und konzentrierte sich auf Bruno Schöne. Selbst im Tod, unter den hellen Lampen im Seziersaal, glänzte die Glatze von Lenas Mann immer noch wie poliert.

Dr. Casella hatte den Körper auf den Bauch gedreht. Der untere Teil des Körpers war mit einem Tuch abgedeckt.

»Was sollen wir Neues entdecken, Katarina?« Gitte sah die Gerichtsmedizinerin fragend an.

»Noch einmal zu den beiden Einstichstellen.« Katarina Casella zeigte auf die inzwischen schwarz umrandeten Wunden, neben denen sich Totenflecken auf der Haut zeigten. Sie trug Latexhandschuhe, die im Licht rosa schimmerten. »Worüber ich mich bereits am Tatort gewundert habe, erinnert ihr euch? Das Opfer hätte nach den Einstichen zwar ohne medizinische Hilfe nicht mehr lange überleben können, doch die Haltung am Esstisch war mir zu ungewöhnlich. Fast gemütlich hat es ausgesehen.«

»Gemütlich?« Gitte stieß einen Laut aus, der ein Lachen oder Staunen sein konnte. »Was is gemütlich, wenn dir zweimal in den Rücken gestochen worden is?«

»Du weißt, wie ich das meine, Gitte.« Sie machte einen Schritt zu einer extra an der Seite befestigten Ablagefläche. »Der Mann hätte sich wehren müssen. Zumindest versuchen müssen aufzustehen. Oder sich umdrehen nach dem ersten Stich. Was auch immer. Stattdessen ist er einfach mit Kopf und Oberkörper auf der Tischplatte liegen geblieben.«

»Das hatten wir ja bereits am Tatort erörtert.« Ferdinand nahm die verchromte Schüssel, die auf der Ablage stand, in Augenschein, nur um sich rasch wieder abzuwenden. Innere Organe eines Verstorbenen waren kein schöner Anblick.

Die Gerichtsmedizinerin nickte. »Noch dazu war diese Haltung höchstwahrscheinlich auch die Ausgangslage des Opfers bereits vor den Stichen.«

»Wie?« Gitte rückte auf.

»Als die Leiche abtransportiert worden ist, hat es unter Kopf, Schulter und Oberkörper kein Blut gegeben. Hätte der Mann aufrecht gesessen, als ihn der erste Stich getroffen hat, und wäre er erst danach vornübergefallen, hätte es zumindest ein minimales Hämatom auf der Wange beziehungsweise Schläfe durch den Aufprall geben müssen.«

»Mir is nicht klar, was das heißen soll. Hat er dort ein Schlaferl gemacht?«

»Genau, Gitte.«

Ferdinand faszinierten die Ausführungen sofort. »Bruno Schöne bereitet sich einen Kaffee zu, setzt sich an den Tisch, kippt quasi vornüber und schläft ein. Wollen Sie das sagen?«

»Nur so kann ich es mir erklären, Inspektor Sterz.«

»Bitte, wir hören gespannt weiter zu.«

Dr. Casella griff in die Schale. Sie holte einen schlauchähnlichen Muskelsack heraus, der an beiden Enden schmaler wurde. »Ich habe den Mageninhalt des Opfers untersucht. Was ihr hier seht, ist der Magen. Die Magenwand ist zwei bis drei Millimeter dick und besteht aus vier Schichten: dem Bauchfell, das sie außen umschließt, einer Muskelschicht, einer blutgefäßreichen Bindegewebsschicht und schließlich der Magenschleimhaut. Der Inhalt bleibt oft Stunden darin, bevor die weitere Verdauung einsetzt. Praktisch bei Morduntersuchungen, wenn der Tod kurz nach der Aufnahme von Nahrung eingetreten ist.«

»Wieder was gelernt. Danke, Katarina.« Gitte hielt sich einen Finger unter die Nase.

Ferdinands Blick heftete sich an das Organ. »Sie haben etwas gefunden, stimmt's, Dr. Casella?«

»Stimmt.« Die Gerichtsmedizinerin hob den Schlauch noch einmal hoch, bevor sie ihn zurück in die Schale gleiten ließ. »Rückstände von schlaffördernden Mitteln, Inspektor Sterz. Genau kann ich es nicht angeben, aber es muss wohl eine recht intensive Mischung gewesen sein. Die Wirkstoffe konnten ebenfalls im Blut und im Urin nachgewiesen werden.«

»Erstaunlich!« Die Faszination war Ferdinand an den Augen über dem Mundschutz abzulesen. »Laut Forensik gab es im Kaffeebecher, der neben ihm auf dem Esstisch stand, keine Rückstände von einem Betäubungsmittel. Auch nicht in der Wasserflasche in seinem Arbeitszimmer oben. So weit ist das Labor schon gekommen. Könnte er solche Tabletten geschluckt haben, bevor er zu Bett gegangen ist? Am Vorabend?«

»Dann hätte ich kaum etwas davon im Magen festgestellt, die Magenpassage wäre dafür zu kurz. Er hat diese Menge erst eine relativ kurze Zeitspanne vor dem Verbrechen zu sich genommen.«

»Oder jemand hat sie ihm verabreicht. Damit er am helllichten Tag einpennt. Möglich, dass er in seinem Arbeitszimmer hätte einschlafen sollen, nicht am Esstisch.«

»Wozu, Sterz?« Jetzt wagte sich Gitte zurück an den Seziertisch. »Was hätte der Täter davon?«

»Das Opfer ist wehrlos und ahnungslos. Verschläft einen Einbruch.«

»Geh! Jetzt bist du doch bei der einen Theorie von Max gelandet, Sterz.«

»Nicht wirklich. Für's Erste fällt mir nichts Besseres ein, Gitte. Aber ich rudere direkt zurück. Noch wissen wir nicht, ob Wertgegenstände fehlen, Lena Schöne hat sich ja bisher geweigert, ihr Zuhause wieder zu betreten. Was ich verstehen kann. Abgesehen davon, wie hätte Bruno Schöne die Schlafmittel vorher verabreicht bekommen können? Es wird ihm wohl kaum einer mit der Post einen Schlummertrunk geschickt haben.«

»Er hat den Einbrecher gekannt, der kommt vorbei, kredenzt ihm was.«

»Nicht unmöglich, aber hört sich seltsam an.«

»Seine Frau?«

»Auch unlogisch, wenn sie kurz darauf mit den Nachbarinnen zum Wandern aufbricht.«

»Er selber?«

»Genauso abwegig. Er war mitten in einem Arbeitstag.«

»Ach, Sterz. Mehr Ideen hab ich nicht.«

»Dann vorerst zu Konkreterem, Gitte. Wir rufen die Spurenermittler an, die noch im Haus zugange sind, und bitten sie, sofort nach schlaffördernden Medikamenten zu suchen.«

Gitte hob die Hand. »Übernehme ich, wenn wir hier raus sind.«

»Wenn sie fündig werden, lass dir die Namen geben, vielleicht gibt es auch Rezepte dazu, aufbewahrte Rechnungen oder eingetragene Arzttermine.«

»Danke, Sterz, darauf wär ich nie allein gekommen.«

Dr. Casella unterbrach die beiden. »Mein Part ist hiermit augenscheinlich beendet. Ihr diskutiert, theoretisiert und plant außerhalb meines Arbeitsbereiches weiter.«

»Könnten Sie feststellen lassen, welche schlaffördernden Tabletten Bruno Schöne geschluckt hat, Dr. Casella?«

»Die genaue Analyse der einzelnen Wirkstoffe liegt bald vor, die passenden Medikamente dazu müsstet ihr dann finden.«

»Aber anhand der Zusammensetzung könnte man Präparatenamen einkreisen?«

»Durchaus schwierig, doch nicht unmöglich. Ich melde mich.«

Zurück auf dem Universitätsplatz und auf dem Weg zum Wagen hielt Gitte inne. Sie fischte eine Wollmütze aus ihrer Tasche und setzte sie auf. Die Temperaturen sanken von Tag zu Tag und der Wind wurde schärfer. Auch Ferdinand stülpte sich die Kapuze seiner neuen Jacke über den Kopf. Inzwischen hatte er seinen Kleidungsstil vollkommen geändert. Jeans, Wollpullover und feste Schuhe. Alles neu. Sogar einen wärmeren Schlafanzug für die Nächte im Haus hatte er sich bei einer kurzen, aber intensiven Shoppingtour durch das Einkaufszentrum Murpark zugelegt.

Ich habe mich an die Steiermark angepasst, dachte er bei sich. Und nicht nur mein Outfit an das Wetter.

»Was sagst dazu, Sterz?« Als Nächstes zückte sie ihr Handy, wählte aber noch nicht.

»Erstaunliche Neuigkeiten.«

»Hör dir meine neue Überlegung an: Jemand is ins Haus rein, und Bruno Schöne schnarcht am Tisch. Der Jemand wollt nix stehlen, sondern hat etwas gesucht. Etwas, das ihn mit dem Mord an Ludwig Stichlhofer in Verbindung bringt. Vielleicht dieses Handy, von dem du gestern geschwafelt hast. Oder etwas, das den Verdacht auf ihn gelenkt hätte.«

»Du musst früher ansetzen, Gitte. Bruno hat Besuch bekommen, nachdem seine Frau mit Ivonne und Helga Traser zum Spazieren weggefahren ist. Hat seine Arbeit unterbrochen. Sie haben etwas getrunken, was der Gast vielleicht schon mitgebracht hat. Tabletten kann man in allen möglichen Getränken auflösen.«

»Genau das hab ich vorhin gemeint, Sterz. Der Mörder wartet also seelenruhig, bis Bruno eingeschlafen is. Reinigt das Glas oder Häferl. Beginnt mit seiner Suche. Tötet im Anschluss den wehrlosen Mann. Sperrt die Tür auf, lässt sie angelehnt. Kurz darauf trifft Achim Brink ein, der auf sein Geld hofft. Die Nachricht hat der Täter zuvor abgeschickt. Während unser Leichenfinder um Fassung ringt, versteckt sich der Mörder oben.«

»Einwand: Der Mord wäre bei einem solchen Ablauf unnötig gewesen, Gitte. Der Täter hätte Bruno einfach ausschlafen lassen können.«

»Sollte er das Gesuchte gefunden haben, wäre das Bruno später vielleicht aufgefallen. Dann lieber den Mitwisser abstechen.«

»Mitwisser wovon?«

»Finden wir noch heraus.«

»Wenn ich unseren Gedankengängen folge, Gitte, war alles im Voraus einkalkuliert. Ein Tötungsdelikt mit Vorsatz.«

»Anders als bei Ludwig und der Mistgabel.«

»Oder auch das geplant.«

»Brutal, wenn es so gewesen is.« Wie um ihre Worte zu unterstreichen, zog sie sich die Mütze tiefer in die Stirn. »Wer könnt dafür infrage kommen?«

»Ivo Matić. Wieder.«

»Motiv?«

»Liegt im Dunkeln. Oder war ein Auftrag. Wir haben noch viele weiße Flecken auf unserer Landkarte.«

Gittes Mobilteil begann in ihrer Hand zu klingeln. Sie nahm den Anruf an. »Hallo, Albert. Ich wollt mich auch grad melden. Gedankenübertragung. Sterz und ich sind eben aus der Gerichtsmedizin raus. Du zuerst. Was gibt's?« Sie horchte. »Verstehe, dann sprich dich mit Andi ab. Pass auf, jetzt ich. Das Spurenteam soll explizit nach Medikamenten suchen, nach Schlafmitteln. Schaut's auch, ob es dazu Rezepte gibt, Arzttermine und so weiter. Servus.«

Kaum hatte Gitte das Gespräch beendet, kam der nächste Anruf.

»Oh, das Labor.«

»Warum rufen die immer dich an, Gitte?«, flüsterte ihr Ferdinand zu. »Ich bin ein Teil vom Team wie du.«

»Ja? Was gibt's?« Sie legte ihren Finger auf die Lippen, lauschte wieder. »Echt? Das is interessant. Danke euch. Ich geb es an den Max weiter, eh klar. Und den Sterz neben mir weihe ich auch ein. Pfiat euch!«

»Was ist los?« Ferdinand konnte seine Ungeduld nicht verbergen. »Bitte, Gitte.«

»Eine nächste erstaunliche Entwicklung.« Sie machte eine Spannungspause. »Die Drohbriefe. Nein, anders: der eine Zettel, den uns Lena Schöne gegeben hat. Das Labor is jetzt auch mit dem DNA-Profil zu den winzigen Hautschuppen auf dem Drohbrief fertig. Beim Vergleichen sind sie eben fündig geworden.«

»Ivo?«

»Nein, nicht aus der Verbrecherkartei.«

»Woher dann?«

»Bei den Auswertungen des Opfers Nummer eins.«

»Nicht dein Ernst?« Ferdinands Mund blieb offen stehen. Für den Moment konnte er nicht fassen, was eben ans Licht gebracht worden war.

Gitte nickte. »Ludwig Stichlhofer. Die DNA stammt von ihm. Er hat also diesen Satz geschrieben und den Zettel Bruno und Lena Schöne in den Briefkasten gesteckt. Wahrscheinlich auch die anderen Drohungen, sicher aber diesen letzten kurz vor seiner Ermordung.«

Ferdinand fehlten die Worte.

35

Um sieben Uhr abends war es längst dunkel. Ferdinand stand in einer Garageneinfahrt an der B-Straße, die der Schein der Straßenlaterne nicht erreichte. Er hatte die Position gewählt, weil er sehen, aber nicht gesehen werden wollte.

Die Gebäude schräg gegenüber unterschieden sich nicht in ihrer Bauart. Austauschbare Reihenhäuser mit Vorgärten, Parterre, dazu jeweils ein Stockwerk mit Giebeldach und einem Balkon an einem der oberen Fenster. Beleuchtete Räume, teils einsehbar, teils mit Jalousien oder Vorhängen abgedeckt. Weiter links parkte eben ein Auto, ein Paar stieg aus, bewegte sich zur Eingangstür. Sie lachte und plauderte, während er aufschloss. Auch hier wurde es innen hell, erst im Vorraum, dann im Wohnzimmer.

Doch ein Haus in der Reihe war und blieb ohne Licht. Nach dem heutigen Abzug der nach Gitte benannten »weißen Maden« kam niemand mehr, um dort seinen Feierabend zu verbringen. Erst morgen würde die Arbeit der Spurenermittler weitergehen.

Um den Vorgarten zog sich ein Absperrband, und ein Polizeiwagen parkte ein Stück am Straßenrand davor. Die beiden Polizisten darin redeten und tranken Kaffee oder Tee. Einer biss gerade von seiner Jause ab.

Im Gebäude neben dem verlassen wirkenden, lichtlosen Haus war hingegen jedes Zimmer erleuchtet, als würde ein Fest im Inneren stattfinden. Jetzt erst entdeckte Ferdinand am Eingang eine Leuchtgirlande. Von Zeit zu Zeit huschte ein Schatten an einem der Fenster vorbei, einmal bewegte sich eine Gardine.

Er wartete und beobachtete. Warum war er gekommen? Allein, ohne Gitte oder einen Kollegen. Um mit Lena zu reden – unter vier Augen. Bei Mutter und Tochter Traser hatte er klingeln wollen, um sie herauszubitten. Sich mit ihr bei einem abendlichen Spaziergang auszutauschen, war seine Intention gewesen.

Es ging nicht nur um die Fälle. Sie war ohnehin am Landeskriminalamt vorgeladen worden.

Nach ihrer Rückkehr ins Büro hatten Gitte und Ferdinand Chefinspektor Drombovic Bericht erstattet. Sie hatten zu dritt Dr. Casellas Befund sowie die Auswertung der Fingerabdrücke am Drohbrief diskutiert. Im Anschluss hatte Gitte Lena angerufen, die sich sofort bereit erklärt hatte, am Freitagvormittag zu erscheinen. Gitte hatte einen Streifenwagen organisiert, der Lena gegen neun am Folgetag abholen würde. Bei dem Anruf hatte Lena auf Nachfrage direkt auch Schlafstörungen ihres verstorbenen Gatten angegeben, dazu mehrere Besuche in einem Schlaflabor im Grazer Landeskrankenhaus.

Davor hatten die Kollegen das Haus gezielt nach Medikamenten durchforstet und waren rasch fündig geworden. Im oberen Badezimmer, hinterm Spiegelschrank und in einer Schublade im Arbeitszimmer. Verschreibungspflichtige Schlaftabletten. Nicht in rauen Mengen, aber genug Packungen, um daraus mehrere Drinks zu mixen, die einen Mann auch am frühen Nachmittag dazu bringen konnten, tief und fest am Esstisch einzuschlafen. Die Rezepte waren allesamt von ein und demselben Arzt ausgestellt worden. Nach dem Wochenende würde Professor Dr. Frey, der Leiter des Schlaflabors, wieder im Einsatz sein, und Gitte und Ferdinand ihn aufsuchen können.

An und für sich alles kein bahnbrechender Durchbruch, aber ein vielversprechender weiterer Ansatz, dem die Ermittler nachgehen konnten. Ferdinand beschäftigte der Fingerabdruck von Ludwig mehr, als er sich vor den Kollegen anmerken ließ. Wieder ein Teilstück aus dem Leben seines toten Freundes, das er so gar nicht mit den alten Zeiten in Verbindung bringen mochte. Bei Gittes Aufbruch schließlich hatte Ferdinand es diesmal abgelehnt, mit ihr nach Raaba-Grambach mitzufahren, und ein Treffen mit einem Bekannten in der Grazer Innenstadt vorgegeben. In Wahrheit hatte er sich Richtung Bahnhof aufgemacht, diesmal mit den Öffis, und von dort einen Bus nach Köflach genommen.

Während des anschließenden Fußwegs war er jedoch mit jedem Schritt unentschiedener geworden. Mit Lena so kurz nach der Ermordung ihres Mannes ganz im Vertrauen reden zu wollen, verwandelte sich von einer guten in eine dumme Idee. Auch wenn er so vieles wissen wollte über den Wiggerl, der sich in diesen Jahren von Ferdinands Abwesenheit so verloren hatte, war es trotzdem besser, auf die offizielle Einbestellung am nächsten Tag zu warten und Lena zusammen mit Gitte oder Max oder auch einem anderen Ermittler im Team zu befragen. Es würde hart für Lena werden, und Ferdinand würde es wissen, wenn sie log. Zumindest ging er davon aus. Offiziell mit ihr zu sprechen, war definitiv die richtigere Wahl.

Dieser Entschluss war gefallen, und er hätte noch vor Erreichen des Zieles umkehren können.

Doch es hatte ihn weitergezogen, fast bis an den Vorgarten der Nachbarinnen, bei denen Lena untergekommen war. »Wenn der Schmerz um den Verlust vergangen ist, lieber

Ferdi, dann lass uns einmal plaudern. Ein bisserl wie früher«, hatte sie ihm vor zwei Stunden geschrieben. Diese Textnachricht war schließlich der wahre Auslöser für seinen abendlichen Ausflug gewesen.

Er trat von einem Bein auf das andere und zog die Schultern hoch.

Sie war jetzt Witwe. Lena war frei. Für ihn?

Hatte er darauf gewartet, all die Jahre? Sie wieder in sein Leben zu lassen, durfte nicht sein. Und war doch möglich geworden mit Ludwigs und Brunos Tod. Was für eine Verbindung sollte es werden, die auf zwei Morden fußte? Kein glücklicher Neubeginn. Aber eine Chance?

»Schlechte Idee, dummer Gedanke«, murmelte Ferdinand, in der fremden Garageneinfahrt stehend. »Geh, Sterz, geh wieder, du verhinderter Romeo!« Er zwang sich loszumarschieren.

Am Bahnhof in Köflach, auf den nächsten Bus zurück wartend, tätigte er zwei Anrufe.

»Sterz, was vergessen?« Gitte war nach dem ersten Klingeln in der Leitung, klang aber gehetzt. »Ich mach Abendessen, fass dich kurz.«

»Ich möchte, dass du morgen mit Lena Schöne allein sprichst. Von Anfang an. Ich bleibe mit den Kollegen im Beobachtungsraum. Zeige mich nicht. Okay?«

Eine Pause folgte. Im Hintergrund die schon bekannten Stimmen der Jungen. Das Geräusch kochenden Wassers. »Prima Vorschlag, könnt von mir sein. Baba, Sterz.«

Ferdinand tippte auf eine zweite Nummer. Diesmal dauerte es, bis der Angerufene abnahm.

»Ferdinand.«

»Papa.«

»Alles in Ordnung?«

»Absolut.«

»Schön. Magst noch abendessen mit mir?«

»Nein, Papa. Ich komme erst später.«

»Ach so. Ich stell dir was auf den Herd.«

»Du, Papa. Ich könnte mir mit Glück den Sonntag freinehmen, wenn nichts Unvorhergesehenes geschieht.«

»Und?«

»Und mit dir auf den Schöckl wandern. Wenn es das Wetter zulässt.«

Auch hier eine Pause.

»Es gibt kein schlechtes Wetter, nur schlecht angezogene Wanderer.«

»Stimmt, Papa.«

36

Gitte deutete auf den Stuhl ihr gegenüber. »Bitte, setzen Sie sich wieder, Frau Schöne.«

Es war das zweite Mal, dass Lena aufgesprungen war.

Ferdinand, der sich von Anfang an, wie besprochen, in den Beobachtungsraum zurückgezogen hatte, musste sich beherrschen, um nicht doch zur Befragung zu wechseln.

»Verzeihung«, Lena begann, am Daumennagel zu kauen. »Es regt mich alles so auf. Ich möchte schreien und weinen und dann wieder lachen. Am besten mit dem Lachen nie wieder aufhören.«

»Warum denn Lachen?«

»Weil es absurd is.« Sie kam an den Tisch zurück, nahm aber noch nicht Platz. »Mein Mann is – nein, war – ein kleines Licht.«

»Kleines Licht?«

»Nicht negativ gemeint. Bitte, verstehen Sie mich nicht falsch. Im Sinne von unbedeutend. Wer sollte ein Interesse daran haben, ihn umzubringen?«

»Das versuchen wir herauszufinden, Frau Schöne.« Gitte deutete auf den Sessel. »Deshalb durchatmen und ruhig bleiben.«

»Ich habe nichts damit zu tun und weiß absolut nichts darüber, das schwöre ich.« Sie setzte sich wieder, lehnte sich sogar zurück. Nur das Daumennagelkauen blieb. Ferdinand, hinter dem Einwegspiegel, interpretierte es als Ersatz für eine Zigarette.

»Jessas, wenn wir für alles Schwören und alle Unschuldsbeteuerungen einen Schilling kriegen würden, könnten wir ans LKA einen Wellnessbereich anbauen. Einen Euro, mein ich.« Hubert Stadlmeister hockte neben Ferdinand und starrte auf den Bildschirm, der das Vernehmungszimmer noch einmal abbildete.

»Einige sind wirklich unschuldig, Hubert. Die Unschuldsvermutung gilt für jeden.«

»In einer Doku im Fernsehen hab ich gesehen, dass es früher andersherum war. Da mussten die Leut' ihre Unbescholtenheit selber beweisen und nicht die Polizei Beweise auftischen.« Er grinste. »Obwohl, das wär schlecht für unsere Jobs.«

»Hubert, ich möchte etwas mitbekommen.«

Stadlmeister zuckte mit den Schultern. »Wird eh aufgezeichnet. Kannst es dir noch x-mal reinziehen.«

Max Drombovic hatte auf eine Aufzeichnung gedrängt, weil er nicht anwesend sein konnte. Eine dringend einberufene Konferenz über eine mögliche neue Sondereinheit, die die Koordination von bundesländerübergreifenden Verbrechen zeitlich und personell vereinen sollte, war einberufen worden. Die Kritik in der Presse hatte die Oberen in der Direktion aufgescheucht, nun wollten sie Neuerungen prüfen. Gerald Wiedenhüpfer hatte auf die Anwesenheit aller Teamleiter bestanden.

»Am End' wird's wieder wie immer g'macht, ihr werdet es sehen«, hatte Drombovic missmutig erklärt, bevor er sich auf den Weg gemacht hatte. »Nur ein paar Bäume werden sterben, weil der antike Wiedenhüpfer alles nicht nur digital festgehalten, sondern auch auf Papier ausgedruckt haben möcht.«

Ferdinand war nicht unglücklich, dass Drombovic nicht anwesend war. Dafür nervte ihn der Kollege Stadlmeister, der gerade eine Thermoskanne aus einer mitgebrachten Stofftasche hervorholte. »Ich schwör jedenfalls auf Ingwertee, der hält in den kalten Jahreszeiten gesund.«

»Lena Schöne gilt als Zeugin, nicht als Verdächtige«, führte Ferdinand noch einmal aus.

»Ich bin im Bilde, keine Sorge. Sie und die Nachbarinnen haben regelmäßig unter der Woche etwas zusammen unternommen, nicht nur an dem Tag des Mordes. Anscheinend hat keine von denen Arbeit. Meine Frau schuftet ganztags, damit wir uns Haus, Urlaube und alles für die Kinder leisten können.«

»Ivonne Traser ist in einem Teilzeitjob tätig. Helga Traser schon lange pensioniert.«

»Die Schöne arbeitet aber nicht.«

Dabei musste Ferdinand dem Kollegen recht geben. Dass Lena keiner Arbeit nachging, wunderte ihn. Ihre Ausbildung zur Goldschmiedin hatte ihr damals große Freude bereitet, sie hatte es kaum erwarten können, Kunden zu beraten, eigene Designs in dieser Kunst zu entwerfen. Anscheinend hatten die Geschwister Stichlhofer beide keinen beruflichen Anker gefunden. Zumindest würde Lena noch neue Chancen in der Zukunft wahrnehmen können.

Stadlmeister schnalzte mit der Zunge. »Ich tipp sowieso auf den Kroaten.«

»Zuerst müssen wir seiner habhaft werden, Hubert.«

»Das is wahr, Ferdinand. Wird bestimmt zach. Erinnert mich an einen Totschlag vor sieben Jahren, wo es auch ewig gedauert hat bis zu einer Verhaftung. Dann war es einer, den wir von Anfang an in Verdacht hatten, der aber getrickst hat.«

»Bitte, Hubert, lass uns mithören.«

»Erst als wir zurück zum Auto sind, waren furchtbar viele Anrufversuche auf meinem Handy. Da hatte ich schon gedacht, es muss was passiert sein«, sagte Lena eben im anderen Raum.

»Das steht bereits im Protokoll, Frau Schöne. So hat es auch Ivonne Traser angegeben. Kommen wir auf die Schlafstörungen zurück, unter denen Ihr Mann litt.«

»Bruno hatte schwere Probleme mit Einschlafen und Durchschlafen, das stimmt.«

Gitte antwortete. »Passt zu den vielen Mitteln, die die Spurenermittler im Haus gefunden haben, Frau Schöne.«

»Ich war nicht glücklich, dass mein Mann so eine Menge an Tabletten geschluckt hat. Aber er hat gemeint, wenn er nicht schlafen kann, dann kann er auch nicht arbeiten. Sein Arzt hat ihm geraten, zusätzlich regelmäßig Entspannungsübungen zu machen, Stress abzubauen und nicht allein auf die Hilfe von Arzneien zu setzen. Aber was hat das mit dem Mord zu tun, Frau Busch?« Lena trank einen Schluck aus einem Glas Wasser. Ihre Hand zitterte.

Während Gitte ausholte, goss sich Hubert seinen Ingwertee in einen blauen Becher. »Vielleicht hat Bruno Schöne doch selbst welche von seinen Schlaftabletten geschluckt. In seinem Kaffeehäferl, das am Tisch gestanden hat, hat das Labor keine Medikamentenrückstände entdeckt. Auch in keinem anderen Glas.«

»Was aber doch umso merkwürdiger ist, Hubert.«

»Er könnte sie im Bad mit Wasser aus dem Hahn eingenommen haben.«

»Am helllichten Tag?«

»Für ein Mittagsschlaferl. Wer weiß.«

»… was der Grund dafür sein kann, dass Bruno so gestresst war.«

Ferdinand hatte einen Teil von Lenas nächster Aussage verpasst, was ihn noch mehr ärgerte. Er begann, mit einem Bein zu wippen, ein ähnliches Zeichen von Unruhe wie das Daumennagelkauen bei Lena.

»Gut, Frau Schöne. Schlagen wir einen Bogen und kommen wir zur Geliebten Ihres Bruders, Mira Matić«, übernahm wieder Gitte das Gespräch.

Sofort wurde Lenas Haltung angespannter, sie war kurz davor, ein nächstes Mal aufzuspringen. »Wieso die?«

»Weil wir davon ausgehen, dass die Taten an Ihrem Bruder und an Ihrem Mann zusammenhängen und auch wiederum mit der Beziehung von Ludwig zu Mira zu tun haben könnten.«

»Hör'n S' auf.« Lena rang die Hände. »Mit der hat das Unglück vom Wiggerl angefangen! Nach dem Tod unserer Eltern war mein Bruder zielloser denn je. Konnte sich nicht entscheiden, ob er Haus und Hof weiter bewirtschaften soll, wie sie es sich gewünscht hatten, oder seinen Traum von einem freien Künstlerleben weiterverfolgen. Obwohl er eigentlich zu alt dafür war.«

»Welche Art von Kunst wollte er ausüben?«

Ein Lächeln huschte über ihre Lippen. »Singen. Klassische Musik. Er hat tatsächlich viel geübt und sogar Unterricht genommen. Wenigstens für die Aufnahme in einen Chor hätte es reichen sollen. Aber nach den ersten zwei Absagen beim Vorsingen hat er wieder aufgegeben. Leider hat ihn früher schon immer jeder in der Familie ausgebremst. Besonders mein ebenfalls schon lange verstorbener Großvater mütterlicherseits. Ludwig Wasrau. Bei dem sind wir zwei praktisch aufgewachsen.«

Auch Ferdinand hinter dem Spiegel rief sich einmal mehr Opa Ludwig ins Gedächtnis. Der strenge Mann war wahrlich kein Freund der Künste gewesen. Er konnte sich erinnern, dass Hannerl allen einmal Opernkarten besorgt hatte und wie sehr der alte Herr Wasrau danach über den »Müll« gelästert hatte. Hannerl hatte es nie wieder getan.

»War das in der Zeit mit Mira?«

Lena schüttelte den Kopf. »Nein, Mira kam später. In Admont haben die sich getroffen. Ludwig hat einen Job als eine Art Hausmeister angenommen bei unserem Großonkel Fritz. Sie hat dort gewohnt. Ludwig war vom ersten Moment an fasziniert.«

»Ihr Bruder hat sich verliebt.«

»Ganz heftig. Er is davor nie in einer Beziehung gelandet. Hat gewechselt, ähnlich wie in seinem beruflichen Leben. Unstet. Bei keiner is er hängen geblieben. Dann aber bei Mira schon.«

»Wissen Sie von Miras Geschichte?«

»Mit dem Kind, das sie verloren hat?«

»Das ihr weggenommen wurde.«

»Mein Bruder hat es mir erzählt. Schon eine schlimme Sache, das stimmt. Anfangs wollte ich mich mit ihr anfreunden, aber sie blieb stets distanziert. Aber dann, als die zwei sich in diese Suche so hineingesteigert haben, wurde ich skeptisch. Ich hatte das Gefühl, Mira nutzt den Wiggerl aus. Er hat sich um nichts mehr sonst gekümmert. Als dann auch noch dieser Cousin aufgetaucht is, war ich mehr als besorgt. Ja, verärgert.«

»Ihr Bruder hat das Finanzielle übernommen.«

Lena seufzte. »Grad er, der eh nie mit Geld umgehen konnte.«

»Es gibt eine Vereinbarung zwischen Fritz Stichlhofer und Ihrem Bruder, Frau Schöne. Ihr Großonkel hat Ludwig

Geld vorgestreckt und dafür Land überschrieben bekommen. Am Ende hätte die Veräußerung von Haus und Hof gestanden, auf dem Ludwig gelebt hat.«

Jetzt sprang Lena erneut hoch. »Der Fritz? Oh Gott, das wusste ich nicht.« Sie lief einmal durch den Raum, setzte sich wieder. »Das hat der Fritz getan?«

»Das noch Unangenehmere is, dass der Kontrakt zwischen den beiden von einem angeblichen Notar ausgearbeitet wurde. Darin sind die Beträge, für die Ihr Bruder die Äcker abgetreten hat, festgeschrieben.«

»Verstehe ich nicht.«

»Ein Betrug, Frau Schöne. Eine Vortäuschung. Ihr Bruder hätte niemals für diese lächerlichen Summen sein Hab und Gut abzutreten brauchen. Fritz Stichlhofer hat seinen Großneffen abgezogen, könnte man sagen.«

Lena wurde immer mehr zu einem Bild des Elends. »Wie konnt der Fritz nur? Bei seiner eigenen Familie. Ich hatte keine Ahnung. Keine.«

»Haben Sie nicht nach dem Tod der Eltern die Hälfte am Besitz geerbt?«

»Ja, aber ich hab freiwillig auf den Pflichtanteil verzichtet. So war es vereinbart. Meine Eltern wollten ja, dass alles zusammenbleibt und dass der Ludwig übernimmt.«

»Hat sie das nicht verletzt?«

»Nein. Es war in Ordnung. Ich hab ja mein Heim in Köflach. Meinen Mann, der für mich sorgt.« In der Sekunde fiel es ihr erkennbar wieder ein. Diesmal folgte ein Schluchzen. »Herrgott, ich werde zwei Beerdigungen organisieren müssen. Zwei Särgen hinterherlaufen.«

Gitte reichte ihr ein Taschentuch. »Frau Schöne, wenn es Ihnen zu viel wird, können wir auch ein anderes Mal weitermachen. Allerdings stehen noch einige offene Fragen an.«

»Ich bleib, ich halte durch. Aber ich begreife es nicht, Frau Busch, Sie sehen mich fassungslos.« Sie schnäuzte sich geräuschvoll, die Tränen flossen weiter. »Kann es sein, dass Fritz etwas mit den Morden zu tun hat?«

»Noch gibt es dazu keinen direkten Anhaltspunkt.«

»Sie müssen den Täter finden, Sie müssen.«

»Frau Schöne, wir tun, was wir können. Glauben Sie mir.« Gitte nahm ihr das erste Taschentuch aus der Hand und reichte Lena ein frisches. »Noch ein Umstand, der dringend geklärt werden sollte. Die Drohbriefe betreffend, die Sie erhalten haben.«

»Ach, diese Zettel. Bei all dem Grauen um mich herum hab ich die schon vergessen.«

»Wir aber nicht. Frau Schöne, dieses eine Blatt, das wir von Ihnen erhalten haben, hat mit hoher Wahrscheinlichkeit Ihr Bruder geschrieben. Außer Ihrer war seine DNA auf dem Papier.«

Vor Erstaunen hörte Lena mit Weinen auf. Ihr Mund öffnete und schloss sich einmal. »Ludwig? Warum sollte mein Bruder mir so was schreiben? Das is völlig aus der Luft geholt.«

»Frau Schöne.« Gitte faltete die Finger. »Eine Schlussfolgerung wäre, dass diese Zeilen für Ihren Gatten bestimmt waren. Hatten die Männer Streit?«

»Nicht dass ich wüsste.«

»War Ihr Mann in der Zeit vor dem Mord an Ludwig Stichlhofer in Leibnitz?«

»Keine Ahnung.« Sie lachte unvermutet schrill auf. »Na, der Ludwig kann meinen Bruno ja wohl nicht abgestochen haben.«

»Aber eine Verbindung der beiden könnte uns zu dem Mörder führen. Einen, der es mit Ludwig und Bruno zu tun gehabt hat.«

»Dann verhaften Sie endlich diesen Ivo.«

»Sie denken, er hat mit den Taten zu tun?«

»Dieser Schuft.« Statt neuer Tränen zeigte sich Zornesröte auf Lenas Wangen. »Vielleicht war Mira ein armes Geschöpf, dem sich mein Bruder angenommen hat. Vielleicht war es wirklich Liebe zwischen den beiden. Aber der Cousin von Mira is kein anständiger Kerl.«

»Erzählen Sie.«

»Er is plötzlich immer dabei gewesen, wenn ich Ludwig getroffen hab. Hat auf einmal im Haus gewohnt, sich eingenistet. Angeblich wollt er Mira mit ihrer Familie versöhnen, aber das hab ich nie geglaubt. Unter seinem Einfluss is der Ludwig erst so richtig zum Menschenfeind geworden.«

»Wie is das zu verstehen, Frau Schöne?«

»Verkommen is der Hof, das Haus. Getrunken hat der Wiggerl zu viel. Keine Perspektive hat er mehr gehabt.«

»Uns wurde erzählt, dass er Zukunftspläne hatte, Frau Schöne. Wenn Mira das Kind wiedergefunden hätte. Eine Auswanderung als Familie.«

»Ich glaub, der Wiggerl hat sich da wieder in Illusionen verloren. Genauso wie Mira. Selbst wenn sie das Kind entdeckt hätten, hätte man es doch nicht aus seiner neuen Familie einfach so herausreißen können. Das hätte doch alles noch verschlimmert.«

»Durchaus möglich. Aber den Versuch verstehe ich als Mutter nur zu gut.«

»Es tut mir fruchtbar leid, was Schlechtes über meinen armen großen Bruder zu sagen, aber er war ein hoffnungsloser Idealist. Mein Mann und ich haben versucht, Ludwig wenigstens dazu zu kriegen, diesen Ivo Matić loszuwerden.«

Gitte hakte nach. »Vielleicht hat er deshalb die Drohungen an Sie beide gerichtet.«

»Das macht doch keinen Sinn. Ich hab ja nicht einmal gewusst, dass diese Schmierereien von ihm gekommen sind.«

Die Wut wechselte zurück in Trauer. »Ich begreife es nicht. Nix mehr von allem. Können Sie mir nicht Antwort geben, Frau Busch? Sie und die anderen Inspektoren?«

Ein langer Blick von Lena in Richtung des Einwegspiegels folgte, den Ferdinand auf sich gemünzt wahrnahm.

Er war es, der die Fälle lösen musste. Für sie.

37

Gemeinderat August Sterz war kaum außer Atem, als sie oben am Gipfel des Schöckls ankamen. Dafür Ferdinand umso mehr.

Dabei hatte er sich stets für topfit gehalten. Allein wegen seiner Arbeit als Ermittler trainierte er regelmäßig nicht nur Selbstverteidigung und den Gebrauch der Waffe, sondern auch seine Kondition.

Doch wie beim Aufstieg auf den Schloßberg mit Hannerl kapitulierte er heute vor der Ausdauer seines alten Vaters. Dessen Wangen waren gerötet, auf seiner Stirn glitzerten ein paar Schweißtropfen. Sein weißes Haar in Kombination mit dem weißen Bart, dazu der Wanderstock in seiner Hand ließen Ferdinand an den Almöhi in den Heidi-Geschichten denken.

Der Grazer Hausberg mit seinen an die 1445 Höhenmetern war ein beliebtes Ausflugsziel für Einheimische und Touristen. Während des Aufstiegs waren ihnen viele Wanderer begegnet. Bis zur Talstation St. Radegund waren sie mit Augusts Wagen gekommen, aber eine Weiterfahrt hinauf mit der Seilbahn hatte Ferdinand strikt abgelehnt.

Als Teenager hatte er die Ausflüge an den Wochenenden nicht sonderlich gemocht und sich das eine oder andere Mal davor mit Bauchschmerzen gedrückt. Hin und wieder hatte er Ludwig zu den Ausflügen mitnehmen dürfen. Diese Sonntage waren im Gegensatz dazu ein Fest gewesen. Die Jungen hatten sich ein Wettkraxeln hinauf geliefert und sich gegenseitig angespornt. Sich beim Einkehren auf einen Schweinsbraten oder ein Gulasch Anekdoten über die anderen Gäste ausgedacht. Verschwitzt und unbeschwert, einen Almdudler trinkend, hatte Ferdinand dabei seinen Kummer nach Mutters Tod meist nur in einer dunklen Ecke seines Herzens gefühlt.

Derart war es auch an diesem Sonntag. Ludwigs grausames Sterben war Ferdinand präsent, aber wie eine Spiegelung auf dem Wasser, die verschwand, wenn man Wellen erzeugte.

Ebenso ruhte heute die Ermittlungsarbeit. Zumindest für Ferdinand. Er hatte sich freigenommen, nicht weil er es für sich brauchte, sondern weil er Hannerls Bitte nachkam. Diesen Tag wollte er seinem Vater schenken. Keine Wiedergutmachung für die verlorenen Jahre, aber als Zeichen der Anerkennung und vielleicht als Neustart für ein besseres Verhältnis gedacht.

Er hatte sich seine neuen festen Schuhe angezogen, und sie waren aufgebrochen.

Sein Handy allerdings checkte Ferdinand regelmäßig so unauffällig wie möglich. Gitte hatte ihm zugesagt, Neuigkeiten sofort durchzugeben. Der gestrige Tag war mit dem Befragen der Nachbarschaft und dem Auswerten der Fotos von den Schaulustigen am Tatort nur so vorbeigerauscht. Heute genoss er zwar die Abwechslung, doch in Gedanken beschäftigte er sich immer weiter mit den Informationen.

Das schöne Herbstwetter hatte sich zurückgemeldet, und die Fernsicht war atemberaubend. In einen blauen, fast wolkenlosen Himmel hatten sich einige Paragleiter hineingeschwungen und bildeten mit ihren bunten Fallschirmen optisch anziehende Farbtupfer.

Eine Gruppe Japaner gesellte sich nahe zu Ferdinand und August. In der Mitte der Gruppe stand eine Fremdenführerin in Lederhosen. »Von hier oben habt's ihr einen 360-Grad-Rundumblick auf die Steiermark. Bei dem Traumwetter seht's ihr bis Slowenien und Ungarn, Leute. *Listen, please: From here you have a panoramic view of the whole Steiermark. Today even as far as Hungary and Slovenia. Look.*«

Gleichzeitig wurden die Mobiltelefone in die Höhe gestreckt, ein erfreutes Gemurmel war zu hören.

Darüber und über das steirisch eingefärbte Englisch der Frau tauschten Vater und Sohn ein Grinsen aus.

»Schau, dort, das Gipfelkreuz.« August legte seine Hand an die Stirn. »Dort gehen wir hin, und du machst ein Selfie von uns zwei.«

Mit dieser Bemerkung brachte er Ferdinand richtig zum Lachen. »Wie modern du bist, Papa.«

»Nicht wirklich, Ferdi.« Ferdinands Vater zwinkerte ihm zu. »Deshalb überlass ich es dir. Du musst wissen, wie das mit der Kamerafunktion geht.«

»Ich zeige es dir, Papa.«

»Lass nur. Ich schick lieber Postkarten.« August stapfte voran. Im Gehen winkte er der Fremdenführerin, die ein »Servus« zu ihnen herüberrief.

»Kennst du die Frau, Papa?«

»Vom Sehen. Ich bin oft hier oben. Am Schöckl, auf der Brandlucken, auf der Teichalm, in der Raabklamm. Halt überall, wo's schöne Fleckerl gibt.« Er wurde ernst. »Beim Wandern vergesse ich Probleme und dunkle Gedanken. Lasse die Vergangenheit hinter mir. Da geht's mir richtig gut, Ferdi, ehrlich gesagt. Ich genieße den Augenblick. Das is wichtig.«

»Ich kann dich verstehen«, Ferdinand hätte August am liebsten umarmt. Doch noch hatte sich die Kluft zwischen ihnen nicht ganz geschlossen. »Wenn ich Zeit habe, jogge ich. Am Rhein entlang, zum Beispiel.«

»Köln is ganz nett, oder?«

»Der Dom ist prachtvoll. Viele sagen, das wäre das einzige Schöne an der Stadt, doch das stimmt überhaupt nicht. St. Ursula mit der Schreckenskammer und den goldenen Totenschädeln ist nur eine von zwölf romanischen Kirchen. Das Schokoladenmuseum, überhaupt die Museen. Der Rhein. Eine Bootsfahrt lohnt sich immer. Dann ein Kölsch trinken und ›Halve Hahn‹ essen. Kein Hendl, Papa, sondern ein halbes Roggenbrötchen mit Käse. Ach, ich sag dir was: Komm mich besuchen, und ich gebe dir einen Fremdenführer par excellence.«

So viele Sätze am Stück hatte Ferdinand an seinen Vater seit dem Tod von Alma nicht mehr gerichtet.

»Gern, Bub.« August strahlte mit der Sonne um die Wette. »Aber zuerst kehren wir im Alpengasthof ein, essen eine würzig-heiße Frittatensuppe und danach einen ebenfalls warmen Millirahmstrudel. Frische Luft macht Bärenhunger, wie ich immer sag.«

Ein Spruch, ebenfalls Ferdinands Kindheit entsprungen.

»Na dann, Papa-Bär.«

Wieder gemeinsames Lachen. Etwas begann zwischen ihnen zu heilen.

38

Ferdinand gähnte. »So, Zeit für mich, schlafen zu gehen, Papa. Morgen wird es wieder anstrengend.«

Sie saßen vor dem Kachelofen, eine leere Flasche Blauburgunder und zwei Weingläser standen auf einem runden

Abstelltischchen zwischen ihnen. August thronte in seinem Schaukelstuhl, eine Pfeife im Mund, und Ferdinand hockte auf der Bank. Der Ofen glühte nach. Er schwitzte leicht. Trotzdem fühlte er sich wohl in diesem Zimmer, diesem Haus, ein Gefühl, das er ewig nicht mehr empfunden hatte. Als Wermutstropfen fragte er sich im Stillen jedoch, warum dafür erst die Morde nötig gewesen waren.

»Schön war's am Schöckl oben«, sinnierte August. Er brachte den Stuhl zum Wippen, und die Rauchfahne, die er aus seiner Pfeife zog und über seine Lippen gleiten ließ, stieg in Schleifen hoch.

»Es war toll. Und Spaß hat es gemacht. In Nordrhein-Westfalen gibt es nur Hügel, keine richtigen Berge. Das Wandern hat mir gefehlt.« Ferdinand ließ ein wenig Rührung in sein Herz. »Das Pfeiferauchen steht dir, Papa.«

Alt war er geworden, der Gemeinderat August Sterz, und mit dem Alter weich. Wenn Ferdinand wieder zurück in Köln war, würde er seinen Vater tatsächlich einladen. Mit einer Postkarte, auf der der Dom abgebildet war. In seiner Singlewohnung im Bezirk Neuehrenfeld gab es keinen Kachelofen, aber eine Eckbank in der Wohnküche.

Er erhob und rekelte sich, genoss die Wärme. »Schlaf gut, Papa.«

»Ferdinand, bitte, wart noch«, August legte die Pfeife auf den hölzernen Ständer neben dem Wein und rieb sich die Stirn, als hätte er beginnende Kopfschmerzen.

»Soll ich dir noch etwas bringen?«

»Nein, nur wieder setzen sollst dich, mein Buberl.«

Die Anrede klang wie aus der Zeit gefallen. Nach Almas Tod hatte ihn der Vater oft so genannt, als hätte er den Namen seines Sohnes über der Trauer vergessen.

»Mein Buberl, wie du das sagst.« Ferdinand kehrte auf die Ofenbank zurück. Er drehte sich seitlich ein und zog die Füße hoch. »Es erinnert mich an die harte Zeit ohne Mama.«

»Über Alma wollte ich mit dir reden, Ferdinand. Ernsthaft und dringend.«

Plötzlich war Ferdinand, als wäre die Temperatur im Raum um einige Grade gefallen. »Gerade jetzt?«

»Der Zeitpunkt passt nie, Bub. Jetzt oder gestern oder übermorgen. Aber bevor ich sterbe, will ich, dass du es weißt.«

Todkrank ist mein Vater, dachte Ferdinand. Er hat Krebs und will mich darauf vorbereiten, dass er bald mit seiner Frau vereint sein wird.

Ihm schauderte. »Bist du nicht gesund?«

»Pumperlg'sund bin ich, Ferdinand«, er lachte einmal auf, kehrte aber sofort zu seinem ernsten Ton zurück. Seine Stirn lag in Falten, seine Mundwinkel zogen sich nach unten. »Pass auf: Ich tu es, wie man es mit einem Hansaplast macht, Bub. Runterreißen. Das Brennen musst ertragen. Der Moment is so gut wie jeder andere.«

»Bitte nicht so theatralisch, Papa. Mir fallen gleich die Augen zu, und wenn du Pech hast, schlaf ich ein und höre nicht, was du mir offenbarst.«

»Ach Gott, Bub. Deine Mutter hat sich auch immer so herrlich gewählt ausgedrückt. Das hast von ihr. Stolz wär sie auf dich gewesen. Auf das, was du tust und leistest.«

»Komm zur Sache. Langsam krieg ich Angst.«

In Wahrheit war die Furcht schon da. Mit dem gefühlten Abfallen der Zimmertemperatur machte sich eine selten erlebte Ängstlichkeit in Ferdinand breit. Er sah sich um. Nur wenig hatte sich im familiären Wohnzimmer verändert. Zum Kachelofen gab es immer noch den hohen Bücherschrank, die Standuhr aus dunklem Holz mit geschnitzten Ornamenten und eben den Schaukelstuhl. Doch die Couch war neu, ebenso der runde Tisch. Auch der Wandverbau mit Fernseher und Stereoanlage, der einen helleren Ton als die anderen Möbel hatte. Alt und aktuell erschienen klar getrennt voneinander.

»Deine Mutter …«, setzte August an, brach ab und griff nach der Pfeife. Er zündete sie an und sog daran, paffte, als müsse er den Raum erst unter Rauch setzen. »Alma war die Geisterfahrerin.«

In der Stille danach knisterte die Glut im Ofen laut.

»Ich verstehe dich nicht, Papa.« Ferdinand hatte seine Haltung nicht verändert. »Der Unfall. Damals. Es war doch eindeutig, dass Mama das Opfer eines Betrunkenen geworden ist, der auf die andere Straßenseite gekommen ist.«

»Eben nicht.«

»Was willst du mir damit sagen? Dass du mich über all die Jahre belogen hast?« Ferdinand hätte aufspringen mögen, doch er blieb und umschlang seine Knie, nach Halt suchend.

»Schau, Bub.« August seufzte, »Alma hatte Probleme. Mehr noch: Deine Mutter war krank.«

»Krank?«

»Heutzutage sagt man Volkskrankheit dazu. Alma litt schon als wir uns kennenlernten unter Depressionen.«

»Nein. Niemals.«

»Ferdinand. Das hast du nicht gewusst, weil wir uns dafür entschieden haben, es dir nicht zu sagen. Deine Mutter wollte es auf keinen Fall, und ich habe mich ihr untergeordnet. Vielleicht ein Fehler, darüber will ich im Nachhinein nicht urteilen. Eine Therapie hat sie abgelehnt. Auch mein Fehler, dass ich sie nie gedrängt habe. Es gab Zeiten, da ging es ihr blendend, andere, da hat sie Medikamente gebraucht. Mit den Jahren mehr und mehr. Bis zur Abhängigkeit.«

»Meine Mutter war nicht tablettenabhängig, was redest du?«

»Nein, das war sie nicht.«

»Mein ich doch.«

»Noch nicht. Doch auf dem Weg dorthin.«

»Blödsinn.«

»Erinnere dich, dass sie manchmal das Abendessen nicht zubereitet hat, weil sie sich schon schlafen gelegt hat. Dass einmal fast die Küche abgebrannt is, weil sie vergessen hat, die Herdplatte auszumachen. Dass sie sich öfter tagsüber ins Schlafzimmer zurückgezogen hat.«

»Niemand ist krank, weil er sich ein Nickerchen gönnt.«

»Darum geht es nicht, Bub.«

»Ja, worum denn dann?« Ferdinands Ton wurde schärfer. Seine Muskeln verkrampften sich, seine Nerven vibrierten. Gleich würde er zur Tür hinausrennen, im Hotel übernachten. Hatte er vorhin geplant, August nach Köln einzuladen, nahm er sich nun vor, nach Beendigung der Ermittlungen ohne Abschied abzureisen und weiterhin die Postkartenbeziehung zu pflegen. Vielleicht nicht einmal die.

August klopfte die Pfeife aus. Ferdinand hätte ihn dafür schlagen können.

»Es geht darum, dass sie vor dem Unfall wieder in einer schwierigen Phase war, Ferdinand. Ein Wechsel der Medikation, wie's so schön heißt, hat ihr zugesetzt. Unruhe, Wahrnehmungsstörungen und andere Nebenwirkungen wollte sie nicht länger ertragen.«

»Okay, weiter.« Ferdinands Mund war trocken, als hätte er tagelang nichts getrunken. »Ich höre. Ob ich es glaube, entscheide ich später.«

»Ich lege dir morgen den Unfallbericht vor, Sohn. Alma is mit dem Auto losgefahren, auf die andere Straßenseite geschlingert und mit dem entgegenkommenden Wagen zusammengeprallt. Es war ihre Schuld. Nicht die des anderen Fahrers. Tut mir leid, mein Buberl.«

Ferdinand legte den Kopf zur Seite und berührte mit seiner Wange eine der immer noch sehr warmen Kacheln.

Der Reiz der Hitze ließ ihn zittern. Wie im Zeitraffer begann er die Abläufe, die sein Vater beschrieben hatte, noch einmal in seinem Gedächtnis abzuspulen. An die Diskussion nach dem Brand in der Küche erinnerte er sich. August hatte in letzter Minute die Flammen gelöscht, die vom siedenden Öl bereits aufgestiegen waren. Der Geruch nach Verbranntem hatte wochenlang in der Luft gehangen, trotz allem Lüften.

Doch sie hatten sich darüber amüsiert, die drei Mitglieder der Familie Sterz. Es als Anekdote noch Monate später erzählt. Alma allen voran. Alma, die ihre zwei Männer hin und wieder zum Italiener eingeladen hatte, wegen der Pizza Deluxe dort und den Anchovis, und weil sie keine Lust hatte zu kochen. Alma, die aufgedreht und superlustig war, wenn Ferdinand aus der Schule nach Hause kam, sich danach oft aber schnell zurückgezogen hatte. Nie wäre er auf die Idee gekommen, dass Mama Medikamente nahm. Wegen Depressionen. Nie.

»Warum hast du mir nicht schon damals die Wahrheit gesagt, August?«

Ferdinand konnte den Mann im Schaukelstuhl gerade jetzt nicht Papa nennen. Am liebsten hätte er ihn gesiezt und ihn mit Gemeinderat Sterz betitelt.

»Wir hielten es für das Beste, Ferdinand.«

»Wer wir?«

»Hannerl und ich. Auch die anderen Verwandten. Und dein Kinderarzt.«

Eine Verschwörung hatte sich, wie es schien, hinter Ferdinands Rücken zusammengebraut. Ihm das wahre Geschehen vorzuenthalten, hieß, dass er von allen belogen worden war. Über Jahrzehnte. Selbst von Hannerl, die dafür ihrerseits eine Ohrfeige verdient hätte. Sie alle hatten sich an dem Buben versündigt, den Mann fortgehen lassen mit einer falschen Geschichte in seinem Lebenslauf.

Mit ansteigender Intensität wünschte er sich Ludwig zurück, den Wiggerl, seinen besten Freund. Zu ihm wollte Ferdinand rennen, ihm von dieser ungeheuerlichen Ungerechtigkeit erzählen. Doch der Stichl war bald ebenso Staub wie Alma. Ferdinands Herz brach, es gab einen lauten Knacks, doch es war lediglich der Rest eines Holzscheits im Ofen.

Endlich konnte er seine Wange und auch seine hockende Haltung lösen. Er wechselte zum Stehen, streckte sich, strich sich über die erwärmte Gesichtshälfte. Fast derselbe Ablauf wie vorhin, jedoch eine andere Welt.

»Ich geh in mein Zimmer, August.«

»In Ordnung.«

»Leg mir die Unterlagen vor die Tür. Klopf an. Komm nicht hinein.«

»Mach ich.«

Ferdinand griff nach der leeren Weinflasche. Er hätte sie mit großer Lust gegen den Kachelofen geworfen, doch er widerstand dem Impuls. »Noch was?«

»Nix weiter, Ferdinand. Ich bleib noch ein Weilchen hier sitzen. Gut' Nacht.« August wippte und begann, sich die nächste Pfeife zu stopfen. Er sah dabei uralt aus, ein Männlein mit weißem Haar und tiefen Falten wie Gräben.

Für Verständnis war es zu früh, aber ein winziges Stück Mitleid kam in Ferdinand hoch.

39

»Geht es dir gut, Sterz?«

Gitte war am Telefon. Es war kurz vor acht am Morgen. Die nächste Woche brach an. Der siebzehnte Tag nach Ludwigs Ermordung.

Ferdinand hatte die Nacht gefühlt schlaflos verbracht, die Erinnerungen waren in seinem Kopf rotiert. Eine folgte der anderen, dann spulte er zurück, begann von vorne, besah sich alles im neuen Licht dessen, was sein Vater ihm über seine Mutter erzählt hatte. Gebeichtet hatte, traf es besser.

Ferdinand hatte die Offenbarung von August, den Tod seiner Frau betreffend, einige Dutzende Male rekapituliert und war zu dem Schluss gekommen, dass es tatsächlich einem Geständnis glich. Kein Mord, kein Totschlag, kein Verbrechen lag vor, aber das Herz eines Jungen war gebrochen worden, unter falschen Voraussetzungen. Ferdinands jahrelange Wut auf den Fahrer, der mit seiner Mutter damals kollidiert war, war unberechtigt, fehlgeleitet gewesen. Beide Unfallopfer hätten sein Mitleid verdient. Die depressive Alma wie auch der zu Tode gekommene andere. Ferdinand suchte in seinem Hirn nach dessen Namen, aber es gelang ihm nicht, ihn sich ins Gedächtnis zu rufen.

Auch hatte sein Vater, entgegen der Ankündigung, ihm nichts vor die Zimmertür gelegt. Vielleicht besser so.

»Warum fragst du, Gitte?«

»Nur so. Du klingst ein bisserl heiser.«

»Nein, alles in Ordnung. Ich bin bereit und voller Tatendrang.« Diese Aussage stimmte insofern, dass sich Ferdinand nach Ablenkung sehnte. »Bis gleich.«

»Deswegen melde ich mich. Sorry, Sterz, ich muss in die Schule.«

»Schon wieder?«

Sie zögerte. »Nur was wegen eines angedachten Basars regeln. Elternzeug. Blöd, aber ich hab's vergessen und muss jetzt dahin. Is es okay für dich, wenn du ohne mich losziehst? Ich spendier dir auch eine Busfahrkarte. Taxi wär mir zu teuer.«

»Haha, Gitte.« Dass seine Kollegin ihn nach dieser anstrengenden Nacht der familiären Enthüllungen doch rasch wieder erheiterte, hätte er nicht gedacht. Vielleicht lachte er auch, um nicht weinen zu müssen und sich vor Gitte zu outen. »Ich nehme die Einladung für den Bus an. Der Schlaflabortermin steht auf dem Plan, dorthin kann ich auch allein.«

»Ich stoß zu dir, so rasch es möglich is. Und ich bereite dir telefonisch den Weg, erinnere Professor Dr. Frey noch mal an das Zusammentreffen mit uns.«

Als sich Ferdinand auf den Weg machte, war es im Haus vollkommen still. Sein Vater schien sich noch früher davongeschlichen zu haben. Was August wohl für eine Nacht gehabt hatte, fragte sich Ferdinand. Vielleicht sogar eine bessere als er selbst, denn er hatte sich endlich ein Geheimnis von der Seele geredet.

Im Internet suchte sich Ferdinand die Busverbindung nach Graz heraus und benutzte wieder die Öffis. Langsam kam er auf den Geschmack. Dazu die Vorstellung, Gitte später das Tagesticket in die Hand drücken zu können, brachte einen nächsten Tropfen Heiterkeit in sein trauriges Herz.

Die Ermittler hatten für neun Uhr einen Termin im Schlaflabor im Landeskrankenhaus vereinbart. Professor Dr. Frey empfing Ferdinand in einem in Blautönen gehaltenen Besucherraum. Der Spezialist für Schlafstörungen war Bruno Schönes behandelnder Arzt gewesen.

»Inspektor Sterz, grüß Gott.«

»Guten Tag, Professor Frey, danke, dass Sie sich Zeit nehmen.«

»Viel davon kann ich nicht erübrigen. Ich stecke mitten in der Arbeit. Mein erster Tag nach dem Symposium in der Schweiz. Als Arzt ruht man quasi nie.« Mit einer hellen Stoffhose und einem Polohemd bekleidet, sah der Mann hingegen mehr danach aus, als wäre er eben von einem Golfturnier zurück. Er bot Ferdinand keinen Platz an, sondern blieb einfach stehen. »Fünf Minuten müssen reichen. Tut mir leid. In einer halben Stunde wird es hier vor Patienten wimmeln. Man mag es kaum glauben, aber Schlafstörungen jeglicher Art haben seit der Pandemie noch einmal extrem zugenommen. Heute ist Erstgesprächstag. Das habe ich Ihrer Kollegin am Telefon bereits gesagt. Fünf Minuten!«

»Ich bin informiert und noch mal danke, Professor Frey.«

»Der Bereich für Schlafmedizin an der Abteilung für Neurologie hier im Landeskrankenhaus ist mit zwei stationären PSG-Plätzen ausgestattet. Das Kürzel steht für Polysomnografie.« Er fuhr mit der Hand einen Kreis nach. »Es ist ein diagnostisches Verfahren zur Messung physiologischer Funktionen und stellt die umfangreichste Untersuchung des Schlafes einer Person dar.

Der Schwerpunkt des Zentrums liegt einerseits in der Diagnostik und Therapie neuropsychiatrischer Schlafstörungen, andererseits werden auch alle schlafbezogenen Atmungsstörungen versorgt. Die ärztliche Betreuung erfolgt über zwei Fachärzte für Neurologie und einen Facharzt für Psychiatrie. Meine Person stellt, könnte man sagen, den Überbau dar. Das Dach, unter dem die Patienten geheilt werden sollten.«

»Zum Grund meines Erscheinens.« Ferdinand stoppte den Professor ab, allein sein Redeschwall würde die Zeitspanne überziehen. »Es geht um Ihren Patienten Bruno Schöne.«

Der Professor nickte. »Auch das hat Ihre Kollegin mir mitgeteilt. Und ja, Herr Schöne war vor längerer Zeit bei uns im Labor. Nach eingehender Diagnostik wurde er medikamentös eingestellt.«

»Schlaftabletten.«

»Falls nötig, erhalten die Patienten eine auf sie abgestimmte Medikation, richtig. Zusätzlich besprechen wir mögliche Therapiesitzungen sowie Verhaltensänderungen und Tipps, die schon unsere Großmütter wussten.« Der Spezialist für Schlafstörungen verschränkte die Arme vor der Brust. Körpersprachemäßig nahm er eine distanzierte Haltung gegenüber Ferdinand ein.

»Lassen wir die Oma-Tipps außen vor, Herr Professor. Mich interessieren die verschreibungspflichtigen Mittel, die Dosierung, die Sie ihm geraten haben.«

»Entschuldigen Sie, Inspektor Sterz, aber eine Behandlung wie auch die Vergabe von Medikamenten unterliegen der absoluten Schweigepflicht. Ich werde Ihnen zu einem Patienten nichts sagen können, ohne diese Pflicht zu verletzen.«

»Bruno Schöne ist tot, Professor Frey. Wie Sie von meiner Kollegin zusätzlich wissen, wurde er Opfer einer Gewalttat.«

Nun machte der Arzt zwei Schritte zurück, brachte mehr Distanz zwischen Ferdinand und sich. »Was hat das mit uns zu tun? Mit dem Schlaflabor?«

»Es wurden im Magen des Verstorbenen Rückstände verschiedener schlaffördernder Wirkstoffe gefunden. Dazu jede Menge Arzneien in der Hausapotheke.«

»Herr Schöne ist an einer Überdosis gestorben?«

»Nein, er wurde erstochen.«

»Dann verstehe ich nicht, wie ich Ihnen helfen kann.«

»Die Tat geschah am Montagnachmittag letzter Woche.«

»Da war ich in der Schweiz.«

»Das haben wir längst überprüft, Professor Frey.«

»Natürlich.«

»Bruno Schöne ist, nach unseren ersten Erkenntnissen, möglicherweise betäubt worden, um sich gegen eine Messerattacke nicht zur Wehr setzen zu können. Kaum jemand schluckt Schlaftabletten für ein Nickerchen.«

»Da irren Sie sich, Inspektor Sterz«, der Professor traute sich wieder einen halben Meter näher an Ferdinand heran. »Sie glauben gar nicht, was Menschen einnehmen, um überhaupt einmal am Tag Ruhe zu finden.«

»Litt Bruno Schöne an solch schweren Schlafproblemen?«

»Inspektor Sterz, noch einmal. Die Schweigepflicht geht über den Tod eines Patienten hinaus. Auch wenn ich Ihnen gerne helfen würde, es geht nicht. Richten Sie der Witwe bitte mein Beileid aus.«

»Das mache ich, Professor Frey.«

»Sie hat Ihren Gatten einige Male begleitet und war bei der ersten Beratung ebenfalls an seiner Seite. Es war nicht der erste Versuch von ihm, sich helfen zu lassen. Die meisten Geplagten suchen mehrere Anlaufstellen auf. Wir werden oft empfohlen. So geschehen auch bei Bruno Schöne.«

Ferdinand horchte auf. »Herr Schöne kam also auf eine Empfehlung?«

»Sagte ich eben.«

»Mir zu sagen, wer ihn empfohlen hat, wird Ihre Schweigepflicht sicher nicht verletzen.«

»Es war eine Nachbarin von Herrn Schöne.«

»Ivonne Traser? Es genügt, wenn Sie nicken.«

Der Arzt runzelte die Stirn. »Meine Verpflichtung gilt …«

»Ebenfalls bei Personen, die Sie und das Labor nur empfehlen?«

»Bei Patienten auch dann. Nicht bei den Begleitpersonen. Deshalb stellen Sie sich vor, ich würde nicken. Zufrieden?« Professor Dr. Frey sah auf seine Armbanduhr. »Die Zeit rast. Ich muss, Inspektor Sterz.«

Ein Kribbeln stieg von Ferdinands Zehen hoch bis in seinen Nacken. Zwei lose Fäden, Ivonne und Bruno, hatten sich verknüpft, auch wenn er noch keine Ahnung hatte, was der Knoten bedeuten mochte.

Nach dem Besuch versuchte Ferdinand, Gitte zu erreichen, doch sie hob weder ab noch sprang die Mailbox an.

Ungeduldig, Gitte von dem Gespräch zu berichten und es mit ihr zu diskutieren, fuhr Ferdinand vom Krankenhaus in die Grazer Innenstadt. Er schlenderte durch die Fußgängerzone in der Herrengasse. Wie bei seiner ersten Ankunft blieb er am Beginn der Jungferngasse stehen.

Diesmal nahm er bewusst die Veränderungen wahr. Das Wohnhaus, in dem Ludwig und Lena bei ihrem Großvater unter der Woche gewohnt und gelebt hatten, war renoviert worden, der Verputz nun weiß, nicht mehr gelb wie früher. Auch die Eingangstür war um eine Ecke versetzt und moderner gestaltet. Es sah schön aus, einladend. Im Fenster der Wohnung im dritten Stock entdeckte Ferdinand weiße Spitzenvorhänge.

Er erinnerte sich, dass es eine Gemeindewohnung gewesen war. Wenig Miete, leicht in den Genuss eines Einzugs zu kommen, wenn man eine Beamtenstelle hatte. Der alte Ludwig Wasrau hatte bis zu seiner Pensionierung in der Verwaltung bei der Bahn gearbeitet. Er und seine Frau waren erstaunlicherweise jedoch nie verreist.

Ferdinand überlegte, warum Ludwigs Großvater mütterlicherseits so gegen die Verbindung seiner Tochter mit dem Landwirt Stichlhofer gewesen war. Er würde Lena nach den früheren Verhältnissen fragen, hätte es in der Zeit ihrer Beziehung längst tun sollen. Umgekehrt würde er ihr von Alma und den wahren Umständen des Unfalls erzählen. Noch war nicht die richtige Zeit dafür, später würde er vieles nachholen. Wenn er die Mordfälle gelöst hatte und wenn Lena wieder Kontakt zu ihm wünschte.

Über diese Gedanken kam er zurück zu Ivonne Traser. Eine Empfehlung von ihr für Bruno Schöne ans Schlaflabor. Als Begleitperson hatte sie Professor Dr. Frey bestätigt. Dann konnte es sich bei der Patientin selbst nur um ihre Mutter handeln. Oder? Ferdinand wusste zu wenig über die Frau, um andere Personen in ihrem Umfeld auszuschließen. Trotzdem blieb er bei Helga Traser. Welche Medikamente könnte Professor Dr. Frey der alten Dame verschrieben haben? Welche Tabletten wurden im Arzneischränkchen von Mutter und Tochter verwahrt? Gab es eine Verbindung zwischen Ivonne und Bruno, die über einen nachbarschaftlichen Kontakt hinausging? Was konnte das alles mit Ludwig zu tun haben? Keine Antworten hinter den Fragezeichen, wieder einmal.

Er spazierte ein Stück weiter, wechselte die Straßenseite und bog einmal um die Ecke. Die Buchhandlung Moser war schon ewig im selben Gebäude untergebracht. Nach einem Umbau, von dem er gelesen hatte, erstrahlte sie im neuen Glanz, sogar mit einem Café im zweiten Stock. Dort würde er auf Gitte warten.

Nachdem er ihr eine Textnachricht geschrieben hatte, sah er zum Schild der Querstraße hoch. In der Hans-Sachs-Gasse lag die frühere Arbeitsstelle von Bruno Schöne, die Kanzlei Schaffnegger. Der Ort war eine weitere Gemeinsamkeit zwischen Ivonne und Bruno. Ivonne Traser war es auch gewesen, die Brunos Frustration über den verlorenen Posten als Assessor in der Kanzlei angesprochen hatte. Was war dort vor über einem Jahr geschehen, das Bruno seine Festanstellung gekostet hatte?

Das klingelnde Handy beendete seine Überlegungen. »Wo bist du, Gitte?«

»Sterz, nur keine Panik. Atme einfach ohne mich.«

»Ich stehe vor dem Moser und habe Neuigkeiten.«

»Ich dachte, du wärst noch im Landeskrankenhaus. Wie war es beim Professor Frey? Was hast du erfahren?«

»Erzähle ich dir, sobald du bei mir bist. Lass uns dann spontan auch den früheren Chef von Bruno aufsuchen. Diesen Notar.«

»Steht doch schon im Lauf der Woche auf unserem Plan. Bitte hudel nicht, Sterz. Montags hat der sowieso keinen Personenverkehr.«

»Mehr als dass er nicht öffnet oder keine Zeit hat, kann uns nicht passieren.«

»Äh, ja, Sterz,« Gitte ächzte hörbar. »Hier dauert es aber noch.«

»Ein Schulbasar ist doch kein Opernball, Gitte.«

»Trotzdem. Als alleinerziehende Mutter hat man manchmal Verpflichtungen, die über den Beruf hinausgehen. Weißt was, probier's allein. Danach setz dich ins Café beim Moser. Ich beeil mich.«

Die Kanzlei hatte ihren Standort in einem prächtigen Altbau im unteren Abschnitt der Hans-Sachs-Gasse. Unter einem goldenen Klingelknopf war ein schwarzes Schild mit hellgrauen Buchstaben angebracht. Die Öffnungszeiten waren für drei Tage der Woche nach telefonischer Voranmeldung angegeben, der Montag war nicht darunter.

Trotzdem versuchte Ferdinand sein Glück. Kaum hatte er den Knopf gedrückt, ertönte ein Summton.

Na bitte, geht doch, dachte er und betrat das Gebäude.

Lift entdeckte er keinen, weshalb er eine steile Treppe nach oben stieg, den Schildern folgend, die auf die Kanzlei Schaffnegger hinwiesen. Im vierten Stock erst kam er an und fragte sich, wie ältere, untrainierte Menschen den Weg hinaufschafften.

Nach Betätigen einer nächsten Klingel ging auch die Tür zu den Innenräumen der Kanzlei summend auf.

Das Empfangszimmer war, wie das Bauwerk, ein Schmuckstück. Hohe Decken mit Stuck und Verzierungen über sechsteilig verglasten Fenstern. An drei von vier Wänden waren dunkle Regale bis zur Decke angebracht. Jedes von ihnen voller Akten, als hätte es niemals eine Digitalisierung gegeben. Auf einer geschwungenen Empfangstheke entdeckte Ferdinand, als Zeichen der modernen Zeit, einen Bildschirm und eine Tastatur. Zu sehen war hingegen niemand.

Hinter der Theke führte eine Schiebetür tiefer ins Innere der Kanzlei. Von dort war jetzt ein lautes Lachen zu hören. Ein paar Sekunden später öffnete sich die linke Seite, und eine Frau mit üppigen Kurven und schwarzen Locken zeigte sich.

»Grüß Gott in der Kanzlei Schaffnegger. Allerdings sind Sie außerhalb der Geschäftszeiten da.«

In der nächsten Sekunde erkannte Ivonne Traser Ferdinand. Ihre Wangen wurden so rot, dass sie mit ihrem Lippenstift konkurrierten. Mit einer hastigen Bewegung strich sie sich durchs Haar.

»Chefinspektor?« Sie lächelte zaghaft. »Sie hier? Was für eine Überraschung. Die Kanzlei is montags immer geschlossen.«

»Frau Traser«, Ferdinand korrigierte sie auch diesmal nicht, sondern zwinkerte ihr zu. »Die Tür unten und die hier oben haben mich freiwillig eingelassen.«

Sie eilte an die Empfangstheke und setzte sich vor den Bildschirm. »Wenn man anläutet, gehen die automatisch auf. Sollte aber eigentlich ausschließlich zu den Öffnungszeiten passieren. Da is was schiefgegangen. Blöd.«

»Glück für mich. Und dass Sie heute Dienst haben, freut mich umso mehr.«

Ihr entkam ein zögerliches Lächeln. »Zweimal die Woche bin ich da. Immer ab vierzehn Uhr. Pünktlich bin ich wie ein Uhrwerk. Das schätzt der Herr Notar Schaffnegger an mir.«

»Immer montags?«

»Nein, ganz unterschiedlich. Am Montag höchstens, wenn nachgearbeitet und abgelegt werden muss. So wie eben heut.

Kommt selten vor. Mittwochs meistens. Manchmal donnerstags.« Sie hüstelte verlegen. »Wie sagt die Mutti gern: alles für den Schaffnegger.«

»Wie geht es Ihrer Mutter? Ist sie allein zu Hause?«

»Auf keinen Fall.« Ivonne Trasers Lächeln wechselte zu einem erschrockenen Ausdruck. »Lena is doch da. Nach diesem schrecklichen Mord an ihrem Mann bleibt sie wahrscheinlich noch ein paar Tage ganz bei uns. Dort hinüber kann sie ja eine ganze Weile nicht. Kein Mensch würd wohl dort jetzt übernachten wollen.«

»Bis die Untersuchungen abgeschlossen sind, wird es dauern, damit haben Sie recht, Frau Traser.«

»Nachbarinnen müssen zusammenhalten. Freundinnen erst recht.«

»Professor Frey lässt Sie grüßen, Frau Traser.«

»Bitte?« Ein fast unmerkliches Zusammenzucken. »Wie das?«

»Ich war vorhin im Schlaflabor im Landeskrankenhaus. Dort habe ich ihn getroffen, ihn wegen Bruno Schönes Schlafstörungen befragt.«

»Ach so. Dann danke ich für den Gruß.« Sie begann zu tippen und konzentrierte ihren Blick auf den Bildschirm. Ferdinand wartete eine Weile, doch Ivonne Traser machte keine Anstalten, ihn weiter anzusprechen.

»Frau Traser, ich bin hier, um mit Heinrich Schaffnegger zu reden.«

»Warum denn?«

»Sie waren es doch, die mir erzählt hat, dass Ihr Chef auch der Arbeitgeber von Bruno Schöne war.«

»Ich plapper zu viel.« Sie tippte intensiver. »Abgesehen davon is das ewig her. Der Herr Notar hat keinen Kontakt mehr zum Bruno gehabt.«

»Da habe ich anderes gehört.«

Jetzt erst sah sie wieder hoch. Immer noch waren ihre Wangen gerötet. »Ich meine natürlich beruflich. Privat war der Herr Schaffnegger schon hin und wieder mit Bruno unterwegs. Auch bei der Mutti und mir war mein Chef bei manchen Gelegenheiten zu Besuch. Mehr wird er Ihnen auch nicht sagen können.«

»Liebe Frau Traser, dazu möchte ich ihn selbst befragen.«

»Sicher, gern.« Ivonne Traser stülpte die Lippen nach vorne, es glich einem Kussmund. »Ich melde Sie an. Obwohl er montags ja nie Termine vergibt, bin ich mir sicher, er wird Sie empfangen.«

Ferdinand hatte seinen Ausweis gezückt. »Das bin ich mir auch, Frau Traser.«

40

Das Café in der Buchhandlung Moser war gut besucht. Gegenüber von Ferdinands Tisch saß eine Mutter mit ihrem kleinen Sohn, dem sie dezent aus einem Kinderbuch vorlas. Der Junge hörte fasziniert zu. Ferdinand wurde an seine Kindheit und das abendliche Vorlesen seiner Mutter erinnert. Es versetzte ihm einen Stich.

Während er auf Gitte wartete, schrieb er eine Nachricht an Hannerl. Er ging davon aus, dass sie inzwischen von seinem Vater Bescheid bekommen hatte, dass das Geheimnis um Almas Unfall aufgeklärt worden war. Beim Tippen überlegte er sich einen Ort, an dem er es passend fand, sie zu treffen. Als Zeitpunkt gab er erst den Freitag am späten Vormittag an. Ein paar Tage zum Verdauen brauchte er. Sollte er wegen der Ermittlungen kurzfristig absagen müssen, würde er kein schlechtes Gewissen haben.

Kaum abgesendet, tauchte Gitte auf.

»Herr Ober«, rief sie dem Kellner im Vorbeigehen zu, »eine Melange und ein großes Glas Wasser!«

»Hallo, Gitte.« Ferdinand rührte seinen Cappuccino um.

»Servus und entschuldige noch einmal.« Nachdem sie die Jacke ausgezogen und die Mütze abgelegt hatte, band sie sich mit einem Gummi die Haare zusammen. »Drunter und drüber geht es manchmal. Der Sonntag war ein Hudriwudri, ein totales Durcheinander. Freunde von den Jungs waren da. Und dann heut die Verpflichtungen in der Schule. Dazu der Hund. Allerdings is der Hektor braver als die Kinder. Der folgt aufs Wort.«

»Welche Rasse?«

»Ein Mischling aus dem Tierheim, bei dem is vieles drin.« Sie setzte sich. »Ich hab noch nicht einmal einen Kaffee getrunken. Grad einmal eine Brezel auf die Hand.«

»Kein Thema, Kollegin. Mein Sonntag war auch ganz interessant.« Eine absolut falsche Beschreibung, doch das spielte keine Rolle.

Gitte sah, wie schon in den letzten Tagen, erschöpft aus. Am Wangenknochen erblühte ein blauer Fleck. »Ich bin gegen die Kredenz bei uns in der Küche gerannt«, erklärte sie, bevor Ferdinand danach fragen konnte. »Aber du hast Spannenderes.«

»Okay. Vorneweg zu seinem Alibi. Der Notar war vormittags am Landesgericht, dann allein in seinem Büro, gegen halb vier ist er nach Hause gekommen, sogar früher als sonst üblich. Seine Frau würde das bestätigen. Jetzt aber mein Nachschlag: Nach meinem Gefühl hat Heinrich Schaffnegger ein Verhältnis mit Ivonne Traser.«

»Ein Gschpusi?«

»Denke ich.«

»Was geht das uns an, Sterz?«

»Nichts, natürlich. Aber er hat Fotos von einer mehrköpfigen Kinderschar auf seinem Schreibtisch. Möglicherweise alle seine.«

»Auch nicht unser Bier. Er wär nicht der Erste, der mit einer Angestellten etwas anfängt.«

»Du hast recht«, Ferdinand spähte zur Kuchentheke. Der Apfelstrudel, der als Tageshighlight unter einer Glasglocke angepriesen wurde, mit Vanillesoße, ließ seinen Magen knurren. »Trotzdem war es interessant zu beobachten. Obwohl montags keine Sprechstunde ist, wurde ich vorgelassen. Ivonne Traser war mein Auftauchen sichtlich unangenehm.«

»Wegen dem Verhältnis, das du entdeckt haben willst?«

»Kann ich nicht sagen. Sie war es auch, die Bruno Schöne mit seinen Schlafproblemen ins Landeskrankenhaus geschickt hat. Patientin ist sie nicht, sondern Begleitperson. Laut Professor Dr. Frey. Ich tippe auf Mutter Traser, die eine Beratung gebraucht hat.«

»Gut möglich, Sterz. Alte Menschen haben schon mal Probleme mit dem Schlafen. Das is bekannt.«

»Richtig, aber trotzdem ist es eine Verbindung zwischen Ivonne und Bruno, die interessant ist. Die zweite nach der gemeinsamen Arbeitsstätte. Wenn ich die Infos auch nicht einzuordnen weiß.«

»So geht's uns ja noch mit allem.« Gitte war Ferdinands Blick gefolgt und leckte sich unbewusst über die Lippen. »Was hat der Notar noch über Bruno Schöne zu sagen gehabt?«

»Auffällig war, dass er zwar erschüttert über den Tod seines ehemaligen Kanzleiassistenten war, aber schmallippig wurde, als ich ihn zu den Details der Kündigung angesprochen habe. Allein dass ich davon wusste, hat ihn verunsichert. Er sagte, es wäre nicht üblich, der Polizei Auskunft über fristlose Entlassungen zu geben. Inzwischen hat er einen neuen Assessor, alles läuft reibungslos. Und mit Bruno hätte er nur noch privat Kontakt gehalten. Trotz allem, hat er gemeint. Den Ausflug am Tag von Ludwig Stichlhofers Tod hat er übrigens bestätigt. Sogar noch zwei Namen genannt von Leuten, die sie unterwegs getroffen haben.«

»Es kann auch sein, dass Ivonne Traser peinlich berührt war, weil sie dir von Schöne und der Entlassung erzählt hat.«

»Möglich. Heinrich Schaffnegger hat leider bloß Andeutungen gemacht. Bruno Schönes Weggang läge ja bereits über ein Jahr zurück, überhaupt sollte man nicht schlecht über Tote reden, hat er gemeint. Ich wollte wissen, ob er mir dann wenigstens sagen könnte, warum Bruno bislang nicht in eine andere Kanzlei gewechselt und sein Dasein als Callcenter-Mitarbeiter gefristet hat.«

»Und?«

»Jetzt wird es interessant. Die Antwort war, dass sich ein Betrug leider schnell im Kreis der Notars- und Anwaltschaft herumspricht. Kaum ausgesprochen, hat er die Hand auf die Lippen gelegt und mir nicht mehr in die Augen gesehen.«

»Heißt, Bruno hat betrogen.«

»Mehr hat Schaffnegger nicht von sich gegeben.« Ferdinand rückte näher zu Gitte, senkte die Lautstärke seiner Stimme. »Weiß du, was ich mir überlegt habe, bis du erschienen bist?«

»Ich hoffe, du sagst es mir, ich bin schlecht in Telepathie, Sterz.«

»Gitte, ernsthaft.«

»Bin ernst.«

»Also: Ich vermute, bedauerlicherweise ohne Gegenbeweis, dass Bruno Schöne diese erste Vereinbarung zwischen Großonkel Fritz und Ludwig Stichlhofer aufgesetzt hat. Die Fälschung, die Ludwig aber als bindend betrachtet hat.«

»Du meinst, weil Schöne genau gewusst hat, wie man die Formulierungen verfasst.«

»Genau.«

»Hätte er dann nicht besser direkt den Namen der Kanzlei Schaffnegger angeführt?«

»Eben nicht. Der Notar hätte den Deal als unlauter empfinden können, Ludwig davon abgeraten. Deshalb hat Bruno getrickst.«

»Vielleicht. Er is dann aber trotzdem aufgeflogen.«

»Wenn meine Theorie stimmt, ja. Daraufhin die fristlose Kündigung.«

»Kein schlechter Gedanke.« Gitte nickte. »Sollte Ludwig Stichlhofer das nach einer gewissen Zeit spitzgekriegt haben, könnte er voller Wut über seinen Schwager die Drohschreiben in den Postkasten gelegt haben.«

»Er hätte ihn bei der Polizei anzeigen können.«

»Bruno war der Mann seiner Schwester. Das hätte auch sie getroffen.«

»Möglich, Gitte. Lena findet diese Schreiben, denkt, die sind an sie adressiert. Bruno sagt seiner Frau nichts, da er ja ihren Bruder, seinen Schwager, reingelegt hat. Hier würde sich der Kreis schließen.« Ferdinand vergaß über die Diskussion seinen Hunger. »Noch eine Überlegung meinerseits. Was, wenn der Ablauf anders war? Ludwig erfährt, dass er betrogen wurde, macht keine Anzeige, aber geht mit dem gefälschten Dokument zu Notar Schaffnegger.«

»Beides möglich, Sterz. Ich stimme dir zu.«

»Ludwig stellt auch Großonkel Fritz zur Rede. Bei der Endsumme mit dem Haus wäre es ja um einen wesentlich höheren Betrag gegangen, der auch eine Auswanderung hätte finanzieren sollen. Die könnte ihm Fritz am Ende als Wiedergutmachung angeboten haben. Auch damit Ludwig keine offizielle Anzeige erstattet. Sie einigen sich auf diese Art.«

Nach einer kurzen Pause des Nachdenkens redete auch Gitte im Flüsterton weiter. »Der einzige Verlierer am Ende wäre bei dieser Version unserer Geschichte Bruno Schöne. Könnte er bei einer Konfrontation, aus Frust und Wut, Ludwig Stichlhofer die Mistgabel in den Leib gerammt haben?«

Der Film lief in rasanter Geschwindigkeit in Ferdinands Hirn ab. Bruno, wie er auf Ludwig zustürmt, die verrosteten Zinken in die Brust vom Stichl hineintreibt. Ferdinand schnappte nach Luft.

»Alles okay, Sterz?«

»Sicher doch.« Er schluckte und versuchte, sich zu fassen. »Sagen wir einmal, das Szenario wäre möglich. Wir lassen von einem Experten die Unterschrift am gefälschten Kontrakt mit einer Probe von Bruno vergleichen. Jeder Mensch hat ziemlich einzigartige Schreibweisen von einzelnen Buchstaben. Sollte sich unsere Vermutung verifizieren, wer hat dann aber Bruno Schöne erstochen, Gitte?«

»Sterz, wenn wir diesen Weg zu Ende denken, landen wir dann doch wieder bei Fritz Stichlhofer. Wer weiß, vielleicht wollt Schöne ihn erpressen, Brunos finanzielle Lage war ja nach der Entlassung nicht gerade rosig. Fritz gibt vor, alles regeln zu wollen, weiß sich jedoch nicht anders zu helfen, als den lästigen Schöne zu beseitigen.«

»Vergiss bitte nicht, Fritz hat ein Alibi.«

»Ivo Matić. Im Auftrag von …«, schloss Gitte ab. »Der hat die Drecksarbeit geleistet.«

»Du meinst, dass der Kroate ein Auftragskiller ist.« Ferdinand wollte die Hypothesen noch weiterspinnen. »Kein professioneller. Eher einer, der käuflich ist und vor Gewalt nicht zurückschreckt. Siehe seine Vorstrafe.«

Mit einem Kopfschütteln wehrte Gitte ab. »Demnach hätte Bruno die Schlafmittel wirklich selber einnehmen müssen. Ivo Matić wäre von ihm nie ins Haus gelassen worden. Für mich immer noch komisch am helllichten Tag. Was mir aufstößt, is diese Hinterhältigkeit bei dem Verbrechen. Killen kann man jemanden auch mit einem Kopfschuss oder erwürgen oder was weiß ich. Hier kann man förmlich die Wut des Täters nachempfinden. Eigentlich bei beiden Fällen, wenn man sich die Tatorte und die Toten anschaut. Noch was zwickt mich dabei. Wer hat es Ludwig erzählt? Wer wusste davon außer Bruno und Großonkel Fritz?«

»Möglich, dass Ludwig es herausgefunden hat, als er sich nach der fiktiven Kanzlei erkundigt hat. Oder …« Ferdinand wollte die füllige Nachbarin von Lena nicht erneut aufs Tapet bringen, doch sie schob sich für ihn förmlich in den Vordergrund. »Ivonne Traser.«

»Dass du ständig über die Frau nachdenkst, erstaunt mich, Sterz. Woher hätt die davon denn wissen sollen?«

»Von Bruno. Hier beginnt die Zündschnur zu brennen.«

»Das geht mir zu weit, Sterz. Ivonne Traser hat, unseres Wissens nach, keinen abzocken wollen. Und Max hat mit ihr und ihrer Mutter geredet. Er meint, die beiden können wir definitiv ausklammern. Dabei will ich ihm recht geben, ehrlich gesagt.« Mit einer raschen Handbewegung unterstrich Gitte ihr Fazit.

Ferdinand wollte noch nicht klein beigeben. »Ein Verhältnis mit dem verheirateten Familienvater Heinrich Schaffnegger hat sie aber, dafür lege ich meine Hand ins Feuer, Gitte.«

Mit einem Grinsen lehnte sich Gitte zurück. »Man lässt dich ein paar Stunden allein ermitteln, und schon verwandelst du dich in Sherlock Holmes. Wobei ich nicht Watson bin, das is der Part für Katarina Casella.«

»Damit kann ich leben. Noch einen Kaffee?«

»Nicht nur das. Wollen wir uns jetzt endlich einen Apfelstrudel mit Vanillesoße teilen, Sterz? Dein gieriger Blick vorhin war nicht zu übersehen.«

»Unser Austausch hat mich eigentlich vollkommen befriedigt, werte Kollegin.«

»Deshalb hab ich ein paar Kilo zu viel im Gegensatz zu dir. Mich hat unsere Rederei hungrig gemacht.« Sie berührte den blauen Fleck am Wangenknochen, zuckte zusammen. »Komm, bestell und lad mich ein. Ich hab mein Geldbörsl zu Hause vergessen.«

Als Ferdinand sein Portemonnaie aus der Jacke holte, warf er einen Blick auf sein Handy. Hannerl hatte geantwortet und seinen Vorschlag bestätigt. Mehr nicht.

41

»Die, die gehen, gehen nie ganz.«

Der Grabstein am Doppelgrab der Familie Sterz auf dem Friedhof St. Peter war aus schwarzem Marmor. Auf der einen Seite war ein hellgrauer Engel angebracht, auf der anderen eine Vase, in der Plastiknelken steckten. Über der Auflistung der Verstorbenen drei Generationen zurück war der Spruch eingraviert. Von der Buche, die hinter der letzten Ruhestätte von Alma Sterz stand, war eine Vielzahl herbstlich gefärbter Blätter auf das Grab gesegelt und sah wie Boote auf einem spiegelglatten dunklen See aus. Die Sonne schien schon den ganzen Tag. Die Temperaturen waren im Lauf der Woche stetig in die Höhe gegangen, die Luft war lau.

Einen Fahndungserfolg gab es allerdings immer noch nicht zu feiern. Im Gegenteil, die Ermittlungen hatten sich von Montag bis zum heutigen Freitag wie Strudelteig in die Länge gezogen. Noch dazu meldete sich die Presse immer kritischer zu Wort. Max Drombovic stand ohne Ergebnisse ziemlich in der Schusslinie.

»Jedes Eizerl is mir recht«, hatte er in der Besprechung gestern verkündet. »Geht's allem nach, was euch sonst noch aufstößt.«

Ferdinand hatte sich zusätzlich vorgenommen, einen tieferen Einblick in Ludwigs Suche nach Miras Kind zu erhalten, auch wenn ihm dazu noch Namen und Anhaltspunkte fehlten.

Die Zeit rennt, und ich hinke hinterher, dachte Ferdinand.

Er legte eine weiße Rose in der Mitte des Grabsteins ab.

Vom öffentlichen Brunnen drei Reihen entfernt drang Stimmengewirr zu ihm herüber. Sogar Lachen. Befremdlich an einem Ort der Trauer und doch tröstlich wie die helle Blüte auf dem dunklen Stein.

Schon als Teenager hatte Ferdinand den Friedhof selten besucht. Seine Mutter war ihm näher gewesen, wenn er allein an ungewohnten Orten herumstromerte. Es gab eine Phase, in der er sich über Monate von verlassenen Baugeländen magisch angezogen gefühlt hatte. Dort, wo ihn zerbrochene Fensterscheiben und halb verfallene Gebäude anglotzten, hatte er Frieden empfunden. Wo sich die Natur mit blühenden Unkräutern und wuchernden Moosen langsam, aber unbeirrbar die Vorherrschaft zurückgeholt hatte. Mit dem Fahrrad war er oft ohne Ziel stundenlang unterwegs gewesen, bis er wieder eine abgesperrte Zufahrt, dahinter eine Ruine entdeckt hatte.

Einmal hatte ihn ein streunender Hund angegriffen. Eine endlose Reihe an aufgelassenen Kasernen hatte Ferdinand durchstreift, hatte sein Rad über Haufen von Scherben und Steinen getragen, um keinen platten Reifen zu riskieren. Am Ende war er an eine Schranke und ein Häuschen dahinter gelangt, dessen Dach eine verblichene rote Färbung aufgewiesen hatte. Ferdinand hatte eine Pause machen und sich hineinsetzen wollen, als das Gebell losging. Erst war er mächtig erschrocken, doch der Hund, der mit Karacho hinter dem Häuschen hervorsprang, war mager gewesen, mit hervorstehenden Rippen und einem trüben Auge.

Das Tier hätte ihn mit einem Biss verletzen können, stattdessen hatte es nur die Zähne gefletscht und dann wieder gebellt. Ferdinand hatte vorsichtig das Fahrrad abgestellt, in seinem Rucksack sein Jausenbrot herausgesucht und es dem Hund vor die Pfoten geworfen. Statt das Futter anzunehmen, hatte das Tier erst mal Reißaus genommen, verschreckt durch Ferdinands Bewegung und Wurf. Ferdinand hatte sich hinter dem Häuschen versteckt. Keine zehn Minuten später war der Hund erneut aufgetaucht, um sich seine unerwartete Beute doch noch einzuverleiben.

Danach war das Bellen von vorne losgegangen. Schließlich war Ferdinand davongeradelt und zwei Tage später mit Ludwig zurückgekommen. Sie hatten Knochen in der Fleischhauerei gekauft und sie in einer alten Plastikschüssel dort gelassen. Die Fütterung hatten sie einige Wochen lang wiederholt. Der Hund allerdings hatte sich zu Ludwigs Bedauern nie mehr gezeigt, bloß die Schüssel war jedes Mal leer gewesen.

»Diesen Treffpunkt hätt ich bei deiner Abneigung gegen letzte Ruhestätten nicht erwartet.« Hannerl erschien wenige Minuten nach Ferdinand. »Aber du hast es dir ausgesucht, und da bin ich.«

Er sah zur Seite. »Der Friedhof passt doch, Hannerl. August und du, ihr seid für mich ge…«

»Ferdinand!« Sie sprang förmlich auf ihn zu und fuhr mit ihrer Hand über seinen Mund. »Sei still.«

»August hat mir die Wahrheit erzählt, Hannerl. Das ändert alles.«

»Was du nicht sagst.« Ihre Handtasche rutschte ihr von der Schulter, als sie die Hand zurückzog, und fiel neben den

Grabstein auf den Grasboden. »Nichts ändert es, Ferdi. Nichts. Alma is gestorben. Nichts bringt sie zurück. Was hätten wir tun sollen, der August und ich? Dir deine Mama schlechtmachen mit ihrer Krankheit, die sie dir verschweigen wollte, und dich damit noch mehr in die Verzweiflung stürzen?«

»Später hättet ihr es mir sagen müssen. Als ich erwachsen war. Jetzt komme ich mir beschissen dumm vor und betrogen.«

»Um was betrogen?«

»Um die Wahrheit. Das muss Konsequenzen haben, Hannerl. Muss.«

Sie schnaubte. »Mit was drohst du mir, Ferdi? Dass du abreisen wirst und dich die nächsten zwölf Jahre nicht mehr meldest? Bis dahin lieg ich auch unter der Erde, dein Papa vielleicht auch. Dass sich damit dann deine Probleme mit uns erledigt haben, glaub ich nicht. Du musst Frieden in deinem Herzen machen. Was geschehen is, spielt nicht wirklich eine Rolle. Sondern ob du verzeihen kannst oder nicht.«

Ferdinand sah in den blauen Himmel. Sein Inneres war in Aufruhr, weil ein Teil von ihm Hannerl schneller zustimmte, als sein Zorn die Führung übernehmen konnte. Weil sie recht hatte, obwohl es sich unrecht anfühlte.

Hannerl kniete sich hin und öffnete ihre Tasche. Sie holte ein Grablicht und Zünder heraus, bewegte sich gebückt weiter zur Laterne neben dem steinernen Engel.

»Ich komm unregelmäßig her, manchmal länger nicht, dann wieder zweimal die Woche.« Sie zündete die Kerze an und stellte sie in die Laterne. Die Flamme flackerte, blieb aber stabil.

Ferdinand hob die Handtasche vom Boden auf, knetete den Henkel. »Der Mann, der bei dem Unfall ums Leben gekommen ist. Kennst du den?«

»Nein«, sie schüttelte den Kopf und begann, die Blätter am Marmor einzusammeln. »August hatte mit der Familie Kontakt. Jetzt schon ewig nicht mehr. Es war ein Unfall, trotz allem.«

»Ich habe den immer gehasst. Mir vorgestellt, dass ich ihn mir lebendig vorknöpfe.«

»Das hätte nichts geändert.«

»Aber ich hätte es zu gerne getan, Hannerl. Wenn er der betrunkene Schuldige gewesen wäre. Wenn …«

»Vielleicht. Vielleicht auch nicht. Strafe und Gerechtigkeit sind verschiedene Dinge, find ich. Hilf mir hoch.« Mit einem Ächzen nahm sie seinen dargebotenen Arm und stützte sich darauf. »Vergebung, das is es, was am Ende zählt.«

»Wieso war Mama unglücklich, Hannerl? Ich kann mich nicht erinnern, dass mir das jemals aufgefallen ist. Meine Ignoranz hat mich in diesen Tagen in der Rückschau am meisten gequält. Ich konnte mich kaum auf die Ermittlungen konzentrieren. Warum habe ich, ihr Sohn, nichts bemerkt?«

»Unsinn. Von allen hast du sie am glücklichsten gemacht.« Hannerl blieb bei ihm untergehakt. »Möglich, dass sie sich mehr vom Leben erhofft hat.«

»Was denn?«

»Sie hat oft von anderen Ländern geschwärmt.«

»Wollte sie weg vom Papa?«

»Ja und nein. Das Unbekannte is oft verlockend, solange man es nicht in der Realität erlebt. Und das Altbekannte macht einen manchmal traurig.«

»Sie hätte Hilfe gebraucht.«

»Stimmt, Ferdinand. Depressionen sind eine Krankheit, die behandelt gehört. Genau so eine Behandlung sollte Alma erhalten, Ferdi. Der Schub des seelischen Leidens, der sie damals ins Auto hat steigen lassen, hat uns allen in den Wochen davor mehr Sorgen gemacht als sonst. Dein Vater hatte schon arrangiert, dass sie in ein Sanatorium aufgenommen worden wär. Ich weiß, dass sie damit auch einverstanden war. Aber das Schicksal hat es anders entschieden.«

»Meine Mutter wollte sterben.«

»Nicht sie. Es war die Krankheit. Daran will ich glauben, Ferdi. Tu du es mir gleich.«

Eine Weile standen sie schweigend am Grab. Der laue Wind zerzauste ihre Haare und wehte neue Blätter auf den Stein.

»Ich entschuldige mich, Ferdinand«, sagte Hannerl schließlich.

Er öffnete den Mund und wusste nicht, was für ein nächster Satz über seine Lippen kommen würde.

42

Der Weinhof Zitz lag im Gemeindegebiet Eichberg-Trautenburg in Arnfels. Wiedenhüpfer hatte ihn Ferdinand bei einem kurzen Small Talk auf dem Flur des Landeskriminalamtes empfohlen. Doch nicht deshalb hatte er seine Kollegin Gitte nach einem frühen Dienstschluss hierher eingeladen, sondern weil es ein Fleckchen in der Steiermark war, das er noch nie betreten hatte.

Und weil Ferdinand und Gitte einen Erfolgsmoment auf einem völlig anderen Terrain hatten. Ihre Meldung beim Finanzamt zeigte Wirkung, die Dienststelle für Deutschlandsberg, Leibnitz und Voitsberg zeigte sich bei einem überraschenden Rückruf sehr interessiert. Es gab Ungereimtheiten bei den Überschreibungen der Grundstücke. Großonkel Fritz Stichlhofer würde einen für ihn ungemütlichen Anruf samt einer Einbestellung auf die Steuerbehörde erhalten. Der Ausgang war zwar völlig offen, aber Ferdinand hatte das Gefühl, ein klein wenig zum Ausgleich beigetragen zu haben. Ein gemeinsames Zusammensein auf dem Weinhof schien Ferdinand passend als Verschnaufpause und Ablenkung.

Er brauchte Neuland und ein vertrautes Gesicht gleichermaßen. Eine Begleitperson, die nichts von seiner komplizierten Vergangenheit wusste, keine Ahnung von den familiären Offenbarungen der letzten Tage hatte und ihn trotzdem verstand. Zumindest auf beruflicher Ebene.

»Noch ein Flascherl für die Herrschaften?«

Sie hatten sich für einen Zweigelt blau entschieden. Ferdinand genoss seine Brettljause mit Wurst, Schinken und Kren, Gitte, die sich als Vegetarierin geoutet hatte, Gemüse mit Dip und einen Käseteller.

Das Wetter war wie gemacht für einen Ausflug, der Oktobertag leuchtete golden, und die Temperaturen waren mehr dem Spätsommer zuzuordnen als dem Frühherbst.

Ferdinand hatte eigentlich vorgehabt, nach der Enthüllung über seine Mutter in ein Hotel zu übersiedeln. Doch August hatte seinen Sohn ab dem Morgen danach völlig in Ruhe gelassen und keine nächste Annäherung versucht. Deshalb war Ferdinand geblieben, hatte allerdings, wie um sich aus den Klammern der Kindheit zu befreien, das AC/DC-Poster von der Wand heruntergerissen und entsorgt. Eine nächste Aussprache musste es geben, wann, wollte Ferdinand selbst entscheiden. Das Treffen mit Hannerl am Morgen arbeitete zusätzlich in seinem Herzen.

»Was meinst?« Gitte gab die Frage der Kellnerin an Ferdinand weiter.

»Auf jeden Fall noch eine Flasche Wein. Er schmeckt köstlich.«

»Das freut uns.« Die junge Frau wirkte in ihrem Dirndl und mit den Zöpfen, die sie zu Schnecken aufgedreht hatte, wie aus einem Werbespot.

»Entschuldigung«, Ferdinand rief sie zurück. »Könnt ich ein wenig Kernöl zum Tunken haben?«

Sie nickte und lächelte ihm zu.

Brot mit Kernöl. Eine Speise, die er vermisst hatte. Wenn er sich in den Kölner Feinkostläden das eine oder andere Mal eine Flasche mit dem dunklen Öl geleistet hatte, hatte es nie den Geschmack gehabt wie in seiner Erinnerung. Der Stichl hatte ihn darauf gebracht. »Einfach und doch göttlich«, hatte er es beschrieben.

Ferdinand spürte die schon bekannte Wehmut aufkommen, wozu der Alkohol das Seinige beitrug. Er dachte an Lena, die er in diesen Tagen kein einziges Mal erneut kontaktiert hatte. Bevor er es sich anders überlegen konnte, machte er spontan drei Fotos von der Buschenschank samt der Aussicht und sendete sie ihr, ohne einen Text zu schreiben.

Gitte winkte ab, als er ihr den Rest aus der ersten Flasche einschenken wollte. »Ich werd nicht mehr viel trinken.«

»Ich dann für zwei.« Er goss sich ein und prostete ihr zu.

Es war warm genug, dass sie draußen sitzen konnten. Der Nachmittag ging langsam in den Abend über, der Sonnenuntergang kündigte sich mit spektakulären Farben an. Der Rundblick auf die südsteirische Toskana, wie die Gegend touristisch genannt wurde, war wirklich eine herbstliche Augenweide.

Dass Gitte Ferdinands Vorschlag samt Einladung ohne zu zögern angenommen hatte, hatte ihn überrascht.

Bisher hatten sie über Gittes Söhne und über Köln geplaudert, die Arbeit außen vor gelassen.

»Du bist diese Woche anders, Sterz«, stellte Gitte fest und schob sich ein Stück Camembert in den Mund.

»Anders?«

»Offener. Nicht so bierernst, wenn ich das beim Weintrinken sagen darf. Heiterer.«

»Eigentlich das Gegenteil.«

»Versteh ich nicht.«

»In Wahrheit, Gitte, bin ich traurig und verletzt, doch das spielt keine Rolle.« Er nahm einen weiteren Schluck, ein Geschmack nach Pflaumen breitete sich in seinem Gaumen aus.

Sie legte ihren Kopf schief. »Wenn dich die Traurigkeit liebenswürdiger macht, soll es mir recht sein.«

»Ach, Kollegin. Ich wäre lieber in meinem Normalzustand.«

»Verschlossen und zugeknöpft. Mit einem Hang, dich verdreht auszudrücken.«

»So bin ich nicht, Gitte.«

»Doch, schon, Ferdinand.«

Er sah sie erstaunt an. »Bei den Kollegen von Europol gelte ich als Spaßvogel.«

»Das glaub ich dir nicht, Sterz.«

»Ich gebe es zu, geschwindelt. Aber allein die Fahrt hierher, das Wetter, die Herbstfarben der Blätter, der Wein und diese Unmengen an Köstlichkeiten auf dieser Brettljause haben mich ein wenig mit der Welt versöhnt.«

»Hier is es wirklich schön, stimmt.« Gitte schirmte ihre Stirn ab und sah in die Landschaft. Der Blick auf die Weingärten, die Wiesen und die bewaldeten Hügel dahinter ließen es nicht zu, Trübsal zu blasen. »Mir tut es auch gut, einmal raus aus dem Alltag zu kommen. Meine Nachbarin schaut zwischendurch nach Jonas und Timon, ich glaub, die waren ganz froh, dass die Mama einmal an einem Freitag aus dem Weg is. Ein Schulfreund vom Jonas is mit von der Partie. Es gibt Minipizzas und einen bezahlten Stream von einem, nein, gleich zwei Piratenfilmen. Denen geht es wunderbar und mir genauso. Danke schön, Kollege.«

Die Kellnerin kam zurück und stellte ein Schälchen mit Kernöl auf einen Teller mit zwei dunklen Brotscheiben. Sie öffnete die neue Flasche Zweigelt, ließ Ferdinand probieren. »Herrlich, samtig«, säuselte er. Der Wein tat so gut. Gitte gab nun doch ein Zeichen, dass die junge Frau auch ihr Glas nachfüllen durfte.

»Wohl bekomm's.«

Ferdinand und Gitte stießen erneut an. Hernach teilte er das Brot in zwei Teile und reichte ihr eine Hälfte über den Tisch. »Eintunken und auf die Zunge legen. Ein bisschen warten, bis sich der Geschmack entfaltet, dann erst kauen.«

Sie folgte seinen Anweisungen und machte dabei die Augen zu. »Wow, das schmeckt noch intensiver als sonst.«

»Der …« Ferdinand stockte. »Ein Freund hat es mir so beigebracht.«

»Wegen dem bist du heut so melancholisch und weich?«

»Aber nein.« Er überlegte. »Doch. Wegen ihm und noch jemandem.«

»Magst es mir erzählen?« Sie kaute und schluckte.

Er verneinte. »Würde uns den beginnenden Abend verderben.«

Wieder tranken sie und behandelten unverfängliche Themen wie die Oper. Ferdinand erzählte von Hannerl und ihrer Tätigkeit als Souffleuse.

»In der Oper war ich ewig nicht«, stellte Gitte fest.

»Dann organisiere ich uns Freikarten. Der nächste Ausflug ist ausgemacht.«

»Buschenschank, Oper. Bist du noch Kollege, Kollege?«

Gitte begann zu kichern. Ferdinand merkte ihr den beginnenden Schwips an. Er hatte ebenfalls lange nicht mehr so viel Alkohol getrunken. Wobei er nichts gegen eine dritte Flasche gehabt hätte. Ihm fiel auf, wie attraktiv Gitte war. Plötzlich hatte er Lust auf mehr als nur Wein, Jause und Ausblick.

»Was schaust mich denn jetzt so an, Sterz?« Sie errötete leicht, was ihm noch besser gefiel.

»Du hast ein Meer an Sommersprossen, Gitti.«

»Also Gitti is ein wenig zu viel zwischen uns. Ich sag auch nicht Ferdi.«

»Könntest du aber.«

»Lieber nicht. Meine Gugerschecken sind schon a Wucht, gell?!«

»Das Wort ist grandios.«

»Du bist betrunken, Inspektor.«

»Jawohl. Und ich will hier und jetzt wissen, ob du mich nach unserer ersten Begegnung wirklich gegoogelt hast.«

»Ganz ehrlich?«

»Immer ehrlich, Gitte.«

»Ich nicht«, sie sah auf ihren Teller. »Aber der Albrecht. Sogar vorgelesen hat er uns einen Artikel von anno dazumal, wie du diesen ›Eisenbahntunnel-Mörder‹ erwischt hast. Wobei es danach nicht viel von dir im Internet zu finden gibt.«

»Gut so.« Ferdinand trank. »Darauf wieder Prost.«

»Sterz, ich kann gleich nicht mehr Auto fahren. Wir rufen uns ein Taxi und teilen uns die Kosten. Morgen dann … ach, wurscht. Ich bin a b'soffen.« Sie giggelte wie ein Schulmädchen.

»Ich habe eine Idee.« Er tippte sich an die Stirn. »Wir nehmen uns eine Weinflasche mit auf den Weg. Auf zum Wagen.«

»Sterz, hörst mich, ich kann dich heut' Abend nicht mehr chauffieren.«

»Kann man nicht was anderes machen als Gas geben?«

»Wie?«

»Oder Gas geben in einem anderen Sinn, Gitti.«

Mit den Fingern einer Hand zerzauste Gitte ihre roten Locken, die andere streckte sie ihm entgegen wie ein Verkehrspolizist. »Nein. Stopp. Herr Inspektor. Nix zwischen Kollegen.«

»Warum nicht, Gitti? Wir sind erwachsen. Heute Abend nicht mehr im Dienst.«

»Hör auf. Ich könnt deine …«, Gitte unterbrach sich. »Das nun auch nicht. Aber ich hab zwei Söhne.«

»Deswegen darfst du kein Techtelmechtel anfangen? Anders gesagt: kein Pantscherl mit einem netten Buberl?«

»Aus dir wird ja doch noch ein echter Österreicher, Sterz«, prustete sie jetzt los.

Am Nebentisch drehte sich ein Mann um und warf ihnen einen bösen Blick zu. Ferdinand hob sein Glas in dessen Richtung. »Keine Bange, wir sind von der Polizei.«

Der Gast verdrehte die Augen und wandte sich wieder ab.

»Manche Leute verstehen keinen Spaß.« Ferdinand trank. Ihm war leicht schwindlig, doch er fühlte sich um so vieles besser.

»Weißt was, Ferdinand?« Gitte nahm noch einmal die Speisekarte in die Hand. »Wir bleiben noch ein bisserl. Ein Nachtisch wäre großartig. Ich hätt voll Lust auf warme Buchteln.«

»Ich hab Lust auf …«

»Du kriegst einen Topfenstrudel, ebenfalls gewärmt. Dazu einen doppelten Espresso.«

»Kein Koffein. Nicht im Moment.«

Gitte beugte sich vor und senkte ihre Stimme. »Mal im Ernst, Kollege. Ich mag dich, das hast du sicher schon bemerkt. Aber du bist betrunken, und ich bin keine Frau, mit der man es auf der Rückbank von einem Ford Fiesta treibt.«

»Siehst du«, er zwinkerte ihr zu. »Bis jetzt war ich der Meinung, dass du einen Mazda fährst.«

Sie lachten beide los und fingen sich von anderen Tischen ebenfalls ein paar mahnende Blicke ein.

Die Sonne sank hinter den Horizont, und es wurde schlagartig kühl. Ein Wind kam auf und erinnerte die Draußensitzer, dass sie mitten in der zweiten Oktoberhälfte waren. Ferdinand strich mit dem Daumen sanft über Gittes Handrücken. Sie hielt eine Weile still, bevor sie sich entzog und die Jacke zuknöpfte.

Während sie weiter die Nachspeisen studierte, beobachtete Ferdinand sie. »Die haben übrigens Gästezimmer hier, Gitte.«

Fast erschrocken sah sie hoch. »Meine Buben. Mein Hund.«

»Meinst du nicht, die könnten über Nacht einmal alle allein bleiben? Mit nachbarschaftlicher Hilfe?«

»Wenn ich bei mir zu Hause anrufen und es ihnen erklären würd, dann vielleicht.« Mit einem Ausatmen schüttelte Gitte den Kopf. »Zuviel Konjunktiv, Sterz. Außerdem hab ich Angst.«

»Wer nicht, Gitte.«

»Noch ein Dessert, die Herrschaften? Vielleicht drinnen zu sich zu nehmen?« Die Kellnerin im Dirndl mit den aufgedrehten Zöpfen war zurück.

43

Als Erste löste sich Gitte. Im Wageninneren war es warm, und die Luft stand. Sie knöpfte sich ihre Bluse zu und kletterte zurück auf den Fahrersitz.

»Wie? Das war es jetzt?«, fragte Ferdinand, obwohl er sich trotz seines immer noch andauernden Schwipses der Peinlichkeit der Situation bewusst war.

»Sterz, es geht nicht. Lass uns hier abstoppen.«

Gitte öffnete die Autotür und stieg aus. Der inzwischen eiskalte Wind brachte rasch Abkühlung ins Innere. Auch

Ferdinands körperliche Erregung ließ nach. Er stopfte sich das Shirt zurück in die Hose und suchte nach seiner Jacke.

Draußen sah er sie ein paar Meter entfernt am Beginn der Forststraße stehen, in die sie abgebogen waren. Gitte war doch losgefahren, aber nur die kurze Strecke bis zum Wald. Jetzt sah sie in den Himmel hoch. Er stellte sich neben sie.

»Weißt du, Gitte, meine Mutter litt unter Depressionen und hat den Autounfall, bei dem sie gestorben ist, selbst verursacht. Mein Vater hat es mir erst kürzlich gebeichtet.« Wie leicht ihm plötzlich diese neue Tatsache über die Lippen kam. »Ich habe schrecklich mit dem Tod meiner Mama gekämpft, sie stets als Opfer gesehen. Vielleicht bin ich deshalb zur Polizei gegangen.«

»Mein Ex-Mann is in Wahrheit schwul und lebt neuerdings mit einem Mann zusammen.« Gitte seufzte. »Angeblich hat mein Ex, der Otto, es erst festgestellt, als sein neuer Lebenspartner in die Firma eingetreten is und er sich verliebt hat. Davor war ich die Liebe seines Lebens, sagt Otto. Davon kann ich mir leider nix kaufen, und der Kummer geht auch nicht weg. Meine Buben und ich, wir akzeptieren es, aber keiner redet darüber, wenn wir über den Papi sprechen. Ich bin von Wien nach Graz gezogen, um Abstand zu gewinnen. Auch wegen der Jungs. Hier hab ich es keinem erzählt. Obwohl unsere Gesellschaft so aufgeschlossen tut, hab ich Bammel davor, ihn in meinem Umfeld zu outen. Die Welt is kurios. Die Leut sind weniger tolerant, als sie von sich selbst denken.«

Sie schwiegen eine Weile. Im Unterholz der Bäume raschelte es.

Ferdinand hätte Gitte am liebsten weiter von Alma erzählt, doch dazu hätte er seine Vorgeschichte mit Ludwig und Lena offenlegen müssen. Es hätte ihn in eine berufliche Zwickmühle gebracht.

Gitte legte ihre Hand auf seine Schulter. »Bist du denn jetzt wütend, wo du alles weißt?«

»Die Frage ist, auf wen. Mein Vater hat wie ich unter dem Verlust gelitten. Er war jedoch nie der offene Typ Mensch, der sich einem Elfjährigen anvertraut hätte. Meine Mutter ist tot und begraben. Auf Tant' Hannerl bin ich am ehesten sauer, weil sie meine Vertraute war und reinen Tisch hätte machen sollen.«

»Das is die Souffleuse?«

»Genau.« Er legte den Kopf in den Nacken.

Sternenklar und mit Millionen von Lichtern war der Himmel übersät. Hannerl hatte ihm früher oft erzählt, dass Alma in diese Pracht aufgestiegen war und von dort oben über Ferdinand wachen würde. Wenn er in sich nachspürte, fühlte er in Wahrheit auch gegen Hannerl keinen echten Groll.

»Was ist mit dir, Gitte? Hass gegen Otto?«

»Anfangs schon, Sterz, ich geb es zu. Ich bin im Bett gelegen, konnt nicht schlafen, hab mich nach dem Otto gesehnt, mit dem ich Jahre meines Lebens verbracht hab und x-mal Sex hatte. Aber wirklich stinkig war ich auf den anderen. Den Neuen im Leben meines Ex. Mario heißt er. Is sogar älter als ich.«

»Wäre es leichter gewesen, wenn es eine Marion gewesen wäre?«

»Ja«, sie überlegte. »Nein. Ach, wurscht.«

»Hattest du je Mordgedanken?«

Gitte zog ihre Hand zurück. »Was is denn das für eine Frage?«

»Eine wie jede andere.« Ferdinand sah seine Kollegin an, doch das Licht reichte nicht aus, um an ihrem Gesichtsausdruck etwas ablesen zu können. »Die beiden Morde könnten auch gut mit der unbewältigten Vergangenheit von Ludwigs Freundin zu tun haben, Gitte.«

»Du meinst diese Ungeheuerlichkeit, dass Mira Matić ihr Kind weggenommen wurde. Wer käme dann infrage?«

»Die Leute, die sich um die illegale Adoption gekümmert haben. Ludwig hat seine Mira schließlich ermutigt, immer weiterzusuchen. Hat die Recherchen finanziert. Leider passt mir Brunos Tod nicht in dieses Szenario. Trotzdem: Planen wir beide selbst kommende Woche einen Abstecher nach Biograd, was meinst du? Greifen den Kollegen dort unter die Arme, machen uns unsere eigenen Eindrücke.«

»Sobald ich alles für meine Jungs arrangiert hab.« Sie hob den Daumen hoch. »Aber mich zieht's immer noch mehr zum Betrug und zum Geld. Es sind schon Menschen wegen wesentlich geringeren Werten getötet worden. So gesehen hätten wir Fritz Stichlhofer mit einer Mistgabel im Leib finden müssen.« Gitte verschränkte die Arme und fröstelte im Wind. Ferdinand wollte sich die Jacke ausziehen, um sie ihr um die Schultern zu hängen. »Lass es, Sterz. Die Kälte macht mich wieder komplett nüchtern. Aber lösen werden wir heute Nacht nichts mehr.«

»Wir können immer noch ein Taxi rufen.«

»Hier im Wald find' uns doch keiner.«

Sein Atem bildete Wölkchen. »Ich will diese Gedanken mit dir zu Ende diskutieren. Große Gefühle wären durchaus in der Lage, einen Menschen zu zwei Morden zu treiben. Hier ziehe ich die Schleife erneut zu Ivo Matić, aber in einem ganz anderen Kontext. Was, wenn er zwar als Aufpasser von Großonkel Fritz bestellt war, aber in Wahrheit zuerst wegen der Adoptionsgeschichte in die Steiermark und zu Ludwig gekommen ist?«

»Da passt Bruno Schöne wirklich nicht ins Bild. Sorry, Sterz.«

»Bruno hat es mit dem aufgesetzten Kontrakt möglich gemacht, dass Ludwig alles finanzieren konnte. Deshalb musste auch er sterben.«

»Auch diese These hinkt, Sterz. Ivo Matić hätt keine Gelegenheit gehabt, Bruno Schöne k. o. zu setzen, bevor er ihn erstochen hat. Schöne hätt doch den Matić nie ins Haus gelassen, das gilt ja schon als sicher.«

»Ich sehe das Problem.«

»Derweil frier ich mir jetzt doch gleich den Hintern ab. Los, zurück ins Auto, Sterz. Ich fahre.«

Noch einmal blickte er zum Himmel hoch. »Es ist wunderschön.«

»Das romantische Stündchen is vorbei.« Gitte zog an seiner Jacke. »Wenn ich schon auf meinen Schönheitsschlaf vor Mitternacht verzichten muss, will ich wenigstens für Jonas und Timon morgen in aller Frische Frühstück machen.«

»Du bist eine wunderschöne Frau, Gitte.« Ferdinand umarmte und wärmte sie. »Und es tut mir leid.«

»Was denn, Sterz?«

»Dass ich betrunken war und immer noch ein wenig bin. Dass ich versucht habe, dich zu verführen.«

»Geh, hör auf. Ich bin erwachsen. Die Schmuserei vorhin auf der Rückbank hat mich an meine Teenagerzeit erinnert.« Sie gab ihm einen Kuss auf die Wange. »Es is gut, dass nicht mehr geschehen is, aber was passiert is, is in Ordnung. Reden wir nicht mehr drüber, Ferdinand.«

Sie ließ sich noch eine Weile halten, dann war wieder Gitte es, die sich als Erste aus der Umarmung befreite. »Abmarsch, Sterz.«

44

Ferdinand nahm die Bewegung aus dem Augenwinkel wahr.

Es war gegen Mitternacht, als Gitte ihn am Mozart-Weg absetzte. Sie hatten auf der Rückfahrt weder weiter über die Mordfälle noch über die Schmuserei geredet, sondern sich gegenseitig Tipps gegeben, wie sie der Übermüdung bei stressigen Nachteinsätzen Herr wurden.

»Ich schwör auf Cola. Noch besser ein Red Bull«, hatte Gitte gemeint.

Im Gegenzug hatte Ferdinand ihr sein Geheimrezept für lange Nächte bei Observationen verraten. »Egg Cappuccino, das ist es ultimativ. Ein Ei für ein paar Minuten in heißes Wasser geben. Eiweiß abseihen, das Eigelb in einen heißen Espresso. Zum Schluss, wenn man mag, noch Schlagobers unterrühren. Bevor es losgeht zubereiten, trinken, und du bist topfit.«

»Gott, das hört sich schrecklich an.«

»Schmeckt und hält wach.«

»Wenn du es sagst, Sterz. Gute Nacht.«

Als er ausgestiegen und über den Zufahrtsweg zum Eingang gegangen war, hatte er seinen strengen Eigengeruch bemerkt. Alkohol und Schweiß und ein wenig Gittes Duft an sich. Während er den Hausschlüssel suchte, hatte Ferdinand über sie beide schmunzeln müssen, obwohl das Geschehene am besten keiner Erwähnung mehr bedurfte.

Es war das Gefühl einer Präsenz hinter ihm, ein Geräusch von Schuhen auf Kieselsteinen, das Ferdinand innehalten und sich zur Seite drehen ließ.

Diese minimale Änderung seiner Körperhaltung rettete ihm höchstwahrscheinlich das Leben.

Etwas krachte seitlich auf seinen Nacken. Hart und unerbittlich.

Es fühlte sich an wie ein Metallteil, das aus großer Höhe gefallen war und ihn mit Wucht traf. In seinem linken Ohr gab es ein Geräusch, als würde ein riesiger Gong geschlagen werden.

Instinktiv hob er noch den linken Ellbogen vor sein Gesicht, um sich zu schützen. Er setzte die Drehung fort, hatte vor, in die Knie zu gehen und sich abzurollen. Weg vom Gegner, der ihn hinterrücks überfallen hatte. Nach der Rolle wieder zum Stehen kommen und sich der Gefahr stellen. Den Aggressor ins Auge fassen. Einen Gegenangriff starten. Der einsetzende Schmerz jedoch ließ nicht zu, dass Ferdinands Körper die Befehle seines Hirnes ausführte. Eine Eruption an Schmerz, die sich glühend heiß anfühlte. Sein vernünftiges Denkvermögen setzte schlagartig aus, sein linker Fuß knickte um. Auch das verursachte einen Stich, stand aber in keinem Verhältnis zu dem Hieb auf Kopf, Nacken und obere Schulter. Nach dem ersten Riesengong entstand ein sirrender Ton, der sich schwindelerregend in die Höhe schraubte.

Ferdinand meinte ein schwarzes riesiges Ding vor sich zu erkennen. Einem schwarzen Loch gleich, nur steinhart in seiner Konsistenz. Der andere holte erneut aus, das totenschwarze Ding kam nun frontal auf Ferdinand zu, diesmal durchaus tödlich, wenn es jetzt sein Gesicht treffen würde.

Aus purer Not ließ sich Ferdinand einfach nach hinten fallen. Das schwarze Loch oder die tiefschwarze Platte oder vielleicht auch das nachtschwarze Ufo sauste über ihn hinweg. Er fiel rückwärts, hatte aber unglücklicherweise zu nah an der Haustür gestanden, um zu Boden zu krachen. Sein Hinterkopf schlug gegen das stabile Holz. Diesmal erklang ein Knirschen, Schädelplatte gegen Türplatte. Ferdinand biss sich auf die Zunge und schmeckte sofort Blut.

Nach dem Aufprall rutschte er am Türrahmen nach unten. Im Zusammensacken versuchte er, wenigstens einen kurzen

Blick auf den Angreifer zu erhaschen. Stattdessen meinte er einen ersten hellen Strahl wahrzunehmen. Ging die Sonne um Mitternacht auf oder war das bereits das Licht am Ende seines persönlichen Tunnels?

Als Nächstes fiel sein Oberkörper vollends nach hinten, der Halt wurde ihm genommen. Jemand hatte die Tür geöffnet.

»Jessas«, sagte eine Stimme, die Ferdinand als die seines Vaters erkannte. »Was is passiert? Um Gottes willen!«

»Ich hab an Schlag am Schädel kriegt«, antwortete Ferdinand auf diese Frage. Allerdings nicht verbal, sondern nur in seinem Kopf. »Hirngatsch, verstehst mi, Oida?«, in astreinem Dialekt, wie er vor dem Absturz ins absolute Nichts feststellte.

IV
SPOMPANADLN

(DUMMHEITEN)

45

Der behandelnde Arzt stand kopfschüttelnd am Ende des Krankenbettes. Er war in Ferdinands Alter, hatte rötliches Haar und, wie Gitte, Hunderte Sommersprossen auf Nase und Wangen. Ihn umrahmten zwei jüngere Medizinerinnen, die eine kleiner als er, die andere größer.

»Sie haben eine Gehirnerschütterung, ein schweres Hämatom am Hinterkopf, sprich Beule, eine zweite Beule und einen schweren Bluterguss hinter dem linken Ohr. Dazu eine Schlagverletzung im oberen Nackenbereich. Die Verstauchung an Ihrem linken Knöchel lasse ich nicht unerwähnt, Herr Sterz. Bei alldem wollen Sie uns schnellstmöglich verlassen?«

Ferdinand war ins Landeskrankenhaus eingeliefert worden, sein Vater hatte sofort den Notruf gewählt. Beim Eintreffen der Rettung war Ferdinand zu sich gekommen und enorm dankbar für die schmerzstillende Spritze gewesen. August Sterz war im Krankenwagen mitgefahren und hatte es arrangiert, dass sein Sohn in einem Einzelzimmer untergebracht worden war.

»Wann werde ich denn, Ihrer Meinung nach, wieder einsatzfähig sein, Herr Doktor …?«

Dass er Glück gehabt hatte, überhaupt noch am Leben zu sein, darüber wollte Ferdinand nicht grübeln. Die Attacke machte ihn sprachlos. Eine schnelle Aufklärung stand an erster Stelle. Für ihn lag auf der Hand, dass der Überfall auf seine Person nur mit den Mordfällen zu tun haben konnte. Von dem Schock erholen konnte er sich später.

»Eine Woche Ruhe, Herr Sterz.«

»Nein.« Ferdinand schüttelte den Kopf, was einen stechenden Schmerz hinter seiner Stirn erzeugte. Hinzu kam ein seltsames Rascheln, als hätten sich Teile im Inneren gelöst. »Kommt nicht infrage. Meiner Ansicht nach genügen etwas Ruhe und eine Schmerztablette oder zwei.«

»Sie wissen schon, Inspektor, dass ich der Arzt bin und Sie der Patient.«

»Herr Doktor …«, der Name wollte Ferdinand partout nicht einfallen. Er strengte sich derart an, dass in seinem ohnehin malträtierten linken Ohr ein sirrender Ton zu hören war. Rascheln und Sirren. Er legte eine Hand über Augen und Augenbrauen, in der anderen steckte eine Nadel mit einem dünnen Schlauch, der zu einem Infusionsständer mit Infusionsbeutel führte. »Verzeihen Sie.«

»Nicopoulos-Minnich.« Der Mediziner zog einen seiner Mundwinkel zu einem schiefen Grinsen hoch, was seinen Sommersprossen ein bewegtes Eigenleben verlieh. »Is schwierig zu merken, besonders nach einem Schlag auf den Schädel.«

»Ich habe einen Fall zu lösen. Nein, zwei.« Wenn man den Überfall auf ihn mitzählte, waren es inzwischen sogar drei Delikte, denen Ferdinand auf den Grund gehen wollte.

»Passen Sie einmal gut auf, Herr Inspektor.« Dr. Nicopoulos-Minnich kehrte zu seinem ernsten Gesichtsausdruck zurück. »Eine Gehirnerschütterung entsteht dadurch, dass das Hirn durch einen Aufprall oder, wie in Ihrem Fall, einen Schlag von innen gegen die Schädelwand stößt. Dabei kann es je nach Schwere zu einer vorübergehenden Funktionsstörung des Gehirnes kommen. Sie waren bewusstlos.«

»Eine winzige Zeitspanne.«

»Winzige Zeitspanne hin oder her. Damit is nicht zu spaßen. Die Schädel-Hirn-Traumata werden in drei Schweregrade unterteilt. Bei Ihnen entspricht die *Commotio cerebri* Grad eins.«

»Grad eins hört sich gut an. Bestens. Glück gehabt.«

»Ein zweites CT wäre nötig. Ein Schädelbruch wurde ausgeschlossen, aber ich will auf Nummer sicher gehen. Selbst achtundvierzig Stunden nach einer Gehirnerschütterung kann eine lebensbedrohliche Hirnblutung auftreten. Ich möchte Sie auf jeden Fall länger hierbehalten. Zur Beobachtung.«

Er trat seitlich ans Bett und begutachtete noch einmal Ferdinands linke Kopfseite und den Nacken. Ferdinand zuckte zusammen, aus Furcht, der Arzt könnte die inzwischen violett-blauen Stellen erneut berühren. Bei der ersten Untersuchung, als er in der Notaufnahme durchgecheckt worden war, hatte er einige Male gejault, trotz der vorangegangenen Spritze.

»Folgen Sie dem Lichtpunkt.« Wie bei einem Zaubertrick hatte Dr. Nicopoulos-Minnich plötzlich eine kleine Lampe zwischen den Fingern und bewegte sie vor Ferdinands Sichtfeld hin und her.

Ferdinand bemühte sich, die Anweisung auszuführen, bis ihm die Augen tränten. »Geben Sie mir ein Rezept für einen Wundertrank, und ich eile von dannen.« Er versuchte es mit etwas scherzhaftem Pathos. »Lieber Herr Doktor …«, der Name des Mediziners blieb einfach nicht in seinem Hirn hängen.

»Nicopoulos-Minnich, Herr Sterz. Bis Sie hier rauskommen, wissen Sie's.« Der Arzt ließ die Lampe verschwinden und drehte sich erst nach links, dann nach rechts zu den jungen Frauen, die ihn flankierten. »Zimmer abdunkeln. Infusion erneuern. Termin für Computertomografie ansetzen.«

Es klopfte. Die Tür ging auf, und Ferdinands Vater streckte seinen Kopf herein.

»Oh, Entschuldigung.«

»Kommen S' nur. Wir sind hier erst mal fertig.« Der Arzt wandte sich zum Gehen.

Ferdinand richtete sich mühsam auf. »Wenigstens eine Perspektive. Wann kann ich denn wirklich raus?«

»Frühestens Dienstag. Kein Fernsehen, keine Lektüre. Keine Spompanadln. Absolute Ruhe.«

»Okay.« Mit einem ergebenen Seufzer ließ sich Ferdinand vorsichtig ins Kissen zurückgleiten.

Kaum hatten der Mediziner und seine Assistenzärztinnen das Zimmer verlassen, griff sich August einen Stuhl und setzte sich ans Krankenbett. Er nahm eine Einkaufstüte von der Schulter und stellte sie am Boden ab. Das Papier knisterte, was Ferdinand als angenehm reales Geräusch empfand.

»Hast du mich erschreckt, Bub. Stell dir vor, ich hätt schon geschlafen, und du hättest die ganze Nacht draußen vorm Eingang gelegen.«

»Papa, alles in Ordnung.« Ferdinand war der besorgte Gesichtsausdruck seines Vaters unangenehm. Dazu schwebte die Enthüllung über Alma und den Autounfall noch zwischen ihnen. »Ich hatte Glück.«

»Wer tut denn so was?«

»Hat mit dem Fall zu tun.«

»Ferdinand.« August atmete einmal durch. »Ich hab es nie für eine gute Idee gehalten, dass gerade du den Mörder vom Ludwig suchen willst. Jetzt kann ich es ja sagen.«

»Bitte keine Diskussion. Ich brauche absolute Ruhe, hat der Doktor gesagt.«

»Das Sackerl kann ich dann wohl wieder mitnehmen.« August deutete auf die Tüte. »Zeitschriften aller Couleur, weil ich nicht wusste, was du liest. Und Mannerschnitten. Die magst du doch gern.«

»Früher, Papa.« Das stimmte nicht, denn Ferdinand legte sich auch in Köln oft Mannerschnitten in den Einkaufskorb. Aber er brauchte es im Moment, seinem Vater zu widersprechen.

»Ach so. Das wusst ich nicht.« August zupfte sich am weißen Bart. »Wir haben uns ja aus den Augen verloren. Was nicht heißt, dass wir nicht wieder zueinanderfinden können. Vor allem, wo jetzt alles zwischen uns aufgeräumt is.«

»Lass uns eine Weile nicht darüber reden, in Ordnung?!«

»Wenn ich dich auch verloren hätte.«

»Hast du nicht. Mein steirischer Sturschädel hält mehr aus.«

»Geh, Bub. Darüber scherzt man nicht.«

Augusts Handy klingelte. Die Töne schossen durch Ferdinands gesamten Kopfbereich, das Rascheln und das Sirren kamen mit Macht zurück.

»Ich Depp hab nicht auf leise gestellt«, August sprang hoch und verließ fluchtartig das Zimmer.

Ferdinand wartete kurz, dann neigte er sich im Zeitlupentempo zur Seite und griff nach der Papiertüte, um die Mannerschnitten herauszufischen. Der einsetzende Schwindel ließ ihn vornüberkippen, er drohte zu fallen. Jemand packte ihn bei den Schultern.

»Sterz, um Gottes Willen, bleib im Betterl.« Gitte war plötzlich anstatt August an seiner Seite. Sie hievte ihn in eine aufrechte Haltung. »Bist narrisch?!«

Die einsetzende Übelkeit ließ ihn zuerst nicht antworten. Erst nach ein paar langen Atemzügen konnte er wieder sprechen. Ihm wurde klar, dass der Arzt mit seiner strikten Anweisung zur Ruhe vollkommen richtiglag. »Gitte. Alles im grünen Bereich.«

»Blödsinn, Sterz. Du bist totenblass. Soll ich einen Doktor holen?«

»Der hat mich eben gemaßregelt. Setz dich einfach.« Er deutete auf den frei gewordenen Stuhl. »Mein Vater ist auch da, telefoniert gerade draußen.«

»Magst was trinken?«

»Nein, nur den Kopf stillhalten.«

»So ein Arschloch.« Gitte verdrehte die Augen.

»Wer? Mein Vater oder der Doktor?«

»Der, der dich k. o. geschlagen hat.« Sie strich eine Falte aus dem Bettlaken. »Was für ein Mist. Ich war noch keine paar Kilometer entfernt.«

»Damit konnte doch keiner rechnen, Gitte. Es war übrigens schön in der Buschenschank und überhaupt.«

Gittes Wangen röteten sich. »Süß mit bitterem Ende. Meine Jungs waren brav im Bett, als ich nach Hause gekommen bin, und haben sogar vorher aufgeräumt. Toll.«

Die Geräusche und der Schwindel ließen langsam nach. Er hätte gerne mit Gitte einfach weiter über Belangloses geplaudert, doch es ging um Wichtigeres. »Hast du Drombovic informiert?«

»Ich komm direkt vom Landeskriminalamt, Sterz.« Sie rutschte ein Stück näher. »Die Spurensicherung is schon bei deinem Haus zugange. Bin gespannt, ob die nicht Fußabdrücke finden.«

»Es war trocken, und der Zugangsweg ist mit Kieseln bestückt. Dann der Rettungswagen und die Sanitäter. Keine Chance.«

»Trotzdem.« Sie holte ihr Smartphone aus der Jackentasche. »Hast du eine Idee, mit was man dich k. o. geschlagen hat?«

»Keinen Schimmer. Hart war es auf jeden Fall.«

»Ich würde dir gern unsere Gerichtsmedizinerin schicken, dass sie dich auf Rückstände auf der Haut untersucht.«

»Gute Idee, allerdings bin ich längst verarztet worden. Die Stellen wurden gereinigt und desinfiziert.«

»Katarina Casella findet vielleicht ein letztes Körnchen oder Fädchen. Mit ihr zusammen können wir spekulieren, welcher Gegenstand infrage kommt.«

»Gefühlt eine Bratpfanne.«

»Konntest du jemanden erkennen? Zumindest Größe, Körperbau?«

»Nichts, Gitte. Ich kann mich überhaupt nicht erinnern. Der Arzt hat gemeint, das wäre normal nach einem Schlag und einer Gehirnerschütterung.« Ferdinand griff nach dem Bettgalgen, schaffte es aber nicht, sich vollends hochzuziehen. »Der Überfall auf mich ist der letzte Beweis, dass die Mordfälle Ludwig Stichlhofer und Bruno Schöne zusammengehören.«

»Meinst? Kann es nicht sein, dass bei dir ganz wer anderes infrage kommt?«

»Kann es nicht.« Ferdinand fiel Gitte ins Wort. »Ich war über zwölf Jahre nicht mehr in der Steiermark, hatte davon fast zehn keinen Kontakt zu niemandem hier. Der Schläger hat mir aufgelauert.«

»Heißt infolge, er beobachtet dich, wusste, dass du unterwegs warst. Hat auf einen richtigen Moment gewartet. Aber warum? Wollte er dich töten?«

»Kann sein. Oder mich für den Rest der Ermittlungen außer Gefecht setzen.«

»Nicht plausibel. An der Aufklärung sind mehr Beamte als du dran. Außerdem weißt du nicht mehr als wir alle. Oder hältst du wieder was geheim?«

»Nein, Gitte, ich schwöre es dir. Den Einzigen, den ich in den Tagen ohne dich aufgesucht habe, war dieser Notar Schaffnegger.«

»Ich ruf dort an und frag ihn, wo er in der Nacht war. Einfach zum Ausschließen. Vielleicht is es aber doch was Privates.«

»Dazu fällt mir absolut nichts und niemand ein. Seit meiner Rückkehr beschäftige ich mich ausschließlich mit den Fällen.«

»Nicht ganz. Du wohnst bei deinem Vater. Und hast mir von deiner Wahltante erzählt. Möglicherweise können die beiden etwas beitragen. Sie sind deine Kontaktpersonen in den Jahren gewesen, in denen du nicht hier warst.«

»Herrje, Gitte, lass dich aufklären. Es ist nicht edel von mir, aber meinem Vater habe ich hin und wieder Postkarten geschrieben, und Hannerl habe ich aus meinem Leben verdrängt wie so vieles. Es gibt keinen, der mich aus dem Weg haben wollte außer dem Täter. Diese Attacke hat ihren Grund in meinen Ermittlungen.«

»Unseren.«

Er hob eine Hand. »Sorry, unseren.«

»Welchen denn, Sterz?«

»Wenn ich es wüsste, wäre die SOKO Bauernhof am Ziel, Gitte.«

»Max wird sich heute noch bei dir melden.« Sie strich ihm vorsichtig über die Wange, die Berührung war die erste angenehme seit dem Überfall. »Wann wirst du wieder arbeitsfähig sein?«

»Morgen. Oder übermorgen, spätestens.«

»So schnell?«

Die Tür schwang auf, August kehrte zurück, sein Handy wie eine Keule in der Luft schwingend.

»Früher hatte man seine Ruhe, heut ruft mich jeder wegen jeder Kleinigkeit an.« Er entdeckte Gitte. »Oh, noch ein Besuch.«

»Papa, das ist meine Kollegin, Inspektorin Gitte Busch. Sie hat mich netterweise meistens abgeholt und gefahren. Gitte, mein Vater.«

»Ich bin gleich eine Staubwolke, Papa Sterz«, Gitte streckte die Hand aus. »Freut mich sehr, trotz der Umstände.«

»Gemeinderat August Sterz. Freut mich ebenso. Wie schön, dass Sie nach dem Ferdi schauen.« August deutete einen Handkuss an. »Sie können ruhig bleiben, Frau Busch. Ich muss dringend ins Gemeindehaus. Als Raaba und Grambach noch nicht zusammengelegt waren, war alles einfacher.«

Wieder ein Klopfen und Öffnen der Zimmertür. Eine Krankenschwester betrat den Raum, legte einen Infusionsbeutel ab und zog die Vorhänge zu. »Grüß Gott, die Herrschaften. Darf ich Sie bitten, kurz hinauszugehen.«

»Ihr könnt beide losziehen.« Ferdinand fielen die Augen zu. »Bitte, lass die Mannerschnitten da, Papa.«

Er war sich sicher, dass sein Vater jetzt lächelte.

46

Einen schlafenden Menschen zu betrachten, hat etwas Faszinierendes. In jedem Einatmen liegt das Versprechen auf weitere Sekunden neuen Lebens, jedes Ausatmen könnte auch das letzte sein. Besonders wenn dieser Mensch nach einer Attacke verletzt in einem Krankenbett liegt.

Ferdinands Schlaf war unrund und unruhig. Er bewegte seinen Kopf, zuckte dabei jedes Mal zusammen, und über seine Lippen kamen Laute, die einem Blubbern ähnlich waren.

Er hätte nur erwachen brauchen, um den nächsten Besuch an seinem Krankenbett stehen zu sehen. Doch die Erschöpfung samt der schmerzstillenden und entzündungshemmenden Infusion hielt ihn tief im Traumland fest.

Vielleicht spürte er die Anwesenheit doch, denn Ferdinand stöhnte auf, als sich der Besuch über ihn neigte. In der Hand ein Schweizer Taschenmesser und daraus die Feile herausgeklappt.

Das Dämmerlicht im Zimmer verlieh der Szenerie etwas Unwirkliches. Nah und immer näher kamen die fremden Finger und der Gegenstand. Ein paar Millimeter vor dem Kehlkopf stoppte die Bewegung.

War es zu riskant in Anbetracht der Tatsache, dass sich jederzeit die Tür zum Krankenzimmer öffnen und der Besuch bei seinem Tun ertappt und somit entlarvt werden konnte? Oder lag es daran, dass nach der Attacke in der Nacht der Drang zu töten wieder nachgelassen hatte?

Der Besuch verharrte eine Weile, ohne sich zu rühren. Nur die Feile zitterte. Die Spitze berührte fast die Haut am Hals, als die Tür nach einem kurzen Klopfen tatsächlich erneut geöffnet wurde. Das Schweizer Messer verschwand so schnell, wie es aufgetaucht war.

»Oh, noch jemand.« Die Krankenschwester lächelte arglos. »Ich weiß nicht, ob der Herr Inspektor so schnell wieder wach wird.«

Ein Nicken, ohne etwas zu sagen.

Die Krankenschwester hielt ihre Freundlichkeit aufrecht. »Ich komm in einer Viertelstund', vielleicht haben S' ja Glück bis dahin. Dann is aber genug, ja?«

Erneut die Bewegung mit dem Kopf und ebenfalls ein Lächeln als Zugabe.

Kaum war die Schwester verschwunden und die Tür geschlossen, zeigte sich das Schweizer Messer wieder in den fremden Fingern. Doch diesmal bedrohte es nicht, sondern diente als Spielzeug. Ein Teil nach dem anderen wurde herausgezogen, inspiziert und eingeklappt. Die Werkzeuge konnten, mit Intensität ausgeführt, allesamt tödlich sein. Aber nicht mehr heute.

Ferdinand schien für's Erste außer Gefahr.

Als die Krankenschwester auf die Minute genau eine Viertelstunde später zurückkam, war das Zimmer bis auf den schlafenden Patienten im Bett leer. Wäre Ferdinand bis zur nächsten Untersuchung einmal aufgewacht, hätte ihm die Schwester von dem Besuch erzählt. Doch nach dem Rundgang war ihr Dienst beendet.

47

Zwei Tage waren mehr als genug. Die neue Woche begann für Ferdinand mit einem Schub an Unruhe.

Das Essen, die Eintönigkeit, ja selbst das Fernsehprogramm setzten Ferdinand zu. Wenn er schlief, quälten ihn Albträume, in denen er wieder auf dem abgeernteten Kürbisfeld stand. Doch diesmal war Ludwig tatsächlich anwesend, nicht nur sein Schatten. Sein Gesicht war zerfurcht von Schmerz und Trauer, und er sah Ferdinand anklagend an. Nach dem Erwachen klopfte Ferdinands Herz derart schnell, dass er einmal sogar nach der Schwester klingelte.

Dazu kam die Tatsache, dass er nun bei den Ermittlungen außen vor war und sich deshalb nutzlos vorkam. Und er konnte hier drinnen schlecht denken. Seine gewohnten Kopfanalysen wurden durch die Krankenhausatmosphäre verhindert. Zusammenhängende Konstrukte herzustellen, klappte schwer bis gar nicht.

Max Drombovic hatte sich zwar telefonisch gemeldet, doch nach ein paar Floskeln schon nach Dr. Casella gefragt, die gerade Ferdinands Hämatome begutachtet und Abstriche von seiner Haut gemacht hatte.

»Ich will Ihnen keine große Hoffnung machen, dass ich noch etwas Relevantes an den Verletzungen entdecken kann«, war ihre schnelle erste Analyse gewesen.

»Könnte eine Bratpfanne gewesen sein, Dr. Casella. Was uns zu einer Täterin führen würde.«

»Wie kommen Sie auf diese Idee?« Sie rümpfte die Nase. »Weil nur Frauen sich bei Küchenutensilien auskennen?«

»So war das nicht gemeint. Ich habe ins Blaue geraten. Ein Baseballschläger? Ein Ziegelstein?«

»Wenn es das eine oder andere sein sollte, würden wir an Ihrer Oberbekleidung möglicherweise Holzsplitter oder Ziegelstaub finden.«

»Ich habe extra verhindert, dass mein Vater oder jemand vom Krankenpersonal die Sachen reinigen lässt. Sie sind in einer Tüte im Schrank.«

»In Ordnung. Ich nehme sie an mich und gebe sie ans Labor weiter.«

Dr. Casella hatte ihn noch zum Ablauf befragt, an den er sich leider immer noch nicht erinnern konnte, und sich im Anschluss mit einem aufmunternden »Wird wieder! *Tutto andrà bene!*« verabschiedet.

Danach wurden die aufreibenden Stunden des Nichtstunkönnens erst richtig zur Qual, zogen sich in die Länge. Mehr und mehr versetzten sie Ferdinand, neben den Träumen, in eine permanente Anspannung. Denn unter seinem k. o. gegangenen analytischen Verstand schien sich etwas zu formen, brodelte eine Erkenntnis in der aufgewühlten Gedankensuppe seines Unterbewusstseins. Es juckte und kratzte, kam aber nicht an die Oberfläche.

Einmal mehr versuchte er, Gitte zu erreichen. Diesmal hob sie nach dem ersten Klingeln ab. »Vier Versuche deinerseits, Sterz. Hab keine Sorge, wir vergessen dich nicht. Ich muss aber direkt los. Melde mich später.«

»Wohin?«

»Gleich findet ein Gedenkgottesdienst für Bruno Schöne in der Hundertwasserkirche statt, zu dem Drombovic mich und die Kollegen hinbeordert hat. Ich bin eh zu spät dran, Servus.«

Der Punkt war erreicht, an dem Ferdinand nicht mehr still und brav zuwarten wollte. Es war Zeit aufzubrechen. Brummender Schädel hin oder her.

Passend zu seinem Entschluss meldete sich sein Handy, und Lenas Name erschien auf dem Display.

»Hey.«

»Hallo, Lena.«

Sie hatte sich bereits kurz nach seiner Einlieferung ins Krankenhaus bei ihm gemeldet. Über den Überfall war in den Medien berichtet worden, woraufhin sie ihm eine SMS schrieb. Ferdinand hatte sie gebeten, ihn nicht zu besuchen, aber wieder vermehrt Nachrichten mit ihr ausgetauscht. Die letzte war ein Selfie von ihr, im Vorgarten des Hauses stehend, in dem ihr Mann getötet worden war. »Immerhin traue ich mich schon bis hierher«, hatte sie getextet mit einem Kuss-Smiley darunter. Ferdinand hatte einen Daumen hoch zurückgeschickt.

»Wenn ich störe oder du lieber nur beim Nachrichtenschreiben bleiben willst, sag's, Ferdi.«

»Schon in Ordnung. Ein paar unverfängliche Sätze sind kein Problem. Ich freue mich, deine Stimme zu hören.«

»Pass auf: Großonkel Fritz hat sich vorhin gemeldet und sich bei mir wegen einer bevorstehenden Steuerprüfung beschwert. Er denkt, ich hab ihn angeschwärzt. Ein richtiges Arschloch. Ich hab grad überlegt, ob du dahintersteckst?«

»Darüber darf ich nicht reden, Lena. Nur so viel: Auch Al Capone wurde über das Finanzamt zu Fall gebracht.«

»Sehr witzig. Wobei, lachen kann ich über alles noch nicht, Ferdi. Aber mir geht's ein bisserl besser. Es gibt viel zu organisieren, was die Erbschaftsangelegenheiten angeht, das lenkt ab.«

»Mann und Bruder zu beerben, muss schrecklich sein. Lena, noch einmal: Es tut mir alles so leid.«

Sie atmete hörbar aus. »Am liebsten würde ich ablehnen.«

»Tu das nicht, Lena.«

»Keine Sorge. Im Gegenteil. Ich will Großonkel Fritz verklagen, weil er sich die Landüberschreibungen erschlichen hat. Danach werde ich alles verkaufen, Ferdi. Haus und Hof als Erstes, auch das Reihenhaus hier in Köflach. Neu beginnen. Das is es. Wie du damals.«

»Bei mir lief es völlig anders, Lena.«

»Egal. Ich muss das Grauenhafte hinter mir lassen. Eine ungewisse Zukunft wagen.«

Ganz kurz blitzte ein Bild in Ferdinands Hirn auf, das Lena und ihn vereint in Köln zeigte. Er schob es mit Macht in eine der entferntesten Ecken.

Sie tauschten noch ein paar Belanglosigkeiten aus.

»Denk an mich, Ferdi. Der Trauergottesdienst für Bruno is heute«, sagte sie zum Abschied. »Und werde wieder ganz gesund.«

Fast hätte er ihr von seinem Vorhaben erzählt, doch er beendete das Telefonat, ohne sie einzubeziehen.

Als sich die Tür zum Krankenzimmer das nächste Mal öffnete, war Ferdinand gerade dabei, seine verbliebenen Utensilien in einen Rucksack zu packen, den ihm sein Vater mit frischer Kleidung vorbeigebracht hatte.

»Ferdinand, Servus.«

»Papa. Mit dir habe ich nicht so schnell wieder gerechnet.«

Immer noch hatten sie nicht weiter über die Enthüllung zu Almas psychischer Krankheit geredet. Die altbekannte Distanz zwischen ihnen begann sich erneut zu verdichten.

Den Türgriff in der Hand blieb Ferdinands Vater stehen. Draußen auf dem Gang fiel etwas zu Boden, es gab ein ohrenbetäubendes Scheppern. Im Anschluss daran war ein Fluch zu hören. »Kruzifix, du Miachn, du!«, schrie einer.

Es folgte ein hohes Kichern, das ebenfalls in den Ohren wehtat. »So was g'schieht, weil du immer nur Pempern im Schädel hast«, antwortete eine andere.

Vater und Sohn im Zimmer drehten die Köpfe.

»Hat die Frau grad wirklich laut und deutlich im Gang eines Spitals das Wort für Sex haben laut ausgesprochen?« August warf Ferdinand einen erstaunten Blick zu.

Ferdinand stellte den Rucksack auf das Bett. »In Deutschland hätte sie wohl Poppen gesagt.«

»Als Pudern kann man es auch bezeichnen, oder?« August begann zu lachen.

Für Ferdinand war es das erste Mal, aus dem Mund seines Vaters eine Frivolität zu vernehmen. In seiner Teenagerzeit hatte es nie ein Aufklärungsgespräch gegeben. Was auch immer er damals über Sexualität wissen wollte, hatte ihm Ludwig erklärt, der es angeblich wiederum von einer vertraulichen Quelle auf dem Bauernhof hatte. Wer diese Quelle gewesen war, hatte Ferdinand nie herausgefunden, würde aber heute auf einen der Erntehelfer tippen. Die Männer hatten sich öfter einen derben Scherz mit den Buben erlaubt, den Stichl und den Sterz einige Male mit einem »guaten und versauten Schmäh« aufgezogen.

»Kleschn wäre ebenfalls eine adäquate Wortwahl, wenn ich es noch richtig in Erinnerung habe.« Ferdinand stimmte in das Lachen mit ein.

Als Nächstes bewegten sich Vater und Sohn aufeinander zu und landeten in einer Umarmung.

Aus dem Flur erklangen weitere Stimmen, erneut das Geräusch von Geschirrgeklapper, jedoch ohne ein nächstes Klirren. Zugleich schickte die Herbstsonne einen Strahl durch das Fenster, der sich am Chrom des Bettgestelles brach und einen Miniatur-Regenbogen erscheinen ließ. Ferdinand vergaß diesen Moment nie.

Als zwei Jahre später sein Vater in genau diesem Krankenhaus mit dem Leben rang, empfand er eine tiefe Dankbarkeit für diesen Moment einer Versöhnung, die beiden einen gewissen Herzensfrieden schenkte.

»Alles wieder gut, Bub?«, fragte August, seinen Sohn immer noch an sich drückend.

Mit einem Schulterklopfen beendete Ferdinand die Umarmung. »Nicht alles, aber genug für den Augenblick.«

»Warum packst du denn schon?«

»Ich gehe raus, Papa. Höchste Zeit weiterzumachen. Bitte keine Predigt. Noch eine Unterschrift, dass ich zurechnungsfähig bin und auf eigenen Wunsch die Klinik vorzeitig verlasse, dann bin ich weg.«

»Was is mit deinem Schädel?«

»Summt. Trotzdem muss die Arbeit weitergehen.«

»Ich fass es immer noch nicht ganz. Wer tut so was?«

»Genau das will ich ja herausfinden, Papa.«

»Vor unserem Haus steht seither ein Polizeiwagen. Das is bereits das Stadtgespräch in Raaba-Grambach.«

»Die Tratscherei und der Streifenwagen werden wohl noch eine Weile bleiben.«

August griff nach dem Rucksack. »Komm, ich fahr dich.«

»Ich will noch nicht nach Hause.«

»Wohin auch immer, Ferdinand. Auf dem Weg erzähl mir von deinen bisherigen Ermittlungen.«

»Unterliegt einer gewissen Geheimhaltung.«

»Dann denk dir einfach, ich wäre Geheimrat statt Gemeinderat.«

Wieder verband sie ein liebevolles Gelächter. Ferdinand nahm sich vor, Hannerl von der eigentümlichen Versöhnung zu berichten, die zu den Sterz-Männern zu passen schien.

Vielleicht würde die Vertraulichkeit zwischen ihnen zunehmen, die Wunden, die der Tod von Ferdinands Mutter hinterlassen hatte, endlich eine Heilung erfahren. Alma hätte es sich sicher gewünscht.

Im Hinausgehen warf Ferdinand einen Blick zurück. Der Regenbogen war noch deutlich zu erkennen.

48

Die Hundertwasser-Kirche in Bärnbach galt als ein wahres Schmuckstück und war weit über die Region bekannt. Die Formen, Farben und Ornamente waren typisch im Stil des Künstlers Friedensreich Hundertwasser gestaltet. Mit dem Turm, der goldenen Zwiebel und den goldenen Kugeln war das Gotteshaus ein Gesamtkunstwerk, in dem aber auch ganz alltagstauglich Messen sowie Hochzeiten, Taufen und Beerdigungen abgehalten wurden.

Der Gedenkgottesdienst, zu dem sich Ferdinand nach seiner Selbstentlassung aus dem Krankenhaus von seinem Vater fahren ließ, war zwar für Bruno Schöne bestimmt, aber der Leichnam war noch nicht freigegeben, lag zusammen mit dem von Ludwig aufgebahrt in der Gerichtsmedizin. Die Bestattung musste dem Ermittlungsfortschritt den Vortritt lassen.

August parkte ein. »Ich geh mit dir, Ferdi. Höchste Zeit, dass ich die Gelegenheit beim Schopf pack und endlich Lena zu ihrem inzwischen zweifachen Verlust kondoliere.«

»Bitte, nicht heute.« Ferdinand hielt ihn davon ab. »Den Rucksack lasse ich bei dir. Ruf Lena an oder geh später zum richtigen Begräbnis. Jetzt passt es nicht, ich bin quasi im Dienst.« Ferdinand stieg aus.

Sein Vater startete den Motor, ohne loszufahren. »Geht in Ordnung. Triffst du deine Kollegin?«

»Höchstwahrscheinlich.«

»Lass sie grüßen.«

»Tschüss, Papa.«

»Ich muss noch etwas loswerden, Ferdinand. Das sag ich nur einmal.« August zögerte. »Als deine Mutter starb, war ich wie paralysiert. So voller Trauer, aber auch voller Wut. Nicht auf den anderen Autofahrer, sondern auf Alma, meine Frau. Neben der Trauer ein weiterer Grund, warum ich nie darüber reden konnte. Ich hatte Angst, dass du meinen Hass spürst, Ferdi.«

»Hass?« Der Schwindel war zurück. Ferdinand versuchte, ihn wegzuatmen. Die Luft war frisch und klar. In den Wäldern lag zwischen den Bäumen noch Nebel. Zusammen mit den herbstlichen Farben der Bäume ergab es eine friedliche Stimmung, die nicht zu Augusts Feststellung passte. »Warum denn Hass, Papa?«

»Ich hatte das Gefühl, dass sie mir und uns allen die kommenden Jahre gestohlen hat. Inzwischen hab ich meinen Frieden damit gemacht. Mit ihr und mit mir. So, jetzt weißt du auch das.«

August gab Gas, und Ferdinand hatte Mühe, die Tür noch zuzuwerfen. Eine Weile blieb er stehen. Die Worte seines Vaters hallten nach, doch diesmal ohne dass sein eigener Groll ihn übermannte.

Stattdessen löste sich eine Welle in seinem Denken, schwappte in die Richtung, die ihn schon im Krankenhaus beschäftigt hatte. Endlich konnte er an dem neuen Faden weiterspinnen. Denn von großen Emotionen hatte auch Gitte schon einmal gesprochen. Bevor sich jedoch die neue Theorie gänzlich zeigte, setzte Ferdinand sich in Bewegung.

Kaum hatte er die Kirche erreicht, entdeckte er seine Ermittlungspartnerin, die vor einem der zwölf Tore stand, die die Weltreligionen verkörperten und deren Symbole trugen. Sonst war der Vorplatz leer, alle Anwesenden schienen bereits im Inneren zu sein. Als Gitte ihn sah, stellte sie den Kragen ihrer Jacke auf und kam rasch auf ihn zu.

»Was machst du denn hier, Sterz?«

»Recherchieren, mich umschauen, die Leute beobachten. Wie du.«

Sie schüttelte vehement den Kopf. »Aber mir hat keiner was übern Schädel gezogen. Gefällt mir gar nicht, dass du schon wieder herumstrawanzt. Gesundheit geht über Arbeit.«

»Halb so wild.« Mit einer Handbewegung tat er ihre Sorge ab. »Mir geht es gut genug, um die Fälle weiter aufzurollen. Mit dir.«

»Ausschaun tust aber wie ausg'spieben.« Sie stand vor ihm und zupfte ein rotes Blatt von seiner Schulter. »Ich klär dich auf, während wir warten. Max is mit dem Andi schon drinnen. Ich bin zu spät, wollte die Angehörigen bei der Messe jetzt nicht stören. Die Trauer geht mich ja nichts an, nur die Aufklärung.«

»Warum hast du über den Ermittlungsfortschritt nichts mehr Genaueres hören lassen? Das hat mir zu schaffen gemacht.«

»Es gibt keinen Fortschritt, bleib cool, Sterz. Max hat uns sinnlos rumgescheucht, weil es nicht vorangeht. Weder beim Stichlhofer-Fall noch beim Schöne-Mord. Weißt du doch.«

»Seid ihr deshalb heute hierhergekommen?«

»Die Eltern von Bruno Schöne sind aus dem Burgenland angereist, haben es allerdings abgelehnt, zu uns ins Landeskriminalamt zu kommen. Ihnen persönlich ein oder zwei Fragen zu stellen, fand Max dennoch wichtig.«

»Komisch, dass sie nicht an der Aufklärung interessiert sind.«

»Am Aufspüren des Täters und dessen Verurteilung auf jeden Fall, wie mir Lorenz Schöne am Telefon mitgeteilt hat. Sie wollten aber nur mit dem Leiter der SOKO reden, und Max war grad unterwegs. Nach dem Gottesdienst fahren die zwei wieder zurück, wollen nicht bleiben. Deshalb hat Max uns, den Andi und mich, zu diesem Treffpunkt bestellt. Er wird sich hinterher mit dem Ehepaar unterhalten.«

Ferdinand spürte einen Schwall Übelkeit hochkommen, dazu verstärkte sich der Schwindel. Er bewegte sich ein paar Schritte an Gitte vorbei zu einem der Bäume am Straßenrand, um sich am Stamm abzustützen. Er konzentrierte sich auf einen Punkt, ein Ornament an der Kirchenmauer.

»Sterz, es läuft auch ohne dich.« Gitte schloss zu ihm auf. »Selbst ohne mich. Ich fahr dich, schick den Kollegen drinnen die Info aufs Handy. Der Max kann den Andi in seinem Wagen zurück nach Graz mitnehmen.«

»Lass es, ich bin fit. Erkläre mir lieber, was ich noch alles verpasst habe.«

»Ich geb's auf. Wenn du umfällst, fang ich dich nicht auf.«

»Es gab schon wesentlich schlimmere Einsätze für mich, sogar einmal mit einer Kugel in der Schulter.«

»Angeber.« Mit einem Augenrollen beförderte sie ihr Handy aus der Hosentasche und öffnete ihre Notizen. »Also, sämtliche Nachbarn in der B-Straße rund um das Reihenhaus der Schönes haben nichts gesehen, nichts gehört. Dass Bruno Schöne seit Längerem schon von zu Hause aus arbeitete, war kein Geheimnis. Weswegen er seinen Kanzleijob verloren hat, wusste allerdings niemand. Seine Frau hat uns gesagt, die Kündigung hätte mit Personalabbau zu tun gehabt. Anzunehmen, dass Bruno Schöne ihr das so erzählt hat. Brunos Kumpels aus einer Stammtischrunde haben wir allesamt ausfindig gemacht. Die waren schockiert, aber jeder hat ein Alibi.«

»Entschuldige, wenn ich dich gleich weiter löchere, Gitte: Gab es noch Neuigkeiten zu Mutter und Tochter Traser?«

»Warum sollte es? Die beiden haben die Wanderung mit Lena Schöne ja schon bestätigt. Sie sind mit dem Wagen von Ivonne Traser ein Stück bis zum Wanderparkplatz gefahren, haben dort gehalten und sind dann in den Wald spaziert. Is der Lieblingsweg von Helga Traser, wie sie Max erzählt hat. Er hat berichtet, die Mutter sei eine eher wortkarge Person, die Tochter hat hingegen viel mehr geredet. Helga Traser hat sich relativ rasch zurückgezogen, um sich hinzulegen nach der Aufregung. Unterm Strich deckt sich ihre Schilderung mit der von Lena Schöne.«

»Hast du ihm von meiner Vermutung nach meinem Besuch beim Notar Schaffnegger erzählt? Das mögliche Verhältnis.«

»Nein.«

»Warum nicht?«

»Es is deine Beobachtung. Mach du das.«

»Gitte!«

»Was denn?« Ihr Blick ging nach unten. »Ich bin ein bisserl skeptisch, ehrlich gesagt. Es gibt kein Verdachtsmoment gegen Ivonne oder gegen den Notar.« Sie sah Ferdinand wieder an. »Noch was zum Mord Nummer eins: Der Laptop von Ludwig Stichlhofer wurde geknackt.«

»Das sagst du erst jetzt? Hat sich daraus etwas ergeben?«

»Ja und nein. Immerhin hat er die Überschreibungsdokumente und die Behördenmails gespeichert. Die gefälschte erste Vereinbarung war allerdings nicht darunter. Auch keine Überweisungen, er hat kein Onlinebanking betrieben. Also müssen wir noch auf die Freigabe zur Einsicht seines Bankkontos warten. Überhaupt hat er das Ding mehr wie eine Schreibmaschine benutzt. Viel notiert hat er, Gedanken, Ideen, Pläne. E-Mail-Wechsel mit unserem Achim Brink und anderen Leuten – alles ohne Relevanz. Der Suchverlauf dreht sich ums Auswandern und um Adoptionsschicksale. Agenturen hat er gespeichert, leider keine Namen. Ich glaub, er könnte seine Recherchen allesamt schriftlich festgehalten haben.«

»Dann muss es ein Notizbuch geben.«

»Das vielleicht Mira hat, ohne es uns auszuhändigen.«

»Möglich, Gitte. Um die Suche weiterzuführen. Dabei will sie keine Einmischung vonseiten der Polizei.«

»Hab ich auch überlegt, Sterz. Spannend is aber, dass er den gefakten Notarnamen eingegeben und gesucht hat. Vor über einem Jahr war das. Dann nichts mehr in diese Richtung.«

»Das stärkt unsere Vermutung, dass Ludwig es herausgefunden hat.« Ferdinand stöhnte leise, sein Magen und Kopf kamen nicht zur Ruhe. Trotzdem war seine Entscheidung, das Spital verfrüht zu verlassen, absolut richtig gewesen. Es war wichtig, dass er wieder aktiv wurde. »Hat sich etwas Neues zu Ivo Matić ergeben?«

»Fahndung läuft.«

»Und die Spurensicherung im Haus von Bruno Schöne?«

»Außer den Rezepten, die neben dem behandelnden Arzt im Schlaflabor zu einer Apotheke in Köflach zurückverfolgt werden konnten, nichts. Alle Spuren im oberen Stockwerk stammen von Bruno Schöne selbst und von seiner Frau.«

»Was zu erwarten war.«

»Die Tatwaffe, das Messer, bleibt unauffindbar.«

»Was ist mit der Textnachricht an unseren Achim Brink?«

»Er war inzwischen so nett, uns sein Mobiltelefon zu überlassen. Die fremde Nummer, die ihn zu Bruno Schöne hat fahren lassen, gehört zu einem nicht registrierten Prepaidhandy.«

»Hier könnte wieder Ivo Matić seine Finger im Spiel gehabt haben.«

»Möglich. Seine Cousine Mira war am Tag des zweiten Mordes übrigens in Admont, wie schon bei Ludwig Stichlhofers Abgang.«

»Bitte, sag nicht Abgang, Gitte.«

»Entschuldige, war nicht so gemeint.« Sie legte ihre Hand auf den Mund. »Jedenfalls sind diesmal Stadlmeister und Dürer zu ihr gefahren, und sie hat sofort geöffnet und war kooperativ.«

»Wieder der Hausmeister als Zeuge?«

»Besser. Sie hatte einen Termin bei einem möglichen Arbeitgeber, dessen Firma auch übergangsweise Appartements für die Angestellten zur Verfügung stellt. Sie will sich in Österreich melden und will nichts mehr mit Fritz Stichlhofer zu tun haben. Er hat sie angerufen und ihr die Wohnung gekündigt. Was für ein Wappler.«

»Schickst du mir bitte alles?«

»Hatte ich eh vor, Sterz. Wollt dich nur ein bisserl in Ruh lassen, für deine Genesung. Ich bin eben eine umsichtige Kollegin.«

»Stopp, Gitte«, er unterbrach sie. »Schau, wer da kommt. Als hättest du es heraufbeschworen.«

Sich vom Straßenrand her nähernd, erschien Mira Matić. Sie wirkte noch schmaler und durchscheinender als bei ihrer Begegnung im Landeskriminalamt. Trotz der kühlen Temperatur trug sie nur einen Hosenanzug, dazu ein schwarzes Tuch über den Schultern. Anders als beim letzten Mal war sie ungeschminkt. In der Hand hielt sie eine Lilie.

»Komisch, dass sie hier auftaucht, oder?« Gitte warf Ferdinand einen erstaunten Blick zu.

Er wartete, bis Mira auf der Höhe der Bäume war. »Hallo, Frau Matić.«

Sie blieb abrupt stehen. Ein Ächzen folgte, als sie ihn erkannte. »Inspektor Sterz.« Danach sah sie sich um, als würde sie verfolgt werden.

Gitte grüßte ebenfalls. »Dass Sie sich hier zeigen, Frau Matić, damit haben wir nicht gerechnet.«

»Das ist die Kollegin Gitte Busch, zu der Sie damals eigentlich wollten«, ergänzte Ferdinand.

»Ich habe die Ankündigung in der Zeitung gelesen.« Miras Augen wurden feucht. »Nach meinem Ludwig der Zweite, der zu früh gegangen ist. Zwei Beerdigungen.«

»Es ist ein Gedenkgottesdienst für Bruno Schöne, Frau Matić«, korrigierte Gitte sie. »Soweit ich weiß, sind Familie, Freunde und Nachbarn anwesend. Zu welcher Kategorie zählen Sie?«

»Verzeihen Sie, dass ich mich schlecht ausgedrückt habe.«

»Keine Ursache.«

»Ich bin nur wegen Ludwigs Schwester hier. Eine solche Art der Trauerfeier erschien mir für eine Versöhnung die passende Gelegenheit.«

Ferdinand fasste sie am Arm. »Meinen Sie, dass es eine gute Idee ist, Lena Schöne gerade heute zu begegnen?«

»Bis eben fand ich es noch richtig«, sie drehte die Lilie vorsichtig zwischen den Fingern. »Ich dachte, wenn der Tod dieser beiden Männer überhaupt einen Sinn gehabt hat, dann vielleicht den, dass wir uns aussprechen und vielleicht endlich näher kennenlernen sollten.«

Ferdinand öffnete den Mund für eine nächste Frage, die ihm plötzlich dringend auf der Zunge lag, aber Gitte kam ihm zuvor. »Frau Matić, wir haben noch einige Fragen an Sie. Vorneweg, haben Sie in den letzten Tagen etwas von Ihrem Cousin …?«

Durch das Öffnen der Kirchentür wurde sie unterbrochen.

Als Erstes erschien Kollege Andi. Ihm folgte ein älteres Paar, das sich gegenseitig stützte. Sie schluchzten. Max Drombovic war mit etwas Abstand hinter ihnen. Weitere Besucher strömten nach draußen.

Ferdinand erkannte Lena, die vollkommen versunken mit gesenktem Kopf an der Seite eines Pfarrers ging. Ganz in Schwarz gekleidet wirkte auch sie, wie Mira Matić, zerbrechlich und verletzlich.

Als Letzte erschien Ivonne Traser, als Einzige in einem hellen Mantel. Sie war es auch, die Ferdinand als Erste wahrnahm. Nach einer Schrecksekunde ihrerseits hob sie die Hand und winkte übertrieben schnell in seine Richtung, ohne jedoch auf ihn zuzugehen. Stattdessen lief sie vorwärts und hakte sich bei Lena unter.

»Er ist bei mir.«

Ein Flüstern riss Ferdinand aus seinen Beobachtungen. Mira hatte ihren Kopf ganz nah an sein Ohr geneigt. »Mein Cousin. Ivo. In meinem Zuhause. Seit gestern. Wenn Sie ihn jetzt nicht fassen, wird er mich für diesen nächsten Verrat umbringen.«

Bevor Ferdinand Mira antworten konnte, lief sie an ihm und Gitte vorbei und auf Lena zu.

Sein Zögern dauerte nur einen Moment. Er hätte eigentlich bleiben wollen, sehen, wie Lenas Reaktion auf Mira ausfallen würde. Doch all das trat in den Hintergrund angesichts der neuen Information. »Ich weiß, wo Ivo Matić ist, Gitte.«

»Was? Woher plötzlich?«

»Mira.« Er schnaubte. »Sie hat es mir eben gesagt. In Admont. In der Wohnung. Auf geht's.«

»Geschätzt brauchen wir eineinhalb Stunden, Sterz. Bist du fit genug? Oder soll ich die Kollegen vor Ort …?«

»Frag nicht, Gitte. Los, zum Wagen. Drombovic informiere ich von unterwegs.«

Beim Lossprinten kehrte das Schwindelgefühl mit Macht zurück. Für Ferdinand war es, als liefe er eine schiefe Ebene hinunter.

49

In seinem Zustand konnte er sich unmöglich auf eine Auseinandersetzung mit dem dringend Tatverdächtigen einlassen.

Trotzdem war Ferdinand in Lauerstellung.

Er hatte sich hinter Gittes Wagen zurückgezogen, der an der Ecke von Paradiesstraße und Reinalterbühelweg in Admont stand.

»Eine große Hilfe bist du nicht, Sterz«, hatte Gitte schon während der Fahrt treffend angemerkt. »Vorhin hast du geschwankt, als wärst du stockbesoffen. Und ich bin etwas zu mollig, um es mit einem durchtrainierten Kerl aufnehmen zu können. Wir brauchen die Kollegen vor Ort.«

»Okay, Gitte. Aber die sollen in einiger Entfernung warten. Ich möchte, dass wir zwei den Typen festnehmen. Erst wenn wir scheitern, kann die Admonter Polizei ihr Können demonstrieren. Es ist unsere Aufgabe.«

»Nicht dass er uns noch einmal verloren geht, Sterz. Das wär ganz schön peinlich.«

»Diesmal nicht, Gitte. Wir haben Köpfchen, das benutzen wir.«

Bis zur Ankunft hatten sie sich eine Strategie ausgedacht.

Ferdinand beobachtete jetzt von seiner Position aus Gitte, die an der Eingangstür des Gebäudekomplexes klingelte. Mehrfach drückte sie den Klingelknopf von Mira Matićs Wohnung. Allerdings mit zur Seite gedrehtem Kopf, die Front des Gebäudes nicht aus den Augen lassend. Nach einigen Minuten öffnete sich die Tür, und Ferdinand erkannte den Hausmeister Urban Urbanitsch.

Genau in dem Moment ging das vierte Fenster im Parterre auf.

Ivo Matić streckte vorsichtig seinen Kopf heraus und sah in Richtung Gitte. Ihre Blicke trafen sich. Mira Matićs Cousin war mit einem Sprung aus dem Fenster. Gitte startete ebenfalls und ließ den Hausmeister mit offenem Mund zurück.

Wie vorausgesehen, war der Kroate wesentlich schneller als Gitte. Aber er bewegte sich in die von Ferdinand gewünschte Richtung, direkt auf ihn zu. Ferdinand ging tiefer in die Knie, stützte sich mit einer Hand am Kofferraum ab. Als Ivo Matić an die Ecke kam, tat er Ferdinand sogar noch den Gefallen, sich im Laufen umzudrehen und nach Gitte Ausschau zu halten.

Der Rest war in Sekunden erledigt.

Ferdinand streckte sein linkes Bein aus. Der Flüchtende hatte keine Chance.

Er stolperte nicht nur, sondern legte einen kurzen Flug hin und landete auf dem Gehsteig. Noch im Fallen versuchte er, sich abzurollen und wieder hochzukommen, was Ferdinand in eine Kampfsituation hätte bringen können. Doch der Zaun zum Grundstück dahinter ließ dem Kroaten keinen Platz für eine solche Wende. Ivo Matić blieb bäuchlings liegen. Der Rest war für Ferdinand leicht zu handhaben. Er ging neben dem Verdächtigen in die Hocke, drehte die Arme des Mannes auf den Rücken und legte ihm die Handschellen an. Ivo Matić versuchte einmal, nach Ferdinand zu treten, leistete jedoch sonst keinen Widerstand mehr.

»Fuck«, er spuckte auf den Boden aus. »Polizeiwillkür ist das! Scheiße unfair!«

»Unfair is, dass Sie schon zum zweiten Mal vor uns Beamten abpaschen wollen, Herr Matić.« Gitte erschien neben Ferdinand und atmete schwer. »Sie sind festgenommen.«

»Der hat mich verletzt.« Er wandte sich Ferdinand zu. »Rassistisches Arschloch.«

Gitte zog den Verdächtigen vom Gehsteig hoch. »Reden S' keinen Unsinn. Sie sind gestürzt, als Sie fliehen wollten. Auf mit Ihnen, Herr Matić.«

»Idiot. *Svinja.*« Er begann in seiner Muttersprache zu fluchen. Als er stand, wurden eine Schramme an seiner Wange und Blut an seiner Lippe sichtbar.

»Beleidigungen helfen Ihnen nicht. Der Amtsarzt wird Sie später versorgen, Herr Matić. Jetzt geht es erst mal aufs Landeskriminalamt.«

Ein Pärchen war auf der gegenüberliegenden Straßenseite stehen geblieben. Der Mann hielt sein Handy in die Höhe.

Ferdinand hielt dagegen seinen Ausweis hoch. »Polizeiliche Ermittlung. Gehen Sie bitte weiter. Machen Sie kein Foto und drehen Sie auch kein Video. Das wäre strafbar.«

Die Frau lächelte unsicher und zog ihren Partner am Jackenärmel. Der bewegte sich nur unwillig von der Stelle, ließ sein Mobiltelefon aber verschwinden.

Als Nächstes zückte Ferdinand sein eigenes Handy und verständigte die Admonter Kollegen. Keine Minute später war der Polizeiwagen mit Blaulicht am Beginn der Straße zu sehen.

»Ich bin unschuldig.« Ivo Matić begann zu jammern, stöhnte übertrieben.

Ferdinand konterte. »Komisch, dass Sie dann stets darauf aus sind, das Weite zu suchen.«

»Weil ich der Polizei nicht traue. Niemand tut das.«

»Herr Matić«, wieder Gitte. »Wir werden Sie gleich nach Ankunft zu einem Doppelmord befragen.«

»Kein Mord. Zwei schon gar nicht.«

»Wenn Sie nichts zu verbergen haben, dann wird's ja einfach.«

»Wer hat mich verpfiffen? Mira? Die Sau.«

»Lassen Sie bitte die lieben Viecherln aus dem Spiel.«

Der Polizeiwagen hielt vor den dreien. Ein Uniformierter stieg aus und nahm Gitte den Verdächtigen ab. Sie öffnete stattdessen die Hintertür. »Bitte Platz nehmen, Herr Matić. Wenn

S' ab sofort brav mitspielen, lass ich im Bericht den Widerstand gegen die Staatsgewalt und die Beamtenbeleidigung weg. Wenn nicht, droht Ihnen auf jeden Fall eine Anzeige.«

Trotzdem begann Ivo Matić zu brüllen. »Hilfe. Ich werde zu Unrecht verhaftet. Rassismus bei der Polizei.«

Statt einzusteigen, versuchte er absichtlich seine Stirn gegen die Kante des Daches zu schlagen. Mit Schwung zog ihn Ferdinand an seinem Kragen zurück.

Das Pärchen, das sich bereits einige Meter entfernt hatte, blieb wieder stehen. Sie drehten die Köpfe, Gitte wedelte mit einem Arm. »Alles gut. Weitergehen!«

»Ich würde Ihnen dringend raten zu kooperieren.« Ferdinand lockerte seinen Griff. »Eine Mordanklage ist kein Zuckerschlecken.«

»Wieso überhaupt zwei Tote?«

»Ludwig Stichlhofer und Bruno Schöne.«

Ivo Matić starrte Ferdinand an, vergaß zu schreien oder zu versuchen, sich selbst zu verletzen. »Was? Bruno ist tot?«

»Sie haben ihn also doch ganz gut gekannt?«

»Halt von dem einen Mal her, als er und seine Frau mich vom Hof haben wollten. Das war's. Die Begegnung war nicht freundlich.«

»Ihre Reaktion verrät uns mehr.«

»Das war nur der erste Schock.«

»Hat Ihnen Ihre Cousine nichts erzählt?« Gitte tauschte mit Ferdinand einen Blick.

»Nichts hat die mit mir geredet. Geheult hat sie. Heute Morgen hat sie gesagt, sie will für uns einkaufen. Ist nicht mehr wiedergekommen. Das büßt sie mir.«

»Androhung von Gewalt gegen Unbeteiligte noch dazu, Herr Matić? Die Liste wird immer länger.«

»Ich will einen Anwalt.« Er spuckte noch einmal aus, senkte den Kopf und stieg ohne eine weitere Eskapade ein.

Kaum war der Polizeiwagen außer Sichtweite, kehrte Gitte zu ihrem Fahrzeug zurück. Ferdinand nahm seinen Platz auf dem Beifahrersitz ein.

»Wieder was Neues, Gitte. Ivo kannte Bruno doch näher. Interessant.«

Der Hausmeister tauchte neben dem Wagen auf, Ferdinand öffnete das Fenster. »Hallo, Herr Urbanitsch. Danke, dass Sie uns eben geholfen haben. Es hat alles geklappt, wie Sie sehen.«

»Echt? I hab g'holfen? Klasse.« Urban Urbanitsch hob beide Daumen. »Ober ihr hobt's an Schneid, Kollegen.«

50

Ferdinand musste an die frische Luft.

Das unverdrossene »Dazu sage ich nichts ohne Anwalt« von Ivo Matić zerrte an seinen Nerven. Der Kroate schwieg hartnäckig, beantwortete keine einzige Frage, die ihm Gitte, Drombovic und Stadlmeister bisher gestellt hatten. Einzig der Standardsatz kam in regelmäßigen Abständen aus seinem Mund.

Doch in Wahrheit beschäftigte Ferdinand nicht nur Ivos Dauerschleifenruf nach juristischem Beistand. Seit er das Krankenhaus verlassen hatte, begann sich der Nebel zu lichten, der über seinem Denken gelegen hatte. Wie Maulwurfshügel auf einer Wiese gruben sich die einzelnen Teile eines möglichen Gesamtbildes nach oben. Ein Dominostein war am Umkippen, und würde dieser fallen, wären die Schlussfolgerungen daraus monströs, wie Ludwigs Ermordung es von Anfang an gewesen war. Noch umschiffte Ferdinand in seinem Abwägen und Analysieren diesen einen speziellen Faden, der einen gangbaren Weg durch das Ermittlungslabyrinth aufzuzeigen schien.

Er ging langsam vor bis an die Einfahrt an der Straßganger Straße. Der Verkehr rauschte an ihm vorbei, fast hätte er das Klingeln seines Handys überhört.

»Ja? Sterz hier.«

»Hallo, Inspektor Sterz.«

»Dr. Casella, ich freue mich.«

Ferdinand wechselte das Handy von einem Ohr zum anderen. Katarina Casellas dunkelblonder dicker Zopf fiel ihm ein. Ihre grünen Augen. Spontan dachte Ferdinand an die kleine Meerjungfrau von Hans Christian Andersen. Seine Mutter hatte ihm als Kind daraus vorgelesen. Ob die Gerichtsmedizinerin auch wegen der Liebe zu einem Prinzen ihr angestammtes Terrain verlassen würde, fragte sich Ferdinand. Zugleich war ihm bewusst, dass er sich mit dem Gedankengang abzulenken versuchte.

»Max und Gitte gehen gerade nicht ans Handy.«

»Die Kollegen sind bei einer Vernehmung, Dr. Casella.«

»Sie nicht?«

»Ich erlaube mir eine Verschnaufpause. Aus diesem Grund müssen Sie mit mir vorliebnehmen, tut mir leid.«

»Kein Problem. Dann informiere ich Sie zuerst, Inspektor Sterz.«

Vielleicht ein Stück Zufall, dachte Ferdinand unvermutet, obwohl er noch nie an Zufälle geglaubt hatte. Der Anruf rief einen leichten Schwindel bei ihm hervor, der diesmal nichts mit den Folgen seiner Gehirnerschütterung zu tun hatte. »Ich stehe Ihnen zur Verfügung, Dottoressa Katarina.« Der nächste Versuch, das Kommende hinauszuzögern.

Ein Ansatz eines Lachens war am anderen Ende der Leitung zu vernehmen. »Inspektor Sterz, ich bin geboren und aufgewachsen in Hart bei Graz.«

»Entschuldigen Sie.«

»Nein, schon gut. Meine Großeltern stammen aus Palermo, ich habe also italienische Wurzeln. Und meine Katzen heißen Diego und Carlito.«

»Toll.«

»Zwei riesige Fellknäuel, die durchaus gerne die eine oder andere Farfalla fressen, wenn man sie ihnen vor die Nase hält. Wenn Sie keine Katzenallergie haben, kommen Sie gerne einmal …« Sie unterbrach sich mitten im Satz. »Jetzt entschuldige ich mich. Es geht hier weder um Katzen noch um Nudeln. Die neuen Ergebnisse von Bruno Schöne sind eben eingegangen.«

Auch wenn der Wunsch, unbedingt mehr über Diego und Carlito, die Riesenkatzen, zu erfahren, in Ferdinand geweckt war, hakte er direkt nach. »Welche Ergebnisse genau, Dr. Casella?«

»Zu den Betäubungsmitteln in seinem Magen. Der Inhalt wurde noch einmal eingehender untersucht. Jeder einzelne Wirkstoff darin wurde nun ausgewertet.«

»Ich höre.«

»In der Zusammensetzung stimmen sie nicht mit den Medikamenten überein, die die Spurensicherung im Haus des Opfers gefunden hat. Das heißt, dass er keine seiner eigenen Tabletten vor seinem Tod geschluckt hat.«

»Dann können wir definitiv davon ausgehen, dass ihm jemand im Laufe des Vormittags etwas eingeflößt hat, ohne dass Bruno Schöne es geahnt hat. Eine Mischung, die ihn betäubte und somit die Messerattacke ohne Gegenwehr möglich machte. Richtig, Dr. Casella?«

»Ziemlich kaltblütig, finde ich.«

Ferdinands Schwindel kam zurück, intensiver als vorhin. Kein Überfall, keine Tat im Affekt, sondern ein kalkulierter Mord. Anzunehmen, dass es auch bei Ludwig so gewesen sein könnte. Ferdinand biss sich auf die Zunge. »Welche Präparate?«

»Es gibt mehrere Möglichkeiten. Ich gehe davon aus, dass dem Opfer verschiedene Medikamente verabreicht wurden. Ein Cocktail, um sicherzugehen, dass Schlaf am helllichten Tag eintritt. Aber zu einem speziellen Wirkstoff passt tatsächlich nur eine Art von Krankheit. Ich war, ehrlich gesagt, überrascht.«

»Welche, Dr. Casella?«

»Narkolepsie.«

Ferdinand ließ eine Pause, in seinem Kopf drehte sich das Wort einmal im Kreis. »Die Schlummersucht?«

»So wird diese Krankheit im Volksmund genannt, ja.« Ein Tippen war im Hintergrund bei Katarina Casella zu hören. »Die Narkolepsie ist eine Hypersomnie zentralnervösen Ursprungs ohne Bezug zu schlafbezogenen Atmungsstörungen. Sie gehört zur Gruppe der Schlafsüchte, da es sich dabei um eine Störung der Schlaf-Wach-Regulation handelt. Sie ist nicht heilbar, kann mit Halluzinationen und auch Kataplexie einhergehen. Im Vordergrund steht die kaum zu bewältigende Tagesschläfrigkeit. Diese Krankheit befällt einen in jungen Jahren, spätestens um die dreißig, und bleibt dann.«

»Laienhaft nachgefragt: Würde man Menschen, die spontan zu jeder Tageszeit einschlafen, nicht Aufputschmittel verschreiben?«

»Lassen Sie mich kurz ausführen, Inspektor Sterz.« Sie räusperte sich. »Das ist richtig, greift jedoch zu kurz. Die Tagesschläfrigkeit wird mit Stimulanzien behandelt. Doch bei gestörtem Nachtschlaf werden bei der Medikation Stoffe eingesetzt, die den Schlafvorgang fördern oder einleiten. Manche Patienten greifen allerdings oft auch zu stärkeren Hilfen, um durchschlafen zu können. Nehmen mehrere Präparate zugleich ein. Nicht ratsam und sogar kontraindikativ.«

»Wie sind Sie gerade auf dieses Krankheitsbild gekommen, Dr. Casella?«

»Eine entfernte Verwandte von mir leidet darunter. Im Schlaflabor hat man ihr ein Medikament mit demselben Wirkstoff verordnet, wie ich ihn in der Zusammensetzung im Magen von Bruno Schöne vorgefunden habe.«

»Ist Ihre Verwandte auch im selben Schlaflabor im Landeskrankenhaus wie Bruno Schöne gewesen?«

»So ist es.«

Nicht nur Bruno war dort vorstellig geworden. Hatte Ferdinand vorhin das Meerjungfrauenbild bei Katarina Casella als Assoziation gehabt, kam ihm nun eine üppigere Frau mit schwarzen Locken, rot bemalten Lippen und einem Drang zu plaudern, wenn sie nervös wurde, in den Sinn. Eine Art trauriges, in die Jahre gekommenes Schneewittchen, das nicht im Wald, sondern mit seiner Mutter in einem Reihenhaus lebte und sich möglicherweise mit dem verheirateten Chef eingelassen hatte. Als Begleitperson hatte sie Professor Dr. Frey bezeichnet.

Doch ein Motiv für die grausame Tat konnte Ferdinand weit und breit nicht erkennen. Auch keinen Zusammenhang mit Ludwigs Ermordung. Ganz davon abgesehen, dass Ivonne Traser zu beiden Tatzeiten Alibis vorweisen konnte. Allerdings war das zweite … Er stoppte seinen Gedankengang ab. Ein Punkt war erreicht, an dem er sich wie in einer Abwärtsspirale fühlte. Eine unheilige Lösung schien sich schließlich und endlich doch zu zeigen.

Jemand log für einen anderen. Darin lag einer der Schlüssel. Wobei auch dabei der Grund für dieses Lügen zu fehlen schien.

Ferdinand ließ einen Fluch los. Katarina Casella stieß ein »Oh« aus.

»Sorry, Dr. Casella.« Er riss sich schnell wieder zusammen. »Ich habe nicht Sie oder die Arbeit der Rechtsmedizin gemeint.

Diese Ergebnisse sind aufschlussreich und bringen die Aufklärung ein gutes Stück voran. Ich verstehe bloß die letzten Zusammenhänge noch nicht. Die aufzudecken ist meine, nicht Ihre Aufgabe.«

Ein grüner Bus fuhr derart nahe an Ferdinand vorbei, dass er erschrocken nach hinten auswich. Unbewusst hatte er einen Schritt auf die Straße gemacht.

»Noch mal für mich zum gedanklichen Mitschreiben, Dr. Casella: Bruno Schöne selbst litt nicht unter Narkolepsie, hatte aber eine medikamentöse Mischung im Magen, bei der einer der Wirkstoffe zu einer Narkolepsietherapie gehört.«

»Genau.«

»Hätte er daran sterben können, wenn er nicht erstochen worden wäre?«

»Nein. Er wäre wieder erwacht und hätte sich verkatert gefühlt. Ich schicke die Information gleich raus. Ihr könnt meine Angaben dann im Team erörtern.«

Oder, dachte Ferdinand, ohne es laut auszusprechen, ich mache mich gleich auf den Weg. Allein.

Es musste sein.

»Danke, Dr. Casella.«

»Gerne.«

Er beschloss also, nicht mehr zur Vernehmung von Ivo Matić zurückzukehren, und suchte am Handy die nächste Busverbindung Richtung Innenstadt. Mit etwas Glück würde er an seinem ersten Ziel nur kurz warten müssen, um eine bestimmte Person abzufangen. Würde seine Annahme dort bestätigt werden, hätte er eine längere Weiterfahrt vor sich.

Ein nächster Alleingang von Inspektor Sterz. Max Drombovic würde toben. Doch daran führte kein Weg vorbei. Ferdinand war bereit, den ersten Dominostein umzustoßen. Lag er am Ende richtig, würde er schließlich Gitte als Erstes eine Textnachricht senden.

51

»Schönen guten Tag,«

»Oh mein Gott, haben Sie mich erschreckt. Auch für Sie, Herr Chefinspektor, ein wunderbares Tagerl. Was für ein Zufall.«

Um sie beide herum war weniger los, als an einem Wochenbeginn in der Innenstadt zu erwarten war. Die Schiebetüren der Buchhandlung Moser öffneten sich. Eine ältere Dame mit Hut, Umhängetasche und mehreren Einkaufssackerln aus Papier in beiden Händen kam heraus.

»Nicht wirklich zufällig. Es ist kurz vor vierzehn Uhr, und Sie sind wirklich pünktlich. Ich habe auf Sie hier an der Ecke gewartet. Direkt vor der Kanzlei hätte uns vielleicht Heinrich Schaffnegger gesehen. Mit ihm werde ich mich zu einem späteren Zeitpunkt noch einmal unterhalten. Wenn er nämlich aufs Landeskriminalamt vorgeladen wird.«

»Warum das denn? Ich bin jetzt echt wie vor den Kopf gestoßen. Und aufgeregt auch.«

Eines der Sackerl der Dame riss, Bücher rutschten auf den Boden. Während sie sich bückte, glitt ihr die Umhängetasche von der Schulter und landete ebenfalls auf dem Asphalt. Ihr Hut wackelte.

»Bleiben Sie ruhig. Alles klärt sich. Sie sind doch auf dem Weg zu Ihrer Arbeit, oder?«

»Ja.«

»Wobei an den Montagen die Kanzlei keinen Besucherverkehr hat.«

»Da gibt es manchmal anderes zu tun.«

»Was vielleicht ebenfalls mit Verkehr zu tun hat?«

»Gott, jetzt werd ich gleich rot. Herr Chefinspektor! Wie können Sie …«

»Wie kann ich was?«

»So was sagen.«

»Verzeihen Sie. Das war indiskret.«

Erneut bewegten sich die Schiebetüren. Eine der Buchhändlerinnen eilte der Dame zu Hilfe und ging neben ihr in die Hocke.

»Ihnen verzeih ich doch alles, Herr Chefinspektor. Ich muss aber weiter. Der Herr Magister Schaffnegger wartet sicher schon.«

»Noch ein paar ganz kurze Fragen. Bitte, weil ich es bin.«

»Ich kann Ihnen nix abschlagen.«

»Wo parkt Ihr Wagen?«

»Der is zu Haus. Zur Arbeit nach Graz fahr ich immer mit dem Bus.«

»Eine dritte Frage noch.«

»Wie im Märchen bei den Verwünschungen. Jetzt krieg ich eine Gänsehaut.«

»Wünschen ist ein gutes Stichwort. Wünschen Sie sich manchmal ein anderes, freieres Leben?«

»Das ist Ihre dritte Frage?«

»Ja.«

Die Buchhändlerin, jetzt mit den Büchern unterm Arm, und die ältere Dame mit Hut und Tasche standen wieder aufrecht. Ein junger Mann mit einem neuen, größeren Sackerl war nun der dritte im Bunde.

»Dazu will ich nix sagen.«

»Versuchen Sie es.«

»Ein bisserl wünsch ich es mir, Herr Chefinspektor. Ein winziges bisserl. Manchmal auch mehr. Und manchmal so sehr, dass es mich zerreißt. Ich bin achtundvierzig, wie lang soll ich denn noch auf mein eigenes Leben warten? So, jetzt is es heraus. Verurteilen Sie mich.«

»Würde ich niemals tun. Was die Krankheit Ihrer Mutter angeht …«

»Sie is nicht krank.«

»Das ist nicht wahr. Ich weiß es.«

»Oh Gott. Woher denn?«

»Lassen wir das außen vor. Es gibt doch keinen Grund, es geheim zu halten.«

»Meine Mutti wollt es so. Immer schon. Seit ich ein Kind war, kümmere ich mich. Acht war ich, als sie … acht! Immer war nur ich verantwortlich.«

»Deshalb kein Ehemann, keine eigenen Kinder. Tapfer.«

»Ja, das war und bin ich.«

Dame und Buchhändlerin unterhielten sich angeregt, während der junge Mann die Bücher an sich nahm und neu eintütete.

»Ein Verhältnis kann Ihnen freilich keiner übel nehmen.«

»Werden Sie bitte nicht unverschämt, Chefinspektor.«

»Das liegt mir fern. Aber gehen wir jetzt einmal davon aus, dass Sie, auch an dem speziellen Montag, Ihren Kanzleijob doch angetreten haben. Wie Ihre Mutter sagt: alles für den Schaffnegger.«

»Der Heinrich is verheiratet und wird es bleiben. Und mein Privatleben geht Sie nichts an.«

»Wenn es um ein falsches Alibi geht, schon.«

»Blödsinn. Ich hatte frei, wir drei haben einen Ausflug gemacht. Wir sind erst zurück, als alles vorbei war.«

»Sehen Sie, genau hier liegt neben der Lüge die Ungereimtheit. Von Graz aus ist Köflach kein Katzensprung. Schon gar nicht ohne Auto und mit dem Bus. Wurden Sie abgeholt? Oder ist sogar vorher ein Treffpunkt verabredet worden? Oder hat Sie der Anruf überrascht?«

»Ich hab überhaupt keinen Schimmer, wovon Sie reden, Chefinspektor.«

»Sie wissen mehr als wir Ermittler zusammen. Wenn der Notar vorgeladen wird, wird er Sie unter Druck nicht mehr decken. Nicht einmal aus Angst, dass die Affäre auffliegt. Da bin ich sicher.«

»Ich war an dem Tag nicht in der Kanzlei.«

»Doch, das waren Sie. Sie sind pünktlich erschienen, mussten aber früher los, denke ich. Ein Schäferstündchen *interruptus*, könnte man sagen. Ich frage mich weiter, ob Sie es direkt beim Eintreffen am Tatort geahnt oder nach und nach Ihre Schlüsse gezogen haben. So oder so, Sie haben sich mit schuldig gemacht.«

»Mit Ihnen red ich nix mehr. Sie sind gar kein Netter, tun nur so.«

»Eine Aussage können Sie gerne bei jedem anderen Polizeibeamten machen.«

»Aussage?«

»Sie wissen schon. Ein Eingeständnis, eine Korrektur der Schwindeleien. Die Chance dazu ist da. Es könnte sich strafmildernd auswirken.«

»Strafe?«

»Ein schreckliches Wort, oder? Könnte Gefängnis bedeuten.«

»Seien Sie still. Bitte.«

»Ich muss ohnehin los und lasse Sie in Ruhe, damit Sie pünktlich sein können.«

»Wo gehen Sie hin, Herr Chefinspektor?«

»Dorthin, wo Sie herkommen.«

»Und wenn ich jetzt gleich einen Anruf tätigen würd?«

»Oh nein. Tun Sie das nicht. Oder noch besser: Rufen Sie jemand anderen an. Hier haben Sie die Nummer von Gitte Busch. Ihre Durchwahl am Landeskriminalamt. Am allerbesten: Suchen Sie Inspektorin Busch persönlich auf. Reden Sie mit ihr. Gleich. Sofort. Schwänzen Sie heute Ihren verheirateten Heinrich ganz. Laufen Sie los, ohne noch einmal nachzudenken und es sich anders zu überlegen.«

»Ich denk selten nach, und wenn, stell ich mich an den Rand einer Brücke und würde gern hinunterspringen, Herr Chefinspektor.«

»Nur Inspektor, Frau Traser, nicht mehr, aber auch nicht weniger.«

Die ältere Dame spazierte an ihnen vorbei und verschwand in der Menge.

52

Das noch nicht final bestätigte Wissen bereitete ihm direkt tiefen Kummer. In der Rückschau meinte Ferdinand, ein körperliches Weh wäre besser zu ertragen gewesen als das seelische. Er fragte sich später oft, ob er es nicht schon viel früher geahnt hatte.

»Frau Traser, ich bedanke mich für den Kaffee und dass Sie mich so spontan hereingebeten haben. Der schmeckt richtig gut.« Ferdinand hob die Tasse hoch.

»Ja? Ehrlich?« Helga Traser zeigte ein kleines Lächeln, das nicht ihre Augen erreichte. »Eigentlich hab ich ja jemand anderen erwartet. Milch? Zucker?«

»Beides.«

»Sie sind schon der dritte Polizeibeamte, der uns besucht. Bei den ersten zwei war aber immer die Vonni dabei. Und keiner hat einen Kaffee gewollt, die hatten es eilig.«

»Ich habe Zeit mitgebracht.«

Während er zusah, wie Ivonnes Mutter aus dem Kännchen Milch in seine Tasse goss, versuchte er, sein Gedankenkino auf den Anfang einer Vorführung zu stellen, ohne genau zu wissen, was ihn erwartete. Alles war möglich, was demzufolge auch ein Nichts-wird-geschehen einschloss. Seine Nervosität stieg.

»Was Süßes dazu?« Helga Traser streckte ihm eine Schüssel mit in Zellophantütchen verpackten Keksen entgegen.

Ferdinand griff sich ein Teil und riss es auf. Der Keks zerbröselte bereits auf dem Weg in den Mund und schmeckte fade. Er suchte nach dem Ablaufdatum, es lag drei Jahre zurück.

»Früher hab ich viel gebacken.« Sie stieß einen Seufzer aus und sah aus dem Fenster, an dem Rüschenvorhänge angebracht waren.

Überhaupt hatte das Wohnzimmer etwas von einer Puppenstube. Auf der Zweiercouch, auf die sich Helga Traser nach dem Servieren des Kaffees und der Kekse gesetzt hatte, lagen Unmengen an Polstern. Ferdinand hatte elf gezählt. Der Lesesessel, in dem er selbst Platz genommen hatte, war ebenfalls noch mit extra Kissen bestückt. Unter seinen Füßen ein flauschiger Teppich, das Tischchen zwischen Couch und Sessel rund mit einer Tischdecke, die zu groß dafür schien. An der Wand Stickereien, die berühmten Gemälden nachempfunden waren.

Sie bemerkte Ferdinands Blick. »Sticken tu ich nicht mehr, nur häkeln. Aber das mit weniger Freude. Früher war ich rundherum viel aktiver. In meinen Zwanzigern sportlich. Nach der Geburt von Ivonne wurde es schwieriger. Später hab ich nach und nach alles aufgegeben außer das Fernsehen. Serien sind eine Leidenschaft von mir.«

»Bevor Sie krank wurden, Frau Traser, stimmt's?« Ferdinand wischte sich die Keksreste vom Pullover.

Helga Traser faltete die Finger. »Krank is das falsche Wort, Herr Inspektor.«

»Sie nehmen Medikamente.«

»Schon.«

»Tabletten mit einem speziellen Wirkstoff. Über gewisse Zeiträume dazu extra Schlafmittel, damit sie durchschlafen können.«

»Es kommt was zusammen, das stimmt. Die Vonni weiß Bescheid, was ich wann schlucken muss. Ich käme durcheinander.« Sie blinzelte. »Woher wissen Sie das überhaupt, wenn ich fragen darf? Hat Ivonne wieder schwadroniert?«

»Nein, Frau Traser.« Er überlegte, ob er ihr vom Mageninhalt von Bruno Schöne erzählen sollte, ließ es aber sein. Es hätte Sie nur unnötig aufgeregt. »Meine Quelle war eine andere, nicht Ihre Tochter.«

»Die Vonni is und war immer eine Brave.« Helga Traser drehte den Kopf in Richtung einer Fotografie, die inmitten der Stickereien hing, Mutter und Tochter vor einem Strandkorb mit breitem Lächeln. »Sie sorgt sich um mich und schaut drauf, dass ich nicht allein bin, wenn sie arbeiten muss. In einer Kanzlei is sie, beim Notar Schaffnegger.«

»Hört sich sehr lobenswert an.«

»Sie kommt am frühen Abend heim. Wenn Sie dann noch einmal wiederkommen möchten.«

»Ich wollte mit Ihnen reden, Frau Traser. Solange Sie noch keine Gesellschaft haben.«

»Aber ich bin nie lang allein. Nie. Brauch zum Glück keine Pflegerin. Keinen fremden Menschen lass ich hier herein.«

Er bemerkte, dass sie fahriger wurde, an einer Strähne ihres Haares zupfte und sich auf die Lippen biss. »Ich bin nicht vom Sozial- oder Gesundheitsamt, Frau Traser.«

»Das is mir schon klar, Herr Inspektor. Ich bin nicht blöd.«

»Hundertprozent nicht. Verzeihen Sie, wenn ich diesen Eindruck erweckt habe.«

»Und ich hab alles ausgesagt, was ich weiß zu dem Mord am Bruno.«

»Ebenso zu Ludwig Stichlhofer.«

»Wer is das?«

»Der Bruder von Lena.«

»Ach so.« Sie überlegte. »Den kenn ich gar nicht.«

»Trotzdem, Frau Traser. Lassen Sie uns doch noch einmal zum 1. Oktober gehen.«

»Das is sehr lang her.«

»Wir versuchen es, ja?«

»Ojemine.« Plötzlich verfinsterte sich Helga Trasers Miene. »Ich Depp hab die Wasserkaraffe vergessen.«

»Bleiben Sie bitte sitzen.« Ferdinand hob beschwichtigend die Hände. »Kein Wasser nötig.«

»Wasser g'hört zum Kaffee dazu, ich bitt Sie, Herr Inspektor. Die Karaffe steht in der Küche. Die paar Schritt'.«

Was dann geschah, war für Ferdinand, der noch nie mit den Auswirkungen einer solchen Krankheit konfrontiert gewesen war, absolut erstaunlich.

Helga Traser erhob sich, um im nächsten Moment wieder zurück auf die Couch zu sacken. Es wirkte, als hätte man aus einem Ballon schnell die Luft herausgelassen. Zuerst sah es so aus, als würde sie wieder zum Sitzen kommen, aber ihr kraftlos wirkender Körper fiel seitlich um und landete weich auf zwei Polstern, deren vielfaches Vorhandensein sich damit erklärte. Ihre Lider flackerten leicht, und über ihre Lippen kam ein leises Schnauben. Eindeutig war sie eingenickt. So rasch und so tief, als wäre sie Dornröschen und hätte sich an der Spindel gestochen.

Nur dass ihr Schlaf auf ein seltenes, doch nicht weniger schweres Leiden zurückzuführen war – die Narkolepsie.

Ferdinand hatte das starke Bedürfnis, sofort aufzustehen und Helga Traser aufzurütteln, aber er unterließ es. Auf der Fahrt hatte er sich, nach dem Gespräch mit Dr. Casella, laienhaft im Internet über die Beschwerden schlaugemacht. Bei Menschen mit Hypersomnie war der Teil des Gehirns gestört, der den Schlaf-wach-Rhythmus steuerte. Die Patienten konnten plötzlich und in den unmöglichsten Situationen einschlafen, mitten in einem Gespräch, beim Essen oder eben beim

Kaffeetrinken. Man konnte Narkoleptiker aufwecken, was sie aber wenige Augenblicke später erneut einschlafen ließ. Am besten, man wartete ab.

Ferdinand sah auf die Uhr und fragte sich, wie man abschätzen konnte, wie lange eine Schlafphase dauerte. Von wenigen Minuten bis zu etwa einer Stunde, hatte er gelesen. Das mochte reichen, um rasch eines der Nachbarreihenhäuser aufzusuchen, war jedoch viel zu vage und zu knapp, um die Strecke Köflach–Leibnitz hin- und zurückzufahren. Ganz zu schweigen von der zusätzlichen Zeitspanne rund um den ersten Mord.

Aber was, wenn an diesem 1. Oktober Frau Traser nicht nur wegen der Narkolepsie weggetreten war, sondern weil ihr ein spezielles Kaffeetscherl serviert wurde? Ähnlich dem Trank, der Bruno Schöne am helllichten Tag tief und fest hatte schlafen lassen. Damit würde freilich definitiv feststehen, dass es sich um geplante Kapitalverbrechen gehandelt hatte und keine Taten im Affekt.

Sein Kummer verfestigte sich zu einem handfesten Schmerz. Ein Schmerz, der sich nirgendwo körperlich äußerte und sich doch in jeder seiner Fasern ausbreitete.

Höchste Zeit, Gitte zu verständigen. Überhaupt das Team, Max Drombovic war zu informieren. Doch zuerst musste sich Ferdinand sammeln. Er holte sein Handy aus der Hosentasche und legte es am Couchtisch ab. Vier Nachrichten von seiner Partnerin wurden bereits angezeigt. Anscheinend hatte Ivonne seinen Rat befolgt. Fast beneidete er Helga Traser auf der Couch um ihre Schlummersucht. Am liebsten hätte er sich gleichfalls auf dem Lesesessel eingerollt und diesen Kelch an sich vorüberziehen lassen.

Aus dem Vorzimmer erklangen Geräusche. Ein Schlüssel wurde umgedreht, jemand kam ins Haus.

»Helga, ich bin da!«, rief eine fröhliche Stimme.

53

Als sie Ferdinand erblickte, handelte sie schneller, als er es für möglich gehalten hatte.

Die Fröhlichkeit verschwand schlagartig. Ein Korb mit Einkäufen fiel zu Boden, es klirrte, als ein Teil darin zerbrach. Der Teppich darunter wurde dunkel, Nässe drang durch.

Sie drehte sich rasch um und verschwand zurück Richtung Vorzimmer und Küche. Ferdinand sprang auf und hechtete ihr hinterher in der Annahme, dass sie die Flucht ergreifen wollte. Wie er sich irrte. Nicht das erste Mal, aber vielleicht das letzte. Mitten in der Bewegung stoppte er.

Mit erhobenen Händen erwartete sie ihn an der offenen Küchentür. Doch diese Haltung war keine Kapitulation, sondern ein Angriff. Ihre Finger umschlossen eine gusseiserne Pfanne.

»Einen Schritt weiter, und ich erschlag dich.« Sie spuckte kurz aus. Eine Geste, die Ferdinand mehr erschütterte als die Tatsache, dass seine Vermutung zu hundert Prozent bestätigt war.

Die schwere Pfanne ließ ihn an den Überfall denken. Mit etwas Ähnlichem musste er wohl k. o. geschlagen worden sein.

»Lass es.« Er hob selbst die Arme in die Höhe, versuchte damit zu beschwichtigen. »Es ist vorbei.«

»Könnt das Motto meines Lebens sein, nicht wahr? Oder deines.«

»Bitte.«

»Wag es ja nicht, mich zu bitten.« Ihre Stimme wurde lauter, die schwere Pfanne wurde nur noch von einer ihrer Hände gehalten. Die andere war in der Jackentasche verschwunden.

Bei einem Blick in die Küche entdeckte er einen Messerblock, ähnlich dem aus dem Nachbarhaus. »Dann reden wir.«

»Reden?« Sie lachte, was noch unheimlicher wirkte als das Ausspucken.

Es war, als würde er einer vollkommen Fremden gegenüberstehen.

Ihr Gesicht war verzerrt, und in ihren Augen spiegelte sich blanker Hass. Nichts hatte ihn auf ein solches Zusammentreffen vorbereitet. Er hätte davonlaufen mögen, weit weg von der Steiermark, wie schon einmal, wenn auch aus anderen Gründen. Nie mehr Zurückschauen, weil sonst etwas in seinem Inneren unheilbar zerstört würde. Doch wenn Ferdinand ehrlich war, war er bereits inmitten eines Scherbenhaufens gelandet. Mehr als Zusammenfegen war nicht mehr möglich.

»Gib auf. Bitte.«

»Noch nicht. Noch seh ich hier nur dich und weder deine Kollegin noch überhaupt Polizei.« Dass sie ihn umbringen würde, wenn sie zum Zug kam, stand außer Frage. Die Wut, die sie ausstrahlte, schien die Atmosphäre um sie beide herum zu erhitzen. Ferdinand spürte Schweiß seinen Rücken herunterrinnen.

Woher dieser Hass? Fragte er sich. Warum? »Wir alle machen Fehler«, äußerte er laut. »Meine tun mir unendlich leid.«

Sie schrie. Ein Schrei, der schrill war, ihm in den Ohren wehtat. Dann ging sie zum Angriff über. Machte Schritte vorwärts und holte mit der Pfanne wie mit einem Tennisschläger aus.

Ferdinand stolperte rückwärts, verlor das Gleichgewicht. Er versuchte, sich am Türrahmen festzukrallen, um nicht zu Boden zu gehen. Die Pfanne verfehlte ihn und krachte gegen den Holzrahmen. Der Aufprall verursachte einen Riss im Holz, und ein Stück brach ab. Hätte die Angreiferin ihn damit getroffen, wäre ein Schädelbruch diesmal sicher gewesen.

Der Schwung des Ausholens brachte sie für Sekunden aus der Balance. Eine winzige Atempause für Ferdinand. Er schaffte es, sich zu ducken und an ihr vorbeizulaufen. Mit vier langen Schritten war er an der Eingangstür, packte den Griff, drückte ihn nach unten. Er brauchte eine Sekunde, um zu realisieren, dass die Tür verschlossen war. Der Schlüssel steckte nicht.

Ferdinand wirbelte herum.

Wie eine Kobra hatte sich die Angreiferin vor ihm aufgerichtet. Immer noch den Pfannenstiel in der einen Faust. Aus der anderen ragte jetzt aber die Spitze eines kurzen Taschenmessers.

Er lehnte sich bewusst ein Stück weit zurück, spürte in seinem Rücken die Türschnalle. Sich mit zwei Fingern daran festhaltend, verlagerte er sein Gewicht ganz auf den linken Fuß. Mit dem rechten machte er einen Kick nach vorne und trat ihr gegen die Kniescheibe.

Nicht mit aller Kraft, doch genug, um sie einknicken zu lassen. Sie landete vor Wut schreiend seitlich auf den Boden, mit ihr die Pfanne, die mit einem Scheppern außer Reichweite glitt.

»Du Sau. Du verdammte Sau!« Ihre Stimme überschlug sich vor Schmerz und Wut, und sie spuckte wieder.

Ferdinand ging seinerseits in die Knie, packte mit beiden Händen das Handgelenk der Hand, in der sie noch das Taschenmesser hielt. Dann ließ er sich auf ihren Körper fallen, zwang sie, unten zu bleiben. Der Schlangenvergleich stimmte, sie wand sich unter ihm, zischte und versuchte, ihm mit der wieder freien Hand in die Augen zu kratzen.

Ihm blieb keine Wahl. Lange konnte er sie nicht mehr halten. Das Ende jeglicher Rücksicht war erreicht. Ferdinand löste seine Rechte von ihrem Handgelenk, holte aus und schlug zu. Er traf sie an der Stelle zwischen Nase und Oberlippe. Mit einem Laut, der einem Schmatzen ähnelte, verlor die Angreiferin das Bewusstsein.

In den Minuten danach herrschte eine seltsame Stille im Vorzimmer. Außer ihren beiden Atemzügen war nichts zu hören.

Unendlich langsam stemmte sich Ferdinand hoch, kam neben dem bewusstlosen Körper zum Sitzen. Er sah, dass eine feine Blutspur aus einem ihrer Nasenlöcher rann, und wischte sie behutsam weg. Dann drehte er sie auf die Seite in eine sichere Position. Gleich würde er ihr die Hände mit Handschellen auf den Rücken fesseln, falls sie vor dem Eintreffen von Rettung und Polizei das Bewusstsein wiedererlangte.

Einen allerletzten Moment verharrte er bei ihr, neigte sich zu ihrem Gesicht, spürte die Hitze, die ihre Haut immer noch ausstrahlte. Er streifte ihre Wange, seine Lippen berührten ihr Ohrläppchen, und er flüsterte, auch wenn keiner anwesend war, der ihn hören konnte.

»In einem anderen Leben, wir zwei, Lena.« Ferdinand spürte eine erste Träne.

Schließlich stand er auf. Im Wohnzimmer schlief immer noch Helga Traser. Er holte sein Handy vom Couchtisch und rief Verstärkung.

54

Er war mit Lena allein. Ihm blieben vielleicht ein paar Minuten, das musste reichen.

»Magst du mir sagen, warum, Lena? Bitte. Es zerreißt mir das Herz.«

Ferdinand hatte die Vernehmungspause genutzt. Nur Gitte hatte er eingeweiht, die die Polizistin an Lenas Seite aus dem Raum geholt und in ein Gespräch verwickelt hatte.

»Ach, der Herr Inspektor macht einen auf Gefühle. Hören deine Kollegen nicht alle zu?« Sie wandte sich Richtung Einwegspiegel.

»Im Moment hört keiner zu. Sie pausieren, beraten sich. Einzig ich bin bei dir. Magst du noch etwas trinken?«

»Einzig du, wie romantisch. Nicht noch mehr Wasser. Einen Tschick hätt ich gern.«

»Rauchen ist hier verboten.«

Sie schüttelte den Kopf. »Die sitzen doch hinter dieser komischen Verglasung und glotzen uns zu. Das spür ich.«

»Ich schwöre dir, dort ist für ein kurzes Zeitfenster niemand.«

»Kamera und Mikro?«

»Sind aus. Für den Moment.«

»Woher weiß ich, dass du die Wahrheit sagst, Ferdinand?«

»In offizieller Mission würde ich wohl kaum so innig mit dir sprechen, Lena.«

»Innig? Deine Vorstellung von einer guten Beziehung war immer schon erschreckend.« Sie fixierte ihn.

Er setzte sich, legte seine Handflächen auf die Tischplatte. »Sprich dich aus, Lena. Ich bin da. Du kannst mir alles an den Kopf werfen, was in den letzten Jahren in dir gebrodelt hat. Alles. Glaubst du mir jetzt, dass uns weder einer zuhört noch mitgeschnitten wird, was wir uns erzählen?«

»Erzählen?« Sie stieß einen bellenden Laut aus. »Meinst, dass ich zwei Menschen umgebracht hab, wird mit einem gewissen Abstand zu einer Erzählung wie in einem Märchen?«

»Ganz sicher nicht. Ich würde es einfach gerne verstehen.« Ferdinand hielt ihrem Blick stand.

»Also gut: Meinen Bruder habe ich verachtet, weil er schwach war, sich hat in Abhängigkeiten ziehen lassen. Das hab ich übrigens auch getan in meiner Ehe, also verachte ich mich selbst wohl noch mehr. Aber zu hassen begonnen hab ich unseren Wiggerl«, sie blinzelte, »als er mir die letzte Chance genommen hat, vom Bruno wegzukommen und ein eigenständiges Leben zu beginnen. Das Land, Haus und Hof, alles hat er verscherbelt für diese Mira. Geliebt hat er sie? Dass ich nicht lach. Dann diese fixe Idee, nach einem Kind zu suchen, das nicht einmal von ihm war. Deppert war er, abziehen hat er sich lassen. Ein Obertrottel unter den Idioten.« Ihre rüde Ausdrucksweise passte nicht zu ihrem blassen Gesicht und den dunklen Ringen unter den Augen. »Und meinen Mann, den Bruno, habe ich zu hassen begonnen, als er das erste Mal Hand an mich gelegt hat. Was drei Wochen nach unserer Trauung war. Also nur eine kurze Phase des Eheglücks. Hass war mein Lebenselixier, könnt man sagen.«

»Er hat dich geschlagen?« Ferdinand stockte. »Das wusste ich nicht.«

Ein verächtlicher Laut kam aus ihrem Mund. »Woher auch? Ja, da reißt der Herr Inspektor seine Augerl auf, was? Hast du noch nie mit einer Frau zu tun gehabt, die von ihrem Angetrauten anständig verdroschen worden is?«

»Du hättest ihn anzeigen können.«

»Bei wem? Bei dir in Köln?«

»Hier bei der Polizei.«

»Mir wurde beigebracht, dass man den Dreck in seiner eigenen Hütte nicht nach draußen trägt. Fassade is das halbe Leben, hat der Opa immer gesagt. Du erinnerst dich doch noch an den strengen Großvater Ludwig Wasrau, nach dem mein Bruder benannt worden is.«

»Natürlich. Aber unser Wiggerl hat mir nie etwas von Prügel erzählt. Ohrfeigen ja, aber Schläge?«

»Überleg, Ferdinand. Warum sollt ich darüber lügen? Erstens hat uns der Opa eingebläut, dass wir ins Internat müssten, wenn wir es jemandem sagen. Ganz weg, auch von den Eltern. Zweitens ging es doch bei der Freundschaft zwischen dir und meinem Bruder immer nur um dich.«

»Das ist nicht wahr.« Ferdinands ohnehin lädierter Gemütszustand erhielt einen neuen Tiefschlag. »Wiggerl und ich haben uns gegenseitig unterstützt.«

»Geh, Ferdinand. Schau dir doch die Vergangenheit einmal ohne Tunnelblick und rosa Brille an. Du hast deine Mama verloren und warst verloren. Jeden Tag ein bisserl mehr. Und der Wiggerl hat jemanden gehabt, der sich noch beschissener gefühlt hat als er selber.« Lenas Augen funkelten. »So war das, Ferdi-Buberl.«

»Wenn er geschlagen worden wäre, hätte ich es bemerkt.«

»Nie im Leben. Blaue Flecken haben Kinder, die viel herumtoben, immer mal. Der Opa hat uns nie so gehauen, dass es aufgefallen wär. Aber weh hat es getan. Nicht nur am Körper, auch im Herzen.«

»Es tut mir leid, Lena.« Er schluckte. Anscheinend hatte Ferdinand jeden und alles in seinem näheren Umfeld falsch beurteilt. So gesehen gab er einen absolut schlechten Ermittler ab.

Sie zuckte mit den Schultern. »Warum Mitleid? Das Leben kann halt auch scheiße sein. Meine Eltern waren mit dem Hof und der Arbeit beschäftigt und wir Kinder bei den Großeltern untergebracht. Ich denk, unsere Mutter hat es geahnt, wahrscheinlich hat sie selbst als Kind manchmal Prügel bezogen. Was sie nicht daran gehindert hat, uns unter der Woche dort zu lassen. Denn außer dass dem Opa öfter die Hand ausgekommen is, hat uns nichts gefehlt. Sogar gekocht hat er für uns, nachdem die Oma gestorben is. Weißt du noch, wie gut sein Erdäpfelgulasch geschmeckt hat?«

»Hat er dich auch sexuell belästigt?«

»Aber nein. Dem is bei den Schlägen und den bösen Worten allein immer schon einer abgegangen.«

»Du hättest dich meinem Vater anvertrauen können.«

»Dem Herrn Gemeinderat Sterz? Dass ich nicht lach, Ferdinand. In der emotionalen Kälte, die bei euch zu Hause geherrscht hat, wär ich erfroren, bevor ich ein Wort herausgebracht hätt.«

»Eine Lehrerin, jemand vom Jugendamt.«

»Hör auf.« Jetzt schlug Lena mit der Handfläche auf den Tisch. Es gab ein dumpfes Geräusch. »Diese Zeit is lang vorbei.«

»Damals warst du ein Kind, doch später in deiner Ehe eine erwachsene Frau. Du hättest Bruno anzeigen, dich scheiden lassen können, wegziehen, dir woanders eine Arbeit suchen.« Ferdinand stockte. »Du hättest zu mir nach Köln kommen können. Ich erinnere dich daran, dass du mich hast sitzen lassen.«

»Wie g'scheit du bist, Ferdi. Anfangs hab ich mir viel mehr erhofft, da war ich schon verliebt in den Assessor Schöne. Ich mochte das Haus und dass ich nicht arbeiten gehen muss. Aber seine Eifersucht war ein Problem, er wollt mich unter Kontrolle haben. Manchmal schwimmen gehen oder hin und wieder nach Graz zum Bummeln fahren, mehr war für mich allein nicht drin. Und zu den Nachbarinnen durft ich.«

»Ivonne und Helga.«

»Hat mich sogar gefreut, dass ich den beiden beistehen konnte. Ein wenig Abwechslung. Mit Bruno wurde es immer schlimmer. Als ich den Entschluss gefasst hab, ihn zu verlassen, bin ich zuerst zum Ludwig. Ich brauchte Geld. Außerdem stand mir noch eine Summe zu.«

»Weil du auf deinen Pflichtteil beim Erbe verzichtet hast.«

»Ich wollte, dass Ludwig Land verkauft, um mir zu helfen.« Ihre Stimme wurde leiser. »Und was macht Ludwig? Versucht doch tatsächlich, mit Bruno zu reden, auf ihn einzuwirken. Der flippt vollkommen aus. Das einzige Mal, dass ich drei

Tage nicht vor die Tür konnte, weil ich auch im Gesicht verletzt war. Meine Wut hat sich danach voll beim Ludwig entladen, als er mir gestanden hat, dass er sich vom Großonkel Fritz hat übern Tisch ziehen lassen. Immer wieder. Dass er mir keinen Euro abgeben kann, weil er mit Mira ein neues Leben beginnen möchte. Als er rausgekriegt hat, dass der Bruno in dem Betrug mit drinsteckt, hat er bloß diese blöden Zetteln geschrieben. Beim Ludwig war Hopfen und Malz verloren, sag ich dir.«

»Kein Grund, ihn zu töten, Lena.«

»Ich war wie von Sinnen. Aber ich hab es auch genossen. Genossen, verstehst du, Ferdinand? Ich mochte den Anblick meines aufgespießten Bruders.«

Eine Weile sagte keiner von beiden etwas. Lena begann, mit dem Fingernagel in einer Rille der Tischplatte zu kratzen. Ein Geräusch, das Ferdinand kaum aushielt. Er begann zu husten. Danach war es wieder still.

Schließlich nahm er einen nächsten Anlauf. »Ivonne Traser?«

»Ich hab nie was gesagt, sie hat es so nebenbei mitbekommen. Brunos Eifersucht und Aggression, die sich nach seiner Entlassung noch gesteigert haben. Auf mich war er bös, nicht auf den Schaffnegger. Durch den neuen Job war er viel mehr zu Hause, es war die Hölle. Ich glaube, deshalb hat mich Ivonne gedeckt. Dass ich Ludwig getötet hab, wusste sie nicht. Bei Bruno hat sie es natürlich geahnt. Das Tschopperl war sofort einverstanden, mich beim Alibi zu unterstützen.«

»Denn Helga Traser allein wäre als Entlastungszeugin weggefallen, wenn ihre Narkolepsie aufgedeckt worden wäre. Wie hast du es gemacht?«

»Beide Male hab ich der Helga eine höhere Dosis von ihren eigenen Schlafmitteln verabreicht. Vor meiner Fahrt zu Ludwig hab ich sie zuerst in Ivonnes Auto gesetzt, bis

Leibnitz und zurück hat sie dann geschlafen wie ein Baby. Dasselbe bei unserem Ausflug in den Wald an Brunos Todestag. Es war ungefährlich für sie. Ich mag sie sehr.«

»Deinen Mann hast du ebenfalls mit Helga Trasers Medikamenten aus dem Verkehr gezogen.«

»Wenn er bei Bewusstsein gewesen wäre, hätte ich keine Chance gehabt.«

»Du hast ein illegales Prepaidhandy gekauft, Achim Brink eine SMS geschrieben und den Zeitraum berechnet. Aber das mit dem Messer verstehe ich nicht. Du hättest es stecken lassen können.«

»Danke für den Ratschlag, Ferdi«, sie verdrehte die Augen. »Hätt ich ja. Aber ich hatte Küchenhandschuhe an, und beim linken war am kleinen Finger ein Loch. Das hab ich erst beim Entsorgen gemerkt. Ich bin zurück und von hinten über den Garten noch einmal rein. Zum Glück hat die Helga da brav auf der Rückbank vom Auto geschlummert. Nur der Idiot Achim war schon da. Reicht dir die Erklärung, Inspektor?«

»Wo sind Handschuhe und Tatwaffe?«

Sie zuckte mit den Schultern. »Fort eben.«

»Und Ivonne Traser?«

»Gleich danach hab ich die Vonni angerufen und ihr gesagt, dass ich sie am Tummelplatz abholen werde und sie in der Kanzlei früher Schluss machen soll. Als ich sie drum gebeten hab zu sagen, dass wir alle drei den Ausflug gemacht haben, hat sie es einfach getan.«

»Und sich mit schuldig gemacht.«

»Lass Ivonne und Helga aus dem Spiel. Bitte.«

»Das habe nicht ich zu entscheiden, Lena.«

Viel Zeit blieb Ferdinand mit ihr allein nicht mehr. Er setzte neu an. »Bei Bruno war es Mord mit Vorsatz, Lena.«

»Mein Ausweg.«

»Deine Entscheidung.«

»So viel zu Entscheidungen, Ferdinand. Du warst sogar schon Inspektor, als du mich und dann auch den Ludwig aus deinem Leben gestrichen hast. Ein reifer Entschluss, der meinen Bruder mehr verletzt hat als mich.«

»Mein Beruf hat mich nach Deutschland geführt. Ich wollte dich mitnehmen, fühlte mich gekränkt.« Er merkte, dass er sich gerade selbst zu verteidigen begann. »Ich hätte dir ein schönes Leben geboten.«

»Das wäre damals nichts für mich gewesen, Ferdinand.«

»Warum nicht?«

»Wie es ausschaut, sammelst du Warum-Fragen.«

»Ich will es begreifen, verstehen, Lena. Bitte.«

»Hör auf zu bitten und zu betteln, du Depp. Sonst schrei ich alle z'samm und sag, du hättest mich belästigt. Vielleicht is das ohnehin eine gute Idee. Dann kriegst du ein Disziplinarverfahren an den Hals. Oder es reicht, dass ich verkünde, dass du befangen bist. Am Ende müssten die mich sogar laufen lassen.«

»Ich bin nicht befangen, war ich nie, Lena.«

»Ha! Das glaubst auch nur du.«

»Du würdest nicht hier sitzen, wenn ich es wäre.«

Jetzt lächelte sie, was trauriger wirkte, als wenn sie Tränen vergossen hätte. »Tut's denn noch sehr weh?«

»Was?«

»Dein Kopf, Ferdi. In der Nacht, nachdem du mir die hübschen Fotos von der Buschenschank geschickt hast. Da wurd ich auch auf dich so richtig böse. Die ganze Welt hätte ich in Brand setzen können. So viel Wut in mir. Die musste raus. Fast wär ich wieder fort, weil du erst so spät zurückgekommen bist. Deine Kollegin hat dich gefahren. Der hätt ich auch gerne eine übergezogen.«

Er berührte seinen Nacken. »Mein Schädel ist stabiler als eine Bratpfanne oder was du benutzt hast. Aber ja, es schmerzt noch, der Bluterguss ist deutlich zu erkennen. Eine Gehirnerschütterung. Aber nichts zerbrochen. Zumindest keiner meiner Knochen.«

»Weil du ein Sturschädel bist, Ferdinand. Ein Sturschädel, der auf meine theaterreifen Auftritte wunderbar eingestiegen is.« Wieder das verlorene Lächeln.

»Ich hatte keinen Grund, dir nicht zu glauben. Lena.«

»Das Vergnügen, dich wiederzusehen, war das Risiko meines Anrufs bei dir wert. Ein bisserl hab ich spekuliert, dass wir wieder zusammenfinden und ich mit dir jetzt doch entfliehen kann.«

»Warum ...?«, er unterbrach sich. »Mich aus Köln herzubitten, um Ludwigs Tod aufzuklären, war ein Fehler. Von deiner Perspektive aus gesehen.«

Das Lächeln rutschte weg, der Moment der Verlorenheit war verschwunden. Lena zog die Mundwinkel nach unten, wurde erneut aggressiver im Ton. Ihre Sprechgeschwindigkeit nahm zu. »Meine Perspektive kennst du nicht, Ferdinand. Du weißt nicht, wie es in mir aussieht. Hast keine Ahnung. Ich bin ein Abgrund, in den du nicht schauen kannst, ohne dass ich dich mit hinunterreiße.«

»Lena.«

»Nix Lena, Ferdinand. Ich hab zwei Männer getötet, mit dir fast drei. Den Tod vom Bruno bedauere ich überhaupt nicht. Auf ihn einzustechen, war mir ein besonderes Vergnügen. Schon als ich ihm das Glas Wasser mit den aufgelösten Schlafmitteln gebracht hab, is die Vorfreude da gewesen. Noch früher sogar, als ich beim Ivo das Prepaidhandy besorgt hab. Der Idiot hat gedacht, ich hab einen Liebhaber und brauch es dafür. Das war zum Schreien komisch. Du hast recht, Ferdinand. Genau geplant hab ich den Mord an meinem Mann. Ein Monster, das bin ich. Du verklärst, und ich gestehe. Dort, wo ich die nächsten Jahre hinkomm, werd ich vielleicht meinen Frieden finden. Hoff ich zumindest. Wenn nicht, dann is das meine Angelegenheit, Ferdinand.«

»Lena, ich werde für dich da sein.« Er streckte die Hand aus.

Sie sprang hoch. »Fass mich nicht an, sonst schrei ich wirklich.«

Ferdinand gab auf. Endgültig. Weder würde er Lenas Handeln nachvollziehen noch ihr helfen können. Keine seiner Warum-Fragen würden je eine Antwort erhalten. Er senkte Hand und Kopf, gab sich schutzlos einem möglichen neuen Angriff ihrerseits preis.

Doch Lena versuchte nur, den Abstand zwischen ihnen maximal zu vergrößern. Sie bewegte sich rückwärts, bis sie gegen den Einwegspiegel stieß. »Jetzt is es vorbei, Ferdinand. Es war schön, mit Ihnen zu plaudern, Herr Inspektor.«

Als Ferdinand schließlich zu Gitte hinausging und Lena wieder der Obhut der Polizeibeamtin überließ, waren acht Minuten vergangen. Nicht mehr.

V
BUSCHGAWEDL

(BLUMENSTRAUSS)

55

Ferdinand stieg in den Wagen seines Vaters.

Er hatte seinen Führerschein in Köln gelassen, wobei dieser ohnehin nicht mehr gültig war, weil er ihn nach seinem Umzug nie hatte umschreiben lassen.

Zuerst saß Ferdinand eine Weile einfach hinter dem Lenkrad und wartete auf die Übelkeit.

Sie kam nicht.

Vielleicht weil er heute schon so viel Unverdauliches hatte schlucken müssen, dass sein Magen betäubt war. Oder weil mit Lenas Verhaftung und Geständnis seine größte Angst nicht mehr mit dem Fahren eines Autos zu tun hatte.

Er betrachtete die obere Hälfte seines Gesichtes im Rückspiegel. Die hohe Stirn war mit Schweißtropfen übersät, die Augen gerötet, die Haut bleich. Schließlich stellte er den Spiegel auf die richtige Höhe ein. Seine Atemzüge beschleunigten sich, seine Lunge holte zu tief und zu schnell Luft, er könnte ohnmächtig werden, wenn er sich nicht dazu zwang, sein aufgewühltes Gemüt zu beruhigen. Doch die Bildabfolge, die ihm seine Fantasie zeigte, war nicht auf Entspannung ausgelegt. Lena, wie sie ihrem eigenen Bruder die Mistgabel in den Leib rammte, stieg vor seinem inneren Auge auf. Fast war für ihn körperlich spürbar mit welch hasserfüllter Kraft sie zugestoßen haben musste. Danach hatte sie den Saustall verlassen, seelenruhig. Nein, stopp, vorher hatte sie noch die Spuren vernichtet. Während Ludwig starb.

Ferdinand imaginierte Lena in seinem Kopf weiter, wie sie sich ein Messer griff, eigentlich zum Schneiden von Schinken oder Brot bestimmt. Damit stach sie von hinten in das Herz des Mannes, mit dem sie Tage und Jahre verbracht, an seiner Seite gelebt hatte. Ja, er hatte sie misshandelt, war grausam gewesen, aber es hätte andere Lösungen gegeben.

Doch nicht für Lena.

Und dann? Hatte sie noch versucht, ihn zu erschlagen, den Freund, den Geliebten, den Verlobten aus früheren Tagen.

Es war so lächerlich unfassbar, dass er hätte schreien können.

Jetzt würgte es Ferdinand doch, und er öffnete die Wagentür. Doch mehr als Schleim gab sein Magen nicht her. Ihm fiel ein, dass er nichts gegessen hatte, nicht geschlafen, nur Wasser getrunken. Mit einem Ächzen, das ihn an eine verrostete Bettfeder erinnerte, die sich unter einem unruhigen Schläfer bewegte, richtete er sich wieder auf und startete das Fahrzeug.

Autofahren war wie Fahrradfahren, man verlernte es nicht. Aber Ferdinand war nie gut darin gewesen, deshalb machte der Wagen erst einmal einen Sprung nach vorne. Der Motor starb ab.

Ich sterbe auch, dachte Ferdinand, und nahm einen neuen Anlauf.

Diesmal gelang es ihm, das Auto aus der Garage zu steuern. Er hörte ein Kratzen auf der rechten Seite und wusste, dass er mit dem hinteren Teil am Brennholzstapel entlanggeschrammt war. Egal, Hauptsache, er war draußen. Aus der

Ausfahrt fuhr er im Schneckentempo, er wollte niemanden überrollen oder verletzen. Genauso hielt er es auf dem Mozart-Weg und weiter bis zur Josef-Krainer-Straße. Ganz langsam wurde er sicherer im Umgang mit dem Pkw.

Ein Licht am Armaturenbrett leuchtete, ein stetiges Piepen erklang. Ferdinand hatte sich nicht angeschnallt, würde es auch nicht tun. Kaum war er auf der Straße, die Richtung Süden und Leibnitz führte, trat er aufs Gas, nahm Tempo auf. Der Bahnübergang am Bahnhof Raaba war offen, nichts bremste ihn mehr ein.

Er nahm nicht die Abbiegung zur Autobahn, sondern blieb auf der Bundesstraße.

Ferdinand umklammerte das Lenkrad, seine Fingerknöchel traten weiß hervor. Der Verkehr war um diese frühe Uhrzeit passabel, vor ihm fuhren zwei Wägen, ein blauer Volvo und ein gelber Mini. Ohne Blinken scherte Ferdinand aus und überholte die beiden noch im Ortsgebiet Grambach. Einer hupte, aber die Warnung ging im Piepen des Gurtwarners unter.

Er erhöhte die Geschwindigkeit und stellte das Autoradio an. Ein wunderbar rhythmischer Song erklang auf Antenne Steiermark. Ferdinand begann zu summen und mitzuwippen, trat noch fester auf das Gaspedal. Wieder überholte er ein Auto, danach einen Lastwagen. Bei Hausmanstätten fuhr er viel zu schnell in eine Kurve, geriet ins Schlingern, was ihm einen Schrecken durch alle Glieder fahren ließ. Aber es hinderte ihn nicht daran, die – im wahrsten Sinn des Wortes – Raserei fortzuführen.

Das nächste Überholmanöver ging fast schief, Ferdinand sah im Wagen auf der Gegenfahrbahn eine Frau die Augen und den Mund aufreißen. Er wurde geblitzt, nicht nur einmal, sondern zweimal, und freute sich wie ein Bub, wenn er daran dachte, dass sein Vater die Strafe zu zahlen hatte.

Eine Ampel war noch rot, als er auf sie zuraste, Ferdinand wollte automatisch bremsen, hielt aber den Fuß am Gas. In letzter Sekunde wurde die Ampel grün, und er brauste über die Kreuzung hinweg.

Lena, Lena, Lena, wollte er rufen, sprach ihren Namen jedoch nicht laut aus.

Mama, Mama, Mama, dachte er dann, so bist du also gestorben. Er überholte noch einmal riskant, er schlingerte, steuerte auf einen Baum zu, riss das Lenkrad im letzten Moment herum.

Auf der Fernitzer Straße wurde er langsamer, denn der Verkehr nahm zu. Die Sorge um die Sicherheit der anderen Verkehrsteilnehmer bei seiner Amokfahrt ließ sich nicht unterdrücken.

Je mehr Tempo er herausnahm, desto mehr wurde ihm der Wahnsinn bewusst, der ihn bis hierher geritten hatte. Als er am Murkraftwerk vorbei war, setzte er zum ersten Mal den Blinker und fuhr eine Böschung am Straßenrand hinunter. Ferdinand wurde durchgeschüttelt, das Auto bäumte sich noch einmal auf, weil er wieder vergaß, die Kupplung zu treten. Dann stand Papas Wagen. Das Piepen verstummte, im Autoradio lief der James-Bond-Song »No Time to Die«. Die Ironie war perfekt.

Ferdinand stieg aus. Hinter ihm rauschten die Autos jetzt wieder sicherer vorbei. Vor ihm war eine Wiese, weiter hinten Bäume und der Fluss. Er kletterte einen Hang hinunter, ging bis an das Ufer der Mur. Das Wasser floss heute so ruhig und leicht, als sei nichts geschehen.

Das Gras am Uferrand war feucht, Ferdinand setzte sich und wartete auf den nächsten Schub von überwältigenden Gefühlen. Nichts. Stattdessen begann er wieder zu summen. Ihn fror am nassen Boden, die klamme Kälte stieg seinen Körper hoch, erzeugte eine Gänsehaut auf seinem Rücken.

Ein Entenpaar schaukelte auf den Wellen. Er und sie. Die Vögel ließen sich treiben.

Weiter geschah nichts.

Enten bleiben ein Leben lang zusammen, hatte Ferdinand irgendwo gelesen.

56

In der Pause kam Hannerl aus dem Bühnenbereich zu Ferdinand, der an der Bar zwischen den anderen Opernliebhabern stand.

»Du hättest dir wenigstens g'scheite Schuh anzieh'n können«, stellte sie fest und ließ ihren Tantenblick über sein weißes Hemd, die Jeans und die Sneakers gleiten.

Ferdinand hob seine kleine Mineralwasserflasche hoch. »Die Zeiten, wo man mit Anzug und Krawatte in die Oper gegangen ist, sind definitiv vorbei, Hannerl. Ich finde mich fesch.«

»Bist du auch«, sie kniff ihn vor allen anderen in die Wange. »Schön, dass du gekommen bist. Nach allem.«

»Freikarten und eine Verdi-Oper. Da sage selbst ich nicht nein, auch wenn es nicht meine Musik ist.«

»Was is schon deine Musik«, sie giggelte. »ABCD und so weiter macht Ohrensausen.«

»AC/DC, Hannerl.« Ferdinand lächelte und nahm einen Schluck Wasser. »Aber darauf steh ich nicht mehr so. Ich bin älter geworden.«

Älter und verbittert über mich selbst, dachte er, sprach es aber nicht aus. Das Gefühl, trotz der Aufklärung der Morde versagt zu haben, hatte sich in seinem Herzen festgesetzt. In den letzten Nächten war er mehrmals hochgeschreckt und hatte weinen müssen. Bitterlich wie ein Kind.

»Alt werden wir alle, g'sund müssen wir bleiben.« Hannerl ließ einen lang gezogenen dramatischen Seufzer aus ihrer Brust entkommen. »Jetzt sag, wie gefällt dir die Inszenierung von *Die Macht des Schicksals*?«

»Tolle Stimmen, tolle Kostüme, tolles Bühnenbild. Und die Inszenierung ist doch ebenfalls sehenswert, finde ich als Laie.«

Während der Aufführung hatte sich Ferdinand überlegt, wie viel Ähnlichkeit diese Oper mit dem wahren Leben hatte. Unendliche Liebe, tiefer Hass, ohnmächtige Verzweiflung, alles mündete in Gewalt, die Moral stand auf verlorenem Posten. Die Rückschau zum toten Ludwig, zu Lena beim Verhör und zur Autofahrt kam hoch, er drückte sie nieder. Die Schramme am Wagen seines Vaters musste er noch reparieren lassen.

»Hast du die zweite Karte dem Papa gegeben?«

Hannerl holte Ferdinand aus seinen Gedanken. Er schüttelte den Kopf. »Der hatte heute ein Treffen im Golfklub.«

»Wie schade«, Hannerl sah sich um. »Ich soufflier ja nur mehr vereinzelt bei Produktionen und hätt ihn außerdem gerne wiedergesehen.«

»Lass uns doch morgen oder übermorgen zu dritt Mittagessen gehen. Solange ich noch in Graz bin.«

»Gute Idee, Ferdi. Wann planst du denn, zurück nach Köln zu fahren?«

»Wenn alle Berichte abgeschlossen sind.«

»Von mir aus kannst gerne noch bleiben. Es is so schön, dich wiederzuhaben, auch wenn ich immer noch ein bisserl beleidigt bin, weil du dich über die Jahre nicht gemeldet hast.«

»Wird nie mehr vorkommen, Hannerl, versprochen.«

»Brav, Ferdi. Hast du denn die andere Karte verfallen lassen?«

»Nein, ich habe spontan eine Kollegin gefragt. Die konnte für ihre Kinder jemanden organisieren und hat mich begleitet.«

Wie aufs Stichwort tauchte Gitte auf. »Wie immer eine Schlange bei der Damentoilette. Bin wieder bereit, oben etwas hineinzugießen.«

Sie sah bemerkenswert schick aus in einem engen blauen Kleid, das ihre Kurven unterstrich. Das rote Haar hatte sie glatt geföhnt, es wellte sich nach außen. Nur mit den hohen Schuhen hatte sie sichtlich Probleme. Gitte schwankte leicht, als wäre sie an Bord eines Schiffes bei Seegang.

»Darf ich vorstellen«, Ferdinand reichte Gitte das Glas Sekt, das er für sie bestellt hatte. »Meine Kollegin Inspektorin Gitte Busch. Und meine liebste Wahltante Hannerl Hawlik, der wir die Karten zu verdanken haben.«

Die Frauen nickten einander zu.

»Freut mich«, Gitte wirkte unsicher. »Schad', dass Sie nicht auch auftreten.«

Hannerl hingegen war es gewöhnt, Small Talk zu führen. »In dieser Oper nicht. Da spring ich nur den Sängern bei, wenn die ihren Text vergessen haben. Mein Souffleusenjob seit Jahrzehnten. Als Pensionistin allerdings nur noch ab und zu. Aber ich hatte früher einige großartige Sprechrollen, davon kann Ihnen Ferdinand erzählen.«

»Das mache ich selbstverständlich noch, Hannerl.«

Gitte trank mit Schwung an ihrem Sekt, danach musste sie aufstoßen. »Hoppala, das tut mir leid. Ich bin nichts mehr gewohnt. Jetzt hab ich mich so z'sammgschwanzt und benehm mich wie ein Trampel.«

»Gitte, das ist Unsinn.« Ferdinand sprang ihr bei.

Hannerl zwinkerte. »Alles gut. Sie kommen aus Wien, stimmt's?«

»Genau.«

»Wunderbar, unsere Hauptstadt. Mein erster Mann war Wiener. Wir waren regelmäßig dort. Leider ein halbes Leben her.«

»Die Steiermark und Graz sind auch schön.«

Der erste Gong zum Ende der Pause ertönte.

»Ich muss«, Hannerl machte einen Schritt auf Ferdinand zu und umarmte ihn. »Tust du mit der anbandeln, Ferdi?«, flüsterte sie ihm ins Ohr.

Ferdinand merkte, dass er rot wurde. »Quatsch.« Er gab Hannerl einen Kuss auf die Wange.

Gitte reichte Hannerl die Hand. »Hat mich gefreut, Frau Hawlik.«

»Mich auch, vielleicht bald einmal wieder.« Sie winkte ihnen zu und drängte sich durch die Menge der Opernbesucher, die sich gemächlich Richtung Zuschauerraum zu bewegen begann.

Ferdinand nippte an seinem Mineralwasser. Plötzlich kam ihm sein Hiersein falsch vor. Lena saß in einer Zelle, und er amüsierte sich in der Oper. Dazu hatte er wieder das starke Empfinden, durch seinen Weggang damals den Stein des Hasses im Herzen seiner früheren Liebe mit angestoßen zu haben.

»Zuprosten haben wir vergessen, bevor es weitergeht.« Gitte stieß mit ihrem Glas an seine Flasche.

»Worauf denn?«

»Auf die Liebe.«

»Oh nein.«

»Sterz, war nur so dahergeredet. Dann auf die Gesundheit, ja? Du schaust aus, als hättest du ein Gespenst gesehen, Ferdinand. Alles okay?«

»Alles in Ordnung, Gitte.« Er trank aus. »Meinst du, dass es einen Augenblick vor einer Tat gibt, in dem sich der Täter noch umentscheiden kann?«

»Du stellst Fragen. Und das in der Oper.«

»Ich meine nur. Bei all den Verbrechen, bei deren Aufklärung ich dabei war, haben mir am Ende die Überführten immer erklärt, es hätte keine andere Lösung gegeben. Das habe ich stets bezweifelt.«

»Das hängt von den Umständen ab, denk ich. Bei Mord im Affekt zum Beispiel sind die Leut wie irre. Da geht es mit ihnen durch.«

»Doch auch bis dahin gibt es einen Vorlauf.«

»Du hast unsere Schuldige wohl sehr gemocht, hab ich recht?« Sie legte ihre Hand auf seine Schulter.

»Ach, Kollegin«, Ferdinand löste sich. »Lass uns reingehen und weiter Verdi lauschen. Bei Leonora und Alvaro spielen die großen Gefühle.«

»Okay.« Gitte leerte den Rest ihres Glases in einem Zug. »Wenn ich gleich wieder aufstoßen muss, bist du schuld, Sterz.«

»Damit kann ich leben.«

57

Ferdinand klopfte an die Plexiglasscheibe.

Der Pförtner tauchte von unten auf, als würde er von einem Tauchgang hochkommen.

»Bittschön?«

»Ich würde gerne zu Dr. Casella.«

»Haben Sie einen Termin?«

»Nein«, Ferdinand hob einen Blumenstrauß in die Höhe. »Ich würde den gerne persönlich abgeben.«

»Ein hübscher Buschgawedl.« Erneut trug der Mann am Empfang eine Fliege, war aber dieses Mal glatt rasiert. »Soll ich Sie im Sekretariat ankündigen oder direkt bei der Frau Doktor durchklingeln?«

Es war wie ein Déjà-vu.

»Bitte bei Dr. Casella persönlich.«

Auch die nachfolgende Handlung des Pförtners war dieselbe wie am Tag von Ferdinands Ankunft. Er griff zum Telefonhörer und redete so leise, dass Ferdinand kein Wort verstehen konnte. Schließlich legte er auf.

»Gehen S' durch.«

»Und ich warte am Lift, bis mich jemand abholt oder Frau Dr. Casella selbst erscheint«, setzte Ferdinand den Satz fort.

»Genau«, antwortete der Pförtner und zupfte an seiner Fliege.

Ferdinand grinste. »Danke.«

»Immer gerne, der Herr.«

Kaum war Ferdinand im Inneren des Diagnostik- und Forschungsinstituts für Gerichtliche Medizin, öffnete sich die Aufzugstür, und Katarina Casella kam ihm entgegen. Er fragte sich, ob sie ihn erwartet hatte, auch wenn das unmöglich war.

»Frau Dr. Casella, hallo.«

»Inspektor Sterz.« Sie hatte das dunkelblonde Haar heute hochgesteckt, was sie ein wenig älter wirken ließ. Unter dem weißen Kittel trug sie Jeans und Sneakers. Wie er. »Das ist ja eine Überraschung.«

Plötzlich war Ferdinand verlegen. Er reichte ihr den Blumenstrauß. »Mir ist es eine Freude, Dr. Casella.«

»Oh, sind die für mich?« Sie lächelte und sah mit ihren grünen Augen zu ihm hoch.

Ferdinand nickte und dachte an die zwei Katzen Diego und Carlito. Er holte zwei Knabberstäbchen aus seiner Hosentasche und reichte die ebenfalls der Gerichtsmedizinerin. »Leckerlis gibt es noch dazu, aber nicht für Sie zum Naschen.«

Jetzt lachte sie laut. »Danke. Für beides. Womit haben ich und meine Miezen diese Geschenke verdient?«

»Weil Sie einen entscheidenden Hinweis gegeben haben.«

»Das is mein Job, Inspektor Sterz.«

»Und weil Sie mich nicht bei Max Drombovic verpetzt haben.«

Wieder Lachen. »Darüber reden wir ein anderes Mal.«

»Wenn ich dann noch in Graz bin.« Ferdinand übergab ihr die Blumen und die Katzenleckerlis. »Der Fall ist gelöst, in Köln wartet neue Arbeit auf mich.«

»Sie wirken auf mich unschlüssig, wenn ich ehrlich sein soll, Inspektor Sterz.«

»Ferdinand, bitte.«

Katarina Casella erwiderte nichts auf sein Angebot, aber sie hatte den Nagel auf den Kopf getroffen. Obwohl Ferdinand alles andere als glücklich über die Auflösung in diesen Mordfällen war, hatte er sich in den Wochen doch wieder an die Steiermark gewöhnt. Auch an seinen Vater und an Hannerl. Selbst die Arbeit mit dem muffigen Max Drombovic würde ihm fehlen. Von Gitte ganz zu schweigen.

»Ich kann nicht einfach in Köln alles auflösen und ohne einen Ermittlungsauftrag hierbleiben.« Ferdinand zuckte mit den Schultern. »Wenn ich ehrlich bin, sitze ich gerade zwischen zwei Stühlen. Doch ich will Sie nicht mit meinen Überlegungen belästigen, Katarina … Verzeihung, Dr. Casella.«

»Schon in Ordnung, Ferdinand, bleiben wir dabei.« Sie nickte ihm zu. »Wäre heute der Tag, an dem ich Ihnen oder dir in meinem Büro einen Cappuccino anbieten darf?«

Ferdinand öffnete den Mund, ohne zu wissen, ob er Ja oder Nein sagen sollte. Da ging plötzlich Dr. Casellas Pieper los.

»Nimm das bitte wieder.« Sie drückte die Blumen und die Katzenleckerlis zurück in Ferdinands Hände und checkte das Notfallgerät. »Warte eine Minute.«

Im nächsten Augenblick hatte sie ein Handy zwischen den Fingern und scrollte über das Display. Dann hielt sie das Telefon an ihr Ohr.

»Casella hier, was gibt's?«

Während Katarina Casella zuhörte, verfinsterte sich ihr Gesichtsausdruck mehr und mehr. Mit einem »Ich mache mich direkt auf den Weg« beendete sie das Gespräch und kehrte mit ihrer Aufmerksamkeit zu Ferdinand zurück. »Tut mir leid. Ich muss sofort los. Unser Cappuccino muss warten.«

»Was ist passiert?«

»Vier Tote in Bad Gleichenberg. In der Therme.«

»Wie bitte? Vier?«

»Ich kenne keine Details, aber breche sofort auf.« Sie wandte sich Richtung Aufzugtür, stoppte allerdings nicht ab, sondern vollendete die ganze Drehung, sodass sie Ferdinand wieder in die Augen sah.

»Komm mit, Ferdinand.«

Er stutzte. »Ich kann doch nicht einfach mit dir mitfahren.«

»Klar kannst du, wenn du willst, Inspektor.« Sie ließ Ferdinand endgültig stehen und drückte den Knopf am Aufzug.

In Ferdinands Hirn setzte ein rasanter Für-und-Wider-Dialog ein. Am Ende machte er drei Schritte zurück Richtung Pförtner.

»Kann ich die Blumen und Katzenleckerlis bei Ihnen lassen?«

»Ungern.«

DANK

Ein großes Dankeschön geht jeweils an:

Karl Oswald, Sandra und Michael Kosmus, Dr. Katharina und Dr. Dustin Feld, Chris Willer, Dr. Cornelia Assaf, Brigitte, Herbert & Tiger Hesidenz, Claudia, Setay, Roka & Alma Matschulla, Christina, Mike und Carl Altwicker, Andrea und Martin Friedrich, Susanne Geiger-Krautmacher, Charlotte Zeiler, Birgit und Frank Orlinski, Lennart & Laurens, Irene und Julian Schutting, Dorrit und Seppi Archan, Antonia Schlögl, Beate und Stephan Gomoluch-Dörr, Regina und Peter Molden, Astrid Üffing, Tom Maric, Carlito & Diego, Nonni, Fengur und Gabriela.

Und ein extra Dankeschön an Gerlinde Tiefenbrunner!

In Erinnerung an Gudrun Archan.

REZEPT: STEIRISCHER HEIDENSTERZ ODER HOADNSTERZ

Zutaten für 4 Portionen:
400 g Heidenmehl (= Buchweizenmehl)
ca. 500 ml Wasser
1 TL Salz
ca. 40 g Fett (Butter, Öl, Schmalz)

Zubereitungszeit: ca. 30 Minuten

Zubereitung:
Zuerst das Wasser aufkochen und salzen.
Nebenbei das Heidenmehl in einer heißen, am besten eisernen Pfanne mit erhöhtem Rand »linden«.
Linden heißt, das Mehl wird bei einer niedrigen Hitze trocken und ohne Fett geröstet, bis es nussig duftet. Dabei immer schön umrühren, damit nichts anbrennt.
Jetzt das Fett zum Mehl hinzugeben, damit der Sterz sich nicht in der Pfanne anlegt beziehungsweise kleben bleibt.
Den Sterz mit dem kochenden Salzwasser nach und nach aufgießen. Dabei rühren, bis kleine Stückchen entstehen. Aber nur so viel Wasser hinzugeben, wie das Mehl aufnehmen kann. Je mehr Wasser hinzugegeben wird, desto größer werden die Sterzklumpen.
Achtung: Bei zu viel Wasser wird der Sterz patzig.
Jetzt den Heidensterz etwa 10 bis 15 Minuten zugedeckt ziehen lassen. Dabei kann man die Herdplatte schon abdrehen, die Resthitze reicht aus. Wenn nötig, kann man auch noch ein wenig heißes Wasser dazugießen.
Vor dem Servieren den Heidensterz nochmals auflockern.

Entweder als Frühstück mit einem Häferlkaffee oder als Hauptmahlzeit mit einer Schwammerl- oder Klachelsuppe zu genießen.

GLOSSAR

abpaschen	flüchten
am Schepfn sein	arbeiten
anbandln	flirten
aufpudln	sich aufspielen
Baba	Tschüss
Buschgawedl	Blumenstrauß
Eizerl	ein wenig
Gfrast	unangenehmer Mensch, ungezogenes Kind
Gschpusi	Verhältnis
Gugerschecken	Sommersprossen
Häferl	Tasse
Hefn	Gefängnis
Hudriwudri	Durcheinander
Jause	Snack
krawutisch	wütend
Kukuruz	Mais
leiwand	klasse, toll
Melange	Kaffee mit Milch
Miachn	Rindvieh
Pallawatsch	Wirrwarr
Pantscherl	Affäre
sakra	herrje
Schepfn	dumme Person
Schmäh	Witz
Schneid	Mut
Spompanadln	Dummheiten
Tschopperl	dummes Kind
Ungustl	unangenehmer Mensch
Wappler	unfähige Person
zach	zäh